儿科诊疗关键丛书

小儿遗传与遗传性疾病

主　编　李文益　翟琼香

副主编　罗向阳　刘俊范

编　者　（按姓氏笔画排列）

王慧深　苏浩彬　麦贤弟　岑丹阳

何展文　陈　环　林晓源　孟　哲

莫　樱　郭海霞　梁立阳　黄永兰

屠立明　薛红漫　檀卫平

广 东 科 技 出 版 社

·广　州·

图书在版编目（CIP）数据

小儿遗传与遗传性疾病/李文益，翟琼香主编. —广州：
广东科技出版社，2005.1
（儿科诊疗关键丛书）
ISBN 7－5359－3599－0

Ⅰ.小…　Ⅱ.①李…②翟…　Ⅲ.小儿疾病：遗传病－
诊疗　Ⅳ.R725.9

中国版本图书馆 CIP 数据核字（2004）第 038848 号

出版发行：广东科技出版社
　　　　　（广州市环市东路水荫路 11 号　邮码：510075）
E－mail：gdkjzbb@21cn.com
http://www.gdstp.com.cn
经　销：广东新华发行集团
排　版：广东科电有限公司
印　刷：湛江日报社印刷厂
　　　　　（广东湛江赤坎康宁路 17 号　邮码：524049）
规　格：850mm×1 168mm　1/32　印张 11　字数 220 千
版　次：2005 年 1 月第 1 版
　　　　　2005 年 1 月第 1 次印刷
印　数：1～3 000 册
定　价：26.00 元

前　言

　　随着社会的进步和科学技术的发展，危害人类健康的疾病谱已发生重大变化。就儿科范围而言，过去威胁儿童生命的首敌——传染性疾病和感染性疾病已得到有效控制，取而代之的是意外事故、恶性肿瘤、先天性和遗传性疾病等等。因此，研究的重点也随之转移。

　　在过去，绝大多数遗传性疾病被认为是不治之症，因而重视不够。近年来，随着遗传学、分子生物学、细胞生物学和生物化学的发展，尤其是人类基因图谱的完成，许多遗传性疾病的奥秘已经被揭示，很多遗传性疾病已可以进行预防，一些遗传病已有治疗办法。为了适应这种形势的变化，提高广大儿科工作者对遗传性疾病的认识和防治水平，特编写本书以供大家参考。

　　本书首先介绍遗传的基本知识和常见染色体病；然后对各个系统的遗传性疾病逐一介绍。希望本书的出版对广大儿科工作者提高遗传病的防治水平有所帮助。

　　由于我们的知识水平有限，成书时间紧迫，加之分子生物学和相关学科发展迅猛，因此本书难免有不足之处，甚至错漏，希望广大读者不吝予以批评指正，如蒙所愿，将不胜感激。

李文益　翟琼香

2003 年 11 月

儿科诊疗关键丛书

总 主 编 沈亦逵 谢祥鳌

副总主编 李文益 苏宜香 陈述枚 静 进

丛 书 前 言

医学科学的发展日新月异，知识量急剧增加、积累，学科越分越细，同时也出现了一些交叉或边缘学科。儿（内）科，传统的按系统分科，已不能满足需要，医学免疫学、遗传学、分子生物学的进展使小儿遗传学科、小儿免疫学科应运而生；传统的急性传染病虽明显减少，但感染性疾病仍占了小儿发病的首位，因而，传染病学已为感染病学所代替；历来认为是小儿少见病的肿瘤，发病率在不断增加，伴随着其诊断水平的提高及治疗手段的增加，小儿肿瘤已成为独立的学科；随着医学模式的转变，小儿的心理和行为问题日益受到儿科临床医师的重视。此外，对小儿危重病病理生理认识的加深，急救技术和设备的提高，小儿监护病房的建立，使小儿急救医学也成了一门新兴的学科。因此，儿科医师，尤其是综合医院的临床儿科医师，面对复杂的病种，需要具有较以往更广泛的知识和诊断治疗技巧，为此，我们编写了这套"儿科诊疗关键"丛书。

"儿科诊疗关键"丛书不按系统疾病分述，而是以病因和发病为线索分册，包括"小儿营养与营养性疾病"，"小儿感染与感染性疾病"，"小儿肿瘤与肿瘤性疾病"，"小儿免疫与免疫性疾病"，"小儿遗传与遗传性疾病"，"小儿心理与心理行为疾病"共六册。

丛书各分册都分总论和各论两部分，总论对该领域或专题的基础及小儿特点进行较详细的论述；各论则包括该领域内小儿的常见、多发病的诊断和治疗。

丛书着眼于实用、简明、新颖。对病因、发病机制有简要的阐述，而诊断、治疗则尽量具体、详尽，以适应儿科临床医师日常参考。

本丛书各分册主要由广州儿科同道们编写，邀请了部分外地专

1

家参加。他们绝大多数有高级职称，从事儿科工作多年，在相关领域有丰富的临床实践经验。

虽然本丛书要求取材于近 5～10 年的最新文献资料，但由于医学技术发展迅速，编写者的学识水平总是跟不上科技的发展，因而难免有错误和不足之处，敬请读者批评指正。

沈亦逵　谢祥鳌

目　　录

第一章　遗传学概论和染色体畸变综合征

第一节　医学遗传学概论

医学遗传学（medical genetics）是医学与遗传学相结合的一门边缘学科，是遗传学知识在医学领域中的应用。

自 1956 年首次证实人体细胞中含有 46 个染色体以来，医学遗传学已取得快速的发展。目前，荧光原位杂交（FISH）使细胞遗传学获得了新的应用方向。通过细胞遗传学与分子遗传学的结合，现在已能用显微切割（micro-dessection）的方法，切下染色体特定区带进行微克隆，进而认识某区带所含 DNA 顺序的结构和功能，这将有助于对遗传病特别是染色体病发生奥秘的认识。通过聚合酶链反应（PCR）、寡核苷酸探针、单链 DNA 构象多态性、变性梯度凝胶电泳、限制性长度多态性和扩增片段长度多态性和基因芯片（chip）等分子遗传学方法，不仅为遗传性疾病的诊断、治疗和预防提供了新的概念和措施，而且可以绕过基因产物直接进行研究基因的"反向"遗传学分析，为医学遗传学的更深入研究开拓了新的途径。

人体细胞的遗传信息几乎全部都编码在组成染色体的 DNA 分子长链上。DNA 分子是由两条多核苷酸链依靠核苷酸碱基之间的氢键相连接而成的双螺旋结构。其中 1 条核苷酸链的腺嘌呤（A）必定与另 1 条上的胸腺嘧啶（T）配对，而鸟嘌呤（G）与胞嘧啶（C）配对，因此，A 和 T，G 和 C 即称为互补碱基对。在 DNA 长链上，每 3 个相邻的核苷酸碱基组成特定顺序（密码子）即代表一种氨基酸，亦即是 DNA 分子贮存的遗传信息，能够编码 1 条肽链的 1 个DNA 分子片段即是基因。染色体是 DNA（亦即遗传信息）的载体，正常人每 1 个配子（卵子或精子）含有 22 条常染色体（autosome）和 1 条性染色体（Sex-chromoseme），X 或 Y，即是 22 + X 或 22 + Y 的一个染色体组（chromoseme set），称为单倍体（haploid，n）。单倍体染色体的全部 DNA 分子称为基因组（genime），人的基因组 DNA 共约有 30 亿个碱基对（bp），以前推测约有结构基因 5 万 ~ 10 万个以上，但根据 2003 年已完成的人类基因组序列图发现人类基因组只有 3 万 ~ 4 万个编码蛋白质的基因，仅占人类基因组全序列的 1.1% ~ 1.4%，发现人类基因组有着 1.42 百万单核苷酸多态性（single nucleotide polymorphism）。在人类基因组测序过程中随着多态性序列标志发现得越来越多，定位克隆（positional cloning）寻找疾病基因的进度日益加快。所有单基因病的致病基因必将全部得到鉴定，预计不久的将来人的全部基因结构和功能将被探明，这无疑将促进对遗传性疾病、肿瘤、自身免疫性疾病和衰老等方面更高层次的研究。

基因的表达是 DNA 分子贮存的遗传信息经过转录，形成 mRNA，释放入细胞浆作为合成蛋白质的模板，由 tRNA 按照密码子选择相应的氨基酸，在核糖体上合成蛋白质。基因突变（gene mutation）即 DNA 分子中的碱基顺序发生变异时，必然导致组成蛋白质的氨基酸发生改变，遗传表型亦因此不同，临床上就有可能出现遗传性疾病。

除染色体外，人类还有少量遗传物质存在于线粒体中，各类体细胞中含有的线粒体数目不同，每个线粒体含有多个环状双链结构的 DNA 分子（mtDNA）以及合成蛋白质所需的 rRNA 和 tRNA。mtDNA 含有 16 500 个碱基对，可以编码细胞色素 C 氧化酶，NADH 脱氢酶等 10 余种参与能量代谢的线粒体酶。mtDNA 的突变可以导致一些罕见的遗传性疾病。由于精子不含 mtDNA，因此线粒体基因组的表达是经由母亲遗传的。

遗传性疾病可分为 5 大类，在分析一种疾病的遗传基础时，首先要确定它属于这 5 大类中的哪一类。

1．染色体病　　是由于先天性染色体结构畸变或（和）数目异常而引起的疾病。染色体病一般不在家系中传递，但也有可传递的。已知的染色体病有300多种。出生时染色体病发生率约为7‰。在妊娠首3个月的自发性流产中，染色体畸变大约占一半。

2．单基因遗传病　　是指一对主基因突变造成的疾病，其遗传符合孟德尔定律，因此亦称为孟德尔式遗传性疾病。孟德尔定律是遗传的基本规律，包括分离律、自由组合律及连锁律和交换律。

（1）分离律：生物在生殖细胞形成过程中，同源染色体分离分别进入不同的生殖细胞，即每个生殖细胞只有亲代成对同源染色体的一条；位于同源染色体上的等位基因也随之分离，生殖细胞只含有2个等位基因中的1个；对于亲代，其某一遗传形状在子代中有分离现象。这就是分离律。

（2）自由组合律：生物在生殖细胞形成过程中，非同源染色体之间是完全独立的，可分可合，随机组合。这就是自由组合律。

（3）连锁律和交换律：同一条染色体上的基因彼此间是连锁在一起的，构成一个连锁群（linkage group）。同源染色体上的基因连锁群并非固定不变，在生殖细胞形成过程中，同源染色体在配对联合时发生交换，使基因连锁群发生重新组合。这就是连锁律和交换律。

单基因遗传病依传递方式不同，可分为常染色体显性（AD）、常染色体隐性（AR）、X连锁显性和隐性等几类，确认的这类基因已达8 500多个。

3．多基因遗传病　　已知的这类疾病总数在100种以上，它的遗传基因不是一对主基因，而是几对基因，这些基因对遗传性状形成的作用较小，故称为微效基因（minor gene），但是几对微效基因累加起来，就产生明显的表型效应，这种遗传性状的形成也受环境因素的作用。

4．线粒体遗传病　　这是一组极为罕见的遗传病。

5．体细胞遗传病　　已知癌肿起因于遗传物质的突变。癌肿家族可有家族性癌肿遗传易感性，但体细胞癌肿病灶具有克隆性（clonality），其形成必以体细胞遗传物质突变为直接原因，故癌肿属于体细胞遗传病（somatic cell genetic disorders）。有些先天畸形亦属此类。

虽然每种遗传病的发病率都较低，但是遗传病的种类繁多，因此，其总的罹患率不低，据统计，住院儿童中约20%左右患有遗传病。此外，目前，据统计，与遗传有关的先天畸形，包括先天性心脏病、大脑发育不全、消化道畸形、脊柱裂、无脑儿、脑积水、多发性畸形等，约占先天畸形死亡总数的90%。恶性肿瘤包括白血病和神经母细胞瘤，约占恶性肿瘤死亡总数的70%。先天畸形和恶性肿瘤两者合计要占到儿童死因的30%以上。可见遗传病和先天畸形已成为儿童死亡的主要原因。从此可知，在儿科遗传病的重要性越来越显著。

遗传病的诊断包括常规诊断和特殊诊断。常规诊断指与一般疾病相同的诊断方法，特殊诊断指利用遗传学的方法，如染色体和染色质检查、家系分析、基因分析等方法进行诊断。

染色体检查亦称核型分析（karyotype analysis），是确诊染色体病的主要方法。目前随着显带技术的应用以及高分辨染色体显带技术的出现和改进，能更准确地判断和发现更多的染色体数目和结构异常综合征，还可以发现新的微畸变综合征。但值得注意的是染色体检查应结合临床表现进行分析才能得出正确诊断。近年来荧光原位杂交（FISH）技术已广泛应用于细胞遗传学、基因定位和基因制图等领域中。FISH技术具有快速、经济、安全、灵敏度高、特异性强等优点。

基因诊断（gene diagnosis）是利用DNA分析技术直接从基因水平（DNA或RNA）检测遗传病的基因缺陷。它和传统的诊断方法主要差别在于直接从基因型推断表型，即可以越过基因产物（酶和蛋白质）直接检测基因结构而作出诊断，这样就改变了传统的表型诊断方式，故基因诊断又称为逆向诊断（reverse diagnosis）。这一诊断方法不仅可对患者，还可以在发病前作出症状前基因诊断，也可对有遗传病风险的胎儿作出生前基因诊断。此外基因诊断不受基因表达的时空限制，也不受取材的细胞类型和发病年龄的限制。还可以从基因水平了解遗传病的异质性，有效地检出携带者，因此近年来这一技术日新月异地迅速发展，并已经在遗传病诊断中发挥了巨大作用。

遗传病的治疗：遗传病由于发病机制不同，治疗方法也因此不同。染色体病不仅没有办法根治，改善症状也很难，个别性染色体异常，如 klinefelter 综合征早期使用睾酮以及真两性畸形进行外科手术等，有助于症状改善。多基因病发病中由于环境因素起重要作用，因而药物、外科手术治疗有一定的疗效。目前随着人们对遗传发病机制的认识逐渐深入，及分子生物学技术在医学中的广泛应用，使遗传病的治疗已从常规治疗跨入了基因治疗，为根治遗传病带来了希望。基因治疗是指将正常基因植入靶细胞代替遗传缺陷的基因，或关闭、抑制异常表达的基因以达到预防和治疗疾病目的的一种治疗技术。基因疗法是 20 世纪的一项重大发现。至今全世界已有 2 000 多名患者做过基因治疗试验，虽然还缺乏令人信服的治疗效果，但基因疗法作为医学界的一项崭新的、划时代的变革，已经引起全世界研究者的重视。本书重点介绍儿科常见的染色体病和单基因遗传病，并着重介绍诊疗关键。

第二节　染色体畸变综合征概论

一、染色体畸变综合征的概念

染色体畸变综合征是指由于先天性染色体畸变而导致的疾病。通常使用的染色体病（chromosome disorders）、染色体综合征（chromosomal syndrome）和染色体畸变综合征（chromosomal aberration syndrome）实际是同义词。然而，染色体异常（畸变）与染色体病不完全等同。因为并非所有的异常都会引起临床表现或表型异常。如一些平衡易位或倒位，就不一定引起表型异常。但另一些由于有位置改变效应而有明显的临床表现，亦可以称为染色体综合征。染色体的多态性、异态性，通常不伴有异常表型，故不称为染色体综合征。

染色体的发病机制尚未阐明。染色体基因平衡的破坏，尤其是载有重要基因节段的增减，后果严重。一般来说，人体胚胎较能耐受染色体物质的增多，而对染色体物质的丢失则十分敏感。这或许就是何以 21 - 三体在新生儿中最为常见，并且常能够存活的缘故。

二、染色体畸变综合征的分类

按照畸变所涉及的染色体，综合征可分为常染色体综合征和性染色体综合征。按照综合征是由染色体数目增减或结构异常引起，又可分为染色体数目异常综合征和染色体结构异常综合征。前者包括各种三体和单体综合征，后者包括各种易位、重复、缺失等引起的综合征。

有时染色体的增减不涉及整条染色体，而只是其中的片段。这时根据染色体片段比正常的二倍体细胞增加了一份还是减少了一份，可以区分为染色体部分三体或部分单体综合征。部分三体或单体是染色体缺失、局部重复、易位或倒位等结构畸变的结果。因此，有时可按结构畸变类型来命名，如染色体缺失综合征、易位综合征等。

有些染色体病的染色体异常可表现为嵌合体，具有两种或两种以上细胞系的个体称为嵌合体（mosaic）。嵌合体患者的临床症状在很大程度上取决于异常细胞与正常细胞的比例，一般来说，异常细胞所占比例愈高，临床症状就愈严重。

染色体病的病理基础是染色体畸变，将常见的染色体异常说明如下：

（一）染色体数目异常

人类生殖细胞中染色体数目是 23 条，称单倍体（n），受精后为 46 条染色体，称二倍体（2n）。

1. 整倍体　　染色体数目是 23 条的倍体，三倍体为 69 条染色体（3n）；四倍体为 92 条染色体（4n）。

2．非整倍体　　染色体数不是 23 的倍数时称为非整倍体。

亚二倍体：染色体数目少于 46 条（2n）。

超二倍体：染色体数目多于 46 条（2n）。

假二倍体：染色体数目虽为 46，但其中有不正常的染色体。

（二）染色体结构异常

1．缺失　　染色体断裂后，缺失一部分。缺失部分是染色体的末端，称末端缺失；两个断裂点之间缺失谓中间缺失。

2．易位　　两条染色体同时发生断裂，彼此交换断片后相连，叫相互易位；两条近端着丝粒染色体的两个着丝粒融合而使两条长臂相连，叫着丝粒融合；若是一条染色体断下一个中间断片，插入到另一条染色体的臂中间，叫插入易位。

3．倒位　　指某一染色体同时发生两处断裂，其中间节段与两端节段变位重接。

4．重复　　若一条染色体存在着两个或两个以上的含有额外的遗传物质的片段时，这种增多的片段称为重复。

5．环状染色体　　染色体两个臂的末端都发生断裂，残端相连即成环状染色体。

6．等臂染色体　　细胞有丝分裂时，染色体不是纵裂而是横裂，结果产生的新染色体中，一条具有两个长臂，另一条具两个短臂，均称等臂染色体。

为了避免对核型的冗长描述，便于染色体异常核型的表达，1978 年国际体制提出一个命名符号和缩写术语体系。兹将常用的符号及缩写术语列于表 1-1。

表 1-1 常用符号及缩写术语

ace	无着丝粒片断	P	染色体短臂
cen	着丝粒	( )	其内为结构异常的染色体
:	断裂	pat	来自父亲
::	断裂与重接	ph	费城染色体
→	从→到	pvz	粉碎
cx	复杂	q	染色体长臂
del	缺失	qr	四射体
der	衍生染色体	?	示识别无把握
dic	双着丝粒染色体	r	环状染色体
dir	正位	rcp	相互易位
dmin	双微体	rea	重排
dup	重复	rec	重组染色体
end	内复制	rob	罗伯逊易位
fra	脆性部位	s	随体
h	副（次）缢痕	sce	姐妹染色单体互换
i	等臂染色体	;	在重排中分开染色体和染色体区
ins	插入	/	描述嵌合体时分开不同细胞系
inv	倒位	t	易位
mar	标记染色体	tan	串联易位
mat	来自母亲	ter	末端
–	丢失	+	多余（附加）

三、染色体畸变综合征的临床表现与检查

染色体病患者临床表现的共同性：由于染色体畸变通常涉及较

多的基因，同时也由于基因的多效性，染色体畸变，尤其是常染色体畸变的临床表现往往多样，涉及许多器官系统的形态与功能。然而许多染色体畸变又都有类似的临床表现，这些临床表现的共同性，可为染色体病的诊断提供十分重要的线索。一般常染色体病的共有临床表现是先天性的非进行性的智力低下、生长发育迟缓，伴有面部、四肢和内脏的多发性畸形以及皮纹改变。而性染色体病则常有性发育障碍及第二性征缺乏，且仅部分患者可有智力障碍。但这些表现往往缺乏特异性，因此，许多染色体综合征有所谓重叠表型，故确诊有赖于细胞遗传学检查。

疑诊为染色体畸变患者的检查：

1. 病史　　鉴于染色体综合征的特点，在收集病史时，应特别注意父母年龄、母亲妊娠情况和服药情况。生育史有时很有参考价值，因为多次自然流产、死胎和生育畸形儿可能由严重的染色体异常引起。

2. 体格检查　　包括一般情况（如身高、体重、发育状况等）

（1）智力鉴定：智力低下通常可粗略分为重度（白痴）、中度（痴愚）和轻度（鲁钝）。

（2）头颅：如小头畸形、短头、长头、尖头、前额突出或后缩、眉间距过窄等。

（3）眼：眼裂的走向和宽窄。如眼裂细窄、倾斜、眼距过宽。虹膜有无缺损和斑点等。

（4）耳：耳位低下，耳郭发育异常，耳垂发育不良、耳前陷窝、耳前赘生物、招风耳或耳平贴头颅等。外耳道闭锁和听力缺损也偶尔见到。

（5）鼻：鼻梁的高低和形状，如高耸或扁平鼻梁。鼻孔的方向（朝上或朝下）。

（6）口颌：唇的长短，有无唇外翻与唇裂，人中长短和深浅。腭弓是否过高和有无腭裂。嘴的大小，有无口角下旋（"鲤鱼嘴"），有无巨舌、舌面裂纹、小颌、大而凸出的下颏、缩颌等。

（7）颈部：多余的翼状皮肤或颈蹼、短颈等。

（8）胸部：盾状胸，乳头间距过宽等。

（9）骨骼、关节和四肢：骨和关节畸形，肘外翻，掌骨短，桡骨-尺骨联合，手指畸形，指甲发育异常，小指短小、内弯或仅两指节等。

（10）心血管系统：先天性心脏病在染色体异常患者常见。如房间隔缺损、室间隔缺损、动脉导管未闭等。

（11）泌尿生殖系及性征发育：如男性患者喉结、胡须、阴毛和腋毛发育差，阴毛分布如女性、乳腺发育、睾丸萎缩、隐睾、小阴茎和尿道下裂。女性则有卵巢萎缩（"索状性腺"）、小阴唇萎缩或肥大、阴道子宫畸形等。

（12）神经系统：如无嗅觉、脑畸形、小头畸形等。

（13）皮肤纹理：常见通贯掌、小指单一指褶纹、三叉点位置高、atd 角 > 60°、手指弓形纹增多，足蹬趾球部胫侧弓形纹。

3．实验室检查及辅助检查　　应视患者具体情况而定。例如，当有性腺发育异常时，应做相应的激素水平的测定；有骨发育畸形或先天性心脏病时应作 X 线检查等。

4．细胞遗传学检查

（1）染色体检查：染色体检查或核型分析（karyotype analysis）是确诊染色体畸变的主要方法。染色体检查的适应证，一般来讲，如有下列情况之一者，可考虑进行染色体检查：

1）根据症状和体征疑为 21-三体综合征的小儿及其双亲。

2）明显体态异常、智能发育不全，特别伴有先天畸形者。

3）多发性流产的妇女及其丈夫。

4）家庭成员有多个先天畸形者。

5）有 Turner 综合征及 Klinefelter 综合征的症状及体征者。

6）原发性闭经和不育者。

7）有两性外生殖器畸形者。

8）X 染色质和 Y 染色质数目异常者。

9）白血病等恶性血液病。

10）实体性恶性肿瘤。

（2）性染色质检查：包括 X 染色质与 Y 染色质检查，其方法比较简单，对两性畸形和性染色体数目异常疾病的诊断有一定价值，但确诊仍需依靠染色体检查。正常男性有 1 个 Y 染色质，而无 X 染色质，女性仅有 1 个 X 染色质。Turner 综合征者可见不到 X 染色质，klinefelter 综合征者可见 1 个 X 染色质和 1 个 Y 染色质。

（3）荧光原位杂交（fluorescence in situ hybridization，FISH）：近年来 FISH 已广泛应用于细胞遗传学，可明确染色体数目和结构的改变。可显示中期，也可以显示间期细胞中染色体数目和结构异常，故克服了常规显带技术中分裂相较少的不足，使少量标本也能进行检测，为发现大量细胞中的低频染色体异常提供了可能。FISH 与染色体检查结合，有助于检出显带技术，（包括高分辨显带技术）难以发现的染色体微小畸变，以及鉴定显带技术难以确定的来源不明的染色体片段。FISH 也已应用于白血病染色体畸变和实体性恶性肿瘤染色体畸变的检测。

第三节　常染色体畸变综合征

21-三体综合征

一、概述

英国医生 Langdon Down 首先描述了它的临床表现，因此，将此病称为 Down 综合征。1985 年，法国细胞遗传学家 Lejeune 证实此病的病因是多了一个小的 G 组染色体，后来确定为 21 号染色体，故此病又称为 21-三体综合征。本病是小儿染色体病中最常见的一种。活婴中发生率约 1/700。约 60% 患儿在胎儿早期即夭折流产。

细胞遗传学：按核型分析可将本病分为 3 型，其中标准型和易位型在临床上不易区别，嵌合型的临床表现差异悬殊，视正常细胞株所占的比例而定,可以从接近正常到典型表现。

1. 标准型　　患儿体细胞染色体为 47 条,有一个额外的 21 号染色体,核型为 47,XX(或 XY),+ 21,此型占全部病例的 90% ~ 95%。其发生机制系因亲代(多为母方)的生殖细胞在减数分裂时染色体不分离所致。不分离可以发生在第一次减数分裂,也可以发生在第二次减数分裂。在男性,减数分裂终生都在进行,精子是由精原细胞通过生精过程不断产生的。而在女性,出生时所有的卵细胞都已经过第一次减数分裂而处于休止期直到排卵。因此,卵母细胞长期接受内外环境因素的影响,并自身不断老化,这些都可能导致不分离的发生,也可以解释何以高龄母亲易生 21 - 三体综合征患儿。

2. 易位型　　约占 2.5% ~ 5%,多为罗伯逊易位(Robertsonion translocation),是只发生在近端着丝粒染色体的一种相互易位,亦称着丝粒融合,其额外的 21 号染色体长臂易位到另一近端着丝粒染色体上。其中 D/G 易位最常见,D 组中以 14 号染色体为主,即核型为 46,XX(或 XY),- 14,+ t(14q21q);少数为 15 号,这种易位型患儿约半数为遗传性,即亲代中有 14/21 平衡易位染色体携带者,核型为 45,XX(或 XY),- 14,- 21,+ t(14q21q)。另一种为 G/G 易位,是由于 G 组中两个 21 号染色体发生着丝粒融合,形成等臂染色体 t(21q21q),或一个 21 号易位到一个 22 号染色体上,形成 t(21q22q)。

3. 嵌合体型　　约占 1% ~ 2%,患儿体内有两种以上细胞株,以两种为多见,一株正常,另一株为 21 - 三体细胞,即核型为 47,XX(或 XY)+ 21/46,XX(或 XY)。嵌合型是受精卵在早期分裂过程中染色体不分离所致。

病理学:本病的病理改变主要为脑发育异常、皮质变薄、脑回变窄等。

二、诊断要点
(一)临床特点

1. 智力障碍 　为本病的主要症状，但程度不一，多为中度至重度的智力低下，IQ 多在 25～49 之间。一般智力较实际年龄落后 3 年左右，且随年龄增长，IQ 往往逐渐降低。患儿的性格温顺，不能说较简单的句子，不能计数。简单的生活常需要父母的帮助才能完成。

2. 生长发育迟缓 　身材矮小，头围小于正常，骨龄常落后于年龄，头发细软而较少。

3. 特殊面容 　患儿眼距宽，鼻根低平，眼裂小，眼外侧上斜，有内眦赘皮，外耳小，硬腭窄小，舌常伸出口外，流涎多。

4. 指趾畸形 　在本病发生率很高。患儿手厚、宽，指短，小指内弯较常见，有时只有一条皮肤皱纹。可有多指（趾）和指节缺如。足多宽、厚，第一与第二趾间距增宽。

5. 皮纹改变 　本病患者箕形纹出现率为 68%，三叉点 t 变 t'位，atd 角增大成 at'd 角，常为通贯手，拇趾球部多出现胫侧弓形纹。

6. 合并其他器官或系统的发育异常 　本病患儿可合并有先天性心脏病。胃肠道畸形为本病较常见的畸形。这些先天性畸形是本病新生儿期的主要死因。

（二）染色体检查

一般依据特殊面容、异常体征、智能障碍和皮纹特点可作出临床诊断。但需注意，往往某些染色体异常亦可具有相类似的面貌象征，且患者的症状、体征会随生长发育而变化，故应做染色体检查，核型分析后才能确定诊断。患儿染色体核型为 47，XX（或 XY）+21，此型占全部病例的 90%～95%，易位型约占 2.5%～5%，嵌合体型约占 1%～2%。

（三）鉴别诊断

对本病嵌合型患儿、新生儿或症状不甚典型和智能低下患儿都应作核型分析鉴别。本病应与先天性甲状腺功能减低症鉴别，甲低在出生后即可有嗜睡、哭声嘶哑、喂养困难、腹胀、便秘等症状，舌大而厚，但无本症的特殊面容。可检测血清 TSH，T_4 和核型分析进行鉴别。

三、治疗要点

目前尚无有效治疗方法。对患儿宜注意预防感染，如有其他畸形可考虑手术矫治。教育和训练对增强患儿的体力、生活能力以及延长生命有极为重要的作用。同时，可试用维生素 B_1、维生素 B_6、叶酸、γ-氨酪酸、甲状腺素、谷氨酸及苯丙酸诺龙等对身体和神经系统营养发育有一定作用的药物，但一般远期效果不明显。

13-三体综合征

一、概述

1960 年 Patau 首先描述了一个具有额外 D 组染色体的婴儿，后来经显带技术证明额外的染色体是 13 号，故 13-三体综合征又称为 Patau 综合征。其发生率约为 1/4 000~1/10 000。

二、临床表现

患儿的畸形和其他临床表现比 21-三体综合征要严重得多。颅面的畸形通常表现为小头，前额不发育，前脑发育缺陷。眼球小，常有虹膜缺损，偶尔有无眼球畸形。鼻宽而扁平，2/3 的病例有上唇裂，并常有腭裂。低位耳，耳郭畸形，颌小。毛细血管瘤和头皮溃疡也很常见。其他常见的异常还有多指、手指相叠盖，足后跟向后突出及足掌中凸，形成"摇椅底"足。男性患儿常有阴囊畸形和隐睾，女性则有阴蒂肥大、双阴道、双角子宫等。内脏的畸形非常普遍，如室间隔缺损、房间隔缺损、动脉导管未闭、多囊肾、肾盂积水、双重肾或输尿管、结肠异常旋转等。

智力发育障碍见于所有的患者，而且程度严重。存活较大的患儿还有癫痫样发作，肌张力低下等，患儿可出现生长发育障碍、喂养困难、生活力差。

皮肤纹理：60% 有通贯手，atd 角增大（t"）指纹多弓形纹，无名指有桡侧箕纹，踇趾球区见胫侧弓形纹。

三、诊断要点

确诊依靠染色体检查。染色体检查如下：①标准型占 80%，核型为 47，XX（或 XY），+ 13。②易位型约占 15%，通常以 13 和 14 号罗伯逊易位居多，患者有 t（13q14q）易位染色体，核型为 46，XX（或 XY），－ 14，+ t（13q14q），其结果是多了一条 13 号染色体长臂。③嵌合体型约 5%，13－三体与正常染色体嵌合，核型为 47，XX（或 XY），+ 13/46，XX（XY），嵌合体因有正常细胞系存在，一般症状较轻。

四、预后及治疗

患儿大多在 2～3 个月死亡，只有极个别病人活过儿童期。嵌合型患者的存活期则比较长。存活的患儿生活能力差，由于面部畸形不易喂养。常见窒息、癫痫样发作以及严重的智能障碍，故护理极为困难。目前无有效治疗方法。

18－三体综合征

一、概述

1960 年 Edwards 首先报道 1 例多发畸形患儿，经染色体检查多了一个额外的染色体，认为是 17 号染色体，但后来其他学者相继证明引起疾病的额外染色体是 18 号。至今已有数百例报道。主要临床表现为多发畸形，多于生后数周死亡。本病在新生儿中的发生率为 1/3 500～8 000。

二、临床表现

患儿出生时体重低，发育如早产儿。吸吮差，反应弱，头面部和手足有严重畸形。头长而枕部凸出，面圆，眼距宽，有内眦赘皮，眼球小，角膜混浊。鼻梁细长，嘴小。低位耳，耳郭扁平。下颌小，颈短、有多余的皮肤。手的畸形非常典型：紧握拳，拇指横盖于其他指上，其他手指互相叠盖。指甲发育不全。下肢最突出的是"摇椅底足"，蹈趾短，向背侧屈起，可有脐疝或腹股沟疝。外生殖器畸形比较常见的有隐睾，女性大阴唇和阴蒂发育不良等。

95％的病例有先天性心脏病，如室间隔缺损、动脉导管未闭等。肾畸形和肾盂积水也很常见。患儿的智力有明显缺陷，不过因为存活时间很短，多数难以检测。

皮肤纹理：手指弓形纹过多（6个以上），30％有通贯掌，atd角增大。

三、诊断要点

确诊依靠染色体检查。80％的患者有一条额外的游离的18号染色体，即为标准型，核型为47，XX（或XY），＋18。10％为嵌合型46，XX（或XY）/47，XX（或XY），＋18。其余可见双三体，即同时多了一条18号染色体及一条X染色体，核型为48，XXX（或XXY），＋18，以及易位型，包括D/E，E/G易位型。

四、预后及治疗

患儿不易存活，大多在2～3个月内死亡，只有极个别患者活过儿童期。嵌合型患儿的存活期则比较长。本病无特效疗法。

猫叫综合征

一、概述

猫叫综合征（Cat cry syndrome）为第5号染色体短臂缺失，又称5P-综合征。1963年Lejeune首先报道3例，由于患儿哭声似猫叫，故称猫叫综合征。发生率估计为1/50 000～1/100 000。

二、临床表现

患儿出生时体重低，平均体重≤2 500g，身高低于正常儿，平均头围31cm。有生长发育障碍及智能发育不全。最显著的特征为婴儿期有柔弱的、"咪咪"似猫叫的哭声，经声波分析与猫叫的声波相似。患儿颅、面发育不良，小头，圆脸，眼距宽，外眼角下斜，内眦赘皮，耳低位。1/3病例可有先天性心脏病。

三、诊断要点

染色体检查可确定诊断染色体核型为46，XX（或XY），5P-。缺失的关键片段为5P14或5P15。多为新发生的畸变。10％～15％

源自父母的平衡易位携带者。新生儿生后即有猫叫声便应考虑为本综合征。

四、治疗及预后

无有效治疗方法。多可活过儿童期，甚至活到成年。随年龄增长，喉肌发育改善，猫叫样哭声可消失。但有生长发育障碍及智力低下。

其他常染色体畸变

其他常见的染色体畸变有常染色体三体（如 8 号染色体三体、9 号染色体三体等）以及常染色体部分三体和常染色体部分单体。由于整条常染色体的丢失通常是致死的，因而常染色体单体极为罕见。染色体部分三体可分为两大类：一类有某一染色体片段的三体（或重复），同时又伴有涉及其他染色体的异常（如缺失、易位），这一类部分三体的表型比较复杂，常常同时兼有相应片段重复-缺失的临床表现，并最终取决于重复或缺失的基因。另一类为染色体某一片段的单纯重复或三体，这在人类极为少见。染色体部分缺失是由于易位、环形形成或缺失所致。染色体部分三体或染色体部分单体由于累及的基因较少些，特别是微小的部分三体或微小的部分缺失，因累及的基因更少，临床症状相对较轻也易存活，故临床上不难见到染色体部分三体及部分缺失。

患者的染色体异常多数是新发生的，但也有少数为父母的易位的结果。通常父母为染色体平衡易位携带者，其本人由于遗传物质没有明显丢失，所以一般外表正常。但这样的携带者在生殖细胞形成过程中进行减数分裂时，将由于存在特殊的配对（即形成四射体）和分离，而可形成 18 种类型的精子或卵子，其中一种是正常的，一种是平衡易位的，其余 16 种都是不平衡的，所以虽与正常的卵子或精子受精后形成的受精卵中，大部分都将形成单体或部分单体、三体或部分三体的胚胎而流产或发生染色体病。所以，在遗传、优生咨询中，应该特别注意平衡易位携带者的检出和进行婚姻、生育指导以防患儿的出生。此外，倒位携带者在其配子形成中染色体的配对和交换将产生各种异常的配子，通过受精则也可形成各种部分单体和部分三体综合征患儿。

由于细胞遗传学技术发展和广泛应用，发现的染色体异常已涉及到每一条染色体。因染色体畸变的种类繁多，相应的临床表现更为错综复杂，如同一种畸变可以出现多种临床表现，不同的畸变又可有相似临床表现，所以除少数染色体畸变综合征（如 21－三体综合征）有临床特征作为诊断依据外，通常其他常染色体异常，主要依据其共同的临床表现所提供的线索，必须进一步作染色体检查而确诊。

其他常染色体畸变已经报道较多的有 8 号三体综合征、8 号部分三体综合征，9 号三体综合征、9 号长臂三体、9 号短臂三体、4P 三体、4P－综合征、13q－综合征和环状 13 号染色体、18P－综合征、22 号三体综合征及 22 号长臂部分三体综合征等。

第四节　性染色体畸变综合征

先天性卵巢发育不全综合征

一、概述

1938 年 Henry Turner 报道 7 名身材矮小、性发育幼稚、有颈蹼及肘外翻的妇女，至 1959 年 Ford 发现这种病人的核型为 45，X。因此，先天性卵巢发育不全综合征又称 Turner 综合征，45，X 综合征。患者的卵巢组织被条束状纤维所取代，故女性激素缺乏，导致第二性征不发育和原发性闭经，是人类唯一能生存的单体综合征。发生率在活产女婴中约为 1/10 000。

二、细胞遗传学

Turner 综合征的细胞遗传学十分复杂，除典型的 45，X 核型外，还有各种嵌合体和有结构异常的核型。其异常核型主要包括：

①45，X，约占55%。②45，X/46，XX，约占25%。③46，X，del（Xp）或46，X，del（Xq），即一条X染色体的短臂或长臂缺失。④46，X，i（Xq），即一条染色体的短臂缺失，形成长臂的等臂染色体。

Turner综合征的发病与母亲年龄无关，一般认为核型45，X，是由于生殖细胞减数分裂时卵子或精子的性染色体不分离，使一个无性染色体的卵子与一个带有X染色体的精子结合，或由一个带有X染色体的卵子与一个无性染色体的精子结合而成。核型为45，X的胎儿，95%自然流产淘汰。嵌合型45，X/46，XX者流产少见，较易成活，症状亦较轻。

三、临床表现

典型的Turner综合征在出生时即呈现身高、体重落后，足背明显水肿，颈侧皮肤松弛，生后的生长增长缓慢，成年期身高约135~140cm。患儿的主要特征为：女性表型，后发际低，50%有颈蹼、盾状胸，乳头间距增宽，肘外翻等。约35%患儿伴有心血管畸形，以主动脉缩窄多见。尚可见肾脏畸形（如马蹄肾、异位肾、肾积水等），指（趾）甲发育不良，第4、5掌骨较短等。患儿外生殖器一直保持幼稚型，小阴唇发育不良，子宫不能触及。大部分患儿智能正常，约有18%的患者有智力障碍。10~12岁患者的尿中有大量促性腺激素而雌激素量则很低。

四、诊断要点

如发现女孩体格矮小、肘外翻、颈蹼、第二性征发育差或伴有先天畸形，应怀疑本症，可作口腔黏膜上皮细胞的X染色质检查以辅助诊断。染色体核型分析可明确诊断。

五、治疗要点

应用基因重组人生长激素可使患儿身长增高。本症可在青春发育期给予口服小剂量雌激素治疗，如乙炔雌酚每日10~20μg或己烯雌酚每日0.1~0.5mg，每服20天停10天，再重复用药，以促进乳房及外阴发育。

先天性睾丸发育不全综合征

一、概述

本病又称先天性生精不能症或 Klinefelter 综合征，其发生率在新生儿男性活产中约占 1‰ ~ 2‰，在智能障碍的患儿中，其发生率估计为 1/100。

二、细胞遗传学

患者最常见的核型为 47，XXY。一般认为是由于：①生殖细胞在减数分裂中，卵子形成前的 X 染色体不分离，形成含有 2 个 X 染色体的卵子与一个 Y 精子结合。②在形成精子时，XY 染色体不分离，而卵细胞的 X 染色体照常分离，故含有 XY 的精子与一个 X 卵子结合。形成的受精卵在前几次分裂中发生 X 染色体不分离，将导致嵌合体的产生。本综合征核型中含 X 染色体数目越多，智能低下的发生率及其严重程度越高，女性化程度亦更明显，但核型中只要有 Y 染色体其表型仍为男性。

本征在青春期前缺乏明显症状不易认识，若对智能落后或行为异常的儿童作性染色质检查，即易发现其为阳性，可助早期诊断，再进一步作核型分析以明确诊断。

三、临床表现

本病的发病率相当高，但许多患者除不育外无任何症状或不适，因而不会就诊，难以发现。本综合征在青春发育期以前很难根据临床表现确诊。但在青春期后可有如下临床表现：①睾丸小而质硬，曲细精管萎缩，呈玻璃样变。由于无精子产生，故患者不育。②男性第二性征发育差，有女性化表现。约 25% 患者有乳房发育。皮肤细嫩，易于发胖。③患者可能性格孤僻，神经质，胆小或过于放肆，一部分患者有智力低下，但大多数智力正常。④青春期尿内有大量促性腺激素，血浆睾丸酮水平较正常为低。

四、治疗要点

在年龄达青春期时，可用长效睾酮制剂肌肉注射，以改善其性征发育。如用睾酮庚酸酯，每月 1 次，每次 200～250mg。

脆性 X 染色体综合征

一、概述

脆性 X 染色体［fragile X chromosome，简称 Fra（X）］是一种在 Xq27.3 带处带有呈细丝样的脆性部位（fragile site）的 X 染色体，其末端连有类髓体样结构。1969 年 Lubs 首次报道这种 Fra（X）与 X 连锁智能发育不全有关。1977 年，Sutherland 用 G 带证明细丝部位分布于 X 染色体的 q27 带上，提出了"脆性部位"这一概念。他并且发现在缺乏叶酸和胸苷的培养基中，Fra（X）检出率最高，可达 20%～40%。以后，大量资料查明，Fra（X）的发生率约占 X 连锁智能发育不全病人的 1/2～1/3；在一般男性群体中，其检出率为 1/500。脆性 X 染色体综合征（fragile X syndrome）的发生率，仅次于 21 -三体综合征。

二、遗传学

患者典型的临床表现为智力障碍、巨睾症、特殊面容、语言障碍等，由于女性有两条 X 染色体，故一般不会患病。但根据 Lyon X 染色体失活假说，女性杂合体也可能有极少数表现出轻度智力障碍。发病的分子机制：1991 年 Verkerk 等用定位克隆的方法在 Xq27.3 附近发现了脆性 X 智力低下基因（FMR-1）。患者有 FMR-1 基因 5'-非翻译区遗传不稳定的 CGG 重复序列扩增和 5'-端 CpG 岛异常甲基化，几乎所有患者不表达或低表达 FMR-1 mRNA，少数患者是由于 FMR-1 的缺失及编码区内错义突变 T→A 转换引起的。1995 年发现 FMR-1 与一种被称为 FMR-1 蛋白的减少或缺乏有关，而这种蛋白被认为对大脑的发育有重要作用。

三、诊断要点

（一）临床特点

1. 智力障碍　　除少数智力正常的男性携带者外，男性患者中智力障碍的程度轻重不等，大多数人智力都表现为中度至重度障碍。约有 30％的女性携带者患病，大多数人表现为难以察觉的或轻度的智力障碍，但严重智力障碍的女性患者亦有报道。

2．巨睾症　　这一特征仅存在于 80％的男病人中。在青春期前，对巨睾症的诊断十分困难。睾丸的容积可按公式来计算：

$$睾丸容积 = （长×宽）^2 ÷ 6$$

青春期出现巨睾症者，睾丸容积 > 25mL，甚至高达 50～100mL（中国人睾丸容积平均值为 10±3mL）。

3．特殊面容　　除少数患者具有正常面容外，大部分病人可具有下述的一项或几项面部特征：颜面瘦长，前额突出，嘴大唇厚，上门齿长，下颌大，下巴前突，耳朵大，颚弓高，头围大，眶上饱满，虹膜颜色变淡。

4．语言障碍　　许多患者都具有与智力水平相应的语言障碍。

5．行为异常　　虽未发现任何特异性行为异常，但据现有资料，可分为截然不同的两类：一类表现胆怯、忧虑、性情孤僻、有礼貌，且有一定技能；另一类则表情欢快、好动、情绪烦躁，甚至行为粗暴。

（二）细胞遗传学检查

可根据家族性男性发病的智力障碍、巨睾症、大耳、特殊面容等临床症状和体征初步诊断。对疑似患者作细胞遗传学检查，检测 fra（X），通常应在低叶酸和胸腺嘧啶的培养基中进行培养，也可加入氨甲蝶呤或 5-氟脱氧尿苷诱导脆性位点而提高其显现率，发现脆性 X 有诊断意义。但脆性 X 检查可出现假阴性。

（三）基因诊断

目前可用聚合酶链技术（PCR）对脆性 X 综合征进行筛查与诊断，也可用 RFLP 连锁分析、DNA 杂交分析等方法来检出致病基因。

四、治疗要点

目前尚无有效治疗方法，教育和训练对增强患儿的生活能力有积极作用。Gustavson 等报告用叶酸治疗本病，对患儿的行为和运动能力有些改善作用。但对智力低下无明显改变。叶酸一般用量按 0.5~2mg/（d·kg）口服。

三 X 综合征

3X（XXX female）是一种多 X 染色体状态，比正常女性多了一个 X 染色体。其发生率在活产女婴中约占 1‰。这是由于一个带 XX 染色体的卵子与一个带 X 染色体的精子结合，染色体总数为 47。其外貌为女性，常有内眦赘皮，眼距宽，多数患者性腺正常，月经与性发育正常，可受孕，但性发育也可以幼稚，或有原发闭经。多伴有智力障碍。对 3X 综合征的患者作口腔黏膜涂片检查，于细胞核膜内侧缘可见两个性染色质小体。染色体检查核型为 47，XXX。有些病例为 45，X/47，XXX 或 46，XX/47，XXX 等嵌合体。

四 X 和五 X 综合征

X 染色体超过 3 个以上的女性患者，近年来已有不少关于 4X 及 5X 综合征的个例报告，一般认为是分别由于一个带 XXX 或 XXXX 的卵子与一个带 X 的精子结合所形成的。除个别病例外，均有智力障碍，常伴随的缺陷有内眦赘皮、眼距过宽、耳畸形、轻微的下颌前凸、桡-尺骨联合、前臂旋转障碍、手指、足趾畸形以及先天心脏病。检查指纹常有低皮嵴数。手掌摺纹多表现为单侧或双侧通贯掌。从这两种病人的口腔黏膜上皮细胞核膜内侧缘可分别检出 1~3 个、1~4 个 X 染色质小体，染色体检查核型分别为 48，XXXX 及 49，XXXXX。

（刘俊范）

第二章　遗传性代谢病

第一节　遗传性代谢病概论

一、引言

遗传性代谢病（inherited metabolic disorders）是遗传性生化代谢缺陷的总称。一切细胞、组织、器官和机体的生存与功能维持都必须依赖不断进行的物质代谢过程，这种过程的每一步骤都有由多肽和（或）蛋白组成相应的酶、受体、载体、膜泵等参与。当编码这些多肽（蛋白）的基因发生突变，不能合成或合成了无活性的产物时，就会导致有关的代谢途径不能正常运转，造成具有不同临床表型的各种代谢缺陷病。1908 年 Garrod 称之为先天代谢性疾病（inborn errors of metabolism，IEM），多数是单基因病，约 80% 为常染色体隐性遗传。

根据累及的生化代谢物质的特点不同，遗传性代谢病可分为糖、氨基酸、有机酸、脂质、核苷酸、色素、金属等代谢缺陷，同时也包括溶酶体病、过氧化酶体病和线粒体病等。其病理生理改变大致可分为 3 类：①代谢产物缺乏：产生的症状多为持续性、进行性，且与进食无关，如过氧化酶体病。②中间和（或）旁路代谢产物大量累积：通常导致中毒症状，如呕吐、嗜睡、昏迷、生长发育迟滞、低血糖、高氨血症、酸中毒等，其发病或早或迟，发病前常有无症状期，或呈间歇发作，如苯丙酮尿症、甲基丙二酸尿症、枫糖尿症、半乳糖血症等。③重要器官供能不足：如糖代谢障碍、先天性高乳酸血症、脂肪酸氧化缺陷、线粒体呼吸链功能障碍等，常见低血糖、高乳酸血症、肌张力低下、体重不增等表现。

遗传性代谢病虽然是罕见病，但种类繁多，危害大，尤其常在早期即累及神经系统。因此，对这类疾病应提高警惕，致力于早期诊断、减少漏诊、误诊，以便及早干预，避免伤残发生。随着生化分析技术和分子遗传学技术的不断发展，各种酶学检查、气相层析、高压液相层析（HPLC）、气相色谱-质谱联用仪（GC/MS）、串联质谱仪（MS/MS）、基因诊断技术等广泛应用于临床，为遗传性代谢病的诊断提供了精确的诊断依据。确切的诊断不仅对治疗现症者有利，亦有益于遗传咨询和改善人口素质。

二、临床表现

遗传性代谢病的临床表现复杂多样，轻重不等，任何器官和系统均可受累。重者在新生儿期、疾病的发作初期死亡，存活者多留有神经系统及其他脏器损害的症状、体征。

（一）主要临床表现

1. 神经系统损害　　约 2/3 以上的遗传性代谢病患儿出现神经系统异常表现，包括不同程度的脑发育不全、智力低下、惊厥、对称性的肢体瘫痪或肌张力改变或感觉运动型神经病等，其中以智力低下、惊厥最常见。因此，对于原因不明的神经系统损害的患儿，应考虑到遗传性代谢病的可能。

2. 肝脏损害　　表现为肝肿大和（或）肝功能异常。国外文献报道，1 岁以内的急性肝功能衰竭约 42.5% 是由遗传性代谢病引起。常见于半乳糖血症、糖原累积病、肝豆状核变性、粘多糖病等。

3. 反复发作的代谢紊乱　　如代谢性酸中毒、低血糖、高氨血症等，常见于氨基酸、有机酸、脂肪和糖类代谢缺陷。

4. 特殊气味　　有些氨基酸、有机酸代谢异常患儿的尿、汗有特殊气味，如苯丙酮尿症患儿有鼠尿味，异戊酸血症患儿常有汗脚气味。

5. 皮肤、毛发异常　　色素减低见于苯丙酮尿症、白化病；皮肤黏膜色素加深见于先天性肾上腺皮质增生症和肾上腺脑白质营养不良；黄色瘤见于家族性高胆固醇血症；脱发常见于多种羧化酶缺陷和 Menkes 病。

6.容貌怪异　　常见于粘多糖病、粘脂病、神经节苷脂沉积症、过氧化酶体病等。

（二）各年龄段的临床特点

1.新生儿期的特点　　在新生儿期发病者病情较重，临床表现缺乏特异性，预后差，死亡率高。

（1）神经系统症状：嗜睡、肌张力改变是先天代谢性疾病最先呈现的症状，最初表现为喂养困难，继而嗜睡、呼吸异常、心律缓慢、体温不升等，甚至昏迷，肌张力增高，角弓反张，或伴有蹬踏状肢体慢动作。脑电图常呈现棘漫波或棘漫综合波。

（2）消化系统症状：拒食、呕吐、腹泻等症状常于进食后不久发生；持续黄疸伴生长迟缓者常见于 Grigler-Najjar 综合征、过氧化酶体病、胆汁酸代谢障碍；Reye 综合征样表现常见于脂肪酸氧化障碍、尿素循环酶缺陷者；肝肿大伴低血糖、惊厥发作常提示（Ⅰ型或Ⅲ型）糖原累积病等；肝功能衰竭（黄疸、出血、转氨酶增高、腹水等）时应考虑半乳糖血症、Ⅰ型酪氨酸血症、果糖不耐受症等疾病。各种原因所造成的肝细胞功能衰竭时都可出现糖尿、低血糖、高氨血症、高乳酸血症、高酪氨酸血症、高甲硫氨酸血症等，必须注意鉴别。

（3）循环系统症状：线粒体脂肪酸氧化障碍、Ⅱ型糖原累积病（Pompe 病）可发生心功能衰竭症状，心肌病变和心律失常尤其多见于长链脂肪酸氧化障碍患儿。

（4）代谢紊乱：常见低血糖、高氨血症、代谢性酸中毒、乳酸酸中毒、酮中毒等代谢紊乱。

2.婴幼儿期反复发作的急性症状　　约 1/3 遗传性代谢病在经过数月或数年无症状期后发病，亦可晚至青春期或成人期发病。感染、发热、摄入大量蛋白质可能为发病诱因。发作间期无异常。不同的疾病有不同的急性发作症状，如长时间饥饿诱发的发作性低酮性低血糖性昏迷常见于脂肪酸氧化障碍；周期发作性共济失调和行为异常多见于有机酸血症，如枫糖尿症等。

3. 慢性、渐进性症状　　晚发性先天代谢性疾病常在急性发作前有一些隐袭的先兆症状，易被漏诊或误诊。这类症状大致可分以下 3 类：

(1) 消化系统症状：如持久的食欲不振、喂养困难、慢性呕吐和腹泻等，常导致慢性营养不良、体重不增、易感染等。

(2) 神经系统症状：呈发育倒退、惊厥、感觉障碍、共济失调、交流困难等非特异性症状。上述症状与生化紊乱之间无一定的联系，单从临床角度进行鉴别十分不易。

(3) 肌肉症状：晚发型的尿素循环酶缺陷和有机酸尿症等可导致肌力和肌张力低下；线粒体脑肌病、先天性高乳酸血症、脂肪酸氧化障碍、过氧化物酶体病、肌糖原累积病等常有肌肉症状。

三、诊断

遗传性代谢缺陷病的诊断必须依赖各项实验室检查，应根据病史、家族史、症状特点由简到繁、由初级到精确，按一定的步骤选择进行。首先，主要依靠各种生化学检测方法对先证患儿进行初步诊断；其后，进行相关的酶活力检测确定诊断；对少数病种可进行基因分析，为疾病诊断、分型、胎儿监测、遗传咨询和流行病学研究提供资料。

(一) 一般实验室检查

1. 尿液常规检查及筛查

(1) 尿液色泽及气味：某些代谢产物经尿大量排出时可呈现特殊的颜色或气味，如 Hartnup 病时尿蓝母使尿呈蓝色，尿黑酸尿症时尿黑酸使尿呈蓝/棕色，高铁血红蛋白或血红蛋白尿使尿呈红棕色，卟啉病时尿呈红色，高尿酸血症时尿呈淡红色。尿液特殊气味主要见于有机酸和氨基酸代谢障碍，如苯丙酮尿症时苯乙酸大量排出而有鼠尿味；枫糖尿症时因尿中含支链 α-酮酸而有枫糖浆味；异戊酸血症时因异戊酸排出具有汗脚味等。

（2）尿常规及还原物检测：常规包括酸碱度、尿糖、酮体等，还原物包括半乳糖、果糖、葡萄糖、同型尿黑酸、草酸、尿酸、马尿酸、抗坏血酸等。

（3）尿筛查试验：常用尿液筛查试验包括三氯化铁试验、2,4-二硝基苯肼试验（适用于氨基酸和有机酸代谢病）、硝普盐试验（Brand反应，适用于含硫氨基酸代谢病）和甲苯胺蓝试验（检测酸性粘多糖）等。

2. 血液常规及生化检查

（1）血常规：常见异常包括贫血（如Ⅰ型酪氨酸血症、甲基丙二酸血症、卟啉病）；中性粒细胞减少（如异戊酸血症、丙酸血症）；血小板减少（如异戊酸血症、甲羟戊酸尿症）等。

（2）血气和常规生化：包括血pH、阴离子间隙、电解质、血糖、血脂、肝肾功能、尿酸、碱性磷酸酶和肌酸激酶等。有机酸血症常以周期发作性代谢性酸中毒为特征，阴离子间隙增高，可伴低血糖。家族性高胆固醇血症时血胆固醇明显增高，嘌呤代谢异常时表现为血尿酸增高和肾功能损害。

（3）血氨、乳酸（L）、丙酮酸（P）检测：在除外新生儿败血症和肝炎等所致的肝功能衰竭，血氨升高提示尿素循环酶缺陷、有机酸代谢异常和脂肪酸氧化缺陷等可能。乳酸血症应首先除外感染和组织缺氧等因素，血pH正常不能排除高乳酸血症，因为乳酸水平 $<5mmol/L$ 时pH仍可维持在正常范围。同时测定血乳酸和丙酮酸水平对疾病诊断有重要意义，正常情况下L/P比值约为25∶1，丙酮酸羧化酶缺乏时L/P比值 >50，磷酸烯醇式丙酮酸羧激酶缺乏和丙酮酸脱氢酶缺乏时L/P比值 <25。

3. 脑脊液检查　　有惊厥、昏迷等神经系统症状者应检查脑脊液常规、生化和培养，必要时进行氨基酸、有机酸分析。

4. 其他辅助检查　　如X线、心电图、脑电图、CT或MRI等检查。

（二）氨基酸分析

1. 标本采集　　生理体液氨基酸测定是诊断遗传性代谢病的重要方法。各种生理体液均可进行氨基酸分析，包括血液、尿液、脑脊液、眼玻璃体液等。急性发作期病人入院时采集的血液和尿液标本最具诊断价值，对所有诊断不明的病例都应妥善保存其标本。血液标本通常于清晨空腹时采集，防止溶血，迅速离心分离血浆或血清，-80℃或-20℃冷冻保存。尿液氨基酸分析最好用24小时尿标本，同时测定尿肌酐含量，以便定量分析。

2. 分析方法　　血、尿氨基酸层析可了解异常氨基酸谱和氨基酸增高，方法简便价廉，但其分离水平和灵敏度有限，须进行氨基酸定量分析确定。氨基酸定量分析可应用专用的氨基酸自动分析仪、高效液相色谱仪（HPLC）或气相色谱仪进行。近年发展的MS/MS技术可在2～3min内完成血滴纸片标本中的氨基酸定量分析和其他测定，在遗传性代谢病的筛查诊断中具有广泛的应用前景。

3. 结果判断　　应根据患者的年龄、饮食、营养、生理和病理情况综合判断。如新生儿在生后第一周可排出大量的牛磺酸，<6个月的婴儿排出较多脯氨酸、羟脯氨酸和甘氨酸，罐装奶喂养婴儿尿中可出现同型胱氨酸。进食后血中必需氨基酸水平升高，空腹伴酮症时支链氨基酸增高。疾病情况下可出现全氨基酸尿症、一种或多种血/尿氨基酸异常，某种氨基酸浓度异常亦可能提示多种不同的代谢性疾病。

（三）有机酸分析

人体内的有机酸可来源于氨基酸、碳水化合物、脂肪酸和类固醇等代谢过程，或通过饮食、药物等途径进入机体，亦可由细菌代谢产生，其种类繁多。通过对体液中各种有机酸的定性、定量分析，可为体内各种代谢途径提供极有价值的分析资料。

1. 标本采集　　尿液、血液和脑脊液均可进行有机酸分析，以尿液最为常用。由于有机化合物具有较高的水溶性和肾廓清率，其浓度通常高于血清和其他体液，且标本易于收集，约100余种遗传性代谢病可通过尿异常代谢产物的测定进行诊断。收集清晨首次尿标本 10～20mL，立即放冰箱内保存或采用滤纸片收集尿液标本，晾干后可置于信封内邮寄至检测中心。

2．检测方法　　GC/MS 检测是目前最常用的方法，通常在加入各种内标准品后再经酸化、有机溶剂或固相萃取、干燥后进行三甲基硅烷衍化，然后经自动进样器上机进行 GC/MS 定性或定量分析。或经尿素酶处理后不进行萃取而直接衍化，可同步检测有机酸和少部分氨基酸、糖类产物。

3．结果判断　　主要表现为体液中出现异常有机酸或有机酸含量异常增高。有机酸代谢障碍的诊断通常不能依靠单次有机酸分析结果，应结合病史、临床表现、常规生化检查等综合考虑，必要时进行多次有机酸分析或负荷实验，或其他特殊检查。

（四）酰基肉碱分析

酰基肉碱分析主要用于脂肪酸氧化障碍的诊断，其方法有反相HPLC、GC/MS、MS/MS 等，以后者最为稳定、敏感，可迅速检测血滴纸片中的酰基肉碱含量。

（五）其他检查方法

通过氨基酸和有机酸分析可以对大多数遗传性代谢病进行诊断，但尚有一些涉及过氧化酶体、溶酶体、核苷酸、胆酸、卟啉等代谢途径的遗传代谢病必须对有关的代谢产物进行检测，必要时进行酶学分析、组织学或组织化学检查、基因诊断等。

四、治疗要点

目前，对大多数遗传性代谢病仍无特殊治疗方法，但许多疾病通过相应的对症或支持治疗可得到有效控制。其治疗原则为减少累积、补充所需、促进排泄。氨基酸、有机酸、脂肪酸、糖代谢异常多以饮食治疗为主，部分疾患可通过维生素、辅酶等进行治疗。极少数代谢病可通过酶的替代治疗、造血干细胞移植、器官移植矫正，基因治疗仍在研究中。

第二节　碳水化合物代谢缺陷

半乳糖血症

一、概述

半乳糖血症（galactosemia）是由于半乳糖代谢途径（图 2‑1）中酶的遗传性缺陷所致，属常染色体隐性遗传病，发病率约为1/62 000。临床上分 3 型，其中半乳糖‑1‑磷酸尿苷酰转移酶（GALT）缺乏型最多见，且病情严重，本节予重点叙述。

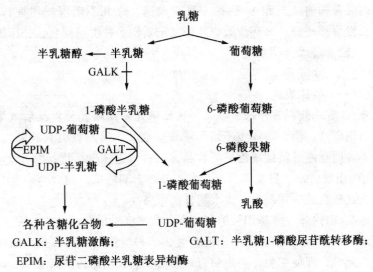

GALK：半乳糖激酶；　　　　　　GALT：半乳糖1‑磷酸尿苷酰转移酶；

EPIM：尿苷二磷酸半乳糖表异构酶

图 2‑1　半乳糖代谢途径及其酶缺陷

1. GALT 缺乏型　　约占 80％，GALT 的编码基因位于 9p13‑9p21，基因突变类型达 100 多种，以 S135L 和 Q188R 纯合子等位基因最为多见。纯合子患儿 GALT 活性缺如，半乳糖、1‑磷酸半乳糖和半乳糖代谢旁路生成的半乳糖醇在各种组织中累积。1-磷酸半乳糖具有细胞毒性，对糖原分解和糖异生均有抑制作用，临床上常出现低血糖。半乳糖进入晶状体后经醛糖还原酶还原为半乳糖醇，沉积在晶状体中形成白内障。肝、肾、脑组织中沉积大量的1-磷酸半乳糖和半乳糖醇导致器官功能受损。

2. 半乳糖激酶（GALK）缺乏型　　较少见，编码基因位于17q21-q22，至少发现有10种基因突变类型。主要表现为白内障，少数患者有假性脑瘤等症状。

3. 尿苷二磷酸半乳糖-4-表异构酶（EPIM）缺乏型　　罕见，约占1%。编码基因位于1pter-1p32。大多数患儿为红细胞、白细胞内表异构酶缺乏和1-磷酸半乳糖增高，患儿不出现任何症状，生长发育亦正常；另有少数患儿酶缺陷累积多种组织器官，临床酷似 GALT 缺乏型半乳糖血症。

二、诊断要点

（一）临床表现

1. 肝功能损害伴低血糖　　典型患儿常在喂乳类食品后数天即出现呕吐、拒食、体重不增和嗜睡等症状，继而黄疸和肝肿大，如不及时诊断并继续喂给奶类食品，则病情进一步恶化，常在2～5周内出现腹水、肝功能衰竭、出血等终末期症状。约30%～50%患儿在病程第一周左右并发大肠杆菌败血症。

2. 白内障　　如用裂隙灯检查，在发病早期即可见白内障。

3. 神经系统损害　　未经及时诊断和治疗的患儿多数在新生儿期死亡，即使幸免，多遗留有智力低下。长期随访观察表明，即使早期诊断和严格的饮食控制，多数患者仍存在不同程度的智力和运动发育障碍，其原因尚不清楚，可能与内源性半乳糖产生有关。

4. 卵巢功能早衰　　女性患者成年后表现为高促性腺激素性功能低下，骨密度降低。

（二）实验室检查

包括血糖、肝功能、凝血功能、乳酸、血及尿培养等。

（三）特殊检查

1. 新生儿筛查　　许多国家已将半乳糖血症列入新生儿常规筛查项目。Paigen 试验用于检测血滴纸片半乳糖和 1-磷酸半乳糖，属半定量方法；应用 MS/MS 进行筛查更为便捷和准确。

2. 尿液还原糖测定　　对疑似患儿可进行尿还原物检测，如果阳性，进一步采用滤纸或薄层层析方法进行鉴定。

3. 酶学诊断　　外周血红细胞及白细胞、皮肤成纤维细胞和肝活检组织等均可供测定酶活性之用，以红细胞最为方便。本病纯合子患儿的酶活性缺如或甚低；杂合子携带者的酶活性则为正常人的 50%。

三、鉴别诊断

患儿的预后取决于能否早期诊断和治疗，对可疑病例应及早进行相关的实验室检查以明确诊断。并注意与新生儿败血症、新生儿肝炎、果糖不耐受症、I 型酪氨酸血症等鉴别。

四、治疗关键

1. 停用乳类食品　　诊断明确立即停喂乳类，改喂豆浆、米粉等，并辅以维生素、脂肪等营养物质。或采用商品化的不含半乳糖的配方奶粉喂养新生儿和婴儿。添加辅助食品后，必须避免一切可能含有奶类的食品和某些含有乳糖的水果、蔬菜，如西瓜、西红柿、柿子、木瓜等。通常在限制乳类食品 3~4 天后即可见临床症状改善，一周后肝功能好转。

2. 对症、支持治疗　　静脉输给葡萄糖，纠正水、电解质和酸碱平衡紊乱，对合并败血症者给予适当抗生素治疗。

遗传性果糖不耐受症

一、概述

果糖广泛存在于各种水果和蔬菜中，含量最高可达干重的 40%，并常被用作食品添加剂，因此，日常饮食中摄入的果糖量较大。果糖代谢途径的遗传缺陷有 3 种：①果糖激酶缺乏症（又称特发性果糖尿症)。②遗传性果糖不耐受症（hereditary fructose intoler-ance)。③果糖-1,6-二磷酸酶缺乏症。均属常染色体隐性遗传病。

遗传性果糖不耐受症是由于果糖二磷酸醛缩酶 B 基因突变，导致肝脏缺乏果糖二磷酸醛缩酶所致。其编码基因位于 9q13－q32，长约 14 500bp，已发现 25 种基因突变类型，其中 A149P、A174D 两种点突变约占 70%，均在外显子 5 区域。本病患儿肝脏内果糖二磷酸醛缩酶活性完全缺如或仅为正常的 12% 左右，当摄入果糖后 1-磷酸果糖在肝脏内累积，并抑制糖异生和糖原分解，减少 ATP 的再生，导致低血糖和肝细胞坏死、脂肪浸润、胆管增生和纤维化，甚至肝硬化。

二、诊断要点

(一) 临床表现

1. 起病时间　　与饮食有关，人工喂养者常在生后 2~3 天内起病，母乳喂养儿在添加含蔗糖或果糖的辅食后约 30min 内起病，出现呕吐、腹泻、脱水等消化道症状。

2. 肝、肾功能损害　　若继续含果糖饮食，则呈现食欲减退、腹泻、体重不增、肝脏肿大、黄疸、出血、浮肿和腹水等急性肝功能衰竭表现，可伴有低血糖、惊厥或 Reye 综合征。亦可出现肾小管酸中毒和 Fanconi 综合征样肾小管吸收障碍。

3. 拒食"甜食"　　有些患儿因屡进甜食后出现不适症状而自动拒绝甜食，这种保护性行为可使患儿健康成长至成人期。

(二) 实验室检查

急性期呈一过性血糖、血钾、血磷降低，血镁增高，尿酸、乳酸、游离脂肪酸增高，肝功能异常。

(三) 特殊检查

1. 尿液果糖检测　　尿还原糖试验阳性，尿液 GC/MS 检查有助于诊断。

2. 果糖耐量试验　　在病情稳定数周后，一次给予果糖200~250mg/kg 静脉快速注射后检测血液中果糖、葡萄糖、无机磷、尿酸和转氨酶可供诊断。

3．酶活性测定　　可采用肝、肾或肠黏膜活检组织进行，但非诊断必须。

4．基因诊断　　主要用于流行病学研究。

（四）鉴别诊断

1．果糖激酶缺乏症　　由于肝脏缺乏果糖激酶，果糖不能进行磷酸化，也不能进入肝脏进一步代谢，故无肝脏肿大。摄入果糖后仅表现为血果糖明显增高，尿果糖阳性。

2．果糖-1，6-二磷酸酶缺乏症　　该酶的基因定位于 9p22，已经发现多种基因突变，临床酷似果糖不耐受症。由于糖异生途径受阻，在饥饿时也导致低血糖发作有助于鉴别，酶活性测定可明确诊断。

3．其他　　半乳糖血症和Ⅰ型酪氨酸血症在新生儿期亦可导致急性肝功能衰竭，应注意鉴别。

三、治疗关键

1．立即终止一切含果糖和蔗糖的饮食。合适的治疗可使所有症状在 2～3 天内消失，血液生化改变在 2 周内恢复正常，但生长落后仍可持续 2～3 年。

2．对症、支持治疗　　急性肝功能衰竭时应积极支持治疗，纠正低血糖和电解质紊乱，有出血倾向者可给予成分输血。

糖原累积病

一、概述

糖原累积病（glycogen storage disease，GSD）是一组由于先天性酶缺陷所导致的糖代谢障碍，发病率约为 1/20 000～25 000。已经证实的糖原合成和分解代谢中所必需的各种酶至少有 8 种，由于这些酶缺陷所造成的临床疾病至少有 12 种，其中Ⅰ、Ⅲ、Ⅳ、Ⅵ、Ⅸ型以肝脏病变为主，Ⅱ、Ⅴ、Ⅶ型则以肌肉组织损伤为主。除Ⅵ型为 X 连锁隐性遗传外，其余都是常染色体隐性遗传病。较常见的 9 种 GSD 的临床特点见表 2-1，下面重点介绍 GSD-Ⅰ型。

表 2-1　常见的各型糖原累积病的特征

型号	病名	酶缺陷	主要临床表现
0 型		糖原合成酶	类似酮症性低血糖，智力低下
Ⅰ型	Von Gierke 病	葡萄糖-6-磷酸酶	矮身材，肝肿大，低血糖
Ⅱ型	Pompe 病	α-1,4-葡萄糖苷酶	肌张力低下，心脏扩大
Ⅲ型	Cori 病	脱枝酶	低血糖，惊厥，肝肿大
Ⅳ型	Andersen 病	分枝酶	肝肿大，进行性肝硬化
Ⅴ型	McArdle 病	肌磷酸化酶	疼痛性肌痉挛，肌无力，血红蛋白尿，肾衰
Ⅵ型	Hers 病	肝磷酸化酶	轻度低血糖，生长迟缓，肝肿大
Ⅶ型	Tarui 病	肌磷酸果糖激酶	肌痉挛，血红蛋白尿
Ⅸ型		肝磷酸化酶激酶	肝肿大，生长迟缓，但终身高正常

　　糖原累积病Ⅰ型（GSD-Ⅰ）是由于肝、肾等组织中葡萄糖-6-磷酸酶系统活力缺陷所致，是 GSD 中最多见者，约占总数的 25%，呈常染色体隐性遗传。

　　葡萄糖-6-磷酸酶系统由以下成分组成：①分子量为 36.5kda的多肽，是酶的活性单位；②分子量为 21kda 的具有保护酶活性的稳定蛋白，SP。③使 6-磷酸葡萄糖进入内质网腔的转运蛋白，T_1。④使磷酸盐通过内质网膜的转运蛋白，$T_{2\beta}$。⑤使葡萄糖释出内质网的转运蛋白，GLU7。上述系统任一成分的缺陷均可使酶系统活力受损，引起 GSD-Ⅰ，依次定名为Ⅰa、ⅠaSP、Ⅰb、Ⅰc 和Ⅰd型，以Ⅰa 和Ⅰb 为多见。

二、诊断要点

（一）临床表现

1．低血糖　　重者在新生儿期可出现严重低血糖，随年龄增长，低血糖发作次数可减少。

2．身材矮小　　表现为生长迟缓、骨龄落后，骨质疏松，肌肉松弛。

3．肝脏肿大　　肝脏明显肿大，腹部膨隆，肝功能正常。

4．代谢紊乱　　慢性乳酸酸中毒；血脂增高，四肢伸侧皮下可见黄色瘤；尿酸增高，年长儿可出现痛风、肾结石等。

5．其他　　Ⅰa型常因血小板功能不良有鼻出血等出血倾向；Ⅰb型常伴有中性粒细胞减少症和白细胞移行障碍而容易合并感染。

（二）实验室检查

1．血常规　　中性粒细胞减少，血小板膜释放 ATP 能力减低。

2．血生化　　空腹血糖降低，乳酸增高，重者低血糖可伴有低磷血症，血清甘油三酯、胆固醇和尿酸增高，肝功能正常。

3．其他　　B 超检查可发现肝脏肿大、脂肪肝样改变，肾脏体积增大。X 线检查可见骨龄落后、骨密度减低，骨质疏松，肾脏体积增大。

（三）特殊检查

1．胰高血糖素或肾上腺素试验　　血糖无明显增高，而血乳酸增高。

2．肝组织活检　　可确定诊断，典型改变为细胞核内糖原累积、肝脂肪变性，但无纤维化。

3．酶活性测定　　肝组织葡萄糖-6-磷酸酶活性测定为重要确诊依据。

（四）鉴别诊断

注意与其他原因所致的肝肿大、低血糖等鉴别，如半乳糖血症、果糖不耐受症，其低血糖发作均与饮食有关，并伴有黄疸、肝功能严重损害，而糖原累积病患儿空腹时低血糖更为严重。另外持续低血糖应与高胰岛素血症鉴别，其血清胰岛素增高、注射胰高血糖素后血糖增高 > 1.7mmol/L，无肝脏肿大有助于鉴别。

三、治疗关键

采用多种措施维持空腹血糖正常以减轻症状。

1. 生玉米淀粉　　每 4～6h 口服 1 次生玉米淀粉 2g/kg，因吸收慢可维持血糖稳定，效果满意。

2. 日间少量多餐，夜间鼻饲管持续点滴高碳水化合物溶液，可维持血糖于 4～5mmol/L，因鼻饲困难，现较少采用。

糖异生障碍

糖异生障碍（gluconeogenesis disorder）是一组由于先天性酶缺陷导致糖异生障碍所致的疾病，临床表现主要为乳酸酸中毒、低血糖、惊厥和昏迷等。催化糖异生的关键酶包括丙酮酸羧化酶、磷酸烯醇式丙酮酸羧激酶、果糖1,6 双磷酸酶和葡萄糖 - 6 - 磷酸酶。其中葡萄糖 - 6 - 磷酸酶缺乏症即 GSD- Ⅰ，果糖1,6 - 双磷酸酶缺乏症常规列入果糖代谢缺陷中。

一、丙酮酸羧化酶缺乏症

属常染色体隐性遗传病，临床表现与其酶的活力有关，大致可分为 2 型。A 型：在婴儿期、或年长儿起病，症状较轻，呈轻度酸中毒，生长迟缓和神经系统损害症状。B 型：酶活力严重缺乏，在新生儿期起病，症状较重，伴肝肿大、惊厥、昏迷、持续严重酸中毒，乳酸、丙酮酸和丙氨酸增高，重者血氨升高。确诊应依据肝组织或成纤维细胞的酶活力测定，本病至今尚无满意治疗方法，预后不良。

二、磷酸烯醇式丙酮酸羧激酶缺乏症

是一种极罕见的常染色体隐性遗传病，主要临床表现为低血糖、乳酸酸中毒、肝大、肌张力低下、生长发育迟缓等，确诊必须依据肝组织酶活力测定。

第三节　氨基酸、有机酸代谢缺陷

苯丙酮尿症

一、概述

苯丙酮尿症（phenylketonuria，PKU）是由于苯丙氨酸（PA）代谢途径中先天性酶缺陷所致的氨基酸代谢异常，是少数可治性遗传性代谢病之一。属常染色体隐性遗传病，发病率有地区差异，美国约 1/14 000，日本为 1/60 000，我国约 1/16 500。按酶缺陷不同可分为典型和四氢生物蝶呤（BH4）缺乏型两型，其中 BH4 缺乏型约占 1%～3%，临床症状重，治疗困难。

典型 PKU 是由于肝细胞缺乏苯丙氨酸-4-羟化酶导致 PA 不能转化为酪氨酸所致。苯丙氨酸-4-羟化酶的编码基因定位于 12q22-24.1。BH4 缺乏型 PKU 主要是由于 6-丙酮酰四氢蝶呤合成酶缺陷，其编码基因定位于 1q22.2。BH4 是 PA、酪氨酸和色氨酸等芳香氨基酸在羟化过程中所必须的辅酶，缺乏时不仅 PA 不能转化为酪氨酸，且造成多巴胺、5-羟色胺等重要神经递质缺乏，加重神经系统的功能损伤。

二、诊断要点

（一）临床表现

1. 神经系统症状　　出生时正常，一般 3～6 个月出现症状，1 岁左右明显，表现为呕吐、激惹、智力低下、语言发育障碍。约 1/4 患儿有癫痫发作，常在 18 个月以前出现，发作类型可为婴儿痉挛或其他形式，约 80% 有脑电图异常，可表现为高峰节律紊乱、局灶或多灶性棘波等。癫痫发作可随年龄增长而渐减轻。少数患儿可表现头小畸形、肌张力改变和精神行为异常。CT 和 MRI 检查可见弥漫性脑皮质萎缩。BH4 缺乏型者神经症状出现早且症状重，不经治疗常在婴儿期死亡。

2．皮肤、毛发改变　　约90%患儿于生后3~4个月皮肤毛发色素逐渐变浅，巩膜色素减少，皮肤干燥，常有湿疹。

3．鼠尿味　　由于汗液和尿液中含大量的苯乙酸所致。

（二）实验室检查

1．新生儿筛查　　生后3~5天采新生儿足跟血吸在滤纸片上，常用细菌抑制法（Guthria法）测定血滴纸片中PA水平。一般认为PA大于0.24mmol/L（4mg/dL）为阳性，应复查并行定量测定以确定诊断。

2．尿液筛查　　适用较大婴幼儿，三氯化铁试验呈绿色反应，2,4二硝基苯肼试验可呈黄色沉淀反应，但特异性较差。

（三）特殊检查

1．血氨基酸和尿有机酸分析　　不仅为本病的诊断提供生化诊断依据，同时还可以鉴别其他可能的氨基酸、有机酸代谢缺陷病。正常人血PA浓度为0.06~0.18mmol/L（1~3mg/dL），经典PKU患儿可达1.22mmol/L，而血中酪氨酸浓度正常或稍低。

2．BH4负荷试验　　用于BH4缺乏型PKU的诊断。患儿在餐前30min按20mg/kg服用BH4，在服前（0h）和服后4h、8h各采血1次，检测血PA浓度。经典PKU患儿血PA在服用BH4前后无明显改变，BH4缺乏性患儿在服用4h后血浆PA明显下降。

3．尿蝶呤分析　　应用HPLC测定尿液中新蝶呤和生物蝶呤的含量，可以鉴别各型PKU。

4．基因分析　　目前对苯丙氨酸-4-羟化酶缺陷可用DNA分析方法进行基因诊断、杂合子检出和产前诊断。

（四）鉴别诊断

1．持续性轻型高苯丙氨酸血症　　症状较轻，多数患儿无明显智力低下。血PA在0.244~1.22mmol/L之间。苯丙氨酸负荷试验（口服PA0.1g/kg，测定血PA和酪氨酸水平，共3天）血PA始终在1.22mmol/L以内有助于诊断。

2．一过性高苯丙氨酸血症　　见于新生儿和早产儿，血酪氨酸水平增高比 PA 增高更为明显，尿中有苯丙酮酸和苯乙酸，可持续数月。

三、治疗关键

1. 低苯丙氨酸饮食　　是目前治疗经典 PKU 的唯一方法，目的是预防脑损伤，原则是使苯丙氨酸的摄入量能保证生长发育和代谢的最低需要量。饮食治疗至少坚持至青春期。苯丙氨酸是必需氨基酸，其需要量因年龄而异，一般在生后 2 个月内约需 50～70mg/ (kg·d)，3～6 个月约 40mg/ (kg·d)，2 岁约 25～30mg/ (kg·d)，4 岁以上约 10～30mg/ (kg·d)。天然蛋白质中含有 4%～6% 的 PA，必须限制其摄入。母乳仍是婴儿最好的饮食，每 100mL 人乳含 PA 约 40mg，给予计算量的母乳对患儿的发育十分有利，切忌停喂母乳。一般情况下，总蛋白质摄入量约按正常儿童的 50% 计算，其中 80% 为低或无苯丙氨酸奶粉、蛋白粉等人工蛋白质。应定期监测血 PA 水平，使血浆 PA 浓度维持在理想水平（6 岁内血 PA 0.12～0.36mmol/L）。

在症状出现前开始饮食治疗，可使智力发育接近正常，生后 6 个月以后开始治疗者多数有智力低下。4～5 岁以后开始治疗者可减轻癫痫发作和行为异常。

2. BH4、L-DOPA 和 5-羟色氨酸　　对 BH4 缺乏型 PKU 应根据酶缺陷情况给予相应的治疗。如 6-丙酮酰四氢蝶呤合成酶缺陷者，可口服 BH4 2～5mg/kg，L-DOPA 30～50mg/kg，5-羟色氨酸 3～8mg/kg，可正常饮食。

酪氨酸血症Ⅰ型

一、概述

酪氨酸血症Ⅰ型（hereditary tyrosinaemia typeⅠ）又名肝肾型酪氨酸血症（hepatorenal tyrosinemia），是由于肝、肾组织缺乏延胡索酰乙酰乙酸水解酶（fumarylacetoacetate hydrolase，FAH）所致，是导致新生儿期急性肝功能衰竭的原因之一，属常染色体隐性遗传性疾病。FAH 的编码基因位于 15q23 - q25，含有 14 个外显子，长约 30 ~ 50kb。当 FAH 缺陷时，旁路代谢途径生成的琥珀酰乙酰乙酸和琥珀酰丙酮（见图 2 - 2）发生累积，与蛋白质的 SH 基结合可能是造成肝肾功能损伤的重要原因。

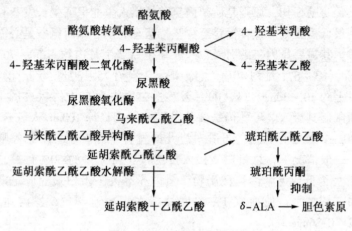

图 2 - 2   酪氨酸代谢途径

二、诊断要点

（一）临床表现

1. 起病   自出生后数周至成人不等，症状可急可缓，起病越早，病情越重。

2. 肝功能损害   急性患儿病情发展迅速，早期类似新生儿肝炎，常在 3 ~ 9 个月内死于肝功能衰竭。慢性型患儿常在 1 岁后发病，以生长迟缓、进行性肝硬化为主，少数伴有肝肿瘤，一般在 10 岁内死亡。

3. 肾损害   肾小管功能受损表现如低血磷性佝偻病、糖尿、蛋白尿及氨基酸尿等。

4. 神经系统症状   呈发作性急性末梢神经受累危象，表现为严重的疼痛性感觉异常，以双下肢为甚，常过度伸展躯干和颈部以减轻疼痛，同时伴自主神经异常表现如血压增高、心动过速、肠麻痹等，少数在危象发作时出现肌张力降低，甚至瘫痪。发作时神志清晰，持续约 1 ~ 7 天，酷似急性间歇性卟啉病，可能与 δ-ALA 增高有关。

（二）实验室检查

1．血、尿常规　　贫血、血小板减少、白细胞减少；糖尿、蛋白尿、低比重尿等。

2．血生化　　血磷降低，血清转氨酶正常或轻度增高，胆红素增高，血浆蛋白降低，凝血功能异常等。

（三）特殊检查

1．血氨基酸分析　　主要为酪氨酸、甲硫氨基酸明显增高。

2．尿有机酸分析　　可检出大量的 4 - 羟基苯丙酮酸、4 - 羟基苯乳酸和 4 - 羟基苯乙酸。

3．酶活性测定　　肝活检组织、红细胞和淋巴细胞中 FAH 活力测定可作为确诊依据。

（四）鉴别诊断

本病的临床症状易与果糖不耐受症、半乳糖血症、糖原累积病和婴儿病毒性肝炎等混淆，注意鉴别。

三、治疗关键

1．低酪氨酸、低苯丙氨酸饮食　　这两种氨基酸的摄入量均 < 25mg/（kg·d），可采用配方奶粉或低蛋白饮食。

2．药物　　NTBC 即 2 -（2 - 硝基 - 4 - 三氟苯甲酰）-1,3 环己二醇，是一种 4 - 羟基苯丙酮酸二氧化酶抑制剂，每日口服 0.6mg/kg，可改善症状，是目前最佳治疗药物。

3．肝移植　　对慢性患儿伴肝肿瘤者可考虑进行同种肝移植术。

同型胱氨酸尿症

一、概述

同型胱氨酸尿症（homocystinuria）是蛋氨酸代谢途径中由于酶缺陷而引起的遗传性代谢性疾病，又称高同型胱氨酸血症。本病至少有3种不同的生化缺陷型：①胱硫醚合酶缺乏型：最常见，发病率约1/340 000。该酶编码基因定位于21q23.3，已发现10余种突变类型，其中以外显子8上的G919C和T833C最多见。维生素 B_6 是该酶的辅酶，部分患者对维生素 B_6 治疗有效。②5-N甲基四氢叶酸转甲基酶缺乏型：同型胱氨酸经转甲基作用生成蛋氨酸的途径受阻，维生素 B_{12} 是该酶的辅酶。③5,10-甲烯四氢叶酸还原酶缺乏型：不能提供足够的5-N甲基四氢叶酸供转甲基作用。以上均属常染色体隐性遗传病。下面重点介绍胱硫醚合酶缺乏型同型胱氨酸尿症。

二、诊断要点

1. 临床表现　患儿出生时正常，在婴儿期以非特异性症状为主，如体重不增、发育迟缓等，多数在3岁以后因眼部症状而确诊。

（1）眼症状：晶状体向下脱位，严重近视，在眼球或头部活动时可见到特殊的虹膜颤动。随着病情发展，逐渐出现散光、青光眼、白内障、视网膜脱离、视神经萎缩表现。

（2）骨骼系统表现：身体细长，酷似Marfan综合征，接近青春期时可见骨骺和干骺端增大，以膝关节最明显；常因骨质疏松，导致脊柱侧凸和病理性骨折等；亦可见膝外翻、鸡胸或漏斗胸等骨骼畸形。关节僵硬、活动受限。

（3）神经系统症状：约50%患儿出现智力低下，心理和行为异常亦较常见，约20%患儿伴有惊厥和脑电图异常。智商正常者多数对维生素 B_6 治疗有效。

（4）心、血管症状：高同型胱氨酸血症可能是动脉粥样硬化发病的独立危险因子。本病极易发生血栓栓塞，临床表现为高血压、瘫痪和肺心病等。维生素 B_6 敏感型者常在发生严重的血管栓塞后才被确诊。

2．实验室检查　　尿硝普钠试验为初筛试验，阳性结果提示尿中存在含硫氨基酸。

3．特殊检查

（1）血、尿氨基酸分析：血浆中同型半胱氨酸和甲硫氨酸浓度增高，而胱硫醚和胱氨酸水平下降；尿液中排出大量同型半胱氨酸。

（2）酶活性测定：肝活检组织、培养的成纤维细胞或经植物血凝素刺激的淋巴细胞中胱硫醚合酶的活性测定可确定诊断。培养的羊水细胞或绒毛可供酶活性测定，可用于产前诊断。

4．鉴别诊断

（1）5－N甲基四氢叶酸转甲基酶缺乏型同型胱氨酸尿症：临床症状较轻，很少见晶状体脱位和血栓形成，血甲硫氨酸不增高，可合并甲基丙二酸尿症，确诊有赖于酶活力测定。

（2）5,10－甲烯四氢叶酸还原酶缺乏型同型胱氨酸尿症：本型以神经系统症状为主，如惊厥、智力低下、精神分裂症样症状、肌病等，无骨骼、晶状体和血管症状。血甲硫氨酸不增高，确诊有赖于酶活力测定。

（3）Marfan综合征：晶状体异位、蜘蛛指（趾）和血管症状与本病相似，但Marfan综合征呈常染色体显性遗传，出生时即可见身体细长，关节柔软，血、尿中无同型半胱氨酸增高。

三、治疗关键

1．低甲硫氨酸-高胱氨酸饮食　　对胱硫醚合酶缺乏型者，应限制甲硫氨酸的摄入，可使用特殊奶配方喂养，或多进食含甲硫氨酸少的蛋白质，如扁豆、黄豆等豆类食物。

2．维生素　　本病各型均可用大剂量维生素治疗。约半数患儿对维生素 B_6 治疗有效，但有效剂量因人而异，自 10mg/d 至

1 000mg/d不等。可先用维生素 B_6 100～500mg/d 口服，连用数周，有效后逐渐减量，以最低剂量（约 25mg/d）维持。无效者可加服叶酸 10～20mg/d，维生素 B_{12} 0.5～1.0mg/d。

3. 甜菜碱　　用于维生素 B_6 不敏感型患儿，每日 6～9g，分3 次口服。治疗过程中应定期监测生长速率及血、尿氨基酸水平，维持血浆甲硫氨酸浓度 <40μmol/L，同型半胱氨酸在正常水平。

尿素循环酶缺陷和高氨血症

一、概述

氨主要来源于各组织器官中氨基酸和胺分解产生的氨、肠道吸收的氨和肾小管上皮细胞分泌的氨。氨在血液中以丙氨酸和谷氨酰胺两种形式运输到肝脏，通过尿素循环途径将有毒性的氨分子转化为水溶性的、无毒的尿素，通过肾脏排泄。尿素循环途径有 6 种酶参与，其中任一种酶的缺陷均可造成尿素循环障碍，导致血氨增高。尿素循环中的酶及其缺陷所致的疾病见表 2-2。

表 2-2　尿素循环中的酶及其缺陷所致的疾病

酶	基因定位	表达组织	酶缺陷导致的疾病	遗传方式	发病率
氨甲酰磷酸合成酶（CPS）	2p	肝、肠（线粒体）	高氨血症Ⅰ型	AR	1/800 000
鸟氨酸氨甲酰基转移酶（OTC）	Xp21.1	肝、肠和肾（线粒体）	高氨血症Ⅱ型	X 连锁	1/80 000

酶	基因定位	表达组织	酶缺陷导致的疾病	遗传方式	发病率
精氨酰琥珀酸合成酶（AS）	9q34	肝、肾及成纤维细胞（胞浆）	瓜氨酸血症	AR	1/250 000
精氨酰琥珀酸裂解酶（AL）	7q11.2	肝、肾、脑、红细胞及成纤维细胞（胞浆）	精氨酰琥珀酸尿症	AR	1/70 000
精氨酸酶（ARG）	6q23	肝、肠及红细胞（胞浆）	精氨酸血症	AR	罕见
N-乙酰谷氨酸合成酶（NAGS）		肝、肠（线粒体）	N-乙酰谷氨酸合成酶缺陷症	AR	罕见

除 CPS 和 NAGS 缺陷外，其他各型均造成氨甲酰磷酸的累积，当累积到一定程度时即自线粒体弥散入胞浆与天冬氨酸结合，形成乳清酸，参与嘧啶合成途径并自尿中排泄。

二、诊断要点

（一）临床表现

尿素循环中各种酶缺陷的临床表现都以高氨血症所致的神经中毒症状为主，但各型之间或同一型的不同患儿之间症状差异较大，酶缺陷愈接近尿素循环的起始端，症状愈重。发病年龄可自新生儿至成人阶段。主要表现为新生儿进食后 2～3 天逐渐出现呕吐、拒食、嗜睡、烦躁、过度换气、惊厥和昏迷，脑 CT 可发现脑水肿，多数患儿被误诊为肺疾患、败血症和颅内疾病，因处理不当而夭折。年长儿可在给予高蛋白饮食后而引发，常出现失定向力和共济失调等神经系统症状，易被误诊为胃肠炎、周期性呕吐、脑炎等。

（二）实验室检查

1．血氨测定　　常用酶学方法测定，正常婴儿 < 35μmol/L，患儿常 > 200μmol/L。

2．血尿素测定　　正常或降低。

3．血气分析　　因呼吸增快、过度换气而呈呼吸性碱中毒。

（三）特殊检查

1．血、尿氨基酸和有机酸分析　　见表 2-3。

表 2-3　各种尿素循环酶缺陷患儿的氨基酸和有机酸变化

酶缺陷	CPS	OTC	AS	AL	ARG	NAGS
血液						
谷氨酰胺	↑~↑↑	↑~↑↑	↑~↑↑	↑~↑↑	↑~↑↑	↑~↑↑
丙氨酸	↑~↑↑	↑~↑↑	↑~↑↑	↑~↑↑	↑~↑↑	↑~↑↑
瓜氨酸	↓		↑↑↑	↑↑	N	↓~N
精氨酰琥珀酸			↑~↑↑			
精氨酸	↓~N	↓~N	↓~N	↓~N	↑~↑↑	↓~N
尿液						
精氨酸	N	N	N	N	↑	N
精氨酰琥珀酸			↑~↑↑			
乳清酸	N	↑↑↑	↑	↑	↑↑	N

2．酶活性测定　　尿素循环中酶活力测定可参照表 2-3 采集相应的标本进行分析。

3．基因诊断　　对 CPS 和 OTC 缺陷可进行基因分析确定诊断。

4．产前诊断　　羊水细胞或绒毛的基因分析可于产前诊断 OTC 缺乏；羊水细胞或绒毛的酶活性测定可诊断 AL 缺乏和 AS 缺乏。

（四）鉴别诊断

高氨血症除见于尿素循环酶缺陷外，尚可见于各种有机酸血症、脂肪酸氧化障碍和碱性氨基酸转运缺陷等，这些疾病通常伴有酮、酸中毒和低血糖，通过检测血、尿氨基酸和有机酸成分即可鉴别。

三、治疗关键

（一）急性高氨血症的治疗

1．立即停止摄食蛋白质，静脉补充葡萄糖、脂肪乳（1g/kg·d）和电解质，以保证足够的热量、水和电解质，减少蛋白质的分解。

2．促进氨的排泄、补充必需氨基酸　　苯甲酸钠 0.25g/kg、苯乙酸钠 0.25g/kg 和精氨酸 0.2~0.8g/kg 加入 10% 葡萄糖液（20mL/kg）内，于 1~2h 内静脉输入。以后每日按上述剂量缓慢输注。

3．口服广谱抗生素或新霉素灌肠，以抑制肠道细菌产生氨。

4．腹膜透析或血液透析　　经上述治疗后血氨未能降低者可考虑进行。

5．肝移植　　重症患儿在病情稳定后可考虑肝脏移植术。

（二）长期治疗

1．限制蛋白质摄入　　每日饮食中蛋白质量控制在 1~2g/kg，必须保证热量、维生素和微量元素的供应。

2．长期使用苯甲酸钠、苯乙酸钠（或苯丁酸钠）、精氨酸（或瓜氨酸）等，以维持血氨 <80μmol/L 和血浆谷氨酰胺 <800μmol/L。

3．定期监测生长发育指标，及时调整治疗方案，维持血浆必须氨基酸在正常范围。有惊厥者禁止使用丙戊酸钠，以免加重高氨血症。

枫 糖 尿 症

一、概述

枫糖尿症（maple syrup urine disease，MSUD）是由于支链氨基酸（亮氨酸、异亮氨酸和缬氨酸）代谢过程中的支链 α-酮酸脱氢酶复合体缺陷，导致支链氨基酸和 α-支链酮酸在体内累积，临床表现为脑功能障碍和酸中毒。因 α-酮-β-甲基戊酸从尿中大量排出，使尿液具有枫糖浆的香甜气味而得名。MSUD 属常染色体隐性遗传性疾病，发病率约 1/185 000，临床上分为 5 型。

支链氨基酸在氨基转移后所形成的 α-支链酮酸（α-酮异己酸、α-酮-β-甲基戊酸和 α-酮异戊酸）必须由线粒体中的支链 α-酮酸脱氢酶复合体进一步催化脱羧，生成相应的脂酰辅酶 A。该酶复合体由脱羧酶（E1，包括 E1α、E1β 两个亚单位）、二氢硫辛酰胺酰基转移酶（E2）和二氢硫辛酰胺酰基脱氢酶（E3）等 4 部分组成，它们的编码基因分别位于 19q13.1 - q13.2、6p21 - p22、1p21 - 31 和 7q31。任一上述基因的突变（如错义或无义突变、缺失突变等）即可导致复合体酶活性降低，造成不同类型的枫糖尿症。其中以 E1α、E1β 和 E2 基因突变最为常见，如 E1α 基因的 Y393N 突变。E3 还是丙酮酸脱氢酶和 α-酮戊二酸脱氢酶的组成部分，焦磷酸硫胺是该酶系统的辅酶。

二、诊断要点

（一）临床表现

1. **典型枫糖尿症**　最常见也最严重，其支链 α-酮酸脱氢酶的活力低于正常儿的 2%。患儿出生时正常，于生后 4~7 天逐渐出现嗜睡、烦躁、喂养困难、体重不增等症状，随即交替出现肌张力减低或增高，常见去大脑强直、惊厥和昏迷等表现，病情进展迅速。部分患儿可伴有低血糖，酮、酸中毒，前囟饱满等，脑 MRI 提示细胞性脑水肿。症状出现的同时尿液有枫糖浆气味。本病预后差，多数于生后数月内死于反复发作的代谢紊乱或神经功能障碍，少数存活者有智力低下、痉挛性瘫痪、皮质盲等神经系统伤残。

2. 轻（或中间）型　　酶活力为正常人的 3% ~ 30%，血中支链氨基酸和支链酮酸轻度增高，尿中有过量的 α-酮酸。多数患儿于学龄前期因智力低下或惊厥就诊而获确诊，少数有急性发作性代谢紊乱。本型与硫胺有效型不易鉴别，可借助治疗试验协助判断。

3. 间隙型　　酶活力为正常人的 5% ~ 20%，通常在 0.5 ~ 2 岁发病，亦可至成人期发病。感染、手术、高蛋白饮食为常见诱发因素，发作时表现嗜睡、共济失调、行为异常、步态不稳，重者出现惊厥、昏迷，甚至死亡，尿液有枫糖浆气味。发作间期血、尿生化检查正常，少数有智力低下。

4. 硫胺有效型　　酶活力为正常人的 30% ~ 40%，其临床表现与轻型相似。维生素 B_1 治疗可使症状好转，血、尿生化改变恢复正常。

5. E3 缺乏型　　罕见，症状与轻型相似，常伴有乳酸酸中毒，尿液中有大量的乳酸、丙酮酸、α-酮戊二酸、α-羟基异戊酸和 α-羟基酮戊二酸等，由于丙酮酸大量累积，血中丙氨酸增高。

（二）实验室检查

1. 生化检查　　包括血气分析、电解质、阴离子间隙、血糖等。

2. 尿筛查　　2,4 二硝基苯肼试验可了解尿液中是否有酮酸存在。

（三）特殊检查

1. 新生儿筛查　　多数采用 Guthrie 细菌生长抑制法，当血中亮氨酸浓度 > 305 μmol/L（4mg/dL）时，应进一步检查尿中支链酮酸含量。应用 GC/MS、MS/MS 方法筛查更为准确、简便。在许多国家如日本，MSUD 是新生儿筛查的常规项目。

2. 氨基酸和有机酸分析　　对患儿血、尿和脑脊液进行氨基酸和有机酸分析可提供确诊依据：①血支链氨基酸和支链酮酸增

51

高，血亮氨酸/丙氨酸比值可达 1.3 ~ 12.4（正常范围为 0.12 ~ 0.53）。②在急性期血 α-酮异戊酸增高，尿 α-羟异戊酸增高。③血中检出本病特有的 L-别异亮氨酸。

3. 酶测定　　可检测培养的成纤维细胞、淋巴母细胞支链酮酸脱氢酶复合体的活力。

4. 基因分析　　患儿为突变基因的纯合子或双重杂合子改变。对已知突变的家庭成员可进行基因分析，便于杂合子的检出、高危新生儿筛查和产前诊断。

（四）鉴别诊断

新生儿出生时正常，生后 4 ~ 7 天出现神经系统症状、酸中毒、低血糖等表现应考虑遗传代谢病的可能，尿有枫糖浆气味常提示 MSUD，血、尿氨基酸和有机酸分析可确定诊断。典型的 MSUD 应与新生儿败血症、缺氧缺血性脑病等鉴别。对不明原因的惊厥、智力低下、行为和认知异常的患儿，应注意排除本病。

三、治疗关键

1. 急性期的治疗　　治疗原则为抑制内源性蛋白质的分解，促进蛋白质的合成，降低血中支链氨基酸水平；预防必需氨基酸的缺乏和维持正常的血浆渗透压。其措施包括：

（1）全静脉营养：可用去除支链氨基酸的标准全静脉营养液。

（2）胰岛素 0.3 ~ 0.4U/(kg·d) 和葡萄糖 20 ~ 26g/(kg·d) 静脉滴注，持续数日。

（3）重组生长激素皮下注射，减少组织蛋白分解。

（4）甘露醇、速尿、高渗盐水维持血钠和细胞外渗透压正常，防治脑水肿。经上述措施治疗 2 ~ 4 天常可使血中亮氨酸水平 < 400μmol/L。当亮氨酸在 100 ~ 300μmol/L 时可考虑给予低支链氨基酸饮食。

（5）腹膜透析或血液透析，可在数小时内使血中支链氨基酸和支链酮酸幅度降低，神经系统症状好转。

2. 饮食治疗　　MSUD 患者必须终身饮食治疗，必须限制食物中支链氨基酸的摄入量，以便血中支链氨基酸能维持在正常范围内。可给予低蛋白饮食，亦可用人工合成的氨基酸配方奶粉，根据每周的血氨基酸水平进行调整。如果亮氨酸和异亮氨酸摄入过度限制，可能会导致皮肤损害，如口周乳头状皮疹或类似肠原性肢端皮炎和尿布皮炎等表现。

3. 维生素 B_1　　每日 10～1 000mg，对硫胺素有效型 MSUD 患者治疗有效。

4. 肝移植　　典型 MSUD 患儿一经确诊即可考虑肝脏移植术，术后次日生化改变即可恢复正常，但远期效果尚待观察。

异戊酸血症

一、概述

异戊酸血症（isovaleric academia）是亮氨酸分解代谢途径中，由于异戊酰辅酶 A 脱氢酶缺乏，导致异戊酰辅酶 A 及其代谢产物累积。临床特点为代谢性酸中毒、高氨血症、特殊"汗脚"气味，尿中异戊酰甘氨酸明显增高，属常染色体隐性遗传病。异戊酰辅酶 A 脱氢酶基因定位于染色体 15q14－q15，患者的成纤维细胞中异戊酰辅酶 A 脱氢酶活性约为正常的 0～13%，残存酶活性与临床严重程度无关。

二、诊断要点

（一）临床表现

可表现为急性型和慢性间歇型。

1. 急性型　　新生儿出生时正常，通常 3～6 天（1～14 天）内出现拒奶、呕吐，继而脱水、嗜睡、惊厥、青紫、昏迷，常伴有难闻的汗脚气味，约半数病人死亡。死亡原因可能为严重的酸中毒、脑水肿、出血或继发感染。随着诊断技术的提高和治疗改善，如甘氨酸和肉碱的使用，预后有所好转。如病人在新生儿期存活，随后病程可转为慢性间歇型。

2. 慢性间歇型　　第一次发作通常在 1 岁内，多由上呼吸道感染和高蛋白饮食诱发。发作期的表现包括呕吐、嗜睡、昏迷、酸中毒、汗脚气味等，限制蛋白质摄入可缓解症状。其他伴随症状有腹泻、血小板减少、中性粒细胞减少和全血细胞减少，高血糖等。许多患者对蛋白质饮食产生自然厌恶感，部分患者可有轻度或重度智力低下。

（二）实验室检查

1．血常规　　血小板、中性粒细胞减少，或全血细胞减少。

2．生化检测　　代谢性酸中毒、酮症、高氨血症、高乳酸血症、高血糖症、低钙血症等。

（三）特殊检查

1．尿异戊酰甘氨酸测定　　尿有机酸分析对急性期和缓解期患者均有诊断意义。急性期尿异戊酰甘氨酸极度增高（2 000～9 000mmol/mole 肌酐），伴有显著的 3-羟基异戊酸增高（1 000～2 000mmol/mole 肌酐），其他代谢物如 4-羟基异戊酸、异戊酰谷氨酸、异戊酰葡萄糖醛酸、异戊酰丙氨酸等明显增高。在缓解期仅见异戊酰甘氨酸增高（1 000～3 000mmol/mole 肌酐）。

2．尿肉碱酯分析　　酰基辅酶 A 类产物与相应的酰基肉碱处于动态平衡，经尿中排泄。缓解期病人尿中可检出少量异戊酰肉碱。口服肉碱可增加异戊酰肉碱的排泄量。

3．酶测定　　患者成纤维细胞中异戊酰辅酶 A 脱氢酶活性明显减低，有确诊意义，但方法较困难。

4．产前诊断　　测定羊水中异戊酰甘氨酸含量。

（四）鉴别诊断

异戊酸血症的临床表现为许多有机酸尿症所共有，确诊有赖于有机酸分析。急性发作期的汗脚气味可能提示本病，但戊二酸尿症Ⅱ型亦可出现类似气味，应注意鉴别。

三、治疗关键

1．饮食治疗　　限制天然蛋白质的摄入，根据年龄调整亮氨酸的需要量，可选用不含亮氨酸的专用食品，并注意补充其他氨基酸。

2．急性期的治疗

（1）对症支持治疗：保证热量供应以减少内源性蛋白质的分解，适当补充碳酸氢钠纠正重度酸中毒，维持内环境的稳定。

（2）补充肉碱和甘氨酸：促进异戊酰辅酶 A 的清除。L-肉碱 100mg/（kg·d），口服，甘氨酸 600mg/（kg·d）。在缓解期限制亮氨酸饮食的基础上，甘氨酸的用量一般为 150mg/（kg·d）。因苯甲酸和阿司匹林可干扰甘氨酸的作用，应禁用。

甲基丙二酸血症

一、概述

甲基丙二酸血症（Methylmalonic acidemia，MMA）又称甲基丙二酸尿症，属常染色体隐性遗传，临床特点为严重间歇性酮症酸中毒，血、尿中甲基丙二酸增高。其遗传缺陷包括甲基丙二酰辅酶 A 变位酶蛋白缺陷即完全性变位酶缺陷和部分性变位酶缺陷（mut^0 和 mut^-）；腺苷钴胺素（AcoCbl）合成缺陷即线粒体钴胺素还原酶（cblA）缺乏和线粒体钴胺素转移酶（cblB）缺陷；胞浆和溶酶体钴胺素代谢异常引起腺苷钴胺素和甲基钴胺素合成缺陷（cblC，cblD，cblF）。遗传缺陷为 mut^0、mut^-、cblA、cblB 者，仅表现为单纯的 MMA；缺陷为 cblC、cblD、cblF 时表现为 MMA 和同型胱氨酸尿症。mut^0、mut^- 突变基因定位于染色体 6p21，其他类型尚不清楚。

二、诊断要点

（一）临床表现

多数在新生儿期起病，呈反复发作性酮症和酸中毒、高氨血症，表现为嗜睡、生长发育迟缓、呕吐、脱水、呼吸困难和肌张力低下等。半数患儿有血细胞减少，常伴随有神经系统症状如智力低下、惊厥、昏迷、行为异常等。可见肝肿大。

（二）实验室检查

1．血常规　白细胞减少、血小板减少、贫血等。

2．血生化　　代谢性酸中毒、酮中毒、阴离子间隙增加，血氨增高、血糖降低等。

3．X线检查　　可见骨质疏松。

（三）特殊检查

1．有机酸分析　　血、尿中甲基丙二酸明显增高有诊断意义，可伴有丙酸增高。

2．酶测定　　成纤维细胞中甲基丙二酰辅酶 A 变位酶活性降低。

3．产前诊断　　可测定羊水或中期妊娠孕母尿中甲基丙二酸浓度，或测定培养羊水细胞中酶活性进行产前诊断。

（四）鉴别诊断

注意与其他原因引起的酮症酸中毒、钴胺素缺乏和单纯性同型胱氨尿症等鉴别。

三、治疗要点

1．饮食治疗　　限制蛋白质摄入量，减少甲基丙二酸前体（胸腺嘧啶、尿嘧啶、缬氨酸、异亮氨酸、甲硫氨酸、苏氨酸、胆固醇和奇链脂肪酸）的摄入。

2．维生素 B_{12}　　部分病例为维生素 B_{12} 依赖型 MMA，对大剂量维生素 B_{12} 治疗有效。建议对所有患者先进行大剂量维生素 B_{12} 试验治疗，维生素 B_{12} 1～5mg/d，共 1 周，如有效可长期维持治疗，维持剂量一般为每周 1mg。

3．L-肉碱　　100mg/（kg·d），口服。

丙 酸 血 症

一、概述

丙酸血症（propionic acidemias）是由于丙酰辅酶 A 羧化酶缺乏，丙酰辅酶 A 生成 D-甲基丙二酰辅酶 A 受阻，继而生成大量的丙酸，临床上以反复发作的酮症酸中毒、蛋白质不耐受和血浆甘氨酸水平明显增高为特征，属常染色体隐性遗传病。生物素是丙酰辅酶

A羧化酶的辅酶，因此，丙酸血症的遗传缺陷包括：①丙酰辅酶A羧化酶缺乏：该酶由α和β两个亚单位组成，其基因突变可导致酶缺陷，对生物素治疗无效。②生物素代谢缺陷引起的多种生物素依赖性羧化酶缺乏：对生物素治疗有效。

二、诊断要点

(一) 临床表现

有机酸代谢异常的临床表现相似，缺乏特异性。多数患儿起病较早，新生儿期即可出现严重的酸中毒，表现为拒食、呕吐、嗜睡、肌张力低下，亦可见脱水、惊厥、肝肿大。部分病例发病较晚，表现为急性脑病或发作性酮症酸中毒、生长发育迟缓、肌张力改变、舞蹈症和锥体系症状等，多在摄食蛋白饮食尤其是富含支链氨基酸、甲硫氨基酸和苏氨酸饮食后发作。常有脑萎缩和 EEG 异常。多种羧化酶缺乏者常有严重的弥漫性皮疹和（或）脱发。

(二) 实验室检查

1．血常规　　白细胞减少、血小板减少。

2．血生化　　代谢性酸中毒、阴离子增高、高氨血症、高血糖或低血糖等。

(三) 特殊检查

1．氨基酸、有机酸分析　　血中丙酸明显增高，血浆甘氨酸、支链氨基酸增高；尿丙酸、丙酰甘氨酸、β-羟基丙酸和α-甲基巴豆酸、甲基枸橼酸显著增高。

2．酶测定　　白细胞和成纤维细胞中丙酰辅酶A羧化酶活性减低可确诊。

3．产前诊断　　测定培养的羊水细胞中酶活性可进行产前诊断。

(四) 鉴别诊断

甲基丙二酸血症亦有丙酸积聚，但以甲基丙二酸增高为主，相应的酶活性测定有助于确诊。

三、治疗关键

1. 急性代谢紊乱期的治疗　　停止一切蛋白质饮食，补充葡萄糖，减少组织分解。口服抗生素以减少肠道细菌产生丙酸。L-肉碱 100mg/（kg·d）口服有一定效果。伴高氨血症时可考虑腹膜透析。

2. 饮食治疗　　给予低蛋白 0.5～1.5g/（kg·d）或低丙酸前体饮食，可减少酮症酸中毒发作次数。

3. 生物素　　仅对多种羧化酶缺乏所致的丙酸血症有效，生物素 10mg/d，口服，数天后临床症状迅速改善，预后好。

Hartnup 病

一、概述

Hartnup 病即遗传性烟酸缺乏病，是由于肾小管和肠管上皮的色氨酸膜转运系统功能异常，导致烟酰胺生成不足，引起糙皮病样综合征，属一种少见常染色体隐性遗传病。临床特点为光敏感性皮炎、间歇性小脑性共济失调、智力低下和肾性氨基酸尿。

二、诊断要点

（一）临床表现

1. 光敏性皮炎　　暴露于阳光的部位皮肤干燥、红斑、色素沉着等。

2. 神经系统症状　　主要为间歇性小脑共济失调，持续约 2 周；可有眼球震颤、复视、头痛、智力低下、精神和行为异常等。

（二）实验室检查

（1）中性氨基酸尿。

（2）粪便中有大量中性氨基酸。

（3）尿中有尿蓝母和吲哚乙酸（色氨酸在肠道被细菌分解的产物，经吸收后从尿中排出）。

（4）血氨基酸水平正常。

三、治疗关键

给予高蛋白饮食，口服大剂量烟酸和避免日光暴晒。烟酸的剂量为 50~200mg/d。随着年龄增长，症状有所缓解。

第四节　遗传性脂质代谢异常

脂质代谢异常包括脂肪酸、胆固醇、脂蛋白和鞘脂类等代谢过程中由于酶缺陷所造成的各种疾病，其种类繁多，临床表现复杂多样，其中引起神经系统严重损害的脂类沉积症见本书第八章。

线粒体脂肪酸氧化缺陷

一、概述

线粒体脂肪酸氧化缺陷（mitochondrial fatty acid oxidation disorder）是由多种酶的遗传性缺陷引起脂肪酸的转运和 β-氧化过程异常所致的一组代谢缺陷病。临床表现主要为发作性饥饿性昏迷和低酮性低血糖、肝功能损害、肌病、心肌病和脑病，多见于婴儿和儿童，过去常误诊为 Reye 综合征、婴儿猝死综合征。约 3%~5% 的婴儿和儿童不明原因突然死亡是由该病所致。发作间期可无症状。如能早期诊断，及时治疗可明显降低复发率和死亡率。随着串联质谱仪在新生儿筛查中的应用及对高危人群开展产前诊断，使更多的患者在临床症状出现之前得到诊断。

目前已知的遗传性线粒体脂肪酸氧化缺陷有 11 种，包括肉碱摄取缺陷，肉碱-酰基肉碱转移酶，肉碱-棕榈酰转移酶Ⅰ、Ⅱ（CPT-Ⅰ、CPT-Ⅱ），极长链、长链、中链和短链酰基辅酶 A 脱氢酶（VLCAD、LCAD、MCAD、SCAD）、长链、短链-3 羟酰基辅酶 A 脱氢酶（LCHAD、SCHAD）、线粒体三功能性蛋白（MTP）等酶缺陷。属常染色体隐性遗传。其中常见的是 MCAD 缺陷，白种人 MCAD 缺陷的发生率为 1/6 400~46 000，人群杂合子发生率约 1%~2%。MCAD 基因突变绝大多数为 A985G 突变。172 例确诊的

MCAD 缺陷患者中有 138 例（80.2%）为此单个碱基替换的纯合子，另 30 例（17.4%）携带有该变异的杂合子等位基因。LCHAD 基因突变为 G1528C，该突变在芬兰人群中的频率约 1/240。VLCHAD 缺陷日益受到重视，表现为发作性代谢失常或单纯性肌红蛋白尿，其基因突变至少有 4 种类型。MTP 由 α、β 亚基组成，当各亚基基因突变时使 MTP 酶活性显著降低，长链脂肪酸代谢障碍，其临床表现与 LCAD 相似。人类 CPT-Ⅱ 基因定位于 1 号染色体，CPT-Ⅱ 缺陷分良性成人型和婴儿型，前者 50% 为 S113L 突变；后者已发现有 25 种以上的突变类型。

二、诊断要点

(一) 临床表现

1．大多数起病早，于婴儿期或儿童期起病，但肉碱-酰基肉碱转移酶缺陷者常于新生儿期死亡。

2．饥饿时出现急性代谢紊乱　①摄食减少或能量消耗增加。②进行性反应迟钝、昏迷。③类似 Reye 综合征、婴儿猝死综合征。④呈发作性，有家族史。

3．依赖于脂肪酸代谢的组织损害　①肌痛、肌无力，肌张力低下，横纹肌溶解。②心肌肥大、心内膜弹力纤维增生、心律失常。③肝脏肿大和肝功能异常。④肝脏组织活检可见脂肪浸润。

(二) 实验室检查

1．发作期血糖降低，伴酮体正常或轻度升高即低酮性低血糖，血清游离脂肪酸增高，血氨增高，血 pH 值降低。

2．血尿酸、血清转氨酶和肌酸激酶活性增高，尿中可检出肌红蛋白等。

(三) 特殊检查

1．血浆肉碱水平　正常值为 $40\mu mol/L$，显著增高或降低有助诊断，前者仅见于 CPT-1 缺陷（$80 \sim 150\mu mol/L$），其余肉碱循环缺陷时血浆或组织肉碱总量降低（$< 30\mu mol/L$），酰基肉碱增高，酰基肉碱/游离肉碱比值增高（正常为 0.4 ~ 1.0），但在 CPT-Ⅰ 缺

陷时肉碱总量正常或升高、酰基肉碱降低。

2．血浆酰基肉碱谱分析　　是最特异和最直接的诊断方法，血液中含有与脂肪酸氧化缺陷有关的全部的不同碳链长度的酰基肉碱，尤其对 MCAD 缺陷诊断有特定意义，敏感性高，可利用新生儿筛查血滴纸片进行检查。但 LCHAD 和 SCAD 缺陷患者在无明显临床症状时可出现正常的酰基肉碱谱，此时应同时进行尿液有机酸分析以明确诊断。SCAD 缺陷患者尿中可持续检测到乙基丙二酸，LCHAD 缺陷患者尿中存在大量的 10、12、14 碳链的 3 羟基二羧酸。

3．尿液 GC/MS 分析　　尿中检出二羧酸常提示脂肪酸氧化缺陷，但无特异性，不能明确是哪种类型的脂肪酸氧化缺陷。CPT－I 缺陷者尿有机酸分析正常。MCAD 缺陷患者尿中有多种中链二羧酸（C6～C12），但缺乏特异性，亦可见于其他脂肪酸氧化缺陷、酮症酸中毒和摄入中链甘油三酯之后。应用稳定的同位素稀释 GC/MS 方法测定血和尿中酰基甘氨酸（如己酰甘氨酸、环庚酰甘氨酸、苯丙酰甘氨酸等）对 MCAD 缺陷诊断很有帮助。

4．成纤维细胞培养液的酰基肉碱谱分析　　除 CPT－II 和肉碱-酰基肉碱转移酶缺陷具有相似的酰基肉碱谱之外，其他各型可获得特征性的肉碱谱，有利于各型的鉴别。

5．酶活性测定　　可测定成纤维细胞、白细胞或肌肉组织中酶活性而确定诊断。

6．基因诊断　　国外已开展 MCAD、LCHAD、MTP 等缺陷的基因诊断，对高危人群进行产前诊断，若为纯合子则终止妊娠。

（四）鉴别诊断

注意与 Reye 综合征、婴儿猝死综合征、再发性呕吐等疾病鉴别。

三、治疗关键

1．一般治疗　　线粒体脂肪酸氧化缺陷最基本的治疗措施是避免长时间饥饿，即最长禁食时间婴儿小于 6h，儿童小于 12h，长时间的饥饿或禁食易导致疾病的发作。可增加喂养次数，给予低脂肪高碳水化合物饮食。对长链脂肪酸氧化缺陷者可给予中链脂肪酸饮食，但不宜过量。

2．急性期对症治疗　　对进食困难者输注葡萄糖液，滴速为 8～10mg/（kg·mim），一般为 10% 的葡萄糖液，直至能进食为止。纠正酸中毒、保证热量和生理需要的液量。

3．补充 L-肉碱　　对肉碱转运缺陷者甚有效，对 MCAD 等患者，采用肉碱治疗可增加酯化中间产物的排泄。剂量为 200mg/（kg·d），分 4 次口服，急性发作期可予静脉输注，剂量为 30mg/（kg·d）。

家族性高胆固醇血症

一、概述

家族性高胆固醇血症（Familial hypercholesterolemia，FH）是由于细胞膜表面的低密度脂蛋白受体（LDLR）缺如或异常，导致体内低密度脂蛋白（LDL）代谢异常，造成血浆总胆固醇（TC）水平和低密度脂蛋白-胆固醇（LDL－C）水平升高，临床上常有黄色瘤和早发冠心病。属常染色体显性遗传，杂合子即可患病。群体患病率高，且有地区差异，杂合子患病率约为 1/500，纯合子为 1/100万。LDLR 基因定位于 19p13.3，全长 45kb，含有 18 个外显子和 17个内含子。LDLR 是细胞膜受体，广泛分布于肝脏、动脉平滑肌细胞和内皮细胞等处，接受血浆内 LDL 进入细胞内进行代谢。当LDLR 基因突变时，LDL 分解代谢减慢，中间密度脂蛋白（IDL）转化为 LDL 增多，血浆胆固醇进入细胞代谢减少，血浆胆固醇增多，导致动脉粥样硬化、心脑血管病变，胆固醇沉积于皮肤、肌腱、角膜周边，呈现黄色瘤和相应病征。目前已发现 LDLR 基因突变达600 多种，突变类型不一，有错义、无义、插入及缺失等类型，突变位点遍及 18 个外显子、启动子，尚有部分诊断为 FH 的患者未检出 LDLR 基因突变。

二、诊断要点

FH 患者的临床表现取决于 LDLR 缺陷的严重程度。纯合子患者根据特征性的血浆 TC、LDL－C 显著升高，黄色瘤、早发性心脑血管性疾病，不难作出诊断。杂合子患者儿童时期缺乏症状，应结合家族史、血浆 TC 增高等进行诊断，并注意与其他原因所致的高胆固醇血症鉴别。

（一）临床表现

1．黄色瘤　　纯合子患者出生时均可表现高胆固醇血症，一般 5 岁前出现黄色瘤，呈鲜黄色，不规则形，扁平状高出皮肤表面，多见于臀部、尾骨沟、肘、腕、手背、指关节、膝窝、眼睑等处，随年龄增长逐渐增多。如胆固醇沉积在肌腱上、骨膜下，呈结节状，好发于跟腱、手足、膝部伸侧肌腱处。胆固醇沉积在角膜内缘，呈乳白色浑浊弓或环，称青年角膜（弓）环。严重者出生时即可有黄色瘤。杂合子在儿童时期很少出现黄色瘤，青少年时期开始出现，主要在手指和跟腱处。

2．心脑血管症状　　纯合子患者动脉粥样硬化进展迅速，多在青春期前出现心绞痛、头晕等，可发生猝死，多在 30 岁前死于心肌梗死。杂合子者动脉粥样硬化进展较慢，男性平均 43 岁、女性平均 53 岁即可出现严重冠心病。

3．家族史　　父母或祖父母之一为本病患者，结合血浆 TC 增高则支持诊断。

（二）实验室检查

1．血浆 TC、尤其是 LDL－C 增高　　杂合子儿童血浆 TC 常为正常儿童的 1～2 倍（6.99～13.0mmol/L，平均 9.1mmol/L）；纯合子儿童血浆 TC 一般超过 13.0mmol/L。LDL－C＞5.2mmol/L。

2．血浆甘油三酯（TG）及 VLDL 正常。

（三）特殊检查

1．LDLR 活性检测　　通过血淋巴细胞或表皮成纤维细胞培养检测 LDLR 活性水平，可确定诊断。

2．基因诊断　　直接检测 LDLR 基因，找出致病性基因突变可确定诊断。目前有些国家已用于高危人群热点突变基因的筛查，早期症状出现前诊断本病，亦可用于高危人群的产前诊断。

（四）鉴别诊断

1．继发性高胆固醇血症　　高胆固醇血症可继发于甲状腺功能低下、肾病综合征、糖尿病、先天性胆汁淤积性肝病等疾病，根据原发疾病的临床特点较易鉴别。

2．家族性载脂蛋白 B-100（apoB-100）缺陷　　属常染色体显性遗传，是由于 apoB-100 基因突变，导致第 3 500 位谷氨酰胺被精氨酸取代，使 apoB-100 蛋白质异常，不能与 LDLR 结合而发挥生理效应，血浆 TC 和 LDL-C 增高，TG 正常，但 LDLR 正常。临床表现与 FH 极为相似，但起病较晚，症状较轻。因对激发 LDLR 活性的药物治疗效果差，故应与 FH 鉴别。

3．多基因遗传高胆固醇血症　　本病起自遗传和环境两方面的共同作用。血浆 TC 水平仅轻度升高，在儿童时期常不表现出来，多不伴有黄色瘤。LDLR 结构和功能基本正常。由于是多基因缺陷，遗传方式较为复杂。

4．家族性混合性高脂血症　　约 10%的 FH 患者同时有高甘油三酯血症，临床上难以与家族性混合性高脂血症相鉴别。

三、高胆固醇血症的筛查

原发性高胆固醇血症自儿童时期起病，早期发现、早期预防对防止成人发生心脑血管疾病及死亡至关重要，发达国家多制订儿童及青少年时期的筛查方案，并广泛推广。美国国家胆固醇训导纲要（National cholesterol Education Program，NCEP）及美国儿科学会营养委员会推荐：儿童，其父母之一方有血浆 TC 超过 6.21mmol/L（240mg/dL）史，或有其他冠心病危险因素者；父母或祖父母有冠心病史者，均应进行血胆固醇筛查。血浆 TC 低于 4.4mmol/L（170mg/dL），不需特殊干预，只按一般人群防护，5 年后复查。TC 超过 5.2mmol/L（200mg/dL）者，应行全血脂检查。TC 在 4.4～

5.2mmol/L（170～200mg/dL）者，应复查，两次平均值超过4.4mmol/L（170mg/dL）者，应行全血脂检查。儿童血 LDL－C 应在 2.9mmol/L（110mg/dL）以下，超过 3.4mmol/L（130mg/dL）为升高，2.9～3.4mmol/L（110～130mg/dL）为异常边缘。由于高胆固醇血症的潜在危险性，现多推荐广泛筛查，找出症前患者及家族的遗传特征，以利进一步的诊断和防治。

四、治疗关键

1. 饮食干预治疗　　2 岁以上儿童血 LDL－C＞2.9mmol/L 应进行饮食干预治疗。脂肪摄入量占总热量的 20%～30%，其中饱和、单及多不饱和脂肪各占 1/3，每日摄入胆固醇量低于 300mg，一般可使血胆固醇逐渐下降，LDL－C 可降至 3.4mmol/L，最佳可达 2.9mmol/L。如果效果欠佳，可将饱和脂肪降至 7% 的总热量，胆固醇减少到每日 200mg 以下。食物纤维，尤其可溶性纤维、水果和蔬菜均有降低胆固醇的作用，应鼓励儿童增加摄入量，但应注意营养平衡，保证儿童生长发育的需要。

2. 高胆固醇血症相关因素的治疗　　预防肥胖、高血压、糖尿病，禁烟禁酒，加强体育锻炼，培养良好的生活习惯等。

3. 药物治疗　　主要用于成人患者，副作用较大，儿童应用经验较少，应慎重。美国 NCEP 专家小组建议儿童药物治疗应在 10 岁以后并有下列情况者方可应用：①LDL－C 持续在 5.7mmol/L 以上。②LDL－C 持续在 4.0mmol/L 以上，并且家族中有 55 岁前发作冠心病史或患儿伴随两种以上相关危险因素，如糖尿病、高血压、严重肥胖、吸烟、缺乏运动、HDL 降低。以上可供参考。常用药物有：

（1）阴离子交换树脂类：消胆胺（resins cholestyramina）为首选，剂量 0.3g/（kg·d），口服后与肠道胆酸结合成不溶解物质，随粪便排除，可阻碍胆酸再吸收，促进胆固醇进入肝脏转化为胆酸，降低胆固醇。胃肠道反应较大，可将 4g 消胆胺与同类药降胆灵混合包装服用，每日 2 次，每次半包，饭后服用。该药长期服用可引起脂肪吸收不良，应适当补充维生素 A、维生素 D、维生素 E、维生素 K 及钙剂。

（2）HMG - CoA 还原酶抑制剂（Statins，他汀类）：为减少内源性胆固醇的合成，刺激肝细胞合成 LDLR，增加 LDL 的摄入，降低胆固醇。洛伐他汀（Lovastatin）10mg/d 开始，8 周后增至 20mg/d，16 周后增至 40mg/d，以后维持此剂量。

（3）纤维素酸衍生物（Fibrate）：如安妥明，开始剂量 1g/（m^2·d），分 3~4 次口服，渐减至最小量维持。副作用主要为恶心、呕吐、少数可有粒细胞减少、肌肉疼痛、肝功能异常等。

4．其他

（1）血浆脱脂疗法：患者血液经血脂洗脱仪处理，筛除部分血脂，达到降脂目的。每月 1 次，对饮食和药物治疗不佳的严重 FH 者，可暂时降低血胆固醇并改善临床症状。

（2）基因治疗：尚处于试验阶段。

家族性混合型高脂血症

一、概述

家族性混合型高脂血症（Familial combined hyperlipidemia，FCH）是最常见的原发性高脂血症，以胆固醇和甘油三酯均增高为特征。呈常染色体显性遗传，但其基因及发病的分子病理基础尚不清楚，可能是不同遗传性高脂血症的偶合，如肝脏产生载脂蛋白（Apo）B 过多，或脂蛋白脂肪酶（LPL）活性降低、ApoA Ⅰ - CⅢ - AⅣ 基因异常等。在一般人群中 FCH 发生率约 1%~2%，约 0.5% 的高脂血症儿童为本病患者，但仅表现甘油三酯增高。

二、诊断要点

1．临床表现

（1）有家族史：父母之一方直系亲属中可有血脂异常者，其表现为 1/3 为高甘油三酯血症，1/3 为高胆固醇血症，1/3 为混合高脂血症。在同一家庭成员中甚至在同一病人的不同时期，血浆脂蛋白谱有明显不同。

（2）仅 10% ~ 20% 的患者于儿童时期出现高脂血症，但只表现血浆 TG 升高，20 岁以后才出现 TC 升高。易发生胰腺炎，常伴有肥胖和糖耐量异常。

（3）黄色瘤不多见，但早发性冠心病相当多见，20% 患者于60 岁以前出现冠心病。

2．实验室检查　　血浆 TC、TG 均中度升高，VLDL、LDL 相应升高，HDL 降低，ApoB 可超过 130mg/dL 或同龄人第 90 百分位数。如血浆 TC 超过 10.4mmol/L，一般不考虑本病。

3．鉴别诊断　　根据家族史、血甘油三酯和胆固醇均中度升高的混合性高脂血症、较少出现黄色瘤等特征可作出临床诊断。注意与家族性异常 β 脂蛋白血症鉴别。后者常于成人期起病，有特征性的黄色瘤和血脂蛋白电泳宽 β 带等表现，有助鉴别，必要时行基因分析鉴别。

三、治疗关键

患者一级亲属中的儿童均应行血脂检查，及早诊断。一旦发现儿童患者，单独采用饮食干预疗法，改善生活方式，即可使LDL－C 降低 10% ~ 15%，近半数患者可降至 2.9 ~ 3.4mmol/L 水平，血 HDL－C、TG、ApoB 水平无显著变化。饮食干预效果差时，可考虑使用降脂药物治疗。

家族性异常 β 脂蛋白血症

一、概述

家族性异常 β 脂蛋白血症（Familial Dysbetalipoproteinemia）又名Ⅲ型高脂蛋白血症，是由于 ApoE 基因变异引起的混合性高脂血症。患者的血浆脂蛋白经超速离心分离后，并进行琼脂糖电泳，发现 VLDL 常移至 β 位，即 β-VLDL，其胆固醇含量非常丰富。属常染色体隐性遗传，发病率约 1/10 000。ApoE 由 299 个氨基酸组成，分子量为 34 000，分布于乳糜微粒、VLDL、LDL，具有识别 LDL 受体的功能。ApoE 基因位点有同工型等位基因，其中主要为 E2、E3、E4 三种，区别在于第 112 位/158 位的氨基酸不同。E2 为半胱氨酸/半胱氨酸，E3 为半胱氨酸/精氨酸，E4 为精氨酸/精氨酸。E3 为正常同工型。ApoE2/2 基因型占人群的 1%，90% 的家族性异常 β 脂蛋白血症患者为该基因型。E2 蛋白能降低 ApoE 与脂蛋白受体连接能力，使血浆乳糜微粒和 VLDL 不能及时运输和清除而滞留血管内，造成血浆胆固醇和甘油三酯均增高。仅 ApoE2/2 纯合基因型尚不足发病，尤其是儿童患者，常需其他因素参与，如肥胖、糖尿病、甲状腺功能低下、肾脏疾病等。此外本病可起自 ApoE 基因突变，造成 ApoE 蛋白缺陷，引起严重高脂蛋白血症。

二、诊断要点

(一) 临床表现

1. 起病年龄　　儿童青少年期罕见，20 岁以后渐出现黄色瘤、角膜环、动脉粥样硬化性心脑血管病变。男性较女性多见，男性患者的发病年龄明显提前，糖尿病或甲状腺功能低下常使本病发病年龄提前。

2. 黄色瘤　　呈特征性的"手掌纹黄色瘤"，呈鲜黄色，沿指、掌、腕横褶纹分布，高出皮肤表面。也可表现为结节状，丘疹簇状，多见于肘、膝和臀部，可增长成葡萄大小，基底红。胫骨粗隆可见肉色骨膜黄色瘤。这种特征性黄色瘤病变易与其他高脂血症的黄色瘤区别。

3. 早发性动脉粥样硬化　　约 40% 患者出现冠心病，男性发作较早，约 40 岁，女性约 50 岁。约 1/3 患者出现外周动脉堵塞、跛行和坏疽。

4. 伴随疾病　　50% 患者血浆尿酸升高，约 5% 出现痛风。糖耐量异常多见，但糖尿病不常见。严重的高甘油三酯血症可引起胰腺炎。

(二) 实验室检查

1. 血脂蛋白谱　　血浆脂蛋白电泳分析示 β 脂蛋白与前 β 脂

蛋白融合的宽 β 带。VLDL 显著升高，IDL 也明显升高，LDL 水平降低，HDL 水平降低或无明显变化。

2. 血浆 TC 和 TG 均升高，TC 平均为 12mmol/L，TG 为 8.3mmol/L。VLDL－C 升高，与总 TG 之比值≥0.3（mg/mg），有诊断意义。VLDL－C/VLDL-TG（mmol/mmol）比值≥1 亦有诊断价值。

3. 血尿酸升高或糖耐量异常。

（三）特殊检查

ApoE 基因型分析，检出 E2/E2 纯合基因型或 ApoE 基因突变，可作出基因诊断，在有家族史的一级亲属中可进行症前基因诊断。

（四）鉴别诊断

根据本病的特征性的手掌纹黄色瘤、混合性高脂血症、异常 β 脂蛋白和伴随疾病即可诊断家族性异常 β 脂蛋白血症。应注意与其他类型的原发性和继发性混合性高脂血症鉴别。

三、治疗关键

家族性异常 β 脂蛋白血症对饮食干预治疗效果好，通过饮食干预和控制体重常可使血脂迅速恢复正常。药物治疗如安妥明、烟酸等仅用于成人饮食干预失败者。

脂蛋白脂肪酶缺乏症

一、概述

脂蛋白脂肪酶缺乏症（Lipoprotein lipase deficiency, LPLD），又名家族性高乳糜微粒血症（Familial hyperchylomicronemia），是由于脂蛋白脂肪酶（LPL）基因突变引起 LPL 活性减低或缺乏，导致血清甘油三酯显著增高的遗传性血脂代谢缺陷病。属常染色体隐性遗传，发病率约 1/100 000。基因突变位点较多，常发生在 LPL 基因外显子 3、5、6 区域，以外显子 5 的错义突变最常见。

二、诊断要点

1. 临床表现　　起病隐袭，常于抽血进行其他检查时发现血清静置后顶层呈奶酪样才怀疑此病。极少数于新生儿期表现为暂时性糖尿病，多数于 10 岁前出现急性发作性腹痛，肝、脾中度肿大，视网膜血管苍白，黄色瘤，多不伴有动脉粥样硬化。暂时性糖尿病和发作性腹痛可能与胰腺炎有关。反复发作的胰腺炎可威胁生命。

2．实验室检查

（1）血脂测定：血浆放置在 4℃冷藏 12h 后，顶层呈奶酪样，为乳糜微粒密度较血浆低而上浮于表层所致。血浆 TG 显著增高，通常在 11.3mmol/L（1 000mg/dL）以上，可达 22.6～45.2mmol/L，TC、VLDL、LDL 正常或降低。

（2）血糖、尿糖测定：部分病人血糖和尿糖增高。

3．特殊检查

（1）LPL 活力测定：肝素试验显示 LPL 活力显著下降或缺乏，可确定诊断。

（2）脂肪耐量试验：显著异常。

4．鉴别诊断　　ApoC-Ⅱ缺乏症：ApoC-Ⅱ是血浆乳糜微粒、VLDL 和 HDL 的结构蛋白，是 LPL 的辅助因子，可激活 LPL。当 ApoC-Ⅱ缺乏时 LPL 活性降低，其临床表现和实验室检查与 LPLD 相似，亦为常染色体隐性遗传。LPL 活性正常有助鉴别。

三、治疗关键

首选饮食疗法，限制饮食中脂肪摄入量，使其占总热量的 10%左右。脂肪以中链脂肪酸较适宜。如果能严格接受饮食疗法，症状和体征可完全消失。如饮食治疗后血浆甘油三酯仍很高，可采用药物治疗，如安妥明、鱼油制剂等。

β-脂蛋白缺乏症

一、概述

β-脂蛋白缺乏症（Abetalipoproteinemia，ABL）是一种罕见的常染色体隐性遗传病，由于 ApoB 合成分泌缺陷，使含 ApoB 的脂蛋白如乳糜微粒、VLDL、LDL 合成代谢障碍，血浆胆固醇水平低下，常伴有脂肪吸收障碍、共济失调、棘红细胞等。ABL 病人的 ApoB

基因无结构性缺陷，正常合成和分泌 ApoB 控制脂蛋白需要微粒甘油三酯转移蛋白活性，而某些 ABL 病人的分子缺陷可能是缺乏微粒转移蛋白。由于脂肪吸收及脂蛋白代谢异常，引起脂溶性维生素，尤其是维生素 E 的代谢障碍，临床上出现神经系统损害和视网膜病变等维生素 E 缺乏的表现。

二、诊断要点

（一）临床表现

1. 胃肠道症状　最常见，主要表现为脂肪吸收障碍，幼年时期开始脂肪痢、生长发育迟缓、脂溶性维生素吸收不良，吸收障碍随时间而改善，可能与减少脂肪摄入有关。

2. 神经系统症状　常于 20 岁左右开始，最初表现为深腱反射消失，继而出现下肢震颤、共济失调和痉挛步态。未经大剂量维生素 E 治疗者，多数病人于 50 岁左右因中枢神经系统严重受累而死亡。

3. 眼底改变　呈进行性色素沉着视网膜病，以非典型色素性视网膜炎为特征。临床上首先表现为夜间视觉和色觉减退，严重者可致失明。

（二）实验室检查

1. 血液学异常　常有轻至中度贫血，红细胞形态异常，呈棘红细胞，其寿命缩短。维生素 K 吸收减少可造成凝血酶原时间延长。

2. 血脂异常　血浆 TC 显著降低，约 $0.5 \sim 1.3$ mmol/L，TG 水平亦降低，摄入脂肪饮食后其水平无明显升高。血脂蛋白电泳未发现乳糜微粒、VLDL、LDL、ApoB。

（三）鉴别诊断

总胆固醇水平低于 1.55mmol/L（60mg/L）伴有上述任何症状和体征提示 ABL 诊断。早期诊断，早期治疗，以避免发生不可逆性损害。应与家族性低 β-脂蛋白血症相鉴别。

家族性低 β-脂蛋白血症较 ABL 多见，是一种常染色体显性遗传性疾病，由于 apoB 基因突变所致。其杂合子患者的血浆 LDL-

C 和 ApoB 水平约为正常人的一半，而纯合子患者则与 ABL 非常相似。

三、治疗关键

1. 饮食治疗　　避免饮食中脂肪，尤其是长链饱和脂肪酸，可在很大程度上缓解吸收障碍的症状。多数病人学会摄取某种饮食以使胃肠道症状减轻至最小程度，但应鼓励病人尽量摄取能够耐受的脂肪，增加多不饱和脂肪酸的来源如多进食玉米等。

2. 补充脂溶性维生素　　维生素 K，5～10mg/d，可使凝血酶原时间正常化。多数病人的血浆维生素 A 水平低下，每日或隔日补充中等剂量的维生素 A 25 000IU，可使血浆维生素 A 水平达正常范围，但应避免发生维生素 A 过量。最重要的治疗是适当补充维生素 E。

3. 维生素 E　　一般需要口服大剂量维生素 E 才能达到治疗效果，能减慢或阻止神经病变并可能减慢视网膜病的进展。大量口服维生素 E 后，肝脏和脂肪组织中维生素 E 水平会显著地增加，有时可达正常范围，但能否使中枢神经系统和视网膜中维生素 E 水平恢复正常尚不肯定。维生素 E 150～200mg/（kg·d），成人每天可能需要加至 2 000mg（推荐的饮食中维生素 E 含量为 15mg/d）。

（黄永兰）

第五节　　溶酶体贮积病

戈　谢　病

一、概述

戈谢病（Gaucher's disease）又名葡萄糖脑苷脂沉积病（glucocerebroside lipidosis），是一种遗传性糖脂代谢病。本病在全世界各地均有发病，发病率约为 1/（10 万～40 万），但在某些人群，如

Ashkenasi 犹太人的发病率较高。

1. 发病机制　　葡萄糖脑苷脂（glucocere broside）是一种糖脂。正常代谢过程中葡萄糖脑苷脂在 β-葡萄糖苷酶作用下转化为神经酰基鞘氨醇和葡萄糖。基因突变 β-葡萄糖苷酶缺乏，造成葡萄糖脑苷脂不能正常代谢而在肝、脾、骨骼和中枢神经系统的单核巨噬细胞内蓄积，引起一系列临床表现。

2. 遗传学　　戈谢病为常染色体隐性遗传。编码 β-葡萄糖苷酶的基因定位于 1q21，基因全长 7.6kb。在此基下游 16kb 处有一高度同源的假基因，亦与发病有关。戈谢病的基因突变呈异质性，已发现的基因突变超过 100 种，包括错义突变、剪接突变、基因缺失、基因与假基因融合等，以错义突变最常见。中国人所报 10 例基因突变中，以 L444P 最常见，约占 40%；其中 F37V 及 Y205C 为中国人特有的突变。

二、诊断要点

1. 临床表现　　因酶缺乏程度不同，临床症状差异较大。根据发病的急缓、器官受累程度及有无神经系统症状，分为 3 型：①慢性型（Ⅰ型）。②急性型（Ⅱ型）。③亚急性型（Ⅲ型）。3 型的共同特点是均有肝脾肿大，骨髓、肝脾及其他器官内出现戈谢氏细胞，酸性磷酸酶活性升高。不同点是Ⅰ型不累及中枢神经系统；Ⅱ、Ⅲ型神经系统受累，但两者发病年龄不同。

（1）Ⅰ型（慢性型）：本型最常见，可见于任何年龄，以学龄前儿童发病者多。起病缓慢，不累及神经系统。脾肿大为最早表现，常为中度至重度肿大，随着脾肿大可出现脾功能亢进表现。肝脏肿大随脾大之后或与脾大同时出现，可致肝功能异常和门脉高压。骨骼受累表现为骨、关节疼痛，有时可伴有发热，以后出现病理性骨折。约 45%～75% 病例可见特殊的黄褐色皮肤色素沉着，多见于皮肤暴露部位如面、颈、手和小腿，两侧对称分布。肺部受累表现为咳嗽、胸痛、反复性肺炎、呼吸困难。生长发育多落后。常有淋巴结肿大。有些病人球结膜可见楔形的黄褐色脂肪斑；偶可引起缩窄性心包炎。

(2) Ⅱ型（急性型）：多在1岁以内发病，最早者于新生儿期出现症状。表现为早发的神经系统症状，肝脾肿大、恶液质，病情进展快，预后差。

(3) Ⅲ型（恶急性型）：此型很少见，婴儿或儿童期发病，起病缓慢，表现为进行性肝脾肿大，轻度至中度贫血。多在10岁左右逐渐出现神经系统症状，表现为惊厥发作、斜视或水平注视困难、共济失调、腱反射亢进；病情进展时四肢僵直，颈硬、肌肉萎缩、行走困难、吞咽困难、语言障碍等。智力障碍较轻。骨骼改变如Ⅰ型。

2．实验室检查

(1) 血常规：多有轻度至中度贫血，脾功能亢进时可有3系减少。离心血液灰白层涂片往往可找到戈谢氏细胞。

(2) 组织学检查：骨髓涂片或肝脾、淋巴结活检可见戈谢氏细胞。此细胞体积大，圆形或卵圆形，直径 $20\sim100\mu m$；核小，一个或多个，偏心位，$1\sim3$个核仁，核染色质致密；胞浆丰富，内充满交织成网状或洋葱皮样条纹结构。对本病有诊断意义。

(3) X线检查：显示骨质疏松、局限性骨破坏，股骨远端膨大似烧瓶状。

(4) 酶学检查：本病葡萄糖脑苷脂酶活性降低。酸性磷酸酶升高。皮肤纤维母细胞葡萄糖脑苷脂酶与半乳糖脑苷脂的比值下降。

(5) 基因分析：检测突变点，可作为诊断和产前诊断。

(6) 脑电图检查：可在神经系统出现前出现异常脑电图波形，如慢波、棘波等。

(7) 其他：肝功能、脾功能及凝血检查等可出现异常。

3．鉴别诊断　临床上本病应注意与尼曼-匹克病、幼年型类风湿性关节炎等鉴别。慢性粒细胞白血病、血小板减少性紫癜、一些结缔组织病的骨髓片中偶可见少数类戈谢氏细胞，应注意鉴别。

三、治疗关键

1. 酶的替代治疗　　自 1989 年开始使用 Ceredase（人胎盘组织中提取）治疗戈谢氏病，经 10 多年经验证明治疗后绝大多数病人症状得到改善，停止脏器继续受累，对延长生命、提高生存质量有显著效果。剂量为 60IU/kg（2W 推荐剂量），将药液加入生理盐水 1~2h 内静脉滴注，第 1 个月每周 1 次，以后每 2 周 1 次，剂量逐渐减少，半年后每 4 周 1 次。近年基因重组产品 Imiglucerase，疗效与 Ceredase 一样。

2. 其他　　贫血者予补充维生素、铁剂，血小板减少者可输注血小板。骨痛者可予镇痛剂，脾切除可改善脾功能亢进症状，但可加重肝、骨葡萄糖脑苷脂贮积的速度，有可能加速神经系统症状发展，应慎用。基因治疗正在研究之中。

尼曼-匹克氏病

一、概述

尼曼-匹克氏病（Niemann-Pick disease，NPD）又称鞘磷脂沉积病（sphingomyelin lipidosis），是一种先天性糖脂代谢性疾病，其特点是全身单核巨噬细胞和神经系统有大量含有神经鞘磷脂的泡沫细胞，以肝脾肿大和神经系统症状为主要表现。

此病分布于全世界，以犹太人发病率较高。

1. 遗传学　　本病为常染色体隐性遗传。调控神经磷脂酶（sphingo myelinase）的基因定位于 11p15.1~p15.4，已发现的突变有 12 种。

2. 发病机制　　本病呈异质性，目前至少有 5 型以上。A 型和 B 型是神经磷脂酶缺乏所致。神经鞘磷脂是一种糖脂，来源于各种细胞和红细胞基质等。正常情况下神经磷脂酶将其水解成 N-酰基鞘氨醇和磷酸胆碱。遗传性基因突变造成此酶活性降低至正常的 50% 以下，造成全身神经磷脂代谢紊乱，神经磷脂沉积在单核-

巨噬细胞系统和神经组织细胞中，产生一系列临床症状。

C型则是细胞运转外源胆固醇的缺陷及溶酶体中未脂化的胆固醇贮积。此型的分子缺陷尚未清楚。

二、诊断要点

1. 临床表现　　本病高度异质性，临床最少分为5型（A～E），新近还提出一些新的类型。

（1）A型：此型最常见。多在生后3～6个月，亦可在新生儿期或1岁后发病。患儿一般出生后几个月内体格和智能发育尚正常，随后出现肝脾肿大、发音障碍，相继出现神经系统症状，如肌张力低及肌力下降、智力发育障碍甚至白痴等，部分病例可出现神经性耳聋或视力丧失。喂养困难至营养不良，最后发展成恶液质。肺部由于尼曼-匹克细胞浸润，常反复肺部感染。暴露部位皮肤呈黄褐色改变。约30%～50%患儿视网膜出现樱桃样红斑。神经磷脂酶严重降低。

（2）B型：此型多在婴儿期发病，内脏广泛受累但中枢神经系统不受影响。脾、肝肿大，反复肺部感染，无神经系统症状。酶活力为正常的5%～20%。

（3）C型：临床表现呈多样化。典型表现是先出现脾肝肿大，约5～7岁出现神经系统症状，表现为进行性共济失调、张力异常及痴呆、垂直性核上性眼肌麻痹，可伴有惊厥。青春期可发生精神障碍。酶活性减低程度较轻。

（4）D型：病程较慢，表现为黄疸、肝脾肿大和神经症状，多于学龄期死亡。

（5）其他：E型常有垂直性核上性眼肌麻痹。F型为成人型，成人期发病，以肝脾肿大为主。有一种变异型表现为致死性新生儿肝病，肝功能衰竭。

2. 实验室检查

（1）血常规：血红蛋白正常或轻度贫血；脾功能亢进时白细胞减少，严重时血小板减少；血涂片单核细胞和淋巴细胞显示特征性空泡，约 8~10 个，具有诊断价值。

（2）组织学检查：骨髓、肝脾、淋巴结等组织可见泡沫细胞即尼曼-匹克细胞；直径 20~90μm；核较小，圆形或卵圆形，单个或双核；胞浆丰富，充满圆滴状透明小泡，类似桑葚状或泡沫状。

（3）酶测定：外周血白细胞、肝脾、羊水细胞及体外培养的成纤维细胞等测定神经磷脂酶，不同类型呈不同程度降低。

（4）生化检查：血浆胆固醇、总脂可升高，SALT 轻度升高。尿神经鞘磷脂明显增加。

（5）基因分析：可鉴别突变类型。

3．鉴别诊断 本病应注意与戈谢病的婴儿型、Wolman 病、GM 神经节苷酶脂病 I 型、粘多糖 I 型（Hurler 病）等鉴别。

三、治疗要点

本病迄今尚无特效治疗，以对症治疗为主。抗氧化剂如维生素 C、维生素 E 及丁羟基二苯乙酰可减少神经磷脂不饱和脂肪酸的氧化、聚合。脾切除仅适用于非神经型有脾功能亢进者。有报告胚胎肝移植可以改善神经系统症状。神经磷脂酶替代治疗尚在研究中。

海蓝组织细胞增生症

一、概述

海蓝组织细胞增生症（sea-blue-histiocytosis）是一种不典型的糖脂贮积症，以骨髓、肝、脾等组织器官中海蓝色细胞浸润为特征。分为原发性和继发性，原发性者为常染色体隐性遗传，由于神经鞘磷脂酶活性降低，造成受累组织中神经鞘磷脂和神经糖脂聚积，组织化学染色呈海蓝色。有认为本病是尼曼-匹克氏病的一种变异型。

二、诊断要点

1．临床特点 起病年龄从婴儿到老年，但多数人 <40 岁。

肝脾肿大为最常见的就诊症状，可伴有血小板减少性紫癜，随病情进展可出现肝硬化和肝功能衰竭。1/3 病例有肺浸润；少数有皮疹、色素沉着及神经系统症状。婴儿发病者多伴黄疸。

2. 实验室检查

(1) 血常规：血小板减少，血红蛋白和白细胞计数正常。

(2) 骨髓检查：红、粒、巨核系正常，可见海蓝组织细胞（Ⅰ型）和泡沫细胞（Ⅱ型）。海蓝细胞胞体较大，直径 20～60μm；有 1 个偏位圆形细胞核，染色质块状，可见核仁；胞浆含有海蓝色或蓝绿色颗粒，对苏丹黑、糖原染色阳性。脾脏穿刺可见海蓝细胞。

3. 鉴别诊断　特发性血小板减少性紫癜、地中海贫血、真性红细胞增多症、慢性粒细胞性白血病、多发性骨髓病、结节病、系统性红斑狼疮、戈谢病、尼曼-匹克氏病等病可引起继发性海蓝组织细胞增生症，多在脾内见到少量的海蓝组织细胞，应注意鉴别。

三、治疗要点

本病无特效治疗方法。原发性者多可长期存活及工作。有脾肝肿大且脾功能亢进者可予脾切除术。

（李文益）

第六节　遗传性色素代谢缺陷

先天性高铁血红蛋白血症

一、概述

高铁血红蛋白血症（Methemoglobinemia）是一组比较少见的代谢性疾病，其特点为红细胞内高铁血红蛋白（MHb）的含量超过正常并发生紫绀。正常 MHb 不超过血红蛋白总量的 2%，当 MHb > 15% 时，即出现紫绀。高铁血红蛋白血症可分为先天性和获得性两种。

先天性高铁血红蛋白血症（Congenital Methemoglobinemia）属常染色体隐性遗传病，是由于还原型辅酶I-细胞色素b5还原酶（NADH-cytochrome b5 reductase，b5R）缺乏所致，使红细胞内MHb还原为血红蛋白的速度减慢，MHb常达50％。b5R基因定位于22号染色体，基因点突变类型较多。根据临床特点和酶缺陷的范围不同分为Ⅰ型（红细胞型）和Ⅱ型（全身型）。

1. Ⅰ型（红细胞型）　很少见，酶缺陷仅限于红细胞内可溶性b5R缺乏，临床上仅表现为紫绀。

2. Ⅱ型（全身型）　最常见，酶缺陷累及全身组织，除可溶性b5R缺乏外，微粒体形式的b5R亦缺乏。临床上除紫绀外，1岁内常出现神经系统损伤的表现，如智力低下、小头畸形、对称性手足徐动样运动、斜视、角弓反张和肌张力增高等。

二、诊断要点

1. 临床表现

（1）紫绀：多数于生后不久即有紫绀，亦可晚至青春期，紫绀程度可随季节和饮食而变化。MHb > 35％可出现组织缺氧的症状，当MHb > 70％时，可能出现昏迷或致死性结局。

（2）神经系统症状：Ⅱ型患者有智力低下、对称性手足徐动和肌张力改变，常早期夭折。

（3）除剧烈运动外，一般无循环和呼吸功能障碍。

2. 实验室检查　红细胞轻度增高，MHb > 50％。

3. 特殊检查

（1）b5R活性测定：测定红细胞、白细胞或皮肤成纤维细胞内b5R活性。

（2）基因诊断：对Ⅱ型患者可进行基因诊断，明确基因突变类型。对高危人群进行产前诊断，可避免纯合子患者的出生。

4. 鉴别诊断　获得性高铁血红蛋白血症：某些毒物、药物、含硝酸盐的食物可诱导高铁血红蛋白血症，应注意鉴别。

三、治疗关键

1．禁用引起 MHb 增高的药物和食物　　包括各种氧化剂，如氨苯枫、局部麻醉药、亚硝酸盐等。

2．维生素 C　　维生素 C 具有直接还原 MHb 的作用，剂量为 200~500mg/d，分 3 次口服。

3．亚甲基兰（美兰）　　1~2mg/kg，静脉推注，紫绀缓解后改为 3~5mg/（kg·d），口服。用药后尿呈蓝色，偶可引起膀胱刺激症状和肾结石。

4．大剂量维生素 B_2　　120mg/d，口服，可增加 NADPH 黄递酶活性而有效降低 MHb 含量。

5．高压氧　　严重紫绀时可予高压氧治疗。

卟　啉　病

一、概述

卟啉病（Porphyrias）是由于血红素生物合成途径中酶的遗传性缺陷所致的一组疾病的总称。当血红素中间代谢产物在体内累积及从尿和粪中排泄时即出现一系列的临床症状。主要受累的组织为红细胞和肝脏，临床表现为皮肤光过敏和神经精神异常两组症状。大多数合成血红素的酶的基因已被分离、测序及染色体定位。目前已经发现 8 种类型的卟啉病，多数呈常染色体显性遗传，其中急性间歇性卟啉病、皮肤卟啉病和红细胞生成性原卟啉病是最常见的 3 种卟啉病。卟啉病的实验室检查种类繁多，有神经精神症状的急性卟啉病首选尿卟啉前体 δ-氨基戊-4-酮酸（ALA）和胆色素原（PBG）的检测，有皮肤光过敏损害者首选血浆总卟啉的荧光测定，其特异性好，敏感性高。

1．卟啉代谢　　卟啉是合成血红素的主要物质，血红素与蛋白质结合构成血红蛋白、肌红蛋白、细胞色素、过氧化物酶、触酶和尿黑酸氧化酶等。血红素合成途径如图 2-3。

2．卟啉病分型　　目前至少有 8 种类型的卟啉病，其相应的酶缺陷和临床表现见表2-4。

甘氨酸＋琥珀酰CoA

ALA合成酶 ↓

δ-氨基戊-4-酮酸（ALA）

ALA脱水酶 ↓

胆色素原（PBG）

PBG脱氨酶 ↓

线状四吡咯 ————————————————

尿卟啉原Ⅲ同合酶 ↓　　　　　　　　　　　　　↓

尿卟啉原Ⅲ　　　　　　　　尿卟啉原Ⅰ

尿卟啉原脱羧酶 ↓　　　　　　　　　　　　　↓

粪卟啉原Ⅲ　　　　　　　　粪卟啉原Ⅰ

粪卟啉原氧化酶 ↓　　　　　　　　　　　　　↓

原卟啉原Ⅸ　　　　　　　　粪卟啉Ⅰ

原卟啉原氧化酶 ↓

原卟啉Ⅸ

亚铁螯合酶 ↓
血红素

图2-3　血红素合成示意图

表2-4　各种不同类型卟啉病的临床表现

疾病名	缺陷酶	染色体定位	遗传方式	起病年龄	临床表现	生化特征
ALA脱水酶缺乏性卟啉病	ALA脱水酶	9q34	X-连锁遗传	新生儿	极罕见，腹痛、运动神经病、贫血、肝脾肿大，生长迟缓	尿ALA增高，PBG正常，尿和红细胞卟啉增高

疾病名	缺陷酶	染色体定位	遗传方式	起病年龄	临床表现	生化特征
急性间歇性卟啉病	胆色素原脱氨酶	11q24.1-q24.2	常染色体显性，有不同外显率	青春期后	急性发作期腹痛和神经系统症状，无日光过敏现象	发作期尿中ALA、PBG排泄增多，缓解期也可增多
先天性红细胞生成性卟啉病	尿卟啉原Ⅲ同合酶	10q25.2-q26.3	常染色体隐性	新生儿期	对光敏感，严重皮炎和溶血性贫血，脾肿大，棕色牙齿	骨髓、红细胞、血浆、尿和粪中尿卟啉和粪卟啉增多
家族性皮肤卟啉病	尿卟啉原脱羧酶	1p34	常染色体显性	儿童期	对光过敏皮炎，多因肝脏中毒，尤其是酒精中毒引起	尿 ALA 和PBG 正常，血浆、尿和粪中卟啉增多
肝红细胞生成性卟啉病	尿卟啉原脱羧酶	1p34	常染色体隐性遗传	新生儿期	日光过敏和皮损，溶血性贫血，脾肿大	尿 ALA、PBG正常，血浆、红细胞、尿和粪中卟啉增高
遗传性粪卟啉病	粪卟啉原氧化酶	9	常染色体显性，有不同外显率	青春期	腹痛和神经精神症状，皮肤损害	血浆卟啉升高或正常，红细胞、尿中卟啉增高，发作期ALA、PBG增高

疾病名	缺陷酶	染色体定位	遗传方式	起病年龄	临床表现	生化特征
混合型卟啉病症	原卟啉原氧化酶	14	常染色体显性，有不同外显率	青春期	对光敏感和皮炎，急性发作性腹痛、神经系统症状	血浆卟啉升高或正常，红细胞、尿卟啉增高，发作期 ALA、PBG 增高
红细胞生成性原卟啉症	亚铁螯合酶	18q21.3	常染色体显性，有不同外显率	新生儿期	光敏感，肝衰竭	血浆卟啉升高，尿中卟啉、ALA、PBG 正常，红细胞和粪中卟啉升高

二、诊断要点

(一) 临床表现

1. 起病年龄　ALA 脱水酶缺乏性卟啉病、先天性红细胞生成性卟啉病、红细胞生成性原卟啉病和肝红细胞生成性卟啉病于新生儿期起病；皮肤卟啉病于儿童期起病；急性间歇性卟啉病、遗传性粪卟啉病和混合型卟啉病于青春期起病。

2. 神经系统症状　急性间歇性卟啉病、ALA 脱水酶缺乏性卟啉病、遗传性粪卟啉病和混合型卟啉病可表现为急性发作性神经精神症状。常由药物诱发或月经前、妊娠、饥饿、感染等情况下发作，表现为痉挛性腹痛、恶心呕吐、肠梗阻、运动神经病、高血压、心动过速、低钠血症等，持续数小时至数日，发作期尿 ALA、PBG 增高。发作间期无症状。

3．皮肤光过敏　　对日光过敏，暴露部位出现红斑，逐渐发展成疱疹和大水疱，易继发细菌感染和溃烂，可累及韧带、软骨和骨组织，愈后留有色素瘢痕，重者可致指（趾）残缺。牙齿和指甲可呈棕色。ALA脱水酶缺乏性卟啉病和急性间歇性卟啉病无皮肤损害。

4．根据卟啉在体内累积的部位不同，可表现为肝肿大、肝功能损害、溶血性贫血、脾脏肿大等。

5．尿颜色的改变　　卟啉呈红色，在长波长紫外光下显荧光。ALA和PBG无色无荧光，但PBG可降解为棕色的卟啉胆色素。原卟啉原亦为无色无荧光，但在细胞外易自然氧化为卟啉。因此除ALA脱水酶缺乏性卟啉病之外，尿液常呈咖啡色或红色。

（二）实验室检查

1．血常规　　急性发作时白细胞轻度增高，部分患者有溶血性贫血表现。

2．尿色检查　　尿色可以正常，但将尿置于日光下或尿液酸化即可转为红色或咖啡色。

3．生化检查　　血电解质、肝肾功能等。

（三）特殊检查

1．尿PBG定性试验（Watson-Schwartz试验）　　取1mL Hoesch试剂，加入新鲜尿标本1～2滴，立即显现樱桃红颜色，提示24h尿中PBG排出量在6～8mg以上。其特异性强，有诊断意义，并可检出无症状的基因携带者。

2．尿ALA、PBG定量检测（离子交换色谱法）　　收集24h尿标本（容器内预先加入5g碳酸氢钠，防止PBG降解），正常人24h尿PBG 0～2mg、ALA 0～7mg。卟啉病急性发作时尿中ALA和PBG显著增高，以后者为甚。ALA脱水酶缺乏性卟啉病者ALA增高，而PBG正常。PBG定量对基因携带者的诊断比ALA定量更有意义。

3．血浆卟啉测定（荧光测定法）　　当出现皮肤症状时首选该方法，血浆卟啉正常可排除卟啉病所致的皮肤损害。应注意晚期肾衰、标本溶血时血浆卟啉亦升高。

4．尿卟啉、粪卟啉和红细胞卟啉测定　　与血浆卟啉比较，其敏感性和特异性较差，一般不作为首选，当尿卟啉前体或血浆卟啉异常时可进一步测定。

5．酶活性测定　　红细胞血红素生物合成途径酶活性测定已经广泛用于临床，尤其对先证者家庭成员的调查。羊水细胞培养行酶活性测定可用于产前诊断。

（四）鉴别诊断

1．急腹症　　急性卟啉病应与急腹症鉴别，尿 PBG 定性、定量检测有助鉴别。

2．散发性皮肤卟啉病　　家族性皮肤卟啉病应与散发性皮肤卟啉病鉴别，后者更多见，其临床表现相似，但红细胞尿卟啉原脱羧酶活性正常。

3．铅中毒　　铅可抑制 ALA 脱水酶活性，出现卟啉病样临床表现。询问铅暴露史、检测血铅水平有助于鉴别。

三、治疗关键

1．去除诱因　　停用可疑诱发药物，如巴比妥类、安定、磺胺类、雌激素和孕激素类等药物，控制感染，改变饮酒、吸烟的习惯等。

2．皮肤损害的防治　　避免阳光暴晒，可涂氧化锌软膏以保护皮肤。皮肤卟啉病可行放血术或每周 2 次口服小剂量氯喹。对红细胞生成性原卟啉病给予大剂量 β-胡萝卜素，100mg/d，可能增加对阳光的耐受性，从而改善皮肤症状。

3．急性发作期的治疗　　限制水的入量，适当补充钠盐，维持水、电解质平衡；予水合氯醛、吗啡或度冷丁缓解疼痛或烦躁等神经系统症状。静脉注射高铁血红蛋白（Hematin）可终止发作，剂量为 3～4mg/kg，12～24h 一次，给药后 48h 内血和尿中 ALA、PBG 水平显著下降，临床症状改善。其副作用包括静脉炎、凝血酶原时间延长和血小板减少，但无出血现象，注射剂量过大、速度过快，可引起急性肾功能衰竭。

4．大剂量输血　对先天性红细胞生成性卟啉病可大剂量输血，抑制尿卟啉原Ⅰ的合成。

5．骨髓移植　先天性红细胞生成性卟啉病发病早，皮损严重，已有骨髓移植治疗成功的报道。

第七节　遗传性嘌呤和嘧啶代谢缺陷

嘌呤代谢缺陷

Lesch-Nyhan 综合征

一、概述

Lesch-Nyhan 综合征（雷-尼综合征）是一种罕见的 X-连锁隐性遗传代谢病，由于基因突变导致次黄嘌呤-鸟嘌呤磷酸核糖转移酶（Hypoxanthine-guanine phosphoribosyl transferase，HGPRT）严重缺陷，临床特点为强迫性自残行为、高尿酸血症和肾结石等。

HGPRT 是嘌呤核苷酸的补救合成途径中一个重要的酶，由磷酸核糖焦磷酸（PRPP）提供磷酸核糖，催化次黄嘌呤核苷酸（IMP）和鸟嘌呤核苷酸（GMP）的补救合成。正常时 HGPRT 存在于人体各组织中，在脑的基底节内活性较高。脑和骨髓等组织缺乏从头合成嘌呤核苷酸的酶体系，只能进行补救合成。目前已发现 200 种 HGPRT 基因突变，当缺乏 HGPRT 时，IMP、GMP 合成减少，对嘌呤的从头合成的抑制作用减弱，嘌呤合成增多，导致终末产物尿酸大量累积在体内，出现高尿酸血症、肾结石等。

二、诊断要点

1．临床表现

（1）绝大多数为男性患病，出生时正常，6~8 个月开始出现神经系统症状。

（2）神经系统症状：如手足、面部的不自主运动，手足徐动、运动发育倒退，肌张力增高、角弓反张或肌张力不全，智力低下，少数可出现惊厥。

（3）自残行为：1~2岁逐渐出现自残行为，咬伤自己的手指、嘴唇、舌头，或猛烈撞击头部，戳眼、自发性暴怒发作或骂人。

（4）泌尿道结石、痛风性关节炎、尿酸肾病等。

（5）脑电图检查常正常，头颅 MRI、CT 检查正常或脑萎缩样改变。

2．实验室检查　　血清尿酸增高，尿中尿酸排出增加，＞25mg/（kg·24h），尿酸/肌酐比值达 2~4（正常时比值＜1）。

3．特殊检查

（1）尿液 GC/MS 分析：尿中次黄嘌呤、黄嘌呤、鸟嘌呤明显增高，腺嘌呤降低，可进行定量分析，具有诊断意义。

（2）酶活性测定：红细胞或皮肤成纤维细胞中 HGPRT 的活性减低或消失可明确诊断。产前诊断时可采用羊水细胞或胎盘绒毛进行酶活性检测。

（3）基因分析：采用 DNA 限制性片段长度多态性分析可发现 HGPRT 基因突变。

4．鉴别诊断　　Kelley-Seegmiller 综合征：是 HPRT 部分缺乏所致，临床表现亦有痛风结石、神经系统症状，但是无自残行为，智力和认知功能正常。

三、治疗关键

1．一般治疗　　保证充足的液体和营养，加强护理，防止自残。必要时可断牙髓或牙冠。

2．别嘌呤醇　　使尿酸维持在 179μmol/L 以下，预防肾结石，改善肾功能，但对运动和智力无改善作用。剂量开始为 2.5mg/（kg·d），逐渐加量，年长儿可达 200~400mg/d。

嘧啶代谢缺陷

乳清酸尿症

一、概述

乳清酸尿症（Orotic aciduria）是一种罕见的嘧啶合成代谢异常性疾病，由于催化从头合成尿嘧啶核苷酸（UMP）的多功能酶即乳清酸磷酸核糖转移酶和乳清酸核苷酸脱羧酶缺乏所致。乳清酸是嘧啶代谢的中间产物。该多功能酶定位于染色体 3q13，已经发现多种基因突变，属常染色体隐性遗传性疾病。

二、诊断要点

1. 临床表现

（1）生长发育迟缓，偶有神经系统损伤如脑瘫的报道。

（2）巨幼红细胞性贫血，由于 DNA 合成障碍所致，对维生素 C、叶酸、维生素 B_{12} 治疗无反应。

2. 实验室检查

（1）血常规：可表现为巨幼红细胞性贫血。

（2）血氨：正常。

3. 特殊检查

（1）尿乳清酸排出增高，可达 1.5g/24h，并有乳清酸结晶。采用 HPLC 或 HPLC/MS/MS 或 GC 分析法，可同时检测尿中乳清酸、尿嘧啶、二清尿嘧啶、假尿嘧啶、黄嘌呤。

（2）酶活性测定：肝脏、白细胞、红细胞和培养的成纤维细胞中酶活性缺乏。

4. 鉴别诊断　　尿素循环障碍：鸟氨酸氨基甲酰转移酶缺乏时，尿中乳清酸亦增高，其血氨增高可资鉴别。

三、治疗关键

补充嘧啶衍生物，抑制乳清酸的合成，减少尿中乳清酸的排泄。

第八节 其他遗传性代谢缺陷

粘 多 糖 病

一、概述

粘多糖病（mucopolysaccharidosis，MPS）是一组由于酶缺陷造成的酸性粘多糖分子（氨基葡聚糖）不能降解的溶酶体累积病。粘多糖是含氨的蛋白多糖，是构成细胞间结缔组织的主要成分，也广泛存在于哺乳动物细胞内。粘多糖包括硫酸皮肤素（DS）、硫酸类肝素（HS）、硫酸角质素（KS）、硫酸软骨素（CS）和透明质酸（HS）等，这些多糖的降解必须在溶酶体内进行，目前已知有10种溶酶体糖苷酶、硫酸酯酶和乙酰转移酶参与降解过程，其中任何一种酶缺陷都可导致氨基葡聚糖的分解障碍而聚集体内，并自尿中排出。粘多糖在各系统器官内累积导致了这些器官的病理改变和临床表现，根据临床表现和酶缺陷，MPS可分为Ⅰ～Ⅶ等6型，其中Ⅴ型已改称ⅠH/S型（表2-5），除Ⅱ型为性连锁隐性遗传外，其余均属于常染色体隐性遗传病。

表2-5 各型粘多糖病的特征

型别 综合征名	酶缺陷	尿中排除	临床表现
ⅠH型 Hurler	α-艾杜糖酶	DS、HS	角膜浑浊、多发性骨发育障碍、肝脾肿大、心血管病变、智力低下、儿童夭折
ⅠS型 Scheie	α-艾杜糖酶	DS、HS	角膜浑浊、关节僵硬、智力正常

89

续表

型别 综合征名	酶缺陷	尿中排除	临床表现
ⅠH/S型 Hurler-Scheie	α-艾杜糖酶	DS、HS	临床表现介于 IH 与 IS 之间
Ⅱ型 Hunter	艾杜糖醛酸硫酸酯酶	DS、HS	多发性骨发育不良、肝脾肿大、智力低下、常在青春期死亡
ⅢA型 Sanfilippo A	类肝素 N-硫酸酯酶	HS	严重智力低下、多动、体格改变较轻
ⅣA型 Morquio A	半乳糖胺-6-硫酸硫酸酯酶	KS、CS	严重骨骼畸形、躯干短、角膜浑浊、智力正常
Ⅵ型 Maroteaux-Lamy	芳香硫酸酯酶	DS、HS	多发性骨发育不良、角膜浑浊、智力正常
Ⅶ型 Sly	β-葡萄糖醛酸酶	DS、HS、CS	多发性骨发育不良、肝脾肿大

二、诊断要点

(一) 临床表现

1. 起病及病程　　出生时表现正常，大多患儿在周岁左右发病，病程为慢性进行性，累及多个系统。各型的病情轻重不一，且有各自的特征，其中ⅠH型最典型，预后最差，常在 10 岁以前死亡。

2. 体格发育障碍　　面容丑陋、生长迟缓，身材矮小，脊柱后、侧突，颈短、寰椎半脱位。

3. 智力低下　　周岁后智力倒退，但ⅠS型、Ⅳ型、Ⅵ型患儿智力基本正常。

4．眼部病变　角膜浑浊，角膜基质中的粘多糖以 KS 和 DS 为主，Ⅲ型仅影响 HS 的降解，故无角膜浑浊。ⅠS 型可发生青光眼，ⅠS 型、Ⅱ型、Ⅲ型可能有视网膜改变。

5．耳聋、肝脾肿大，心瓣膜损伤、动脉硬化、肺功能不全、颈神经受压和脑积水。

（二）实验室检查

1．骨骼 X 线检查　骨质疏松、颅骨增大、蝶鞍浅长，脊柱后、侧突，椎体呈楔形，胸腰椎椎体前下沿呈鱼嘴样前突，肋骨的脊柱端细小而胸骨端增宽，呈飘带状，尺、桡骨粗短。

2．尿液粘多糖检查　常用甲苯胺蓝呈色法作为本病的筛查实验，醋酸纤维薄膜电泳法可区分尿中的粘多糖类型，协助分型。或采用酸性白蛋白浊度法或氯化十六烷基铵代吡啶试验作为筛查。Ⅳ型患儿尿粘多糖检查常为阴性。

3．酶学诊断　采用外周血白细胞、血清或培养的成纤维细胞测定各种酶活性，可确诊分型，其缺陷酶的活性常为正常人的 1%～10%。

4．DNA 分析　参与粘多糖代谢的各种酶的编码基因均已定位（Ⅰ型 4p16.3；Ⅱ型 Xq27-q28；Ⅲ型 12q14；Ⅳ型 16q24；Ⅵ型 5q13-q14；Ⅶ型 7q21.1-q22）。目前正研究这些基因的突变类型与各临床表型的关系。

（三）鉴别诊断

本病应与佝偻病、先天性甲低、骨及软骨发育不良、粘脂病等相鉴别。

三、治疗关键

至今尚无有效治疗方法，骨髓移植可改善症状，但仅用于早期发现且无明显症状的患者。酶替代治疗和基因治疗正在研究中。

四、预防

对高危人群进行产前诊断，采用培养的羊水细胞进行酶活性测定，防止纯合子患者出生。

肝豆状核变性

一、概述

肝豆状核变性（Hepatolenticular degeneration）又称 Wilson 病，是一种常染色体隐性遗传的铜代谢缺陷病，由于编码铜转运 P 型 ATP 酶的 ATP7B 基因突变，导致铜在肝脏中大量沉积，临床上以不同程度的肝细胞损害、脑退行性病变和角膜边缘有铜盐沉着环（Kayser-Fleischer ring，即 K-F 环）为特征。发病率约为 1/（50 万 ~ 100 万）。

ATP7B 基因定位于染色体 $13q^{14.3}$，含 21 个外显子，基因产物主要表达于肝脏，其主要功能是将铜转运至血浆铜蓝蛋白，并经胆道排出体外。至今发现约 150 种基因突变型，常见 R778C、4193del C 等突变。

二、诊断要点

（一）临床表现

1. 起病年龄　　患者肝脏内铜的沉积在婴儿期即已开始，但很少在 6 岁以前出现临床症状。发病年龄变异较大，约 6 ~ 50 岁间。

2. 肝脏损害　　儿童期以肝损害为主，表现为食欲不振、黄疸，肝脾肿大，腹水，肝功能异常，少数病人病情迅速进展至急性肝功能衰竭。

3. 神经系统症状　　一般于 12 岁以后逐渐出现神经系统受损表现，早期表现为构音困难、动作笨拙或不自主运动、表情呆板、吞咽困难、肌张力改变等，晚期精神症状更为明显，常见行为异常和智力障碍。

4. 眼部症状　　角膜色素环常伴神经系统症状出现，早期须在裂隙灯下观察。亦可出现白内障、斜视、干眼病、夜盲等。

5. 血液系统症状　　约 15% 本病患者在出现肝脏症状前可发生溶血性贫血，通常为一过性。亦可表现为血小板减少、白细胞减少或全血细胞减少症、出血等。

6.其他　　肾脏症状包括肾结石、血尿、蛋白尿、氨基酸尿和肾小管酸中毒等。20％患者可能出现背痛、晨僵和关节疼痛，X线表现为骨质疏松。少数可并发闭经、男性乳房发育、甲状旁腺功能减低、体液和细胞免疫功能低下等。

（二）实验室检查

1.肝肾功能检查　　儿童时期常有肝功能异常（血液、尿常规检查等）。

2.血清铜蓝蛋白测定　　正常人为 $200 \sim 400 \text{mg/L}$，患者通常 $< 200 \text{mg/L}$。

3.24h 尿铜排出量测定　　正常人 $< 40 \mu\text{g/24h}$，患者明显增高，常达 $100 \sim 1\,000 \mu\text{g/24h}$。尿铜测定对估计治疗效果和指导药物剂量颇有帮助。

4.血清铜测定　　正常人参考值为 $11 \sim 22 \mu\text{mol/L}$，患者血铜降低。

（三）特殊检查

1.肝细胞含铜量测定　　正常人约 $20 \mu\text{g/g}$（干重），患者可高达 $200 \sim 3\,000 \mu\text{g/g}$。

2.同位素铜结合试验　　根据正常人在经静脉给铜后肝细胞能迅速将其合成铜蓝蛋白并分泌入血循环的特点，可一次给患者静脉注射 ^{64}Cu 或 ^{67}Cu（半衰期分别为 12h 和 61h）$0.3 \sim 0.5 \mu\text{Gi}$，在注射后 $5 \sim 10\text{min}$、1h、2h、4h 和 48h 各采血样 1 次，检测其放射量。正常人在 $4 \sim 48\text{h}$ 之间呈持续上升，而患者在 4h 以后持续下降，其48h 血样计数仅为 4h 的一半。

3.基因诊断　　本病的基因位于 13q14.3，国内、外都已开始采用 RFLP 法进行 DNA 分析对本病进行早期诊断。

（四）鉴别诊断

根据典型的临床症状和 K－F 环，血清铜蓝蛋白低下即可作出诊断。早期无症状者可根据条件选择各项生化检查，以早期诊断，早期治疗。应注意与下列疾病鉴别。

1. Menkes 病　　是一种先天性的铜分布异常性疾病，血清铜蓝蛋白亦降低。该病属 X - 连锁隐性遗传，因 ATP7A 基因突变，肠道铜运转异常所致。常于生后 2 个月出现进行性的神经系统损害、有特殊面容、卷发、色素减低等表现，尿铜降低有助鉴别。

2. 慢性肝病如肝炎、胆汁淤积等，可导致尿铜排除增多、肝铜含量增多，应注意鉴别。

三、治疗关键

治疗原则是减少铜的摄入和增加铜的排泄，以改善其症状。

1. 低铜饮食　　每日食物中含铜量不应 > 1mg，不宜进食动物内脏、鱼虾海鲜和坚果等含铜高的食品。

2. 锌剂　　口服锌制剂可促进肠黏膜细胞分泌硫因，与铜离子结合后减少肠铜吸收。常用硫酸锌或醋酸锌，后者胃肠反应较小，剂量以相当于 50mg 锌为宜，分 2～3 次口服，餐间服用。

3. 铜络合剂　　青霉胺是目前最常用的药物，能与铜离子络合，促进尿铜排出，且可促进细胞合成金属硫因。剂量为 20mg/(kg·d)，分次口服。治疗期间检测尿铜，使治疗第一年内每日尿铜排出量 > 2mg。一般于治疗后数周神经系统症状改善，3～4 个月后肝功能好转。

4. 其他支持治疗　　左旋多巴可改善神经系统症状。三乙烯四胺（triethylene tetramine）：其药理作用与 D - 青霉胺相似，虽副作用较轻，但效果不如青霉胺，适用于不耐受青霉胺者。

5. 肝移植术　　对本病所致的急性肝功能衰竭或失代偿肝硬化者经上述各种治疗无效者可考虑进行肝移植。

磷酸酶过少症

一、概述

磷酸酶过少症（Hypophosphasia）是一种少见的常染色体隐性遗传性代谢缺陷病，其特点是骨骼骨化不良，血液、骨骼和其他组织中的组织非特异性碱性磷酸酶（TNSALP）活性低下。本病于 1948 年由 Rathbun 详细综述命名，故又称 Rathbun 综合征。

TNSALP 基因定位于染色体 1p34～36.1，由 12 个外显子和 11 个内含子组成，目前已经发现十几种基因突变类型。由于 TNSALP 功能不足，骨样组织钙化不全，钙盐不能正常地沉着，引起继发性高钙血症和高尿钙，肾脏轻度间质纤维化、肾小球萎缩或肾小管及其周围组织钙盐沉积，导致肾功能不全。

二、诊断要点
（一）临床表现

1. 临床分型　　据临床症状出现的早晚，磷酸酶过少症可分为 4 型。发病越早，病情越重，骨化障碍的临床表现越明显。

（1）新生儿型：生后即出现颅骨软化、肢体粗短、弯曲畸形及骨折，常伴有肢体表面皮肤的环行深凹切迹。部分可见蓝色巩膜、惊厥、青紫等表现，因胸部软弱无力和呼吸困难而危及生命，严重者可致死胎。

（2）婴儿型：常于生后 1～6 个月发病，表现为体重不增、生长迟缓、头围增长缓慢、颅骨软化、囟门突出，胸骨畸形和四肢弯曲，同时可伴有高钙血症及肾功能不全的临床表现。若患儿病变自然缓解延续至 2 岁，即为儿童型。

（3）儿童型：走路晚，步态不稳，肢体疼痛、弯曲畸形、牙齿发育不良或乳牙早脱等，若骨缝早闭，可发生继发性颅内高压或神经系统症状。

（4）成人型：常诉骨痛，骨畸形，少数表现为关节、肌腱和椎间韧带周围钙化。

2. X 线表现　　轻症者骨骼表现似重症佝偻病，严重者全身骨骼骨化不全，长骨干骺端呈锯齿状凸凹不平、骨化不均匀，常见未钙化的透亮区，骨干弯曲成角。婴儿期常见颅骨菲薄、骨化不全或不规则的骨化中心，儿童期常有骨折、骨畸形，成人多见骨质疏松或骨折。

（二）实验室检查

（1）血清 ALP 减低或消失。

（2）血钙增高，尿钙排出增多。

（3）肾脏功能损害时，可有蛋白尿、血尿，血 BUN、Cr 增高。

（三）特殊检查

血、尿中磷酸酰乙醇氨大量增高。

（四）鉴别诊断

假性磷酸酶过少症（Pseudohypophosphatasia）：极罕见，其临床表现、X 线、血钙和尿磷酸酰乙醇氨增高均与磷酸酶过少症相似，但血清 ALP 正常有助于鉴别。

三、治疗关键

（1）对症治疗。

（2）高磷酸盐（中性磷酸钠）口服：1.5～3g/d，分 4～5 次口服，可使血磷轻度增高，尿焦磷酸盐排泄增加，X 线示骨钙化明显改善。

（3）伴高血钙症者，给予低钙饮食，严重时采用皮质激素和降钙素治疗。

（4）手术矫正：明显狭颅症或骨骼畸形可考虑手术治疗。

家族性低尿钙高钙血症

一、概述

家族性低尿钙高钙血症（Familial hypocalciuric hypercalcaemia, FHH）是一种罕见的常染色体显性遗传性代谢缺陷病，由于钙离子敏感受体（CaSR）基因突变，受体功能失活所致。CaSR 基因定位于染色体 3q21～24，其突变类型较多，约 2/3 患者是 CaSR 基因突变杂合子，少数可能是 CaSR 基因变异。由于 CaSR 突变，甲状旁腺对血钙不敏感，肾脏吸收钙增加，临床上常表现为无症状性高血钙症，不适当的甲状旁腺激素（PTH）增高，尿钙排出不增高或尿钙/尿肌酐比值正常。纯合子患者则病情严重，威胁生命，称为新生儿严重甲状旁腺功能亢进症。

二、诊断要点

1. 临床表现　　儿童和成人均可发病，常无症状，或仅轻微便秘，常于体检时发现有轻度的高钙血症。

2. 实验室检查

（1）血清钙增高，血钙 > 2.75mmol/L（11mg/dL）为高钙血症，FHH 患者一般不超过 12mg/dL，少数患者可有严重高钙血症。

（2）尿钙排出量减少，肾远曲小管增加尿钙的吸收，尿钙减少，尿钙/尿肌酐比值不增加。

（3）血清镁增高。

（4）血清 PTH 不适当地增高。

3. 特殊检查　　基因分析：对怀疑 FHH 者，对先证者或亲属进行基因分析，明确 CaSR 基因突变类型。

4. 鉴别诊断

（1）新生儿严重甲状旁腺功能亢进：极罕见，属常染色体显性遗传，为 CaSR 缺陷纯合子。由于甲状旁腺细胞上的 CaSR 缺陷使钙离子的负调节功能受损，临床表现为严重的高钙血症（总钙 > 4mmol/L），PTH 增高，骨质减少、骨骼畸形，生长迟缓，如不治疗，常可致死。

（2）维生素 D 中毒：由于长期或短期大量使用维生素 D，肠道吸收钙磷增加，血钙过高，降钙素参与调节，使钙沉积于骨或其他组织，X 线片见长骨干骺端钙化带增宽（ > 1mm）、致密，骨干皮质增厚，骨质疏松或骨硬化。

三、治疗关键

（1）保证液体的入量，特别是含钠盐水，增加尿量，尿钙排出增加。

（2）利尿剂：速尿每次 1mg/kg，每天 1 ~ 4 次，增加肾脏钙盐的排出。

（3）限制钙的摄入，包括可致血钙增高的一切药物，如噻嗪类药物及维生素 D 等，饮食钙限制在 400mg/d 以下。

（4）降钙素与强的松联用：降钙素每次 4U/kg，每日 2～3 次，皮下注射；强的松 2mg/（kg·d）。

（黄永兰）

第三章　呼吸系统遗传性疾病

第一节　支气管软化

一、概述

支气管软化症（Bronchomalacia）可分为原发性、继发性两型。原发性是由于支气管软骨先天性发育不全所致，原因不明，可能与早产、妊娠期营养不良、缺钙有关。可单独发生，也可同时伴有喉软骨软化及气管软化。继发性支气管软化症多由于胸腺肥大、肿大的淋巴结、囊肿或先心病伴有心房心室的扩大所造成的管外压迫，肺动脉韧带、血管环以及生命初期应用呼吸机治疗儿继发支气管肺发育不良所致。目前对其胚胎学起源尚不清楚，本病的病理变化主要是支气管的支架软骨缺陷和肌弹力成分张力低下，导致不同程度的气道阻塞。男性多发（男：女为 2:1），好发于左侧（左：右为 1.6:1）。可同时并发其他先天性疾病，如先天性心脏病，气管-食管瘘，以及各种其他综合征。

二、诊断要点

1. 临床特点　支气管软化多于 1~6 个月内出现症状，1 个月内发病少见（喉气管软化可在新生儿期出现吸气性喘鸣），明确诊断年龄平均为 24 个月（新生儿~12 岁）。主要表现为出生后数周或数月即出现反复咳嗽、喘息、喘鸣、憋气，或出生后即打"呼噜"。小婴儿以阵发性紫绀和发作性呼吸困难起病，大龄儿以慢性咳嗽为特征，可因伴感染而症状加重，婴儿和儿童在激动、哭闹或运动时亦可加重支气管软化症的症状。咳嗽表现为突发性、较深的金属音样干咳或阵咳，多于夜间熟睡时突然发作，极似异物呛咳，但镜检无异物。体检多见粗糙、低调、中心性、单音样喘鸣，呼气延长，呼气末鸣笛音，当病变只累及一侧支气管主干（多为左侧），喘鸣则明显偏于患侧。

2. 实验室检查

(1) 纤维支气管镜检查：是诊断支气管软化的金指标。纤支镜检查应在局麻下进行，以保证患儿自主呼吸和必要的咳嗽反射，以便观察咳嗽或深吸气时软化的支气管管壁的明显内陷，并可见支气管软骨环发育不全或缺如，支气管膜部增宽，管壁狭窄变形。正常支气管软骨环与膜部的比例约为 4.5:1，本病患者可为 2:1。同时可见局部黏膜轻度充血，纤支镜越过塌陷处后，见远端支气管腔有痰液填塞。纤支镜的应用指征是：呼吸道症状在常规治疗后仍迁延不愈，β 类激动剂治疗无效甚至使之加重，或难治性喘鸣和慢性咳嗽持续 4～12 个月。

(2) 胸部 X 线检查：胸透可见类似支气管异物的纵隔摆动。

临床上根据以下表现多可作出诊断：①患儿出生后不久即出现反复咳嗽、喘鸣，支气管解痉剂治疗无效。②部分患者肺功能受损。③X 线摄片：胸部平片无特异性改变；气管侧位断层呼气与吸气期分别摄片，对比气管直径的变化有助于诊断，正常生理情况下，呼气或咳嗽时，气管、支气管轻度变窄，但管径变细达 50% 以上时可诊断气管、支气管软化症。④支气管纤维镜检查是明确诊断的可靠方法，电影支气管造影检查更为精确可靠。

3. 鉴别诊断　本症尚应与屏气综合征、喉软骨软化、婴幼儿哮喘、运动性哮喘、反复呼吸道感染、支气管异物、狭窄及各种管外压迫等鉴别。

三、治疗要点

支气管软化症的治疗以保持气道通畅为原则。原发性支气管软化症应强调增强体质，预防为主，减少气道感染机会，适当补充钙及包括维生素 D 在内的多种维生素及矿物质。喘息发作时，可以通过改变体位，使气道保持通畅和超声雾化加强排痰，可适当选用色甘酸及异丙托溴铵，应避免使用 β_2 受体激动剂（因会使症状恶化），合并感染时应加用抗生素。患儿随年龄增长及气管发育的完善，5 岁内症状多能缓解。少数患儿对运动不耐受、影响正常生活者则需要行气管内支架术，主动脉或气管固定术等。外科治疗指征：一侧肺过度通气，叶性肺气肿，反复窒息，紫绀，呼吸窘迫，需呼吸机治疗等。继发性软化症以去除原发病为宜，解除了气管支气管压迫的因素，软化即可得以改善。

（檀卫平　麦贤弟）

第二节　囊性纤维化病

一、概述
（一）病因

囊性纤维性变（Cystic fibrosis，CF）是一种先天性常染色体隐性遗传性疾病，病变累及全身多个系统，但以呼吸道及消化道受损最为严重，成人及儿童均可受累，多数患者死于肺损害。CF 具有明显的种族遗传特性，好发于白种人，其发病率约占 1/2 500 活产婴儿，但全球范围内各地的发病不同，从法国布列尼区域的 1/377 到夏威夷地区亚裔婴儿的 1/90 000 不等。在美国，白种人的发病率约占 1/3 500 的新生活产婴，而黑人只有 1/1 700 活产婴，东方黄色人种 CF 极为罕见。

引发 CF 的基因位于 7 号常染色体的长臂上，共有 700 多种突变类型。CF 基因编码为 1 480 个氨基酸序列的蛋白，被称为 CF 跨膜调节因子（CF transmembrane regulator，cFTR），cFTR 主要在气道上皮细胞、消化道（包括胰腺和胆道系统）、汗腺及泌尿生殖道等处表达。cFTR 具有离子通道和调节功能，不同基因突变引起不同功能紊乱。cFTR 最常见的突变类型在第 508 氨基酸处有一苯丙氨酸残基的缺失，其他的突变类型有 G542X、G551D、N1303K 等。

（二）病理及病理生理

研究显示：cFTR 的作用是调节 cAMP 对上皮细胞氯离子通道的作用，影响气道表面液体的量和成分。当 cFTR 缺陷时，气道表面和黏膜下腺体的生理功能发生改变，导致钠离子重吸收增加，水分泌减少，纤毛外液体吸收增加，致使分泌物脱水而富有弹性，难以被纤毛或其他机制所清除，大量粘稠分泌物滞留并阻塞气道，小气道通气功能受阻，引发毛细支气管炎。由于长期气道分泌物潴留，使吸入气道的微生物不能及时清除，引起反复呼吸道感染，并产生某些细菌（如金黄色葡萄球菌、绿脓杆菌等）在气道定殖，病人最终因反复感染而出现不可逆肺损害。同样的病理生理改变也发生于胰腺和胆道，造成蛋白性分泌物干燥并阻塞管道。因汗腺导管功能是吸收氯离子，故汗液分泌到皮肤表面后，盐分不能从等渗的汗液中被回收，因而皮肤表面的氯和钠的浓度升高。

CF 病变主要见于肺部和胰，但全身黏液分泌腺都萎缩，代以纤维组织。肺脏早期的病理改变为毛细支气管炎，随着病程的进展，黏液聚集增多，炎症进一步向支气管延伸。Goblet 细胞增生，黏膜下腺体肥厚，引起类似于气道慢性炎症的过度分泌的重要病理表现。长期疾病致闭塞性毛细支气管炎，毛细支气管扩张及支气管扩张。电镜下可见气道表面的鳞状上皮化生，结构基本正常。随着病变的进展，可出现囊状支气管扩张，大泡性肺气肿或胸膜下肺大泡，最终出现肺纤维化。支气管动脉扩张变形，可致支气管扩张者出现咯血。胰腺外观较正常小而硬。胰腺上皮细胞变平，腺泡形成囊状，出现弥漫性纤维化，导致胰腺功能不全，食管、十二指肠及空肠腺体的病变与胰腺相同。胆囊萎缩，腔内充满黏液样物质，肝内胆管阻塞致胆管硬化，结节及纤维索条结构出现。部分病人出现肝脏脂肪浸润，副鼻窦分泌腺增生肥大充满分泌物，汗腺组织学正常而分泌汗液异常，含钠、氯和钾浓度较高。多数男性因附睾体部和尾部、精子输送管道及精囊出现闭塞而导致成年后不育。女性患儿因宫颈的腺体充满黏液而扩张，引发宫颈内膜炎。

二、诊断要点

1. 临床特点　　CF 以广泛性气道慢性阻塞，胰腺功能不全及汗腺分泌异常汗液（高钠、氯等）为临床特点。早在新生儿时期就可出现症状，多数在 5 岁内确诊。

（1）呼吸道表现：咳痰为突出症状，早期为干咳，随后逐渐出现咳痰，年长儿可有晨咳及活动后咳嗽加剧，排黏液脓痰。部分病人早在出生 1 周内就获得慢性咳嗽或反复肺炎，而有些病人可以长期没有症状或仅表现急性呼吸道感染时间延长，毛细支气管炎常伴有喘息，主要见于 1 岁内婴儿。随肺损伤的发展，病人出现活动受限、气短及生长发育落后，最终出现肺源性心脏病，呼吸衰竭而死亡。

体查可见桶状胸、削肩、肋间及锁骨上凹陷，口唇及指端紫绀，杵状指（趾）。肺部听诊可闻及喘鸣音及干、湿啰音。鼻腔黏膜肿胀，部分病人有息肉。主要的并发症有肺不张、咯血、自发性气胸及肺心病。

（2）消化系统表现：患 CF 的新生儿约 15% ~ 20% 发生胎粪性肠梗阻，出现腹胀、呕吐及胎粪排出延迟。超过 85% 的患儿因胰腺功能不足而出现消化不良，摄取大量食物而体重不增，大便量多且含有脂肪泻。典型的体征是腹部膨胀而四肢消瘦。部分病人可有胃食管反流症状，直肠脱垂也较常见。病人可出现胆管硬化、胆汁淤积致黄疸、肝硬化、腹水、门脉高压及脾功能亢进。因脂溶性维生素缺乏而出现溶血、出血及其他症状。常继发低蛋白血症、营养性贫血及生长发育迟缓。因胰腺功能不足而出现糖尿病症状，但很少发生糖尿病酮症酸中毒。

（3）生殖、泌尿道及汗腺表现：性腺发育延迟平均约 2 年。95% 以上的男性因 wolffian 管不发育而出现无精症。腹股沟疝、阴囊积液及睾丸未降的发生率较正常人高。女性可有宫颈炎，继发性停经。患儿因出汗而失盐过多，在皮肤上形成"盐霜"，或皮肤有咸味，可出现低氯性碱中毒。

2．辅助检查

（1）影像学检查：早期胸部 X 线显示肺部过度充气，致膈膜下移，支气管扩张呈小囊状影，肺不张，肺门淋巴结肿大，反复感染可出现肺炎征象。晚期出现肺动脉高压及肺心病、气胸等。CT 可见支气管壁增厚，黏液栓塞。局部过度充气及早期支气管扩张。新生儿患者出现胎粪性肠梗阻时，腹部 X 线可见肠管扩张，气液平面及粒状影，中下腹毛玻璃影。

（2）肺功能检查：早期肺活量减少，呼气中段流速降低，随后见潮气量减少，每分钟通气量下降，残气量及功能残气量增加，肺顺应性下降，气道阻力加大，肺泡-动脉氧分压差增高，动脉 PO_2 降低及 CO_2 潴留。

（3）汗液氯化钠检查：用匹罗卡品离子透入法收集汗液，汗液收集至少要 50～100mg，并进行氯、钠和钾的检查。汗氯测定是诊断 CF 的主要依据，其正常值 < 40mmol/L，> 60mmol/L 可确诊本病，40～60mmol/L 之间为可疑诊断。

（4）其他检查：包括胰腺功能及脂肪吸收功能等检测，呼吸道分泌物细菌培养，有 CF 家族史者可行产前基因突变检测，对新生儿进行复查监测。

3．诊断标准：①有典型的临床表现（呼吸道、胃肠道或生殖泌尿道）。②同胞中有 CF 病史。③在不同日期检查汗氯有 2 次升高。④有 CF 基因突变的证据。⑤有异常鼻黏膜细胞电位差。有前面 2 项中的 1 项加上后 3 项中的 1 项即可诊断本病。

三、治疗

治疗的目标应使患者长期维持在一个稳定的状态。制订比较完善的治疗方案，争取早期治疗，积极干预并密切监视病情变化。

1．肺部治疗　　目的是清除气道分泌物及控制感染。清除气道分泌物可采用胸部理疗及体位引流、超声雾化吸入。在吸入的液体中加入支气管扩张剂、化痰药物及抗生素等，吸入前后应吸痰；用支纤镜灌洗清除分泌物，尤其适用于肺不张或黏液阻塞者。CF

患者侵犯呼吸道的常见病原菌有流感嗜血杆菌、金黄色葡萄球菌及绿脓杆菌等。根据病情需要选用适合的抗生素治疗，对减轻肺损伤，保持肺功能有好处。对于肺功能严重受损者，可行肺移植术。有资料显示肺移植后 5 年生存率达 60%～70%。应及时发现，处理并发症（如溶血、肺不张、血胸及急性呼吸衰竭等）。

2．消化道处理　90%以上患者的胰腺功能丧失，对脂肪蛋白质不能充分消化，应合理调整饮食。确诊本病时多数患者存在营养欠缺，一般主张高热量、低脂肪、适当增加蛋白质饮食。补充脂溶性维生素（包括维生素 A、维生素 D、维生素 E 及维生素 K）。胰酶替代治疗，每天不超过 10 000 脂单位/kg，随年龄增大而调整剂量；替代治疗可使消化的食物减少，但不能完全纠正粪便中丢失脂肪和蛋白质。对一些常见并发症应及时作相应处理。

3．其他治疗　鼻息肉早期可用糖皮质激素治疗，当出现鼻道梗塞时应行手术切除。CF 病人通常会发生水和钠的丢失，出现低氯性碱中毒，应注意纠正水电解质平衡紊乱。基因治疗本病是近年来的一种新方法，其确切效果仍在探索中。

（麦贤弟　檀卫平）

第四章 消化系统遗传性疾病

第一节 α_1-抗胰蛋白酶缺乏症

一、概述

α_1-抗胰蛋白酶缺乏症（α_1-antitrypsin deficiency）是一种以肝脏损害和广泛性肺气肿为特征的遗传代谢性疾病，常有家族发病史。1963 年 Laurell CB 和 Eriksson S 最早注意到 α_1-抗胰蛋白酶缺乏与成年人遗传型肺气肿有密切关系，1969 年 Sharp 发现 α_1-抗胰蛋白酶缺乏与小儿肝病有关。

（一）病因和发病机制

本病是一种常染色体隐性遗传性疾病。α_1-抗胰蛋白酶（α_1-AT）是一种由肝脏合成的低分子多肽糖蛋白，正常血清浓度为 $1.5 \sim 2.5g/L$，新生儿偏高，为 $2.7g/L$。α_1-AT 是血清 α_1 珠蛋白的主要组成部分，约占 α_1 球蛋白的 $80\% \sim 90\%$。此酶是血浆中主要的蛋白酶抑制剂，具有抑制血清中 90% 胰蛋白酶的能力，此外还可抑制纤维蛋白溶酶、糜蛋白酶、凝血酶以及炎症细胞和细菌死亡后所释放出的蛋白溶解酶等。α_1-AT 为急相反应蛋白，在细菌感染、组织损伤或坏死时，血清浓度可较正常增高 $2 \sim 4$ 倍，以保护炎症组织免受各种蛋白酶的破坏。

已知蛋白酶抑制系统（Protease inhibitor system，Pi 系统）有 40 多种等位基因，M 是最常见的基因型，正常为 PiMM 型，其血清 α_1-AT 含量正常。PiZZ 型纯合子为临床患者，其血清 α_1-AT 严重缺乏，仅为正常血清 α_1-AT 水平的 $10\% \sim 20\%$。中间表现型有 PiMZ、PiSZ、PiSS、PiMS 等，其血清 α_1-AT 中度缺乏，为正常血

清 α_1 - AT 的 30% ~ 80%。

α_1 - AT 缺乏时，机体无力拮抗内源性或外源性蛋白溶解酶对肝细胞的破坏作用，导致肝脏受损；肺内来自粒细胞、巨噬细胞和细菌死亡后释放出的蛋白溶解酶未能被 α_1 - AT 充分灭活，从而损伤了肺的正常蛋白组织而造成弥漫性肺气肿。PiZZ 型的发病率为 1/2 000 ~ 1/4 000，在新生儿肺炎中 PiZZ 约占 20%。PiZZ 型纯合子发生肺气肿的可达 70% ~ 80%。

（二）病理特点

肝脏早期可见肝细胞坏死，门脉周围有浆细胞、淋巴细胞和嗜酸性细胞浸润，胆小管增生和结缔组织增加，最后演变为肝纤维化及肝硬变。特征性改变是肝细胞的粗面内质网上可见一种 PAS 染色阳性耐淀粉酶的嗜酸性球形颗粒和玻璃样物质，研究证实其为病理性的 α_1 - AT，在化学组成上与正常 α_1 - AT 的差别是缺乏唾液酸。肝细胞内堆积的 α_1 - AT 颗粒与肝脏病变的关系尚不很清楚，因为即使没有临床肝病征象的 α_1 - AT 缺乏者肝细胞中也可见此种颗粒。肺部病变以广泛性小叶性肺气肿为特点。

本病预后较差，约 30% ~ 50% 的病人死于肝硬变或肝功能衰竭。杂合子 PiMS 和 PiMZ 型患者预后好，存活时间长。

二、诊断要点

根据婴儿期出现胆汁淤积性黄疸、进行性肝功能损害及青年期后出现肺气肿，结合家族史中有早期发现肝脏与肺部疾患可作出临床诊断，确诊依靠生化检测血清 α_1 - AT 含量或肝活检发现 PAS 阳性耐淀粉酶的嗜酸性颗粒。

（一）临床特点

1. 肝病表现　　常在出生 1 周后出现胆汁淤积性黄疸，患儿食欲不振、恶心、呕吐、嗜睡、易激惹、体重低下、肝脾增大，大便呈白陶土样，小便深黄。黄疸持续 2 ~ 4 个月后逐渐消退，以后出现进行性肝硬化。部分患儿病程进展迅速，在婴儿期即因肝功能衰竭或继发感染而死亡；多数病人表现为临床缓解和进展交替出现，于青春期后发展为慢性活动性肝炎或肝硬变。

2. 肺气肿表现　　肺气肿多在 30 岁左右发生，儿童肺气肿很少见。病人表现咳嗽、气喘、呼吸困难、桶状胸、杵状指（趾），肺部叩诊为过清音。

（二）实验室检查

1. 血象　　显示脾功能亢进现象。

2. 肝功能检查　　肝病患者可见血清白蛋白降低，胆红素及转氨酶升高。

（三）特殊检查与辅助检查

1. 血清蛋白电泳　　若 α_1 球蛋白定量 $< 2g/L$（0.2g%）可作为 $\alpha_1 - AT$ 缺乏的初步诊断。

2. $\alpha_1 - AT$ 测定　　血清中正常的 $\alpha_1 - AT$ 降低，PiZZ 型多为 1g/L 以下，PiMZ 型多在 $1 \sim 2g/L$ 之间。

3. 肝活检　　用 PAS 染色可见肝细胞内有耐淀粉酶的嗜酸性小颗粒。

4. X 线检查　　肺气肿患者胸部 X 线检查可见两肺过度充气，血管影减少，膈肌下降。

5. 肺功能检查　　可有不同程度的肺功能损害。

（四）鉴别诊断

本病的鉴别诊断包括新生儿肝炎、胆道闭锁、半乳糖血症、果糖血症、肝豆状核变性、胰腺囊性纤维变等。

1. 新生儿肝炎和胆道闭锁　　临床所见与 $\alpha_1 - AT$ 缺乏症很相似，均表现为黄疸、肝脾增大等，但一般无家族史，血清 $\alpha_1 - AT$ 正常。

2. 半乳糖血症　　为常染色体隐性遗传性疾病。患儿食乳类后出现黄疸、呕吐、低血糖和氨基酸尿等。尿中无葡萄糖的还原物质为诊断依据，若能测定红细胞 1-磷酸半乳糖尿苷转移酶为低值则可确诊。

3. 果糖血症　　为先天性缺乏果糖代谢的酶，临床出现低血糖、黄疸、肝大等，治疗为去除食物中的果糖与蔗糖。

4.肝豆状核变性　　多见于青少年及儿童，有家族史。表现为肝炎或肝硬化症状，伴有神经精神症状及角膜色素环（K-F环），血清铜蓝蛋白降低，尿铜排泄量增加。

5.胰腺囊性纤维变　　主要表现为慢性肺疾患和胰腺功能不全引起的吸收不良综合征，可有肺气肿、肺不张、慢性肺部感染及肝硬化等，但汗氯、汗钠升高，胰酶低下，血清 α_1 - AT 正常。

三、治疗要点

本病无特效治疗，外源性 α_1 - AT 的生物半衰期仅为 6 天，因此靠外源供应的直接替代疗法很难实行。治疗主要为支持疗法。

（1）新生儿胆汁郁积症的治疗：口服苯巴比妥 3～5mg/（kg·d）、消胆胺脂（Cholestyramine）4～8g/d。同时补充多种维生素。

（2）及时应用抗生素治疗肺部感染。

（3）注意尽量避免接触纸烟、尘埃和污染的空气。

（4）肝移植和基因治疗：肝移植术有望治愈本病。基因治疗是最根本的治疗，此技术已在体外培养的肝细胞获得成功。

第二节　遗传性高胆红素血症

本组疾病包括 Gilbert 综合征（先天性非溶血性黄疸）、Crigler-Najjar 综合征（先天性葡萄糖醛酸转移酶缺乏症）、Lucey-Driscoll 综合征（家族性暂时性高胆红素血症）、Dubin-Johnson 综合征（先天性非溶血性结合胆红素增高Ⅰ型）和 Roter 综合征（先天性非溶血性结合胆红素增高Ⅱ型）。常有家族史，多见于婴儿和青少年，其特点为肝细胞摄取、结合、转运和排泄胆红素的功能发生障碍，临床上出现长期或间歇性非溶血性黄疸。

Gilbert 综合征

一、概述

Gilbert 综合征也称先天性非溶血性黄疸，1901 年由 Gilbert 首先报道，国内也有散发病例报道。其临床特点除有长期间歇性黄疸外，常无其他明显症状。本病预后良好。虽长期有黄疸，但不影响正常生活。

(一) 病因和发病机制

本病为常染色体显性遗传，主要为肝细胞摄取胆红素的功能障碍。也可同时伴有葡萄糖醛酸转移酶活性减低。由于肝细胞摄取胆红素功能障碍者临床表现为轻度黄疸，血清胆红素一般 $< 85\mu mol/L$；如同时伴有肝酶活性减低者则黄疸加重。血清胆红素一般 $> 85\mu mol/L$。酶活性减低可能是暂时性的，有些病例可随年龄增长而黄疸逐渐减退。

(二) 病理

电镜下可见肝细胞内滑面内质网增多，囊泡变小，粗面内质网相对减少，Disser 腔表面细胞膜上微绒毛减少或消失。光镜下除肝细胞可能有脂褐质增多外，无其他异常发现。

二、诊断要点

诊断主要依据慢性间歇性黄疸的特点及家族史，并能除外其他原因引起的溶血性、肝细胞性黄疸等。

1. 临床特点

(1) 男女均可发病，男多于女，常有家族史。黄疸表现为慢性或间歇性，程度较轻，可因疲劳、受凉、感染、情绪波动、饮酒等诱发或加重。除黄疸外，常无明显症状。

(2) 体检除轻度黄疸外，无其他异常体征，肝脾常不增大。

2. 实验室检查

(1) 血清胆红素增高，主要为未结合胆红素增高。

(2) 肝功能检查正常。

（3）尿胆红素阴性，尿胆原及粪胆原正常。

三、治疗要点

1. 酶诱导剂治疗　　用苯巴比妥可诱导酶活性增强，使黄疸减轻，剂量为每次 2~3mg/kg，2~3 次/日。

2. 平素注意避免过劳、受凉、饮酒和各种感染。

Crigler-Najjar 综合征

一、概述

此综合征又称先天性葡萄糖醛酸转移酶缺乏症，是一种伴有胆红素脑病的新生儿非溶血性家族性黄疸，1952 年由 Crigler 和 Najjar 首先报道，1958 年后国内陆续有报道。根据其临床症状轻重和遗传方式的不同，分为两种类型（Ⅰ型和Ⅱ型）。Ⅰ型为重型，预后不良，大多数发生胆红素脑病而死亡；Ⅱ型为轻型，多能长期生存，生长发育正常。

病因和发病机制：Ⅰ型属常染色体隐性遗传，为肝细胞微粒体内葡萄糖醛酸转移酶完全缺乏，影响胆红素的结合而发生未结合胆红素血症。Ⅱ型属常染色体显性遗传，为部分葡萄糖醛酸转移酶缺乏，肝内尚有部分酶的活力，可生成少量结合胆红素，因而临床症状较轻，较少发生胆红素脑病。

病理：可见肝细胞滑面内质网呈小空泡样，粗面内质网无核蛋白颗粒附着，部分病者有胆栓形成，汇管区内有淋巴细胞、单核细胞浸润，汇管区外有轻度纤维组织细胞增生。

二、诊断要点

诊断主要依据新生儿期非溶血性高未结合胆红素血症、部分伴有胆红素脑病的临床特点及阳性家族史，注意与新生儿溶血病、新生儿感染等所致的胆红素脑病进行鉴别。

1. 临床特点

（1）Crigler-Najjar 综合征Ⅰ型：患儿一般在生后 3 天内即出现明显黄疸，并很快发生胆红素脑病，出现肌肉痉挛、颈项强直、角弓反张、昏迷和发热等，多于1周内死亡。

（2）Crigler-Najjar 综合征Ⅱ型：较Ⅰ型常见，黄疸程度较轻，较少发生胆红素脑病。

2．实验室检查

（1）血清总胆红素增高，Ⅰ型可达 $255 \sim 595 \mu mol/L$，Ⅱ型一般在 $85 \sim 340 \mu mol/L$，两型均以未结合胆红素增高为主。

（2）肝功能检查正常。

（3）尿胆红素阴性，尿胆原减少。

（4）苯巴比妥试验：口服苯巴比妥后Ⅱ型血清胆红素可明显下降，而Ⅰ型无下降。

三、治疗要点

1．Ⅰ型的治疗　出现严重黄疸时需先换血，继之进行光疗。本病需要长期光疗，但随着患儿的长大，皮肤增厚、色素增加及体表面积相对减少，使光疗效果减低。肝移植可根治，已有应用人肝细胞移植成功的报道。

2．Ⅱ型的治疗　酶诱导剂苯巴比妥治疗有效，剂量为 $1 \sim 5mg/kg$，每晚服1次，$2 \sim 4$ 周后血清胆红素可下降。

Lucey-Driscoll 综合征

Lucey-Driscoll 综合征即家族性暂时性高胆红素血症，是一种常见的疾病。患儿生后几天即出现严重黄疸，血清胆红素可 $\geqslant 342 \mu mol/L$，以未结合胆红素增高为主，若不及时换血，可发生胆红素脑病，这是由于其母亲妊娠中、晚期存在高浓度的二磷酸尿甙葡萄糖醛酸转移酶（UDPGT）的抑制物，通过胎盘到达胎儿体内，使未结合胆红素不能转化成结合胆红素而引起高未结合胆红素血症，此种抑制物在胎儿出生后逐渐消失，新生儿黄疸也逐渐消退，至生后 $2 \sim 3$ 周消失。

Dubin-Johnson 综合征

本综合征也称先天性非溶血性结合胆红素增高Ⅰ型，为常染色体隐性遗传性疾病，国内见散发病例报道。本病多见于青少年，常见家族性，主要临床表现为慢性或间歇性黄疸，系由于结合胆红素在肝细胞微粒体中形成后发生转运和排泄障碍返流入血而引起长期黄疸，因胆盐能被排出，故无皮肤瘙痒症状，血中结合和未结合胆红素均增高，以结合胆红素增高为主，约半数病例肝脏增大。肝活检可见肝细胞有褐色素沉着。本病预后一般良好，口服苯巴比妥可有疗效。

Roter 综合征

Roter 综合征又称先天性非溶血性结合胆红素增高Ⅱ型，国内见散发病例报道，为家族性发病，属常染色体隐性遗传，以青少年发病为多，临床主要表现为慢性轻度黄疸，无其他自觉症状，肝脾不大。本病与 Dubin-Johnson 综合征相似，但肝细胞中无色素沉着。有人认为除肝细胞转运和排泄胆红素发生障碍外，肝细胞摄取未结合胆红素也存在障碍。本病无特殊疗法，预后好。

（苏浩彬）

第三节 遗传性肠息肉综合征

家族性结肠息肉病

一、概述

家族性结肠息肉病（familial polyposis coli，FPC）又名家族性腺瘤性息肉病（familial adenomatous polyposis，FAP）或腺瘤性结肠息肉病（adenomatous polyposis coli，APC），临床上以便血和贫血为主要特点，恶性变的倾向很高。

（一）遗传学

本病为常染色体显性遗传，其基因定位于 5q21，为肿瘤抑制基因——APC 基因。APC 基因的突变是本病的发生及遗传的基础。

（二）病理变化

息肉主要分布于直肠和结肠，有时遍及全结肠甚至到回肠末端，直肠受累约占 90%。息肉数目在起病时不多，随病情发展渐增多，可多达 100 个以上甚至几千个，密集成片遮盖黏膜。息肉大小不等，针尖米粒大至 0.5cm 或更大；大部分无蒂，长大后可有蒂，多为广基底。息肉为腺瘤性，均为管状腺瘤，亦可有绒毛状腺瘤出现。

二、诊断要点

（一）临床表现

本病多见于年长儿，症状常在 3 岁以后出现。主要症状为便血，可伴有腹泻、腹痛、黏液便、里急后重；随出血增多而出现贫血，可有体重减轻。低位直肠息肉者排便时息肉可成簇脱出至肛外，呈菜花样；直肠指检可触及息肉。本病的癌变率较高，如不切除病变肠管，在 15 岁前即可发生癌变，癌变率达 6.5%，成年后至少 60% 发生癌变。据统计，息肉大于 5mm 者癌变危险大，息肉多至 6~9 个/cm^2 时癌变危险更大。癌变往往为多中心性，是本病死亡的主要原因。

（二）实验室检查

血常规常呈小细胞低色素性贫血。大便常规可见红细胞及黏液，隐血试验阳性。钡灌肠、乙状结肠镜或纤维结肠镜检查可发现息肉并确定病变范围。息肉组织活检并作病理检查可确定有无癌变，但应注意不要引起大量出血。

三、治疗

手术切除病变肠管是治疗本病的根本措施，应尽早进行。手术切除肠管范围依病变范围而定，但余下结肠仍有癌变的危险，故多主张全结肠切除。

黑斑息肉综合征

一、概述

黑斑息肉综合征（Peutz-Jegher syndrome）是一种错构瘤性息肉病，以多发性胃肠道息肉、特定部位的皮肤及黏膜出现黑色素斑点为特点。

（一）遗传学

本症为常染色体显性遗传，男女均可患病，遗传给下一代的几率亦相等。

（二）病理改变

息肉为多发性，可散在于全消化道，以小肠最多见（64%～96%），其次为大肠（30%～50%）、胃（25%），偶可发生于食管、鼻腔、膀胱及支气管等。息肉大小不等（数毫米至数厘米），多有蒂。息肉表面不光滑，顶部可糜烂或出血。显微镜检查息肉由正常腺体、上皮细胞和固有膜内增生分支的平滑肌组成，为良性腺瘤或错构瘤。

皮肤黑色素斑多见于口周皮肤、口唇及颊黏膜、舌、齿龈、硬颚，亦可发生于手掌、指、趾等处，偶然发生于肠黏膜内。黑斑为线状、卵圆形或不规则，1～5mm大小，边界清楚，不突出皮肤，棕色或黑色。

二、诊断要点

（一）临床表现

皮肤黏膜的色素斑及反复发作痉挛性腹痛为其重要特征。色素斑的部位及特点如上述。痉挛性腹痛多由息肉所致的肠套叠引起，可有血便，腹部可触及腊肠样肿块；肠套叠多为暂时性，有的可自行复位，以后又复发。多次消化道出血可至贫血，发育营养差，年长儿可有头晕。并发癌症的发生率比一般人高18倍。

（二）实验室检查

血常规示小细胞低色素性贫血。胃肠道气钡双造影可发现息肉。纤维肠镜可发现结肠的息肉。

三、治疗关键

确诊后以观察及支持疗法为主，贫血者予铁剂治疗，严重者予输浓缩红细胞。加强营养。手术治疗指征为：①肠梗阻或肠套叠不能自行缓解者。②保守治疗不能控制的大量出血或慢性失血性贫血。③息肉恶变可能性不能排除者。④阵发性腹部绞痛经保守治疗不能缓解，影响患儿生长发育者。手术以摘除息肉为主，多不切除肠管，有时需多处切开摘除息肉，亦可切开小肠后用纤维肠镜检查全小肠并予电灼切除。

第四节　遗传性慢性再发性胰腺病

一、概述

遗传性慢性再发性胰腺病（hereditary chronic relapsing pancreatitis）是一种常染色体显性遗传的先天性疾病，临床上较为少见。有时伴有胰腺或胆道的畸形。本病主要分子基础是阳离子的胰蛋白酶原基因突变，引起腺泡细胞内的未成熟胰蛋白自动活化，进而引起胰腺炎症。

二、诊断要点

（一）临床表现

以复发性上腹部疼痛为主要症状，有时疼痛放射至背部及肩部，常伴脂肪泻，呕吐和发热较少见。10 岁以内病程较轻，每次发作 4~7 天，数月或数年发作 1 次，以后逐渐加重。病程长者出现营养不良和体重减轻。

（二）实验室检查

1. 常规检查　急性发作期白细胞升高，各种胰蛋白酶活性增高，发作间期恢复正常或偏低。血脂升高。粪便检查可见脂肪滴和不消化的肌肉纤维。尿氨基酸升高。

2. 胰腺形态学检查

（1）腹部 X 线平片：可见胰腺或胆囊钙化点。

（2）B 型超声波检查：可见胰腺回声增强，亦可显示假性囊肿、胰管扩大或狭窄。

（3）CT 或 MRI 检查：可明确胰腺形态学改变。

（4）内窥镜胆胰管逆行造影（ERCP）：可显示胆、胰管的解剖形态及有无胰腺囊肿。一般病程 2~3 年后才出现解剖上改变。

3．胰腺外分泌功能检查

（1）胰功肽试验：口服氨基苯甲酸 8h 后，尿的排出率比正常人 > 50%，本病患者伴内分泌功能异常时则降低。

（2）粪便糜蛋白酶测定：早期患者约 49% 出现下降，晚期患者 80%~90% 明显下降。

三、治疗关键

确诊后多采取手术治疗。如有胰管梗阻、结石、假性囊肿存在，予胰管疏通、内引流、取结石等手术。

四、预后

本病预后多不良。

（李文益）

第五章 遗传性心脏血管病

第一节 心 肌 病

家族性肥厚性心肌病

一、概述

肥厚型心肌病（hypertrophic cardiomyopathy HCM）约 50% 有家族史，其余为散发病例。家族性 HCM 以常染色体显性遗传（AD）为主，基因位点在染色体 14q1。患者心肌 β-肌球蛋白重链（β MHC）的错义突变产生的致病基因有 100 多种，所以病人在临床上的表现类型、病情轻重以及生存和预后都有所不同。有人认为家族性肥厚型心肌病是一种肌节病，β MHC 基因的突变，心肌分子水平的改变导致心肌细胞肌原纤维排列紊乱、细胞结构破坏，引起心肌功能异常以及心肌肥厚。

HCM 的病因还有钙离子调节异常、儿茶酚胺与内分泌紊乱等因素。

病理变化以左心室肥厚为主的心脏增大，心房可受累扩张，心肌肥厚可发生在左心室的任何一部分，但一半以上发生在室间隔，肥厚的范围和程度不同，大体分为梗阻性和非梗阻性 HCM。非梗阻性 HCM 又分为心尖、乳头肌和弥漫肥厚型等。典型的 HCM 表现为室间隔心肌与左心室游离后壁的非对称性肥厚。主要的病生变化是心室肥厚造成左心室流出道梗阻，出现压力阶差，心肌耗氧增加，心脏收缩功能受损。HCM 时，渐渐发展的心肌缺血和纤维化使心室硬度增加，心脏舒张功能不良。

二、诊断要点

(一) 临床表现

HCM 患者多数无症状或症状较轻,很多是在体检时,或是因为家族成员发病要求体检时发现。出现症状年龄多在 20~40 岁之间,男性较女性发病率略高。一般地说,临床症状的严重程度与心肌肥厚程度及血流动力学改变有关,临床表现多种多样,部分病人心肌肥厚并不重,但症状较重,有些病人虽有较重的心肌肥厚,但症状却较轻。但总的说来,梗阻性者症状最重,隐性梗阻性较重,非梗阻性症状最轻。病人心脏舒张功能早期就减退,而心脏收缩功能在早、中期增强。

1. 症状

(1) 心悸、气促:当心肌顺应性差,舒张功能不全时,HCM 患者最常见的症状是稍事体力活动或劳累后,出现气促和呼吸困难,甚至可伴有阵发性夜间呼吸困难。

(2) 心前区闷痛或绞痛:因心肌肥厚,冠状动脉供血不足,故有心肌缺血表现。常因劳累诱发非典型心绞痛,40 岁以上的病人冠状动脉造影中,常可见到明显的冠状动脉病变,有些病例也表现为典型的心绞痛。

(3) 晕厥:1/3 发生于突然站立和运动后晕厥,可自行缓解,晕厥的主要原因是:①由于左心室顺应性差和流出道梗阻,造成心排血量降低,导致体循环、脑血管供血不足所致。②体力活动或情绪激动时:肥厚心肌收缩力增加,致使左心室顺应性降低,流出道梗阻加重,心排血量减少。③心律失常:病人动态心电图常显示有复杂的室性早搏或心动过速者。

(4) 心律失常:严重心律失常最多见于:①广泛的心肌肥厚。②明显的左心室流出道梗阻。③室间隔肥厚 > 20mm,左心室舒张末压 > 20mmHg。④心电图有左心室肥厚、劳损。⑤有晕厥史。

(5) 心力衰竭:随着病程的进展,因心肌纤维化、心肌梗死,心脏收缩和舒张功能损害,部分病人渐有心脏扩大、心壁变薄、心肌收缩无力，可出现心功能不全，此时左心室流出道压力阶差反而减少甚至消失，进入疾病晚期可出现心慌、气促、端坐卧位、肝脏增大、下肢浮肿等左、右心力衰竭的症状。

（6）猝死：HCM 患者可发生猝死。其原因主要是流出道梗阻或严重心肌缺血所致。也有认为严重室性心律失常，如室性心动过速及心室颤动可引起猝死。

（7）其他：眩晕、亚急性感染性心内膜炎、合并高血压病等。

2. 体征　　轻症 HCM 患者无明显体征。左心室流出道有压力阶差的患者才有体征。

（1）视诊：心前区异常的心尖弥漫性抬举样搏动或双重心尖搏动，心前区隆起。

（2）触诊：胸骨左缘 3、4 肋间触及震颤，心尖部抬举样搏动。

（3）叩诊：心界向左下扩大。

（4）听诊：第一心音正常，常可听见第三心音，可有第四心音。胸骨左缘 3、4 肋间、心尖可闻及粗糙的向心前区、腋下及心底部传导的收缩期杂音。

（二）辅助检查

1. 心电图　　大多数 HCM 病人心电图会有异常表现。心电图异常可能是 HCM 最早表现，尚未见心电图正常的 HCM 患者发生猝死，当 HCM 患者的亲属有心电图异常时应随访。

（1）左心室肥厚伴 ST－T 改变。

（2）25%～50% 的病例可见异常 Q 波。

（3）其他改变：电轴左偏、房室传导异常、左前分支阻滞、QRS 波幅小，动态心电图可发现大部分 HCM 患者合并室性心律失常，如发现室性心动过速，往往是猝死的先兆。

2. X 线检查　　一半以上的病人心影增大，为向心性肥厚，左心房也可扩大。少数心脏明显增大者可见肺淤血及间质性肺水肿。可见瓣环钙化改变。

3. 超声心动图　　是诊断 HCM 的主要手段，可对 HCM 进行分型、观察、鉴别诊断、判断临床效果、随诊预后。

超声分型：

（1）按血流动力学分型：①梗阻型：室间隔明显增厚，左心室后壁代偿性肥厚，使左心室流出道受阻，左心室腔中部与主动脉瓣之间血流速度增快，压力阶差增大。②非梗阻型：室间隔明显肥厚，但左心室流出道无明显狭窄，左心室流出道与室腔之间无压力阶差。

（2）按肥厚部位分型：①不对称室间隔肥厚型，约占90%以上。②心室中部肥厚型（主动脉瓣下肥厚）约占1%。③室间隔后部或左心室侧壁肥厚型约占1%。④心尖肥厚型。⑤对称肥厚型。⑥右室肥厚型罕见。

超声心动图典型特点是：①非对称性室间隔肥厚（>12mm）及运动异常，室间隔与左心室后壁厚度之比>1.0~1.3，病变部位心肌回声增强，不均匀，纹理不清，呈毛玻璃状或斑点颗粒状。②二尖瓣叶收缩期前向运动，超声心动图将二尖瓣叶收缩期前向运动分为3度：Ⅰ度，二尖瓣前叶与室间隔的距离>10mm为轻度；Ⅱ度，二尖瓣前叶与室间隔的距离<10mm，或短暂地与室间隔接触为中度；Ⅲ度，二尖瓣前叶与室间隔接触时间占总收缩时间的30%以上，主动脉瓣收缩中期部分关闭或主动脉瓣提前关闭为重度。③左心室流出道变窄或阻塞。④主动脉瓣运动异常，有时可见主动脉瓣扑动。⑤压力阶差：在左心室腔内流出道部位可以显示很高的血流速度，特别是梗阻型在左心室存在显著的压力阶差。⑥左心室舒张功能减退：左心室舒张功能异常，二尖瓣前叶EF斜率明显减慢，等容舒张时间过长，舒张早期血流峰值速度（E）减低，舒张晚期血流峰值速度（A）增大，E/A比值<1。

4. 放射性核素检查　　部分HCM病人冠状动脉造影可正常，但心肌显像可显示心肌缺血并显示范围及程度。

5. 磁共振成像　　可直观立体地显示病变，检出阳性率高。

6. 心导管检查　　能准确记录左心室流出道压差，评价心功能，还可应用介入方法治疗 HCM。

（1）左心室流出道压力阶差测定：病人静息时存在左心室流出道压力阶差，当 > 30mmHg 时，为有意义的梗阻。左心室舒张末压通常也是增高的。

（2）心室造影：肥厚的心肌使心室腔变小，肥大的乳头肌充填左心室腔，尤其是心室收缩末期左心室明显缩小，可伴有二尖瓣关闭不全。若为心尖肥厚，左心室造影影像可呈"铲子样"。

（3）冠状动脉造影：HCM 的病人冠状动脉可表现为粗大、迂曲，45 岁以上的病人，可能同时合并有动脉硬化所致冠状动脉狭窄。

7. 基因检查　对 HCM 患者及家族成员进行基因检查、随访和预防，可降低猝死并发率。

（三）鉴别诊断

1. 主动脉瓣狭窄　梗阻性 HCM 患者应与主动脉瓣狭窄鉴别。主动脉瓣狭窄的收缩期性杂音及收缩期震颤在胸骨右缘第二肋间，向颈部传导，升主动脉窄后扩张，主动脉瓣常有钙化，左心室对称性肥厚。HCM 时的收缩期杂音在胸骨左缘第 3、第 4 肋间或近心尖部，不向颈部传导，主动脉不扩张，主动脉瓣多无钙化；心电图常见异常 Q 波，可能有预激综合征表现，室间隔多为非对称性肥厚，室间隔厚度与左心室壁厚度之比常 ≥ 1.5∶1，二尖瓣前叶收缩期前向运动。

2. 高血压心脏病　有长期或较长期高血压史，可伴有其他脏器受损的表现，多在中年以上发病，心室为对称性肥厚；但部分 HCM 病人可有血压升高，也可合并高血压病，特别是中年或中年以后的病人，在两者鉴别困难时，注意从各自的病史、家族史并结合其他检查鉴别。

3. 冠心病　HCM 病人，可有心绞痛，心电图可有异常 Q 波，ST - T 改变，但年轻者较多，常伴有明显的杂音，短时间内心电图无动态变化，无心肌酶改变，超声图像有典型的改变。冠心病者多在中年以上，常伴血脂升高，短期内心电会有变化，心肌酶改变，一般并无特殊杂音。超声心动图显示节段性室壁运动障碍，但HCM者有时同时伴有冠状动脉粥样硬化，此时作冠状动脉造影能鉴别诊断。

4. 先天性心脏病　　超声心动图可鉴别（注意多切面仔细检查）。

三、治疗要点

HCM的治疗包括：药物治疗、非药物治疗，后者包括手术治疗，即肥厚间隔切开-切除术、心脏移植及介入治疗，即双腔起搏器治疗及经皮经腔肥厚间隔心肌消融术。

（一）治疗原则

（1）避免一切增加左心室流出道跨瓣压差的行为，避免心律失常，避免剧烈运动，缓解心悸、头晕、气促、心前区疼痛等临床症状。

（2）猝死，对无症状者随访，有明确家族史或症状者，予以治疗。

（3）减轻左心室流出道狭窄，促进肥厚消退。

（二）一般治疗

（1）避免剧烈的体力活动或情绪激动，即使无症状者，亦应避免参加剧烈的或竞技性的体力活动。

（2）慎用降低心脏前后负荷的药物及措施，除非心力衰竭时，应尽量避免应用洋地黄制剂及利尿剂，因为加强心室收缩力，使血容量减少都可加重心室内梗阻。最好不用硬膜外麻醉，因为它使腹腔血管床扩张，心脏前后负荷都减少。

（3）防止感染性心内膜炎，心腔内有梗阻的病人也是感染性心内膜炎的易感者。

（三）药物治疗

（1）受体阻滞剂：β受体阻滞剂可减少运动所致左心室流出道梗阻，也明显减少静止状态下左心室流出道压力阶差，从而减少心肌耗氧量，有潜在的抗心律失常作用。增加左心室充盈，减少左心室工作，缓解心绞痛，减少晕厥及晕厥前驱症状。HCM 伴有心功能不全时，应用 β 受体阻滞剂仍有益，但宜小剂量开始，逐渐增加剂量，直到症状改善。常规剂量疗效差者可试用大剂量治疗（如用心得安每日大于 320mg）。

（2）钙离子拮抗剂：主要有异搏定、硝苯吡啶和硫氮䓬酮。此类药可减少肥厚心肌细胞内钙的过度负荷，减轻钙离子超负荷所致的收缩功能及舒张功能异常，缓解左心室流出道动力型梗阻，改善舒张期顺应性。可使症状得到改善，缓解劳力性呼吸困难和胸痛，提高运动能力，降低运动时胸痛发生率，提高了运动耐量，改善病人运动时血流动力学变化和心脏功能。对某些 β 受体阻滞剂无效的病人可用钙离子拮抗剂作为二线药物。其中异搏定应用较多，但异搏定可抑制窦房结功能，阻断房室传导，负性肌力作用明显，从而易导致血压下降，肺水肿并死亡。故建议不用或慎用异搏定治疗HCM。硝苯吡啶较异搏定抑制房室传导功能弱，且能改善心功能，扩张冠状动脉，缓解胸痛症状。对于某些病人，特别是存在左心室流出道压力阶差的病人，硝苯吡啶与心得安合用疗效较好。但同样也有增加左心室流出道压力阶差的危险，大剂量时也会抑制左心室功能。硫氮䓬酮初步显示可提高左心室舒张功能，并且可能通过钙离子的阻断作用使肥厚心肌消退。

（3）胺碘酮：具有钙通道、钠通道及 β 受体阻滞剂作用，预防和治疗室上性及室性快速心律失常，减慢心率，改善舒张功能，减轻症状，提高运动耐量，明显减少猝死的发生率，是目前治疗本病最有效的药物之一，适用于使用 β 受体阻滞剂或钙离子拮抗剂失效或不能耐受的 HCM 病人。负荷剂量为 200mg，每日 3 次，心律失常控制后改为 200mg，每日 2 次；维持量为 200mg，每日 1 次；长期服用者可每周服 5 天，停 2 天。

（四）手术治疗

（1）手术目的：清除或松解左心室流出道梗阻。降低左心室流出道压力阶差。

（2）手术适应证：①严重梗阻患者临床症状逐渐加重，内科治疗无效，心功能Ⅲ～Ⅳ级。②左室流出道梗阻严重，压力阶差≥50mmHg。或选择性左心室造影显示室间隔明显突入左心室腔者。③严重梗阻伴发快速房性或室性心律失常以及发生过心脏停搏而药物治疗无效的病人。

（3）手术方法：在体外循环下，经左心室或主动脉心室间隔肥厚心肌切除术。对明显二尖瓣反流者可同时行二尖瓣置换术。对室间隔相对薄的病人（＜18mm）行二尖瓣置换术，可消除二尖瓣前叶前向运动来减轻左心室流出道压力阶差。对各种治疗无效者，可选心脏移植术。

（五）介入治疗

（1）起搏治疗：双腔起搏器（DDD）起搏治疗：可显著改善血流动力学和临床症状。其机制为通过房室顺序起搏使右心室心尖最先激动，左心室心底部激动延迟，造成室间隔矛盾运动，亦即收缩期向右心室移动，降低射流对二尖瓣前叶的冲击，减轻了流出道的梗阻，从而缓解左心室流出道压力阶差。②左心室充盈压下降，肺动脉楔压及肺动脉平均压亦降低。③动脉平均压及心排出量不降低，左心室舒张功能改善，使心绞痛、呼吸困难症状明显减轻。但目前在世界上很多中心临床观察，包括随机双盲、交叉对照等实验，目前尚无证据表明起搏器能降低猝死危险或改变病人的临床过程。因此并不认为 DDD 起搏可作为药物治疗无效、症状严重HOCM 病人的首选治疗，除非患者合并Ⅲ度 A－V 传导阻滞。应用右心室起搏（VVI）治疗 HCM 显示收缩期二尖瓣前向运动显著减轻，左心室流出道明显增宽，左心室舒张末压及左心室流出道压力阶差显著降低，心排出量及心脏指数明显增加，症状及心功能明显改善。因此，对药物治疗无效的病人，亦可予以 VVI 治疗。选用右心室起搏，比 DDD 起搏价格更便宜，但要注意起搏器综合征。

（2）治疗 HCM 的新方法——经皮经腔间隔心肌消融术：用化

学或其他方法经导管阻断左冠状动脉前降支发出的第一间隔支使肥厚的室间隔消退，以达到解除左心室流出道梗阻，改善病人症状及预后的目的。主要机制是间隔支闭塞造成间隔心脏缺血坏死，使间隔心肌收缩力下降或丧失，而术后间隔心肌坏死变薄而减少流出道梗阻。

对 HOCM 病人的初步临床应用经验结果显示，治疗后多数患者症状改善，左心室流出道压力减低，室间隔肥厚有一定程度减轻，严重并发症不多。但这项技术仍处于临床研究阶段，尚无对患者远期预后影响的资料，故本技术应严格选择患者（症状明显，药物治疗无效，左心室流出道压力明显增高），目前只能在介入治疗经验较丰富的医院作临床研究，暂不宜推广应用，尚有待与起搏和外科手术的远期效果相比较。

（六）其他治疗

抗心力衰竭治疗、抗心律失常治疗和预防感染性心内膜炎等对症治疗。目前所有的治疗方法均不能彻底根治 HCM，所以减轻症状，预防并发症以及防止猝死发生是治疗目的。近年来随着基因治疗水平的提高，基因疗法是否能彻底根治 HCM，正在拭目以待。

如前所述治疗目的是为了减轻症状，那么无临床症状的病人是否需要治疗，到目前为止对这一问题尚无明确的答案。

四、自然转归及预后

HCM 的自然病史进展缓慢，可多年无症状，大部分病人可维持 10 年左右的稳定期，多数患者可长期生存，大部分 HOCM 患者病情可稳定或获治疗后改善，死亡率降低，但猝死可发生在病程任何阶段，与肥厚程度不相关。心尖肥厚型患者病死率较低，HCM 的临床表现和自然病史的变化与年龄有关，儿童患者常无症状，但年病死率高达 5.9%，常有猝死的家族史，预后较差；青春期和成人（15～45 岁）患者年病死率为 2.5%，有晕厥史者预后不良；年长成人（45～60 岁），年病死率为 2.6%，伴有气急和劳力性胸痛是预后严重的表现。出现心房颤动可加重临床症状，药物复律有效。HCM 的病人对妊娠有较好的耐受性，因此不必终止妊娠。部分 HCM 出现症状恶化，可发展至左心室扩张、心功能不全、扩张性心肌病，后者约占 HCM 的 10% 以上。其原因可能为冠状动脉小血管病变致心肌缺血、疤痕形成，室壁变薄。

控制 HCM 的并发症，是改善预后的关键。

1. 猝死　　是 HCM 死亡的最常见原因，约占 50%。猝死可为 HCM 的首发表现。猝死也可发生在疾病平稳期。通常认为心律失常是最常见原因。其次为血流动力学障碍。一般而言猝死患者室间隔更厚，室间隔与左心室后壁比值更大，约 1/3 患者是在剧烈运动中或刚刚运动后死亡。

猝死的危险因素有：年轻人、有猝死的恶性家族史、基因缺陷、心脏停搏史、持续室性或室上性心动过速、反复晕厥史、动态心电图记录到有非持续性室性心动过速、心动过缓型心律失常、进行性心功能减退、心房颤动、明显左室肥厚（室壁 35mm）。

加强对猝死的预防和随访，积极采取相关的治疗措施，可减少猝死的发生。

2. 心力衰竭　　心衰是 HCM 死亡的第二原因，占 36%，心衰的原因可为持续心律失常、心脏收缩和舒张功能不全。部分病人的左心室可能由于心肌坏死而发生扩张，似扩张性心肌病，并发生充血性心力衰竭，诊断时应回顾既往超声检查结果。

3. 中风及其他原因　　和 HCM 相关的中风占 HCM 死亡病例的 13%，多见于老年人及合并慢性或阵发性心房颤动的病人，其中女性更常见。

4. 心律失常在 HCM 转归中的作用　　室速和室颤是猝死病人的首要原因；慢性房颤致心房功能丧失，是心力衰竭发生的促进因素，心房颤动所致心腔内血栓是中风发作的主要原因。因此控制心律失常在 HCM 预防中尤为重要。

5. 感染性心内膜炎　　约占 5% ~ 9%，病变多位于二尖瓣、室间隔内膜和主动脉瓣，病情会迅速恶化并发生心力衰竭。

扩张型心肌病

一、概述

扩张型心肌病（dilated cardia myopathy，DCM），既往称为充血性心肌病，是一种以心室扩张为特征的心肌病，约 20％DCM 患者有心肌病家族史。多为散发流行。大多数家族的遗传模式表现为常染色体显性或隐性遗传（AD、AR）、X-连锁隐性遗传，个别家系为线粒体遗传，部分是复合多基因遗传形式。近年来发现多个与家族性扩张型心肌病相关的染色体位置，如第九染色体（ql3-q22），第一染色体（p1-ql、q32），第三染色体（p25-p22），第十染色体（q21-q23）。并且发现致病基因标记于 3P 的家系伴有心律失常或心脏传导障碍。一些合并神经肌肉系统疾病的扩张型心肌病致病基因的研究有了新的发现，如进行性肌营养不良合并扩张型心肌病的致病基因是位于 X 染色体 p21 中的 dystrophin 基因；强直性肌营养不良合并扩张型心肌病的致病基因是位于第十九号染色体上的 Myotonic protein Kinase 基因。病毒基因组的存在不是家族性扩张型心肌病的主要原因，尽管病毒感染造成的病毒基因组在心肌细胞内的整合可以导致扩张型心肌病，但这种整合未能证实能遗传给下一代。

（一）病因

多数病人病因不明，可能多种多样，病毒感染在病因中占有重要位置。急性病毒性心肌炎患者经长期随访，6％~48％转变为DCM。慢性病毒性心肌炎经随诊 1~8 年后发展为 DCM 者约占 30％左右。在 DCM 患者心内膜心肌活检存在心肌炎改变者不少，由病毒性心肌炎发展为 DCM 是心肌再构的过程，在病毒性心肌炎向DCM 发展的过程中，微循环痉挛发挥了重要作用。反复的内皮细胞感染或免疫攻击导致微血管功能异常，反复的微血管痉挛引起心肌骨架蛋白溶解，多处局部心肌减失最终导致心力衰竭，DCM 和病毒性心肌炎可能是同一病理过程的不同阶段，所以 DCM 可能是病毒性心肌炎的晚期结果。散发性和家族性 DCM 的病因都可能是免疫因子的作用。在一些家系病人中存在心肌特异性自身抗体，一般认为用免疫荧光法检测心脏特异性抗体有助于家族性扩张型心肌病的诊断，这些心肌特异性抗体可在临床症状出现的数年前被发现，说明家族性扩张型心肌病有可能是一种自身免疫性疾病，而抗体阳性可能是病人的家系成员有患病危险的早期标志。

（二）病理

目前未发现家族性与散发性 DCM 病人在病理组织形态上存在明确的差异，心脏重量增加，外观灰白色，两侧心腔明显扩大，以左心室扩大尤为明显，室壁厚度正常或变薄，心房扩大，心腔内附壁血栓形成。病理生理特征主要是心脏泵功能障碍，心排血量减少，心室舒张末容积和收缩末容积增大，射血分数减少，心脏舒张功能亦异常。心腔渐扩大，导致二尖瓣关闭不全。

二、诊断要点

（一）临床特点

心脏扩大、收缩功能减退、心力衰竭、心律失常、栓塞为主要临床特点。家族性扩张型心肌病临床症状和体征与散发性基本相同。主要表现为进行性的心力衰竭、心脏扩大和心律失常。有些家系中心脏扩大的程度较轻，也有的家系病人在疾病开始阶段表现为不同程度的心脏传导阻滞，继而出现心脏扩大和心力衰竭。诊断的关键在于家系调查，对扩张型心肌病人应询问家族史，查阅有关的医疗档案，对可疑患病的家系成员要随访。

（二）辅助检查

1. 心电图　　本病早期可出现各种心电图异常。表现以多样性、复杂性而又缺乏特异性为特征。可有左、右室心室肥大、心房肥大、心肌劳损、QRS 波低电压、ST 段压低、T 波低平或倒置、病理性 Q 波、各种传导阻滞。当 DCM 发展到心功能不全时，最常伴发的心电图异常是室性心律失常。有持续性室速病人，并有心室晚电位阳性者，猝死的危险性高。出现异常 Q 波提示病情较重，病死率明显高于无异常 Q 波者。

2．X 线检查　　早期可无变化，随着病变的发展，显示不同程度心房、心室扩大，肺淤血，常伴有胸腔积液，可有心包积液。心胸比例多在 0.6 以上。

3．超声心动图　　超声心动图对 DCM 诊断有重要意义，基本特征为：①左、右心室明显扩大，以左心室扩大为主，左心室形态呈球形改变。②心室壁运动普遍减弱，可出现节段性运动异常。③收缩功能明显减低，射血分数 < 50%（常 < 30%），室壁运动幅度 < 0.3cm，室间隔增厚率 < 15%。④二尖瓣、三尖瓣或肺动脉瓣返流。⑤心腔内血栓。

DCM 上述特征，有助于同其他心脏病鉴别，射血分数越少，室壁应力越高，预后越差。

4．放射性核素　　包括心血池动态显影及心肌血流灌注显像。了解心肌血流灌注情况、缺血程度和心脏收缩舒张功能。DCM 时，心肌断层显像能定量出心脏及心肌容量的增大，有多节段心肌斑块状改变。即使在心肌病早期，心肌显像检查可有 98% 病人出现放射性稀疏或缺损。核素检查用于对本病进行病理学研究。近年来，国外用"抗肌凝蛋白抗体"扫描检测进行 DCM 与心肌炎的鉴别。

5．CT 和 MRI 检查　　可见左心室、室间隔和游离壁均很薄，左心腔明显扩张。有时亦可见到心脏内附壁血栓。亦可见到胸腔积液、心包积液和肺栓塞的表现。

6．心导管检查和心内膜心肌活检（EMB）　　EMB 对 DCM 诊断无特异性，有协助诊断作用。DCM 时，心肌细胞可有不同程度的排列紊乱。心内膜正常或呈程度不等的纤维化及少量附壁血栓形成。肌原纤维排列紊乱且纵横不一，临床如考虑 DCM，活检组织又有形态学变化，为一有力支持，但活检组织形态正常并不能排除本病。

（三）诊断与鉴别诊断

本病尚无特异性的诊断方法，目前的诊断仍是在排除其他心脏病的基础上，对临床及实验室检查的综合分析。目前仍采用 1995 年 10 月全国心肌炎、心肌病专题研究会制订的特发性 DCM 的诊断参考标准。

（1）临床表现心脏扩大、心室收缩功能减低伴或不伴有充血性心力衰竭，常有心律失常，可发生栓塞和猝死等并发症。

（2）辅助检查：①X 线检查，心胸比 > 0.5。②超声心动图示全心扩大，尤以左心室扩大明显，左心室舒张末期容积 $\geqslant 80mL/m^2$，心脏可呈球形，室壁运动呈弥漫性减弱，射血分数小于正常值。

（3）必须排除其他特异性心肌病和继发性心肌病。

有条件时，检测病人血清抗心肌肽类抗体可作为本病的辅助诊断。检测患者及其家属成员 HLA 表型和基因型，有助于预测易感人群。

注意与以下疾病鉴别：

（1）风湿性心脏病：DCM 可有二尖瓣或三尖瓣关闭不全的杂音及左心房扩大，心力衰竭时杂音较响，心力衰竭控制后杂音减轻或消失，伴有第三心音或第四心音奔马律等，则提示本病的可能；如既往史中记述到在心脏显著增大之前已有杂音，心力衰竭时杂音减轻，心力衰竭控制后杂音增响，伴有二尖瓣狭窄或主动脉瓣杂音，瓣膜有钙化，超声心动图示瓣膜有明显病理性改变，过去曾患风湿热等，则有利于风湿性心脏病的诊断。

（2）心包积液：大量心包积液时，心脏外形扩大，和 DCM 相似。心包积液时，左心外缘叩诊为实音，心尖搏动消失，心音遥远；心电图示低电压、T 波倒置；超声心动图可以清晰地看见心包内积液和积液量的多少，给以明确诊断。

（3）继发性心肌病：继发性心肌病多属扩张型，临床表现与本病甚相似，所以要注意前者有全身性疾病的其他表现。

（4）心肌炎：病毒性及风湿性心肌炎在严重病例可有明显的心脏扩大、奔马律、收缩期杂音等，与 DCM 酷似。一般而言，这种严重的心肌炎多属急性期，但也可延至数周至 2~3 个月，而 DCM 多属慢性。详细询问病史，血清学检查可以提供一些依据。

(5) 高血压性心脏病：DCM 患者血压多正常，DCM 的舒张压一般不超过100mmHg，无高血压病的眼底及肾功能改变，左、右心室扩大而无主动脉扩张。高血压性心脏病的血压多持续增高，常有眼底及肾功能改变，且 X 线检查常有主动脉弓扩大、扭曲、延长，及只有左心室肥大，两者的病程完全不同。

(6) 先天性心脏病：一般超声心动图即可明确诊断。

(7) 冠心病：病史和实验室检查可鉴别。

三、治疗要点

同"扩张型心肌病"。DCM 治疗主要是对症治疗，坚持早期、综合、持续治疗，减少并发症的发生，提高 DCM 病人的生活质量和生存率。对具有遗传致病因素或易感基因者，应及早采取措施，是防治 DCM 的重要途径。

1. 一般治疗　注意休息，减轻心脏负荷，改善重要脏器的供血，有利于水肿消退和心功能改善。重度心衰患者应完全卧床休息。患者的饮食以高蛋白、富含维生素和易消化为主，预防和治疗呼吸道感染是防止心衰加重的重要措施。

2. 控制心力衰竭　DCM 病人出现心力衰竭时的治疗目的：①缓解症状，改善生活质量。②保护心脏，延长存活时间。治疗措施包括以下方面：

(1) 控制水钠潴留，减轻心脏前后负荷，改善泵功能。

(2) 强心剂：洋地黄；磷酸二酯酶抑制剂。

(3) 拟交感类：包括多巴胺、多巴酚丁胺等。

(4) 利尿剂。

(5) 血管扩张剂。

(6) β受体阻滞剂。

(7) 纠正心律失常。

(8) 抗凝治疗。

（9）改善心肌代谢。

（10）免疫调控。

（11）外科手术治疗：心脏移植；左心室部分切除术等。

四、病程及预后

家族性扩张型心肌病属遗传性疾病，其成活率与特发性扩张型心肌病无差异。如能早期诊断和治疗，近年来存活率有所增高，约20％的病人预后较好。发生心力衰竭后经过积极治疗亦可能经数年才发展为顽固性心力衰竭。总的预后不良。文献报道，1年存活率为75％，2年存活率为50％，5年存活率为34％，7年存活率为20％，死亡中半数系猝死。近年由于早期诊断及治疗改进，5年死亡率降至20％，死亡原因主要为顽固性心力衰竭，严重室性心律失常及栓塞致死。

对预后影响不好的因素有：①无明确诱因和病因不明。②年龄>55岁。③明显心脏扩大，心胸比例>0.55。④明显心力衰竭，尤其是顽固性，心脏指数<2.5L/（min·m²），左心室舒张末压>20mmHg，LVEF<30％，PCWP>20mmHg。⑤心肌活检有明显的组织细胞学异常改变，心肌细胞体积增大及广泛纤维化。⑥血浆肾素水平、心房利钠肽升高。⑦同时存在其他病因的心脏病。⑧病人无良好的生活习惯和不定时服药等。⑨左心室传导延缓和复杂室性心律失常。

第二节　遗传性心律失常

心脏的节律和传导异常往往由于症状不明显而被忽略。随着电生理研究的进展以及遗传学的发展，人们开始注意研究其与遗传的关系。

遗传性原发性心脏节律和传导异常

正常心电图有家族性特点，有人发现心率慢的父亲其子女心率亦慢，他们的窦房结功能却正常。心率与血压也有关，而血压有较高的遗传度。P-R间期和心率受遗传因素影响。校正心率的Q-T间期也有明显的遗传作用。原发性与遗传因素有关的心律失常和心脏传导异常，可能是常染色体隐性遗传（AR）。当我们发现心律失常时应进行系谱分析，必要时对其亲属，特别是一级亲属做心电图检查。

房性心律失常

一、概述

1. 自律性房性心动过速　　与心房异位自律性增高或异常灶性活动致冲动连续发放有关。家族性发病较少见，多见于儿童和青年人。特征为：①房早或程序刺激不能诱发或中止发作。②起始P波形态与窦性不同。③调搏或刺激迷走神经不能中止发作，但可以诱发房室传导阻滞。

应用普鲁卡因酰胺、奎尼丁和丙吡胺等影响自律性的药物治疗有效。

2. 家族性心房颤动　　部分房颤者有家族发病倾向性。其特点为突然发作和突然终止，情绪激动、失眠和劳累等可诱发，预后较好，可长寿，并随年龄增长而增多，往往呈持久性。又称原发性阵发性心房颤动、特发性心房颤动、良性心房颤动，简称家族性房颤。发病率约占房颤患者的5%~6%。一般认为是由基因突变所致，其遗传方式属常染色体显性遗传（AD）方式。心电学机制为：①心房内微折返。②心房内多个异位起搏点同时连续快速发放冲动，引起心房肌不规则乱颤所致。

二、诊断要点

1. 临床特点　　发作次数不定，每次发作时间短则数秒、数分钟或数小时，长则数日，发作时症状轻微伴心悸、胸闷、出汗、头昏、眼花、尿频。房颤时心室率可表现为快速型（>100次/分，亦可慢速型（<60次/分），有脉搏短拙现象。卧床休息和应用镇静剂或使用复律药物较易终止其发作，紧张、精神刺激、劳累、感

染、疼痛等常为发作诱因。

2. 心电图改变　①P波消失代之以心房颤动波（f波），频率达350～600次/分，其形态、振幅及间距不相同。②QRS波群时间和形态正常。③无房室传导阻滞，束支阻滞，心室厚及明显ST-T改变。

3. 诊断的主要依据　①在成年之后发生呈阵发性，在不知不觉中发作和终止，反复发作的病例，病情不恶化，预后良好。②房颤时间虽长，但无动脉栓塞的临床症状，亦无晕厥。③心功能长期保持正常。④经长期随访，不能明确病因或发现器质性心脏病。⑤除了房颤，无其他改变。⑥有家族史。⑦一般不需药物治疗，电转复律易见效。

三、治疗要点

（1）卧床休息。

（2）镇静剂。

（3）如有症状可用电复律。

（4）亦可酌情采用安律酮，无内在交感活性者用β受体阻滞剂，乙胺碘呋酮、心律平等。

室性心律失常

一、概述

1. 家族性室性早搏　临床上一些室早病例是由原因不明的"良性室早"引起，特点为病程长，治疗效果差，除心悸、焦虑以及一些神经官能症状外，并不引起室性心动过速、心室颤动和血液动力学改变，亦无诱发心功能不全，一般经过预后良好。

常有家族史，符合AD遗传方式，其确切发病机制不详。可用多种抗心律失常药，但效果不佳。

2. 家族性阵发性心室颤动　其特征为由情绪激动诱发的心室颤动、昏厥和猝死，不伴Q-T间期延长。一般罕见。可能属基因突变或AD遗传所致，患者心电图U波明显，提示心室肌复极先后不一致。P-R间期短，提示室上性兴奋可提早到达心室，再折返，而导致心动过速和心室颤动，引起晕厥发作和猝死。

二、诊断要点

1. 临床特点　　自幼起病，表现为情绪激动而诱发的晕厥和猝死、发作前往往频发室早，随即演变为室性心动过速和心室颤动，心、肺复苏与直流电复律可中止发作。体检、X线、超声心动图等检查未发现器质性心脏病。心电图示 P-R 间期短，U 波明显，Q-T 间期不延长，电生理检查和心房调搏排除预激综合征。

诊断的主要依据是：情绪激动诱发的室颤，晕厥或猝死的家族史，心电图示 Q-T 间期不延长，U 波较明显，伴和不伴 P-R 间期短。

2. 鉴别诊断　　需与 Q-T 间期延长综合征、预激综合征、癫痫等引起的阵发性室颤鉴别。

三、治疗

口服心得安可预防严重室性心动过速和猝死。

心脏传导异常

一、概述

心脏传导异常包括房室传导阻滞、束支传导阻滞。家族性和遗传性传导阻滞见于右束支、双束支，甚至完全性房室阻滞。这些异常中孤立性束支阻滞的家族性相当少，一些家族性心脏传导阻滞的束支传导阻滞可重叠发生。

二、诊断要点

1. 束支传导阻滞

(1) 右束支阻滞（RBBB）：较多见，常合并有其他束支阻滞。也常合并某些先天性心脏病，如房间隔缺损等。

(2) 左前分支阻滞（LAFB）：常合并某些先天性心脏病，如心内膜垫缺损等。家族性孤立性 LAFB 几乎都伴房间隔缺损。本病为 AD 遗传方式。LAFB 有时伴有全身皮肤色素斑（或痣）。

(3) 左束支传导阻滞（LBBB）：LBBB 较 RBBB 少见，此症可能属常染色体显性遗传方式。多见家族性良性 LBBB，偶尔可见孤立性儿童 LBBB。多发生在器质性心脏病患者，LBBB 的心电图表现与左室肥厚难以鉴别，临床分析时应加以注意。

2. 房室传导阻滞（AVB） AVB 是较常见的心律失常，是由房室结区不应期延长所致，可分为房室结内阻滞及结下阻滞。先天性 AVB 发生率较高。

（1）先天性房室传导阻滞：属 AD 遗传方式。先天性 AVB 约 30%合并其他先天性心血管病，亦可孤立存在。先天性 AVB 患者可有房室结、希氏束发育不良或缺如；或房室传导系统纤维变性等病理改变。因心率较慢常能引起阿斯综合征发作。

（2）进行性房室传导阻滞：有些家族性完全性 AVB 出生时不发病，长大后逐渐显现，这种传导障碍称之为进行性房室传导阻滞。经常合并继发孔型房间隔缺损（ASD）。

（3）家族性心脏传导阻滞：在同一家族中可表现不同类型的传导阻滞，其遗传机制是相同的，遗传方式属 AD 或 AR 遗传。有时窦房结和房室结同时传导障碍，称为双结病变等。病例多表现为完全性房室传导阻滞，希氏束分支以下阻滞及双结病变等。本病早期分为两种类型：①先天性：可见出生时或婴幼儿，由于完全性房室传导阻滞，出现严重心动过缓，预后较差，多死于新生儿期，呈 AR 遗传。②成人型：发病多见于 30～50 岁，可出现各种类型的传导阻滞，并可出现房颤、房扑或心动过速。在存活的出生婴儿中的发病率为 1/2 万。遗传方式属 AD，有的呈延迟显性，其外显率与表现度不同，同一家庭的不同成员的心脏传导阻滞类型不同，症状轻重不一。发病机制可能是基因突变导致心脏传导系统发育缺陷或退行性变，使窦房结、交界区或束支及室内传导中断或延缓。心脏传导系统发育不良，纤维变性，房室肌纤维中断。

临床上可表现为束支阻滞和房室传导阻滞的各种不同组合。

三、治疗要点
有症状者根据不同情况安装不同类型起搏器。

遗传性 Q - T 间期延长综合征

一、概述

又称为遗传性 Q - T 延长综合征、心脏-耳聋综合征、肾上腺素依赖性 Q - T 延长综合征。

1. 病因　特发性长 Q - T 间期延长综合征至少有 6 种基因变异。根据相关基因分为 6 个类型：①KvLQT$_1$：第 11 对染色体 p15.5 位- KVLQT 基因，调控延迟钾整流缓慢成分。②LQT$_2$：第 7 对染色体 q35 ~ 36 位的 HERG 基因，调控延迟钾整流的快速成分。③LQT$_3$：第 3 对染色体上的 p21 ~ 24 位基因（SCN5A），此基因是心脏钠通道调控基因，基因变异可激活钠通道，使 Q - T 延长，为长间歇依赖性。④LQT$_4$：第 4 对染色体 p25 ~ 27 位，作用尚不完全清楚。⑤LQT$_5$：第 21 号染色体（KCNE1），影响钾离子通道。⑥LQT$_6$：第 21 号染色体（KCNE2），也是影响钾离子通道。还有其他亚型。

2. 病理　病理改变与以下因素有关：①Q - T 间期延长，心室肌复极不均匀，易激期增宽，室颤阈值降低，易导致尖端扭转型室速和室颤。②植物神经功能不平衡，左侧交感神经张力过度增高，可能导致 Q - T 间期延长，心脏电复极时间延长，不应期改变，心室应激性增加，室颤阈值降低，发生室性心律失常。③窦房结、房室结、希氏束及心肌发生脂肪、纤维化或炎性浸润等改变。

Jervell、Lange-Nielson 综合征：常染色体隐性遗传，先天性耳聋；Romano-Ward 综合征：常染色体显性遗传，心脏离子通道的功能异常，听力正常。

二、诊断要点

（一）临床特点

晕厥和猝死是主要的表现，因为心室复极异常引起快速室性心律失常所致。KvLQT$_1$ 与听力有关，但只有当病人为纯合子时才出现耳聋，杂合子不会有耳聋的表现。有少部分病例，Q - T 间期正常仍会发生晕厥和猝死。LQT_1、LQT_2 属于肾上腺素依赖性，晕厥和室性心动过速与运动或精神紧张有关。LQT_3 的症状发生多在休息或睡眠中。

（二）心电图特点

Q－T 间期显著延长，T 波交替或切迹，发作时可出现室早，尖端扭转型室速、室颤。

（三）诊断标准

遗传性 Q－T 延长综合征的诊断标准如下：

1. 心电图

（1）QTc > 480ms 3分

460 ~ 470ms 2分

男 > 450ms 1分

（2）扭转型室速 2分

（3）T 波交替 1分

（4）T 波切迹（3 个导联） 1分

（5）静止心率低于正常 2 个百分位数 0.5分

2. 临床表现

（1）晕厥：紧张引起 2分

非紧张引起 1分

（2）先天性耳聋 0.5分

3. 家族史

（1）家族成员中有肯定的 Q－T 间期延长综合征 1分

（2）有 < 30 岁的心源性猝死（直系亲属中） 0.5分

> 4 分可确诊 Q－T 间期延长综合征；2 ~ 3 分为疑诊病例。

也有将 QT 间期延长的诊断简化为：主要条件：①纠正性 QT 间期大于 0.44；②有家族史；③晕厥的发生与情绪激动有关。次要条件：①先天性耳聋；②心动过缓；③T 波高大、有切迹、交替 T 波。二项主要条件或一项主要条件二项次要条件即可诊断。小儿一项主要条件加一项次要条件就可诊断。

三、治疗要点

（1）有症状者，用β-受体阻滞剂普萘洛尔可减少晕厥发作，可降低死亡率。用量为 $1 \sim 2mg/（kg \cdot d）$。也可预防性应用普萘洛尔。

（2）应用苯巴比妥、钙通道阻滞剂、心律平、慢心律、普鲁卡因酰胺等减轻症状。也有报道补充钾剂和镁剂。

（3）临床上有用左侧颈胸交感神经节或左星状神经节切除术减轻症状。

（4）可安置人工心脏起搏器或自动复律除颤器。术后仍可用β-受体阻滞剂协助治疗。

四、预后

婴儿期发作晕厥者，预后较差，非治疗状态下，10 年死亡率可高达 80％以上。发病越晚，猝死发生少，预后较佳。及早诊断治疗，可避免猝死。

家族性病态窦房结综合征

一、概述

病态窦房结综合征。简称病窦综合征，也可称为遗传性病窦综合征、家族性病窦综合征、特发性病窦综合征、家族性窦房结病。主要改变为窦房结及其周围组织的变性、坏死、纤维化，导致起搏或传导功能障碍，而产生多种心律失常并伴有心、脑、肾供血不足等临床表现的综合征。其中有遗传性发病因素的，属 AD 遗传。发病机制不详，可能与基因突变有关，是一种与腺苷调节和代谢有关的疾病。

二、诊断要点

1. 临床特点　　临床表现可多种多样，但以心、肺、肾等重要脏器供血不足为主要症状。如头昏、乏力、失眠、记忆力减退、反应迟钝、心悸、气短、胸闷、胸痛、食欲减退及胃肠不适等。症状可为间歇性或持久性，起病隐匿，进展缓慢，窦性停搏或高度窦房阻滞时，可发生短暂头晕或心源性晕厥，可发生猝死。

2．辅助检查

（1）常规心电图检查：通过常规心电图检查可作以下分型：①严重而持久的窦性心动过缓，在 40 次/分以下。②窦性停搏。③窦房传导阻滞。④慢快综合征（在上述基础上，反复发生阵发性室上速，心房扑动或颤动）。⑤双结病变，在上述 3 型的基础上，如不能及时出现交界区逸搏（逸搏周期在 2s 以上）伴有或不伴有逆搏心律，或同时具有阿斯综合征。⑥同时兼有窦房传导阻滞，房室传导阻滞及室内传导阻滞，称为全传导系统缺陷。

（2）心电图运动试验：运动后心率少于 90 次/分者。

（3）阿托品试验阳性者。

（4）动态心电图检查。

（5）窦房结功能测定：窦房结恢复时间≥2 000ms，校正窦房结恢复时间＞450ms，窦房传导时间＞120ms 者为阳性。

（6）其他：电复律后不能恢复稳定的窦性心律者；房早后出现较长的窦性停搏，应用房早测定窦房传导时间＞120ms 者。

3．诊断　　根据临床表现、典型心电图特征或辅助检查阳性，又排除药物或迷走神经张力增高因素，即可做出诊断。

三、治疗要点

1．有明显症状，心率缓慢者可紧急静脉点滴阿托品或异丙肾上腺素。

2．静脉点滴氨茶碱 0.25g/d，14～21 天；静脉点滴菸酰胺 600～1 200μg/d，14～21 天；其他可口服 654‐2、普鲁本辛、麻黄素等。

3．药物无效、反复发生心源性晕厥者可根据病情选用不同类型的人工心脏起搏器。

四、预后

如果窦房结病变不严重，病情发展稳定，很少窦性停搏，房室连接区的起搏功能良好，则预后较好。早期发现，及早采取措施，预防不良症状出现，预后也较好。

（王慧深）

第六章　泌尿系统遗传性疾病

第一节　遗传性肾小球疾病

遗传性肾炎（Alport 综合征）

一、概述

20 世纪初 Guthrie 曾报告了一个反复血尿的家系。1927 年 Alport 报告了一组遗传性血尿伴有神经耳聋的病例及其家族，并认为此组病例代表了一种特殊的综合征，即被以后的文献称之为 Alport 综合征（Alport syndrome，AS），又称遗传性肾炎。本病并非罕见，发生率为 1/5 000~10 000，在终末期肾脏病中约占 0.2%~5.0%。

（一）遗传方式

Alport 综合征的遗传具有异质性，存在不同的遗传方式，可有如下 3 种：

1. X 连锁显性遗传　　是该病最常见的一种遗传方式，约占 85%。致病基因位于 X 染色体长臂中段 Xq21.2-q22.2（见表 6-2），为构成 IV 型胶原的 α 链亚单位 $α_5$ 的基因 COL4A5 及 $α_6$ 的基因 COL4A6。COL4A5 基因可以有多种变异，在临床上表现出众多表型，包括起病年龄、听力改变和眼病等有相当大的差异。遗传与性别有关。母病传子也传女，子女得病机会均为 1/2，父病只传女不传子。因此，家系中女性患者多于男性，但男性的病情明显比女性重。

2. 常染色体隐性遗传　　致病基因定位于第 2 号染色体，为 COL4A3 及 COL4A4，即编码 IV 型胶原 $α_3$、$α_4$ 链的基因。杂合子的表

142

现型正常，纯合子才能显出疾病，故具有临床症状的病人常为近亲婚配的子女。子女得病机会为 1/4。疾病严重程度与伴性遗传相似，与性别无关。

3. 常染色体显性遗传 最为少见。已发现 COL4A3 及 COL4A4 基因突变。遗传与性别无关，男女得病机会均等，病情轻重也相似。

另外，15% ~ 18% 病人非遗传而来，而是由基因突变引起。

（二）发病机制

Alport 综合征是一种基底膜病。Ⅳ 型胶原是构成基底膜的主要成分，其由 3 条 α 链构成一个三螺旋分子。组成Ⅳ型胶原的 α 链有 6 种，分别为 α_1（Ⅳ）~ α_6（Ⅳ），其中 α_1、α_2 广泛分布于各种基底膜中，而 α_3 ~ α_6 主要见于肾小球基底膜（GBM）、肾小管基底膜、肾小囊、晶状体膜和角膜基底膜，这些部位都是 Alport 综合征的主要病变部位。各 α 链的基因均已被克隆，分别命名为 COL4A1 ~ COL4A6。前文已叙，COL4A5 和 COL4A6 及 COL4A3 和 COL4A4 分别为 Alport 综合征的 X 连锁显性遗传和常染色体隐性遗传的致病基因。COL4A5 的变异研究较详细，发现它有多种突变，包括缺失、点突变、插入、重复、重复与缺失或重复与插入复合存在等。至于基因突变如何导致基底膜结构的改变及肾功能进行性恶化，其机制目前还不完全明了。研究推测可能是由于基因突变导致 α 链生成异常，破坏Ⅳ型胶原分子的形成，从而改变了基底膜的结构，影响到肾小球滤过和晶状体功能，以致肾功能下降及晶状体变形。

二、诊断要点

（一）临床特点

两性均可患病。因本病常以镜下血尿隐性起病，故难以确定确切起病年龄，但多数是在儿童早期被发现。国内报告 1 例最早发现的为生后 1 个月，国外为生后 3 ~ 5 个月。多数患儿家族中至少有 1 个血尿和进行性肾功能不全患者，并可伴神经性耳聋或眼病。

1. 肾脏改变 血尿是最早、最常见的表现，可为肉眼血尿或镜下血尿，多在上呼吸道感染、劳累或妊娠后加重。蛋白尿见于50%～70%病例，在早期常无或微量，随病程进展而出现，少数可达肾病综合征的程度，蛋白尿严重或进行性加重提示预后差。Alport综合征的另一突出表现是肾功能呈慢性、进行性损害。男性常在20～30岁时进入终末肾衰，女性绝大多数病变较男性轻，进入肾衰晚或不发生肾衰。随着肾功能恶化，可出现高血压、贫血等。

2. 耳损害　约30%～50%病人受累，男性较多见。主要表现为高频性神经性耳聋，听力丧失多数在高频区4千～8千赫兹之间。早期轻症病例需作电测听才能发现，以后逐渐加重。耳聋程度与肾病轻重相关，有报告肾移植后听力得以恢复。

3. 眼病变　约10%～20%病人具有眼部病变，包括近视、斜视、眼球震颤、圆锥形晶状体、角膜色素沉着、白内障及眼底病变。一般认为仅圆锥形晶状体及黄斑周边微粒为本病特异表现。

4. 其他器官病变　包括巨血小板减少症、弥漫性平滑肌瘤（食管、气管支气管及生殖器平滑肌瘤样增生）、甲状腺及甲状旁腺疾病、高脯氨酸血症、大脑功能障碍等。

（二）实验室检查

1. 尿常规检查　以血尿为主，为肾小球性血尿，无或伴少量蛋白尿，极少数有大量蛋白尿。

2. 肾功能　早期正常，后期进行性减退，血尿素氮、肌酐增高，肌酐清除率降低。

（三）特殊检查

1. 听力测试　电测听可早期发现神经性耳聋。

2. 眼科检查　裂隙灯检查有助发现圆锥形晶状体。

3. 病理检查

（1）光镜检查：无特异性。本病早期肾脏大致正常，随病变进展，肾小球可以从局灶节段系膜增生渐发展至肾小球硬化，肾间质从炎症细胞浸润发展到纤维化，并伴肾小管萎缩。肾间质中可见泡沫细胞，但这种细胞也可见于其他肾小球疾病，如肾病综合征、慢性肾炎、膜性肾病和膜增生性肾炎等，故并非本病所特有。此外本病有时可观察到胎儿样肾小球。其特征为体积小，球内毛细血管祥稀疏，小球表面被排列整齐的圆形足突细胞所覆盖，肾小囊扩大。此类小球的存在有助本病诊断，但甚为少见。

（2）电镜检查：具有诊断价值。典型的改变是 GBM 增厚，呈纵向分离、分层或破碎，分层基底膜相互交织形成网络状，其间可有电子致密颗粒沉积，此为大多数男性患者的改变。在儿童及女性常仅表现弥漫 GBM 变薄，GBM 厚度为正常的 25% 或更薄。变薄的GBM 厚度在 50～150nm 之间，增厚可达 300～570nm（3 岁以下可在200～300nm）。GBM 分层并非 Alport 综合征所特有，也见于系膜增生性肾炎、膜性肾病和局灶性节段性肾小球硬化等。GBM 变薄也见于胎儿和家族性良性血尿。唯变薄和增厚同存则为本病所特有。

（3）免疫荧光检查：多呈阴性，少数可有系膜区或毛细血管壁C_3、IgM、IgG 局灶沉积。20 世纪 80 年代以后有学者发现 Goodpasture 综合征病人的抗 GBM 血清不能结合到 Alport 综合征病人的 GBM上，而后者的 GBM 也吸附不掉前者血清中的抗 GBM 抗体，提示Alport 综合征病人的 GBM 缺乏 Goodpasture 抗原。最近在皮肤的EBM 上发现了相似的变化，认为具有诊断意义。近年建立的 IV 型胶原 α 链检测，采用针对 IV 型胶原不同 α 链的抗体，可检测到基因突变所引起的编码蛋白的异常。

4．基因分析　　可诊断患者及基因携带者，进行产前诊断。

（四）诊断标准

基因诊断是本病最可靠的诊断手段，可用于鉴别携带者及产前诊断，目前正在试用中，应用到临床还存在许多困难。临床-病理诊断标准目前并未统一。1988 年 Flinter 等建议采用以下标准：①阳性家族史（血尿、肾功能衰竭及耳聋）。②肾病变：血尿及进行性肾功能损害，并有 GBM 的典型电镜表现。③耳病变：高频性神经性耳聋。④眼病变：圆锥形晶状体及黄斑周边微粒。具备其中3 条即能诊断本病，对无耳聋及眼疾的病人可能漏诊。1996 年 Gregory 等提出以下 10 点中有 4 点即可诊断：①肾炎家族史。②持续性血尿，无其他遗传性肾病的证据。③双侧神经性耳聋。④COL4An（n＝3，4，5）基因突变。⑤GBM 或 EBM 完全或部分缺乏 Goodpasture 抗原决定簇。⑥广泛 GBM 异常。⑦眼病变。⑧逐渐发展至终末肾衰。⑨巨血小板减少症。⑩食管或生殖器平滑肌瘤。

（五）鉴别诊断

本病需与家族性良性血尿鉴别。后者病人有阳性家族史，临床上表现为无症状性血尿，肾功能多正常，不伴耳、眼病变。肾活检光镜检查正常，免疫荧光阴性，电镜下 GBM 弥漫变薄。

三、治疗要点

本病迄今尚无有效的治疗方法。目前采用的治疗方法是延缓肾功能不全进展和肾功能替代治疗。基因治疗显然有彻底改变本病预后的可能，但目前尚不成熟，有待继续研究。

1. 延缓肾功能恶化　　本病进展的一个显著的组织化学改变是 GBM 中Ⅳ型胶原 α_1、α_2 链逐渐增多，在硬化小球也见Ⅴ型、Ⅵ型胶原增多。这些变化与蛋白尿和肾功能减退相关。另方面肾功能进行性减退也与病变小球和残留小球高灌注和高滤过有关。目前已知饮食高蛋白等与肾小球高滤过有关。Valli 等在类似人 Alport 综合征的狗 Samoyed 遗传性肾炎观察到限制饮食蛋白、脂肪、钙和磷可减轻 GBM 病变和延长存活期。因此限制患者饮食蛋白、脂肪有利于延缓肾衰竭的到来。也有报告使用环孢霉素 A 和血管紧张素转换酶抑制剂来降低肾小球滤过率和蛋白尿。但因缺乏严格对照疗效尚有争议，且环孢霉素 A 有潜在肾毒性。

2. 肾功能替代治疗　　当肾小球滤过率低于正常 10%，应采用肾替代治疗，采用血液或腹膜透析，肾移植有良好的效果，但 5% 患者（尤其是男性）移植肾发生抗 GBM 肾病。发生机制可能与患者完全缺失Ⅳ型胶原 α_5 链，尤其缺乏有强抗原性的 NC 区，使宿主对此外来抗原产生抗体而导致抗 GBM 肾病。

3. 基因治疗　　是将来发展的方向。

家族性良性血尿（薄基底膜肾病）

一、概述

McConville 在 1966 年首次报告了一组表现持续血尿的患者，无水肿、高血压及肾功能不全，各项检查均无异常，肾活检光镜下除个别病例显示系膜细胞轻度增生外无其他异常发现，而家系调查发现大部分患儿有家族史，故称为家族性良性血尿（familial benign hematuria）。20 世纪 70 年代初期 Roger 等发现家族性良性血尿一家系，肾脏病理电镜下均观察到肾小球基底膜（GBM）弥漫变薄，揭示了家族性良性血尿的病理特征。近年来一些研究发现仅部分薄基底膜肾病患者有血尿家族史，部分可伴有蛋白尿，极少数可发展为肾功能不全，故目前多主张用薄基底膜肾病代替家族性良性血尿。本病并不少见，分别占小儿肾活检和小儿血尿患者的 9% 和 5%。

遗传方式和发病机制：本病为常染色体显性遗传，病变基因位于第 2 号染色体 2q35～37，为Ⅳ型胶原 COL4A3 和 COL4A4 基因。已发现 COL4A4 基因点突变，甘氨酸变为谷氨酸，可能破坏Ⅳ型胶原的三螺旋结构的稳定性，使 GBM 发生改变。少数家族父母无血尿史，提示除遗传因素外还有其他原因。

二、诊断要点

凡单纯性血尿伴或不伴轻度蛋白尿，肾功能和血压正常，家族成员有血尿，应疑本病。肾活检电镜检查为弥漫性 GBM 变薄可确诊。

1. 临床特点　　可发生于任何年龄，常于儿童时起病。绝大多数以镜下血尿为主要临床表现。血尿常持续存在，少数为间断性。在上呼吸道感染或剧烈运动后可出现肉眼血尿。部分合并轻度蛋白尿，极少数有大量蛋白尿或肾病综合征，提示预后差。血压通常正常。绝大部分患者预后良好，肾功能可维持在正常范围。个别可发生进行性肾衰竭。

2. 实验室检查　　尿常规有红细胞，位相镜检查为多形性，部分尿蛋白阳性。肾功能多正常。

3．病理检查　　光镜下多无异常，少数有非特异性病理改变，如系膜细胞和基质轻度增生及节段肾小球硬化。免疫荧光通常阴性，偶尔可见 IgM 和 C_3 在系膜区沉积。电镜检查具有特征性，表现为弥漫性 GBM 变薄。正常 GBM 厚度与年龄和性别有关。GBM 厚度在出生时为 $169 \pm 30nm$，2 岁为 $245 \pm 49nm$，11 岁为 $285 \pm 39nm$，成人男性为 $337 \pm 42nm$，女性为 $326 \pm 45nm$。本病患者 GBM 厚度为正常人的 $1/3 \sim 2/3$。

4．鉴别诊断

（1）Alport 综合征：肾功能进行性减退，可合并神经性耳聋和眼异常，电镜下 GBM 增厚并分层有助于鉴别。应特别注意儿童和女性 Alport 综合征患者 GBM 弥漫性变薄。免疫组织化学检查和基因分析可予鉴别。

（2）IgA 肾病：肉眼血尿、血尿合并蛋白尿及肾功能不全的发生率较高，特征性病理改变为免疫荧光示 IgA 为主的免疫球蛋白在系膜区弥漫沉积有助于鉴别。最近研究发现 IgA 肾病可合并 GBM 弥漫变薄。

三、治疗要点

本病绝大多数经过良好，不需特殊治疗。应避免感染、过度疲劳和肾毒性药物的使用。因少数患者可能出现蛋白尿、高血压、甚至肾功能不全，应长期随访。

指甲-髌骨综合征

一、概述

指甲-髌骨综合征（nail-patella syndrome，NPS），又称遗传性指甲骨关节发育不全（hereditary onycho-osteo dysplasia）。1820 年 Chatelain 最先描述了本病。本病是一种少见病，发病率约为 $4 \sim 22/100$ 万。

遗传方式和发病机制：本病为常染色体显性遗传，致病基因位于第 9 号染色体长臂远端（9q34），与 ABO 血型及腺苷酸激酶的位点连锁。最近研究显示本病是由 LIM 同区域编码转录因子 LMX1B 的基因突变所致，已发现有 64 个点突变和少量的缺乏或嵌入。LMX1B 是 LIM 蛋白家族中的一员，在脊椎动物胚胎期肢体的形成和足细胞表达肾小球基底膜胶原 α_3、α_4 链转录调节中起重要作用。在 NPS，LMX1B 合成减少、分解或不能与 DNA 结合，使 LMX1B 的功能下降 50%。

二、诊断要点

有典型的指甲和骨病变、肾病及家族史者应疑本病。

（一）临床特点

1．骨骼异常　　是本病最多见的临床症状。初生时即有指甲发育不良或缺损，两侧对称，从拇指开始逐渐累及食、中、小指，少数足趾也受累。约 90% 有一侧或双侧髌骨缺失或发育不全；70% 髂骨后有骨刺；部分有肘关节外翻畸形。此外病人还可有其他骨骼异常如脊柱侧弯后凸畸形、胸骨畸形等。

2．肾病　　半数以上患者有肾病表现。最常表现为无症状性蛋白尿，少数有镜下血尿、高血压、肾小管功能不全如尿浓缩功能和酸化功能受损，偶见肾病综合征，1/10 患者进入终末肾衰。部分有泌尿道先天畸形和肾石。

3．眼病　　部分有虹膜色素沉着，小角青光眼或斜视等。

（二）特殊检查

1．X 线检查　　骨 X 线检查可发现骨的异常。

2．病理检查　　光镜检查肾脏呈非特异性改变，包括有局灶节段性肾小球硬化、肾小球毛细血管壁增厚和轻度系膜细胞增生。免疫荧光检查可有 IgM 和 C_3 节段性沉积，一般认为是非特异性的。电镜检查显示肾小球基底膜增厚，内有不规则的斑点状和虫蛀样透亮区。磷钨酸染色显示基膜内有胶原纤维。

三、治疗要点

本病无特殊治疗。多数病人过程良好，肾衰竭的病人可进行透析治疗，有移植成功的报道。

先天性肾病综合征

先天性肾病综合征（congenital nephrotic syndrome）是由不同病因所引起的一组疾病（见表6-1），其共同临床表现是出生时或生后3个月内出现水肿、蛋白尿、低蛋白血症和高脂血症。

表6-1　先天性肾病综合征分类

遗传性	芬兰型先天性肾病综合征
	弥漫性系膜硬化
原发性	微小病变、局灶节段性肾小球硬化
继发性	感染：先天梅毒、巨细胞病毒、风疹病毒、肝炎病毒、人类免疫缺陷病毒、弓形虫、疟原虫
	并发于其他综合征：Drash综合征、Gallonay-Mowat综合征、Lowe综合征、甲-髌综合征
	其他：系统性红斑狼疮、溶血尿毒综合征、肾静脉血栓形成、汞中毒

芬兰型先天性肾病综合征（CNF）

一、概述

本病由 Hallman 等 1956 年首次报告。多见于芬兰，在芬兰其发生率为 1.0~1.2/万新生儿。其他国家亦有报告。

遗传方式和发病机制：为常染色体隐性遗传（见表6-2）。病变基因 NPHS1 位于染色体 19q13.1，含 29 个外显子，编码蛋白 nephrin。nephrin 由 1 241 个氨基酸组成，分布于肾小球足突之间的裂孔隔膜，对肾小球滤过屏障的发育及维持其正常功能有重要意义。CNF 患儿发生 NPHS1 突变，包括缺失、插入、无义、错义和剪接位点突变，导致 nephrin 蛋白缺失或异常，使足突间裂孔隔膜的滤过屏障丧失，出现大量蛋白尿。

二、诊断要点

生后 3 个月内起病的肾病综合征、早产和大胎盘者疑本病。肾病理检查和基因分析可确诊。

（一）临床特点

1．一般表现　　患儿多为 35~38 周早产儿，出生时常有窒息。胎盘巨大，重量超过患儿体重 25% 为本病特征。

2．水肿　　多发生于生后 1 个月内，50% 病例在生后 1~2 周出现，伴腹胀、腹水、脐疝。

3．生长发育迟缓　　体格发育和智能发育均落后，出牙迟，釉质发育不良。

4．并发症　　患儿常有甲状腺功能低下，蛋白质营养不良，反复感染和栓塞。

（二）实验室检查

1．尿液检查　　尿蛋白定性" ++++ "，有管型，无红细胞。

2．血液检查　　常有贫血，血白蛋白降低，胆固醇增高。

3．肾功能　　缓慢减退，1 岁多正常，2 岁时多有肾功能不全。

（三）特殊检查

1．病理检查　　早期可见肾小球系膜细胞增生，近端小管呈囊状扩张。后期可见肾小球硬化、肾小管萎缩和间质纤维化。免疫荧光检查阴性。免疫电镜显示足突间裂孔隔膜上 nephrin 异常。

2．产前检查　　母孕期 15~18 周时羊水检查 α-胎球蛋白阳性。

3．基因检查　　目前已能检测 NPHS1 基因。

（四）鉴别诊断

（1）应首先除外表 6-1 中所列的各种病因所致继发性者。结合原发病的临床表现和实验室检查，多可明确诊断。

（2）弥漫性系膜硬化：围产期无异常，胎盘大小正常，起病后很快进入肾衰竭。病理表现为弥漫性系膜硬化。

(3) 微小病变、局灶节段性肾小球硬化：发病多较迟，皮质激素治疗有效，肾脏病理检查可确诊。

三、治疗要点

1. 对症及支持治疗　　补充白蛋白、利尿和防治感染、栓塞等。

2. 肾移植　　一般在 2 岁后进行。

3. 减少尿蛋白　　激素和免疫抑制剂无效。有报告长期使用依那普利降低蛋白尿。也有主张早期做双侧或单侧肾切除以减少尿蛋白，用透析维持肾功能，等待肾移植。

弥漫性系膜硬化（DMS）

一、概述

本病又称为法国型先天性肾病综合征。由 Habib 和 Bois 于 1973 年首先报告。

遗传方式和发病机制：为常染色体隐性遗传。病变基因 WT1 位于染色体 11p13。WT1 突变可能导致其对转化生长因子 TGF - β 的负调节丧失，使 TGF - β 过度表达，造成肾小球系膜弥漫硬化。

二、诊断要点

早发的肾病综合征伴肾功能迅速恶化提示本病。肾脏病理检查呈弥漫性系膜硬化可确诊。

1. 临床特点　　生后 1 年内起病，少数可迟至 2 ~ 3 岁。表现为水肿，大量蛋白尿，低蛋白血症和高胆固醇血症。起病后肾功能迅速减退，于数月内肾衰竭。常伴血压升高。

2. 病理检查　　特征为弥漫性系膜硬化。系膜基质增加，系膜区扩大，内皮与基底膜间大量 PAS 阳性物质。毛细血管腔变窄、闭塞，肾小球最终硬化。肾小管萎缩和间质纤维化。

3. 鉴别诊断　　应与表 6 - 1 中所列的各种先天性肾病综合征鉴别，结合原发病的临床表现和实验室检查，多可明确诊断。肾脏病理检查可确诊。

三、治疗要点

皮质激素无效。靠透析维持肾功能，等待肾移植。

表6-2 遗传性肾小球疾病的遗传方式

病　名	遗传方式	基因位置	基因名称	基因产物
Alport 综合征	XL	Xq21.2-q22.2	COL4A5	IV型胶原 α_5 链
			COL4A6	IV型胶原 α_6 链
	AR	2	COL4A3	IV型胶原 α_3 链
			COL4A4	IV型胶原 α_4 链
	AD	2	COL4A3	IV型胶原 α_3 链
			COL4A4	IV型胶原 α_4 链
家族性良性血尿	AD	2q35-37	COL4A3	IV型胶原 α_3 链
			COL4A4	IV型胶原 α_4 链
指甲-髌骨综合征	AD	9q34	LMX1B	
先天性肾病综合征				
芬兰型	AR	19q13.1	NPHS1	nephrin
弥漫系膜硬化	AR	11p13	WT1	
Drash 综合征	AR	11p13	WT1	
激素耐药性肾病综合征	AR	1q25-31	NPHS2	podocin
家族性 FSGS	AD	19q13	ACTN4	actinin 4

AD：常染色体显性遗传；AR：常染色体隐性遗传；XL：性连锁遗传

第二节　遗传性肾小管疾病

肾小管性酸中毒

肾小管性酸中毒（renal tubular acidosis，RTA）是由于肾小管重

吸收 HCO_3^- 和（或）泌 H^+ 功能障碍致酸碱平衡失调的一组疾病。其特征是正常阴离子间隙、高氯性代谢性酸中毒和尿酸化障碍。根据发病部位与功能缺陷的特点可分为 4 型，即近端 RTA（Ⅱ型）、远端 RTA（Ⅰ型）、混合型 RTA（Ⅲ型）和高钾型 RTA（Ⅳ型）。

近端肾小管性酸中毒（Ⅱ型）

一、概述

近端肾小管性酸中毒（proximal renal tubular acidosis，pRTA）主要病理缺陷是近端肾小管重吸收 HCO_3^- 障碍。

1. 病因　　原发性为：①常染色体显性遗传，病变基因 SLC9A3 位于第 5 号染色体 5p15.3，基因产物为 $Na^+ - H^+$ 交换（NHE - 3）。②常染色体隐性遗传，病变基因 SLC4A4 位于第 4 号染色体 4q21，基因产物为 $Na^+ - HCO_3^-$ 协同转运（NBC - 1）。③散发，因 NHE - 3 不成熟所致。继发性见于 Fanconi 综合征、胱氨酸尿症、肝豆状核变性、肾病综合征、间质性肾炎、重金属（铅、镉和银）中毒和维生素 D 缺乏等。

2. 发病机制　　正常近端肾小管再吸收 HCO_3^- 主要过程如下。在管腔膜通过 $Na^+ - H^+$ 交换（NHE - 3）吸收 Na^+ 同时排出 H^+，H^+ 与小管腔液中的 HCO_3^- 结合成 H_2CO_3，在肾小管上皮细胞绒毛端碳酸酐酶（CA Ⅳ）作用下，H_2CO_3 分解为 CO_2 和 H_2O，CO_2 可自由弥散进细胞并与 OH^- 结合成 H_2CO_3，在细胞内另一型碳酸酐酶（CA Ⅱ）作用下 H_2CO_3 分解为 H^+ 与 HCO_3^-，HCO_3^- 在细胞基膜侧通过 $Na^+ - HCO_3^-$ 协同转运（NBC - 1）被吸收回血循环，而 H^+ 被 NHE - 3 再次排入肾小管腔内。通过上述机制近端小管能吸收肾小球滤出液中 85% 为 HCO_3^-。在 pRTA，NHE - 3 和 NBC - 1 异常，使 HCO_3^- 吸收发生障碍，HCO_3^- 随尿排出体外使尿呈碱性。但当血液 HCO_3^- 下降至 15～18mmol/L 时肾小球滤出 HCO_3^- 显著减少，并能被肾小管完全吸收，尿可酸化，pH 可降至 5.5 以下。近端肾小管再吸收 Na^+ 减少，使远端小管液 Na^+ 增加，由于 Na^+ 和 K^+ 竞争吸收，使 K^+ 吸收减少，患者出现显著的低钾血症。随 $NaHCO_3$ 大量排出和细胞外液降低，刺激醛固酮分泌，进一步加重低钾血症。同时因促进 Cl^- 吸收，导致高氯血症。

二、诊断要点

临床上有多饮多尿、恶心呕吐和生长迟缓，血液检查有持续高氯性代谢性酸中毒者须考虑 RTA。若有以下特征有助诊断为 pRTA：①当血 HCO_3^- 降至 16mmol/L 以下，尿 pH < 5.5。②FE HCO_3^- > 15%。③尿钙不高，临床上无明显骨骼改变和肾石、肾钙化。④氯化铵试验阴性。

（一）临床特点

遗传性特发性 pRTA 多为男性，散发者无性别差异。常见幼儿期出现酸中毒和低钾血症表现，如无诱因恶心呕吐、厌食、乏力、活动后气促和肌无力等。患儿常有多尿，易致脱水。长期酸中毒使患儿生长发育迟缓。但多数无骨骼改变，肾石少见，不出现肾钙化。部分患儿经 4~12 个月后可自愈。也有部分病例可呈不完全型，仅有尿生化改变而无酸中毒。常染色体隐性遗传 pRTA 还可有智能发育迟缓，眼异常如青光眼、白内障、角膜病等。

（二）实验室检查

1．尿液检查　　尿 pH > 6，比重与渗压降低。当酸中毒加重，血 HCO_3^- < 16mmol/L 时尿 pH 可降至 5.5 以下。

2．血液生化检查　　血 HCO_3^- 和 K^+ 显著降低，CO_2 结合力低下，血氯显著增高，但阴离子间隙正常。

（三）特殊检查

1．HCO_3^- 排泄分数（FE HCO_3^-）　　①口服法：口服 $NaHCO_3$，由 2~10mmol/（kg·d）每日增加剂量至酸中毒纠正，测定血和尿中 HCO_3^- 和肌酐（Cr）。按下式计算：FE HCO_3^- =（尿 HCO_3^- /血 HCO_3^-）÷（尿 Cr/血 Cr）× 100；FE HCO_3^- > 15% 为 pRTA，< 5% 为 dRTA，15%~5% 之间为混合型。②静脉滴注法：用 5% $NaHCO_3$ 500mL，按 3mmol/h 速率提高血 HCO_3^-，直至正常，然后测定各项

指标按上式计算 FE HCO_3^- 。

2. 氯化铵负荷试验　　口服氯化铵 0.1g/kg，1h 内服完，3 ~ 8h 内收集尿，测 pH 值，能降至 5.5 以下为 pRTA，若不能降至 5.5 以下为 dRTA。但婴幼儿尽可能不做，以免造成严重酸中毒。

(四) 鉴别诊断

1. 腹泻所致酸中毒　　伴有腹泻，腹泻愈后酸中毒消失。

2. 酮症酸中毒　　有糖尿病史，或进食不足，阴离子间隙增高，输入葡萄糖酸中毒可纠正。

3. 远端肾小管性酸中毒　　有以下特点：①有显著钙、磷代谢紊乱，骨骼改变。②即使在严重酸中毒尿 pH 也不会低于 5.5。③尿铵显著降低。④FE HCO_3^- 低于 5%。⑤氯化铵负荷试验阳性。

4. 各种继发性肾小管性酸中毒。

三、治疗要点

1. 纠正酸中毒　　可服用碱性药物或缓冲剂。

(1) 碳酸氢钠：5 ~ 10mmol/ (kg·d)，分次口服。此药有刺激胃酸分泌和产气作用，不宜长期服用。

(2) 枸橼酸缓冲液：可用枸橼酸钾、枸橼酸钠各 100g，加水至 1 000mL，每 mL 含钾、钠各 1mmol。

2. 补充钾　　口服碳酸氢钠者须注意补充钾，氯化钾会加重高氯性酸中毒，不宜长期使用。用枸橼酸缓冲液，因已含钾，不必额外加服钾盐。

3. 利尿剂　　HCT 能提高近端小管 HCO_3^- 肾阈，可减少碱性药或缓冲剂用量。剂量 1 ~ 3mg/ (kg·d)，分 3 次口服。

远端肾小管性酸中毒 (Ⅰ型)

一、概述

远端肾小管性酸中毒 (distal renal tubular acidosis，dRTA) 病理缺陷在于远端肾小管泌 H^+ 功能障碍，尿铵和可滴定酸排出减少，尿液酸化障碍。

1. 病因　　原发性为：①常染色体显性遗传，病变基因

156

SLC4A1 位于第 17 号染色体 17q21-22，基因产物为 $Cl^- - HCO_3^-$ 交换 (AE1)。②常染色体隐性遗传，病变基因 ATP6B1 位于第 2 号染色体 2P13，基因产物为 $H^+ - ATP$ 酶 B1 亚单位。继发性可继发于遗传性疾病（如肝豆状核变性、特发性高钙尿症），钙磷代谢病（如维生素 D 中毒、甲状旁腺功能亢进），药物中毒（如二性霉素 B 和锂中毒）。此外，也可继发于自身免疫性疾病和肾小管-间质病。

2. 发病机制　　肾皮质集合管存在间介细胞（intercalated cell），其管腔侧存在 $H^+ - ATP$ 酶（质子泵）能泌 H^+，H^+ 与管腔内 NH_3 和 $NaHPO_4^-$ 结合，以 NH_4Cl 或 NaH_2PO_4 酸化尿液并排出体外。髓质集合管主细胞（principal cell）具吸收 Na^+ 和排 K^+（低 K^+ 时吸收 K^+）功能，其还通过 $Cl^- - HCO_3^-$ 交换（AE1）使 HCO_3^- 被吸收回血循环。$H^+ - ATP$ 酶 B1 亚单位异常造成泌 H^+ 障碍，使尿液不能酸化，铵排出减少，H^+ 在体内蓄积而致酸中毒。泌 H^+ 障碍使 Na^+ 与 K^+ 在主细胞竞争吸收，尿 K^+ 排出增加，临床上出现低钾血症。酸中毒抑制肾小管 Ca^{++} 吸收，并抑制维生素 D 活化，使尿钙排出增多，血钙磷降低。血钙降低可刺激甲状旁腺分泌加重骨骼改变。高钙尿与尿枸橼酸不足，易致泌尿系结石，并最终导致肾钙化。

二、诊断要点

1. 临床特点

（1）婴儿型男性多见，于生后数月内发病，出现烦渴、多饮、多尿和脱水。患儿烦躁不安、厌食、恶心呕吐等。

（2）晚发型于 2 岁后发病，以女性多见。①生长发育迟缓，骨龄落后并有佝偻病症状，为 dRTA 突出表现。②骨骼普遍脱钙，常诉骨痛，且易发生骨折。③约 50% 患儿继发肾结石，可以无症状，或有肾绞痛和血尿。晚期因发生肾钙化而影响肾小球功能，最终导致尿毒症。④低钾血症表现为肌张力低下和肌麻痹，患者症状类似周期性麻痹，严重者发生呼吸抑制。⑤少数病例可无酸中毒临床表现，仅显示尿液不能酸化，称为不完全型。

2．实验室检查

（1）血液生化检查：血 pH、HCO_3^- 或二氧化碳结合力降低。血氯升高，阴离子间隙正常。血钾低下，血钙和血磷偏低。

（2）尿液检查：pH 常 >6，尿比重低，尿 K^+、Na^+ 和 Ca^{++} 排出增多，尿铵显著减少。

（3）FE HCO_3^- 检测：测得值 <5%。

（4）氯化铵负荷试验：尿 pH 始终不能低于 5.5 以下，即阳性。

（5）肾功能检查：早期正常，待肾钙化后 Ccr 降低，Scr 和 BUN 升高。

3．X 线检查　　骨骼显示普遍密度降低和另一些佝偻病表现，可见陈旧性骨折。腹部平片可见泌尿系结石影，晚期见肾钙化。

4．鉴别诊断

（1）近端肾小管性酸中毒：见前。

（2）各种继发性肾小管性酸中毒。

三、治疗要点

1．纠正酸中毒　　严重酸中毒应予静脉输注碳酸氢钠，一般予口服纠正。但碱性药剂量较 pRTA 为小，碳酸氢钠 1～3mmol/（kg·d），分 4 次服。枸橼酸缓冲液 1.0～1.5mL/（kg·d），分次口服。长期服用须监测血 pH 和 HCO_3^-，以便及时调整剂量。

2．纠正低钾血症　　与 pRTA 相同。

3．应用利尿剂　　与 pRTA 相同。

4．骨病的治疗　　口服维生素 D_2 每日 1 万～5 万 U，也可用 $1,25(OH)_2D_3$ 每日 $0.25\mu g$。必须检测血钙和 24h 尿钙，以免发生维生素 D 中毒。

混合型和Ⅲ型肾小管性酸中毒

混合型即兼有Ⅰ型和Ⅱ型特征的 RTA。该型既具有 pRTA 尿大量排出 HCO_3^-，FE $HCO_3^- > 15\%$ 的特征，也有 dRTA 尿可滴定酸和铵减少的特征，临床症状往往较重。

Ⅲ型 RTA 与混合型相似，但在正常血浆 HCO_3^- 较混合型少，

FE HCO_3^- 在 5% ～ 10% 之间，然而在酸中毒时排出较混合型为多。Ⅲ型 RTA 可随年龄增长而减轻，并转变为 dRTA。

高钾型肾小管性酸中毒（Ⅳ型）

一、概述

高钾型肾小管性酸中毒（hyperkalemic renal tubular acidosis）是由于醛固酮分泌不足或被拮抗所致。

病因和发病机制：原发或继发性醛固酮分泌不足疾病（如阿迪森氏病、先天性肾上腺增生、原发性低醛固酮血症等）或各种肾小管-间质性疾病所致肾小管对醛固酮缺乏反应。醛固酮不足或肾小管反应低下，使肾小管 $H^+ - ATP$ 酶活性降低，泌 H^+ 减少，而 $Na^+ - K^+$ ATP 功能低下又可使 Na^+ 与 HCO_3^- 从尿中大量丢失，而 K^+ 排出减少。结果导致高氯性酸中毒和高钾血症。尿 pH 可呈酸性，但尿铵、尿钾减少，血浆醛固酮水平可降低（分泌不足）或正常（小管缺乏反应）。

二、诊断要点

1．临床特点

（1）高氯性酸中毒。

（2）持续性高钾血症。

（3）肾丢失盐引起细胞外液量减少及低血压。

2．实验室检查

（1）尿液检查：尿 pH 可呈酸性，尿铵、尿钾减少。

（2）血液生化：血 pH 下降，血氯、钾升高。血浆醛固酮水平可降低（分泌不足）或正常（小管缺乏反应）。

三、治疗要点

（1）纠正酸中毒：可用碳酸氢钠，但切忌用含钾枸橼酸合剂。

（2）高钾血症应限制钾摄入，严重者予用阳离子交换树脂、钾拮抗剂或透析。

（3）使用利尿剂：如 HCT 和呋噻米可促进 $Na^+ - K^+$ 排出和增加铵生成。

（4）醛固酮低下儿，可用盐皮质激素替代，如9α氟皮质醇0.1mg/d，醛固酮反应低下者剂量增大到0.3～0.5mg/d。

肾性尿崩症

一、概述

肾性尿崩症（nephrogenic diabetes insipidus，NDI）是由于肾远曲小管对抗利尿激素（ADH）不起反应，使肾脏不能浓缩尿液而排出大量低比重尿的疾病。

病因和发病机制：原发性为遗传所致，遗传方式有：①X连锁隐性遗传：占90%，是由于X染色体（Xq28）上的ADHV2受体基因突变，导致受体被困于细胞内，不能到达基膜；少数突变受体能到达基膜，但不能与ADH结合，或不能启动细胞内cAMP信使。②常染色体隐性遗传：占10%，为常染色体12q12-13上的水通道蛋白AQP2基因突变，突变的AQP2位于高尔器的内浆网，不能到达管腔膜，导致AQP2对水的通透性缺失。③极少数为常染色体显性遗传，基因突变影响AQP2的C-末端，形成四聚体，阻碍AQP2从浆膜下囊泡转向管腔膜。继发性见于各种肾脏病（如肾盂肾炎、急慢性肾衰竭、慢性梗阻性肾病、髓质囊性病、间质性肾炎等）、低钾血症、高钙血症、药物中毒（如锂盐、长春花碱、二性霉素B、秋水仙碱等）等，是由于原发疾病破坏了肾髓质的高渗状态或抗ADH作用，引起肾小管尿液浓缩功能障碍。

二、诊断要点

多尿烦渴，生长发育差，反复发生脱水，低比重尿应疑本病。

1. 临床特点 遗传性患者90%为男性，病情重；女性少见，无症状或症状较轻。一般于生后不久即出现症状。

（1）烦渴和多尿。

（2）易激惹，厌食、呕吐和体重不增。

（3）严重者可脱水，间断发热。高渗性脱水可发生抽搐。

（4）智力差，生长发育不良。

（5）较大的患儿常有顽固性便秘、夜尿和遗尿。

（6）由于尿量太多可并发膀胱与输尿管扩张、肾盂积水等。

继发性先有原发病的表现，以后才出现烦渴、多尿等。

2．实验室检查

（1）尿常规：尿呈低比重＜1.005，尿渗透压＜200mOsm/（kg·H$_2$O）。

（2）血生化：表现血液浓缩，血钠、氯以及 BUN、Scr 均可增高，红细胞压积增高。

（3）血 ADH 测定：正常或轻度增高。

3．特殊检查

（1）高张盐水试验及禁水试验、加压素试验：无反应。

（2）分子生物学检查：通过 ADHV2 受体基因及 AQP2 基因分析，可发现携带者，并可用于产前诊断。

4．鉴别诊断

（1）中枢性尿崩症：由于 ADH 产生或释放不足所致。本病血 ADH 测定降低，加压素试验可提高尿渗透压。

（2）精神性烦渴：儿童较少见，先为多饮，然后尿量增多，有时症状可缓解，禁水试验能使尿渗透压增加。

三、治疗要点

1．继发性　　主要治疗原发病。

2．遗传性　　主要对症治疗。

（1）提供足够水分，防止脱水。

（2）减少蛋白质、盐及含磷食物摄入，以减少肾脏的溶质负荷。限蛋白饮食对生长阶段的婴幼儿不适宜。

（3）利尿剂：HCT 1～2mg/（kg·d），同时低盐饮食，效果更好。机制可能为缺钠使细胞外液量减少，从而增加近端小管重吸收较多的钠和水，使进入远端小管的尿量减少。注意补钾，与保钾利尿剂氨氯吡咪（amiloride）联合使用，疗效增加，不需补钾，长期使用无明显副作用。

(4) 吲哚美辛：可抑制肾性前列腺素的产生而减少多尿，与HCT 合用有协同作用。

(5) 基因治疗目前正在研究中。

肾 性 糖 尿

一、概述

肾性糖尿（renal glycosuria）是指血糖水平正常时由于近端肾小管对葡萄糖再吸收功能减低而引起的糖尿。

病因和发病机制：原发性为常染色体显性遗传，少数为常染色体隐性遗传。发病可能与下列因素有关：①肾单位上的葡萄糖转运载体基因突变致转运系统的能力下降。②基因突变造成转运载体对葡萄糖的亲和力下降，或肾单位解剖或功能异常。③遗传因素造成葡萄糖转运载体缺乏或失活。继发性为肾脏疾病、代谢疾病、中毒等致肾小管受损。

二、诊断要点

1. 临床特点　　原发性大多数无症状，在尿常规检查时发现尿糖。少数可伴有多饮、多尿、多食，甚至消瘦、软弱、乏力等。

2. 实验室检查

(1) 尿常规检查：原发性除尿糖阳性外，余无异常。

(2) 血生化：血糖正常。

(3) 葡萄糖耐量试验：耐量正常。

3. 鉴别诊断

(1) 糖尿病：血糖升高，葡萄糖耐量试验呈糖尿病型。

(2) 非葡萄糖性糖尿：如戊糖尿、果糖尿、半乳糖尿、蔗糖尿及麦芽糖尿等，尿纸上层析法可确定各种糖的性质。

三、治疗要点

(1) 原发性无特殊治疗，预后良好。

(2) 继发性者主要治疗原发病。

(3) 饮食中增加蛋白质，补充糖的丢失，维持营养。

Fanconi 综合征

一、概述

范可尼综合征（Fanconi syndrome）是由于近端肾小管多种功能障碍，引起尿中大量丢失氨基酸、葡萄糖、磷酸氢盐等，导致电解质和酸碱平衡紊乱。

1. 病因　　原发性可呈家族遗传性或散发性，多数为常染色体隐性遗传，偶见显性遗传。继发性见于：①遗传病：胱氨酸病、酪氨酸血症、肝豆状核变性、Lowe 综合征、半乳糖血症、遗传性果糖不耐受等。②肾脏病：急慢性肾小管-间质性疾病、肾病综合征、肾移植后等。③中毒：重金属（汞、铅、镉、铀）、过期四环素、维生素 D、丙二酸等中毒。④代谢、内分泌病：肾淀粉样变性、甲状旁腺功能亢进等。⑤肿瘤：多发性骨髓瘤、轻链病等。

2. 发病机制　　尚未明确。可能由于近端肾小管基底膜 Na^+-K^+-ATP 酶缺陷，或近端肾小管细胞顶端或基底膜对 Na^+ 通透性发生改变，使细胞内 Na^+ 浓度升高，管腔与细胞内的浓度梯度降低，所有与 Na^+ 协同转运的过程受损（包括 Na^+-H^+ 交换、Na^+-糖、Na^+-氨基酸、Na^+-Pi 耦联等），因而使全部应吸收的营养物质（葡萄糖、氨基酸等）和选择性再吸收的各种电解质不能再吸收，造成营养物质的丢失和电解质、酸碱平衡调节机制的障碍。

二、诊断要点

1. 临床特点　　可因肾小管功能障碍的程度和性质不同而异。

（1）佝偻病和生长迟缓：是因磷和营养物质的丢失所致。较大儿童仍有活动佝偻病、体格矮小及骨骼畸形、营养不良。

（2）多饮、多尿、发热及脱水：尿浓缩机制缺陷所致。

（3）肾小管性酸中毒：碳酸氢盐的重吸收减少所致。

（4）低钾血症：表现肌无力、周期性麻痹或软瘫。

（5）低钙血症：表现为手足搐搦。

（6）晚期可发展为肾功能障碍。

2．实验室检查

（1）尿液检查：①蛋白尿：轻度至中度蛋白尿，为低分子蛋白尿。②糖尿：持久或间歇出现。③氨基酸尿：所有氨基酸排出增多（尤其是组氨酸、丝氨酸、胱氨酸、赖氨酸和甘氨酸），常为中度，不导致特殊的缺陷病。④尿钙及尿磷增多。⑤尿 pH 可升高。

（2）血液生化：血 pH 及二氧化碳结合力降低，血钠、钾、钙、磷降低，氯升高，碱性磷酸酶升高。

3．特殊检查

（1）骨骼 X 线检查：可见普遍骨质疏松、骨软化或有畸形及病理性骨折。

（2）眼科检查：胱氨酸病时裂隙灯检查可见角膜或结膜有胱氨酸结晶。

三、治疗要点

1．病因治疗　　继发性的应治疗原发病。

2．对症治疗

（1）纠正酸中毒及低钾血症：同肾小管性酸中毒。

（2）纠正低磷血症：可口服中性磷酸盐 1～3g/d。配方为：$Na_2HPO_4 \cdot 7H_2O$ 145g、$NaH_2PO_4 \cdot H_2O$ 18.2g 加水至 1L，每 100mL 含磷 2g。

（3）补充维生素 D 及钙制剂。

（4）供给充足的水分以防脱水。

Bartter 综合征

一、概述

Bartter 综合征（Bartter syndrome）是引起肾性失钾的少见病，临床特征为低钾性碱中毒，伴有高肾素、高醛固酮血症，而血压正常。

1．遗传方式　　大多数属常染色体隐性遗传，少数为散发。目前已发现本病亨氏攀升支厚段至少存在 3 种遗传缺陷，即 Na^+-

K$^+$-2Cl$^-$协同转运通道（NKCC2）、K$^+$通道 Kirl.l（ROMK）和氯通道 CLCNKB 的基因突变（见表6-3）。

2．发病机制　　基因突变可引起氯化钠重吸收减少，大量氯化钠流经远端小管，刺激 K$^+$和 H$^+$分泌，造成低钾血症和代谢性碱中毒，从而促进前列腺素合成增多。前列腺素可降低血管对血管紧张素反应，避免血压升高保持正常；又能活化肾素-血管紧张素-醛固酮系统，进一步加剧尿钾丢失。

二、诊断要点

1．临床特点　　本病常于婴儿及儿童期起病。表现为多尿、烦渴、失水和生长发育迟缓、肌肉无力、便秘。NKCC2 和 ROMK 突变的患儿常有高钙尿症和肾结石。血压正常。

2．实验室检查

（1）尿液检查：尿 pH 呈碱性，30%尿蛋白阳性。尿钾高＞20mmol/d，部分有高钙尿症。肾浓缩及稀释功能降低。

（2）血液生化：低血钾，低血氯，碱血症，血肾素活性增高，血尿醛固酮增多，前列腺素 E2 增多。

3．病理检查　　肾组织活检肾小球旁器明显增生为特征性改变。肾小管上皮细胞可有低钾性空泡变性，肾髓质部间质炎症细胞浸润。

4．鉴别诊断

（1）严重呕吐、腹泻、利尿剂引起的假性 Bartter 综合征：临床表现与本病相似，但病人呕、泻好转或停用药物后即可恢复。

（2）肾小管性酸中毒：为高氯性代谢性酸中毒，与本病不同。

（3）原发性醛固酮增多症与 Liddle 综合征：均有低钾血症和代谢性碱中毒，但伴有高血压。

三、治疗要点

（1）补充钾盐：给予氯化钾 4～6mmol/（kg·d），分3～4次口服。

（2）前列腺素合成抑制剂：吲哚美辛 2mg/（kg·d），布洛芬

3mg/（kg·d），或阿司匹林。

（3）ACEI：卡托普利有一定疗效。

（4）保钾利尿剂：口服氯化钾的同时用氨苯蝶啶或氨氯吡咪。

假性醛固酮低下症Ⅰ型

一、概述

假性醛固酮低下症Ⅰ型（pseudohyoaldosteronism type Ⅰ，PHA Ⅰ）由 Cheek 及 Perry 于 1958 年首先报告。其特征是远端肾小管对醛固酮不起反应，导致尿中过多失钠，低钠血症和高钾血症。

遗传方式和发病机制：常染色体隐性遗传者，为染色体 16p12 的基因 SNCC1B 和 SCNN1G 突变，致上皮钠通道（ENaC）β 和 γ 亚单位改变；常染色体显性遗传者，为染色体 4q31.1 的盐皮质激素受体（MLR）基因突变。肾小管 Na^+ 增多，使 Na^+-K^+ 和 Na^+-H^+ 交换增多，引起高钾血症和代谢性酸中毒。

二、诊断要点

1．临床特点　　多于婴儿期发病，可于生后数小时开始出现呕吐、多尿、脱水、体重减轻及生长发育差，常有智能发育障碍。因 MLR 基因突变所致者症状较轻，随年龄增大病情可缓解。

2．实验室检查

（1）血生化：血钠低，血钾升高，代谢性酸中毒。

（2）血浆肾素活性及醛固酮水平增高。

三、治疗要点

口服钠 5～20mmol/（kg·d）（约 5g/d），可使症状消失，但不能达到正常生长速度。

假性醛固酮低下症Ⅱ型

一、概述

假性醛固酮低下症Ⅱ型（pseudohypoaldosteronism type Ⅱ）又称为家族性高血钾高血压或 Gordon 综合征。临床特征为低肾素性高血压、高血钾及高氯性代谢性酸中毒。

遗传方式和发病机制：本病为常染色体显性遗传，目前已发现3个遗传位点，即染色体 1q31－42、17p11－q21 及 12p13。确切发病机制不清，认为可能与肾小管缺陷导致 Na^+ 重吸收增加和 K^+ 排泄减少有关。

二、诊断要点

1. 临床特点　常因高血压就诊。在严重病例，表现为肌肉乏力（由于高钾血症）、身材矮小和智力受损。

2. 实验室检查

（1）血生化：血钾及血氯浓度增高，二氧化碳含量降低，肾小球及肾小管功能均正常。

（2）血浆肾素活性减低。血醛固酮水平取决于血钾水平，可减低或增加。

3. 鉴别诊断

（1）假性醛固酮低下症Ⅰ型：本病血压正常或低，血浆肾素活性及醛固酮水平增高。

（2）先天性肾上腺发育不全：血浆肾素活性增高，血醛固酮水平降低。

三、治疗要点

双氢克尿噻可纠正高钾血症、酸中毒及高血压。

维生素 D 依赖性佝偻病

一、概述

维生素 D 依赖性佝偻病（Vitamin D-dependent rickets，VDDR）又称假性维生素 D 缺乏症，分为Ⅰ型和Ⅱ型。

遗传方式和发病机制：本病为常染色体隐性遗传。Ⅰ型致病基因位于 12q14，由于 1α-羟化酶基因突变，造成肾小管上皮细胞 1α-羟化酶缺陷，使 $1,25(OH)_2D_3$ 合成减少；Ⅱ型是由于 VitD 受体基因突变，导致对 $1,25(OH)_2D_3$ 反应减低。二者均使肠道钙吸收减少，出现低钙血症，刺激甲状腺释放 PTH 致尿磷增多，从而出现佝偻病表现。

二、诊断要点

1. 临床特点　生后 2 个月即可出现佝偻病表现。可出现肌无力、手足搐搦和惊厥。

2. 实验室检查

(1) 血生化检查：血钙明显降低，血磷正常或稍低，碱性磷酸酶升高，PTH 升高。

(2) 血$1,25(OH)_2D_3$：Ⅰ型明显降低，而Ⅱ型升高。

(3) 血$25(OH)D_3$：正常。

三、治疗要点

1. 维生素 D 制剂　①$1,25(OH)_2D_3$：剂量 $0.5\mu g/d$，终生用药，对Ⅰ型效果好，而对Ⅱ型无效。②大剂量 VitD：剂量 4 万～10万 U/d，效果较差。

2. 须同时服钙剂，注意监测尿钙和血钙。

家族性 X 连锁低血磷性佝偻病

一、概述

家族性 X 连锁低血磷性佝偻病（familial x-linked hypophos-phatemic rickets）又称骨软化症或抗维生素 D 佝偻病，是肾小管磷重吸收障碍，导致低血磷和佝偻病。发病率约 1/25 000。

遗传方式和发病机制：本病为伴性显性遗传，致病基因 PHEX定位于 Xp22.1 p22.2（见表 6-3）。发病机制尚未完全明了。推测可能存在一种循环激素因子与近端小管上皮细胞膜上的受体结合，活化蛋白激酶 C，一方面抑制 Na^+-磷协同转运，肾小管对磷重吸收减少，尿磷增多。另一方面抑制肾脏 1α-羟化酶活化性，使$1,25(OH)_2D_3$合成减少，从而使肠道钙吸收减少，尿磷排出增多，造成低血磷，钙磷积降低，影响骨钙化，产生佝偻病或骨软化症。骨代谢异常还与成骨细胞原发功能障碍有关。

二、诊断要点

1. **临床特点**　女性发病多于男性，但男性病情较重。发病早，生后不久出现低血磷，1岁左右出现骨病变，表现为"O"型腿、方颅、前囟晚闭、肋骨串珠、生长迟缓等。常规维生素D治疗无效。

2. **实验室检查**

（1）血生化：血磷低，血钙正常，钙磷积降低，血清碱性磷酸酶多正常或稍高。

（2）尿磷：增多。

（3）血PTH正常或稍高，血1,25$(OH)_2D_3$正常或减低。

3. **鉴别诊断**

（1）维生素D缺乏性佝偻病：非遗传性，有维生素D缺乏的病史，起病年龄较小，血钙、磷均降低，血清碱性磷酸酶明显升高，常规维生素D治疗有效。

（2）维生素D依赖性佝偻病：隐性遗传，起病年龄较小，血钙、磷均降低，血清碱性磷酸酶明显升高。常规维生素D治疗无效。

（3）肾小管性酸中毒：除佝偻病表现外，还有酸中毒、低血钾、低血钙及高钙尿症。

三、治疗要点

1. **补充维生素D制剂**　VitD 5万～20万U/d，或1,25$(OH)_2D_3$ 0.5～3.0g/d，用药期间监测血钙、尿钙及肾脏超声检查，以免发生高钙血症、高钙尿症、肾钙以及肾结石。

2. **纠正低磷血症**　无机磷70～100mg/（kg·d），分5次口服，或磷酸盐合剂（磷酸氢二钠13g，磷酸58.5g，入生理盐水至1 000mL，每1mL含磷30mg）。

表6-3 遗传性肾小管病的遗传方式

病　　名	遗传方式	基因位置	基因名称	基因产物
近端肾小管性酸中毒	AD	5p15.3	SLC9A3	NHE-3
	AR	4q21	SLC4A4	NBC-1
婴儿型	—	—	—	NHE-3 不成熟
远端肾小管性酸中毒	AD	17q21-22	SLC4A1	AE1
	AR	2P13	ATP6B1	H^+-ATP 酶 B1 亚单位
	AR	7q33-34		
Ⅲ型肾小管性酸中毒	AR	8q22		CA2
肾性尿崩症	XL	Xq28		ADHV2 受体
	AR, 少数 AD	12q12-13		AQP2
肾性糖尿	AD			
	AR		SGLT2	Na^+-糖协同转运
Bartter 综合征	AR		NKCC2	Na^+-K^+-$2Cl^-$协同转运通道
	AR		ROMK	K^+通道
	AR		CLCNKB	氯通道
假性醛固酮低下症Ⅰ型	AR	16p12	SNCC1B 和 SCNN1G	β和 γ ENaC
	AR	12p13	SNCC1A	α ENaC
	AD	4q31.1	MLR	盐皮质激素受体

病 名	遗传方式	基因位置	基因名称	基因产物
假性醛固酮低下症Ⅱ型	AD	1q31-42		
		17p11-q21		
		12p13		
维生素 D 依赖性佝偻病	AR	12q14		1α-羟化酶
				VitD 受体
家族性 X 连锁低血磷性	XL	Xp22.1	PHEX	
佝偻病		p22.2		

AD：常染色体显性遗传；AR：常染色体隐性遗传；XL：性连锁遗传

第三节 多 囊 肾

多囊肾（polycystic kidney disease，PKD）是双肾广泛受累形成无数囊肿的一种遗传性疾病，按遗传方式分为 2 型：①常染色体隐性遗传型，一般在婴儿即出现症状，又称婴儿型。②常染色体显性遗传型，一般在成人才出现症状，又称成人型。

常染色体隐性遗传型多囊肾（婴儿型）

一、概述

常染色体隐性遗传型多囊肾（autosomal recessive polycystic kidney disease，ARPKD），临床罕见，6 000 ~ 50 000 活婴中有 1 例，男女之比为 2:1。

遗传方式：ARPKD 为常染色体隐性遗传（见表 6-4），病变基因 PKHD1 定位于第 6 号染色体 6P21.1-P12，基因产物为 fibrocystin。父母双方均携带 ARPKD 的基因，才能使其子女发病。

二、诊断要点

1．临床特点　　约半数 ARPKD 患儿在围产期由于羊水过少或肺发育不全而死产或生后不久夭折。如能渡过新生儿期，常表现肾衰竭、严重高血压和充血性心力衰竭。较大的患儿表现肝纤维化和门脉高压的并发症如肝脾肿大、食管静脉曲张破裂出血和腹水等。轻症者可存活至成年。

2．实验室检查

（1）血常规：常有贫血。

（2）尿常规：有时存在蛋白尿、血尿或脓尿，尿比重低。

（3）肾功能检查：血尿素氮和肌酐增高。

3．特殊检查

（1）B 型超声检查：双肾增大，皮髓质分界不清，可见微囊肿，直径常小于 2cm。肝脏纤维化，肝内肝管扩张。围产期超声检查发现羊水过少，胎儿肾脏增大，膀胱无液体充盈提示 ARPKD。

（2）CT 检查：有助于明确诊断。

（3）基因分析。

4．鉴别诊断

（1）常染色体显性遗传型多囊肾：见后。

（2）Meckel 综合征：为双侧多囊性肾发育不全。多合并各种神经系统畸形及眼球异常、多指畸形等。常因肾脏无功能生后不久死亡。

（3）多囊性肾发育异常。

三、治疗要点

目前无根治疗法，主要是对症和支持治疗，如治疗高血压、充血性心力衰竭及肾功能不全。多数死于肾衰竭或肝脏合并症。

常染色体显性遗传型多囊肾（成人型）

一、概述

常染色体显性遗传型多囊肾（autosomal dominant polycystic kidney disease，ADPKD），是最常见的肾囊性病变，约 500～1 000 人中有 1 例，也是肾衰竭常见的原因之一，占终末期肾病的 5%～10%。

遗传方式：ADPKD 为常染色体显性遗传。85% 的患者病变基因 PKD1 定位于第 16 号染色体 16P13.3（见表 6-4），与血红蛋白珠蛋白基因和磷酸烯醇式丙酮酸酶基因点紧密连锁。基因产物为 polycystin-1。10%～15% 的患者病变基因 PKD2 定位于第 4 号染色体 4q13-q23。基因产物为 polycystin-2。

发病机制：可能为 ADPKD 基因直接或间接造成小管和囊壁细胞增生和细胞外基质异常，从而改变细胞的结构和功能（Na^+-K^+-ATP 酶错位及其他细胞转运功能的改变等），产生液体分泌，从而引起囊肿形成和增大。

二、诊断要点

本病诊断主要依据影像学检查证实无数囊肿散布双肾的皮质和髓质，有阳性家族史和 ADPKD 基因分析。

1. 临床特点　　多数 ADPKD 病人到 30 岁以上才出现症状和体征。

（1）腰、腹痛：由于囊肿和肾脏增大，肾包膜张力增加或牵引肾蒂血管神经引起。急性剧烈的疼痛常为囊肿出血或继发感染。合并结石或出血后血块堵塞输尿管可引起肾绞痛。

（2）血尿、蛋白尿：可为镜下血尿或肉眼血尿，常呈发作性，由囊壁血管牵扯破裂所致。蛋白尿多为轻度，并呈持续性。

（3）高血压：为本病常见的早期表现，因肾素-血管紧张素-醛固酮系统活性升高所致。

（4）腹部肿块：肾脏肿大明显时可在上腹或腰部扪及。

（5）尿毒症：为本病末期表现。

（6）肾外表现：约 50% 的患者合并肝囊肿，还有合并胰腺囊肿和卵巢囊肿。80% 伴有结肠憩室。10%～36% 伴颅内动脉瘤。部分伴胸主动脉瘤，心脏瓣膜异常，食管裂孔疝，腹股沟疝等。

2. 实验室检查　　尿常规：常有蛋白尿、红细胞及白细胞。

3．特殊检查

（1）B 型超声检查：双肾多个液性暗区，大小不等。可有肝囊肿。

（2）CT：能区分囊性与实性肿块，判断囊肿大小及分布。

（3）分子生物学检查：用 3'HVR、PGP、24-1 等 DNA 探针诊断 ADPKD 基因，有助症状前及产前诊断。

4．鉴别诊断

（1）ARPKD：儿童起病的 ADPKD 需与 ARPKD 鉴别。ARPKD 患儿双亲肾脏超声检查正常，患儿肝活检提示肝纤维化和胆管发育不全，ADPKD 基因分析阴性。

（2）多房性单纯性肾囊肿：多见于老人，罕见于婴幼儿，无家族史。囊肿分布不规则，罕见高血压，无肝囊肿、胰腺囊肿、颅内动脉瘤等肾外表现。ADPKD 基因分析阴性。

（3）多囊性肾发育不全：常为单侧，逆行造影输尿管发育不良，上段闭锁不全，下段细小并呈许多假憩室状突出，无家族史。

三、治疗要点

目前无治愈办法，主要是对症处理。控制高血压，防治尿道感染，低蛋白饮食减缓肾衰竭的进展。较大囊肿可行囊肿减压术。终末期肾脏病予替代治疗。

第四节　髓质囊性病

一、概述

髓质囊性病（medullary cystic disease）包括 2 个亚型，少年性肾单位痨（juvenile nephronophthisis，NPH）和髓质囊性病（medullary cystic disease，MCD），二者在病理上不能区分。本病是慢性肾衰竭的原因之一，占透析或移植病人的 $1\% \sim 5\%$。占儿童慢性肾衰竭的 $10\% \sim 20\%$。

遗传方式：NPH 为常染色体隐性遗传，病变基因 NPHP1 位于第 2 号染色体 2 q12-q13，基因产物 nephrocystin；目前还发现另外 3 个病变基因，分别位于 9q22（NPHP2）、3q21-q22（NPHP3）和 1p36（NPHP4）。MCD 为常染色体显性遗传，病变基因 MCKD1 位于第 1 号染色体 1q21，MCKD2 位于第 16 号染色体 16p13（见表 6-4）。

发病机制：不清。可能由于肾小管基膜先天异常，引起肾小管无浓缩功能，也不耐受腔内压而发生小管扩张形成囊肿伴尿液外漏。小管液中 TH 蛋白在间质内可引起炎症反应和纤维化。

二、诊断要点

有本病家族史的终末期肾病儿童和氮质血症成人应疑本病，B 超和 CT 检查有助于诊断，必要时做肾活检确诊。

1．临床特点　　NPH 一般在小儿时期发病，表现为多尿、烦渴、苍白、生长发育障碍，在 20 岁前逐步发展为尿毒症。MCD 多在成人起病，临床表现与 NPH 相似，较晚出现肾衰竭。

2．实验室检查

（1）尿液检查：低张尿，轻度蛋白尿，可有糖尿和氨基酸尿，尿钠增高。

（2）血常规：正细胞正色素性贫血。

（3）血液检查：血钠降低，氮质血症。

3．特殊检查

（1）B 型超声检查：肾脏缩小，皮髓质分界不清，发现髓质囊肿可确诊。

（2）CT：类似 B 超所见。

（3）肾脏病理检查：肉眼观察双肾对称性缩小，表面呈不规则细小颗粒，皮质髓质均变薄，皮髓质分界区或髓质可见多个囊肿，一般直径细小至 2mm。光镜检查肾小球广泛非特异性玻璃样变伴基底膜增厚及上皮细胞足突融合，肾小球周围纤维化，髓质囊肿，肾小管萎缩以及间质纤维化。

4．鉴别诊断

（1）ARPKD：常有血尿、腰痛、高血压、肝脾肿大及门脉高压征，双肾增大，肝脏纤维化及胆管发育不全。

（2）髓质海绵肾：无遗传倾向，多见于成人，常并发肾结石及其并发症，肾功能基本正常。

（3）Alport 综合征：有血尿、神经性耳聋及眼晶状体改变，肾小球基底膜有特征性改变。

三、治疗要点

本病无特效治疗，主要是对症处理。纠正水电解质紊乱，低蛋白饮食，并予必需氨基酸和 α-酮酸。发生尿毒症时予透析或移植治疗。

表 6-4　遗传性囊肿性肾脏病

病　　名	遗传方式	基因位置	基因名称	基因产物
成人型多囊肾	AD	16P13.3	PKD1	polycystin-1
	AD	4q13-q23	PKD2	polycystin-2
婴儿型多囊肾	AR	6P21.1-P12	PKHD1	fibrocystin
少年性肾单位痨	AR	2q12-q13	NPHP1	nephrocystin
	AR	9q22	NPHP2	
	AR	3q21-q22	NPHP3	
	AR	1p36	NPHP4	
髓质囊性病	AD	1q21	MCKD1	
	AD	16p13	MCKD2	

AD：常染色体显性遗传；AR：常染色体隐性遗传；XL：性连锁遗传

（莫　樱）

第七章 血液系统遗传性疾病

第一节 遗传性红细胞膜异常

遗传性球形红细胞增多症

一、概述

遗传性球形红细胞增多症（hereditary spherocytosis，HS）是一种先天性红细胞膜骨架蛋白异常引起的遗传性溶血性疾病。临床上以贫血、黄疸、脾肿大、血液中球形红细胞增多和红细胞渗透性增高、病程呈慢性贫血经过并伴有溶血反复急性发作、脾切除能显著改善临床症状为主要特征。

世界各地均有发现，发病率为 20～30/10 万人。我国发病率尚不确切，但并不罕见。我国文献中已报告 HS 数百例，占遗传性红细胞膜缺陷病的首位。

1. 病因 现已明确，HS 是由调控红细胞膜蛋白基因异常引起的遗传性疾病。本病溶血的主要原因是多种调控红细胞膜蛋白基因点突变，导致红细胞膜蛋白（主要是膜骨架蛋白）的质或量的异常所致。其基因位点可能在靠近 8 号或 10 号染色体的短臂。本病多为常染色体显性遗传，少数为常染色体隐性遗传。两性均可患病。偶无阳性家族史，推测可能为基因突变。其遗传具有异质性，已发现多种缺陷，其中 HS 的分子遗传学异常主要包括锚蛋白和膜收缩蛋白联合缺乏、带 3 蛋白缺乏、单纯膜收缩蛋白部分缺乏和4.2 蛋白缺乏，以锚蛋白和膜收缩蛋白联合缺乏最常见。

2. 发病机制 由于以上膜蛋白异常可导致以下病理生理改

变：

（1）膜骨架与膜之间的垂直方向相互作用减弱，从而使膜脂质双层变得不稳定，部分脂质以出芽形式形成囊泡而丢失，红细胞膜表面积减少，最终使红细胞形成小球形。由于球形细胞内容积储备很低，其变形性能因而降低，难于通过直径比其本身小得多的脾微循环而阻留于脾髓内被吞噬和清除。

（2）HS 红细胞（特别是经过脾脏的红细胞）都有一定程度的脱水和对单价离子通透性异常，这可能也与膜骨架缺陷有关。

（3）由于本病红细胞膜阳离子通透性增加，钠和水进入胞内而钾透出胞外，钠泵作用加强致红细胞内的 ATP 相对缺乏，钙-ATP酶受抑，使红细胞的除钙作用减弱，钙沉积于细胞膜上而使膜变硬，因而在脾内更易于破碎。

（4）在脾脏，还可能由于红细胞被阻留于脾髓内的时间长、红细胞 ATP 生成不足、pH 值下降，使红细胞更易变为球形。

（5）此外，未破坏的红细胞多次经过脾循环后，其脆性进一步增加，球形更明显，在脾内易于破坏。

二、诊断要点

1. 临床特点 临床表现有显著异质性。起病年龄和病情轻重差异很大，从无症状到危及生命的贫血。根据临床表现，可将 HS 分为 4 型：无症状携带者、轻型 HS、典型 HS 和重型 HS。

（1）起病年龄：任何年龄均可发病，多见于幼儿或儿童期，重者于新生儿或婴儿期起病。

（2）贫血、黄疸、脾大，随年龄增长三大表现逐渐明显。

（3）黄疸可因感染、寒冷或情绪紧张而加重，轻者可自行缓解，重者可发生"溶血危象"而致重度黄疸。

（4）溶血危象：劳累、急性感染、受冷等因素可诱发急性溶血而发生"溶血危象"，黄疸加重，进行性贫血，发热、寒战、肝脾肿痛等。多与吞噬细胞功能一过性增强有关，常呈自限性。

（5）再障危象：进行性贫血，全血减少。较少见，症状重，可危及生命。主要由微小病毒 B19（parvovirus B19）感染引起。常呈自限性。

（6）胆石症：10 岁以下的发生率约 5%，年长者达 75%。重者可并发阵发性胆绞痛和阻塞性黄疸。

（7）还有少数患儿可并发下肢复发性溃疡，这可能与红细胞变形性降低、局部血流淤滞有关。

2. 实验室检查

（1）血象：轻、中度或重度贫血均可发生，也可无贫血。网织红细胞增高，约为 5%~20%，"溶血危象"时可高达 50%；"再障危象"时全血细胞减少，网织红细胞下降或消失。MCV 和 MCH 多正常，MCHC 增高。

（2）红细胞形态：血涂片见小球形红细胞，一般约占红细胞的 20%~30%，亦有仅占 1%~2% 者。小球形红细胞仅限于成熟红细胞，有核红细胞和网织红细胞形态正常。在重型 HS，血涂片除可见到大量小球形红细胞外，还可见到许多棘形红细胞。

（3）骨髓象：红细胞系统增生极度活跃，以中晚幼红细胞明显。在再生障碍危象时，红细胞系统增生低下，有核红细胞减少。

（4）红细胞渗透脆性试验：是确诊本症的主要方法。绝大多数病例红细胞渗透脆性增高，增高的程度与球形细胞的数量成正比。球形红细胞数量很少者，红细胞渗透脆性试验也可以正常，需将红细胞在 37℃孵育 24h 后才能发现其渗透脆性增高。再生障碍危象和合并铁缺乏时，红细胞渗透脆性可相应降低。

（5）红细胞自身溶血及自溶纠正试验：48h 的溶血度明显增加，可以达到 10%~50%（正常 5%），加入葡萄糖或 ATP 可不完全纠正。

（6）酸化甘油溶解试验（AGLT50）：正常人红细胞 AGLT50 约为 30min，重症 HS 患者 AGLT50 可在 150s 内。本法阳性率可达 100%，适用于诊断和筛查。

（7）红细胞滚动试验：可见球形细胞滚动，估计其大致百分比，用于过筛 HS。

（8）红细胞膜蛋白定性分析：可采用 SDS-PAGE 对膜蛋白定性分析，80% 以上的 HS 可发现异常，有助于判断膜蛋白的缺陷。还可采用放射免疫法或 ELISA 法直接对每个红细胞的膜蛋白进行定量分析。

（9）其他：血清未结合胆红素增高，尿胆原正常或增高，粪胆原增高。血清结合珠蛋白下降，乳酸脱氢酶增高。血清叶酸水平一般降低。[51] Cr 标记测定红细胞寿命缩短，其半衰期（T1/2）为 8 ~ 18 天，脾区表面的放射性增高，表示 HS 细胞在脾内破坏增多。Coombs 试验阴性。

3. 鉴别诊断　典型病例可根据贫血、黄疸、脾肿大、球形红细胞增多，网织红细胞增多，红细胞脆性增高和阳性家族史等作出诊断。轻型病例，特别是球形红细胞数量不多、渗透脆性正常者，需做红细胞孵育后脆性试验和自身溶血试验才能确诊。极少数 HS 的诊断需要依赖红细胞膜蛋白分析或测定。对于青少年原因不明的脾肿大和胆石症，在感染尤其是微小病毒 B19 型感染、传染性单核细胞增多症中出现不明原因的溶血性贫血时，应疑有 HS 可能，需进一步检查。作出遗传性球形细胞增多症的诊断时，须与以下几种疾病相鉴别。

（1）黄疸型肝炎：均有黄疸，但两者是性质截然不同的两种疾病。HS 虽然可有黄疸和贫血，但 HS 病人血清中直接胆红素不增加，尿内亦无胆红素出现，且有溶血性贫血证据，血涂片球形细胞增多、脆性增加及家族史等可鉴别。

（2）自身免疫性溶血性贫血（AIHA）：本病有溶血症状，球形红细胞增多和渗透脆性增高，但无家族史，可通过以下 3 种方法鉴别：①抗人球蛋白试验（Coombs 试验）：HS 为阴性，而自身免疫溶血性贫血为阳性。②自溶血试验：HS 红细胞的溶血可被葡萄糖纠正，而自身免疫溶血性贫血的溶血不能被葡萄糖纠正。③皮质类固醇治疗：HS 无效，而对自身免疫溶血性贫血则有效。

（3）药物引起的免疫性溶血性贫血：也可出现球形细胞，红细胞渗透脆性增高，但有明确用药史，抗人球蛋白试验阳性，停药后溶血消退。

（4）新生儿溶血症：外周血可因暂时出现球形红细胞而易与遗传性球形细胞增多症相混淆，但前者母子 ABO 或 Rh 血型不同，抗人球蛋白试验呈阳性，有助于鉴别。

（5）其他：G-6-PD 缺乏症和不稳定血红蛋白病（包括 HbH）引起的溶血性贫血都可有少数球形细胞。但是，G-6-PD 缺乏性贫血常呈发作性，多能找到诱因，为性联遗传，红细胞 G-6-PD 活性减低。不稳定血红蛋白病热不稳定试验与珠蛋白小体生成试验阳性，血红蛋白电泳可确诊。

三、治疗要点

1. 脾切除或大部分脾栓塞　　是治疗本症的最有效办法。年幼儿因免疫功能尚未完善，术后易患暴发性感染，因此小儿手术年龄以 5 岁以上为宜。对极轻症患者，可将手术时间延迟，追踪观察病情变化，以决定是否需行手术。对重症患儿，如频繁发作溶血或再障危象，生长发育迟缓的婴幼儿可将手术年龄适当提前，但应禁忌在 1 岁以内进行。小年龄手术者应在术前注射多价肺炎球菌疫苗及术后以长效青霉素注射半年到一年，以防感染。脾切除虽不能根除先天缺陷，但由于除去了主要破坏血细胞的场所，红细胞寿命得以延长，黄疸迅速消退，贫血纠正。脾切除术过程中应注意寻找副脾，如有副脾，一并切除，以免复发。脾切除术后常有血小板升高，如超过 800×10^9/L，应予抗血小板凝集药物如双嘧达莫（潘生丁）。

近年来，部分脾动脉栓塞术可以减轻免疫功能的下降，近期疗效良好，远期疗效有待进一步观察。国内外正尝试改进手术方式（包括进行部分脾切除术），但疗效及优越性有待进一步确定。骨髓移植治疗 HS 尚在研究中。

2. 输注红细胞　　血红蛋白 < 70g/L 时，应适当输注红细胞，

以改善贫血。如发生溶血危象，应予输红细胞、补液和控制感染；发生再障危象时输注红细胞，必要时输注血小板。

3．胆石症应于脾切除前明确诊断或术时探查，与脾一并切除。

4．本病在溶血过程中，对叶酸的需要量增加，应注意补充。

5．新生儿期发病者，主要针对高胆红素血症进行治疗。

遗传性椭圆形红细胞增多症

一、概述

遗传性椭圆形红细胞增多症（hereditary elliptocytosis，HE）是一种以外周血液中椭圆形细胞增多至25%以上为特点的遗传性红细胞膜缺陷溶血性贫血。正常人的外周血液中亦可有少数椭圆形红细胞，但最多不超过15%，而本病患者中这种细胞至少有25%，更多见的是超过75%，甚至多达90%。

本症由 Dresbach 于1904年首次报道。世界各地均有报道。我国仅有散在报道。多为常染色体显性遗传，极少数为常染色体隐性遗传。两性均可发病。多为杂合子，极少数为纯合子。各家族间溶血的程度很不一致。病情一般不重，临床上发生溶血性贫血者仅占10%~15%。在部分患者中，本病的基因与 Rh 血型的基因位于同一染色体上。两种基因非连锁时，则溶血较严重。

对本病的病因和发病机制目前尚不清楚。初步认为本病的缺陷也在红细胞膜的支架蛋白。其膜蛋白异常具有高度异质性。主要有膜收缩蛋白异常，锚蛋白缺乏，膜蛋白4.1异常，膜蛋白3异常缺乏和血型糖蛋白 C 和 D 缺乏。导致膜脆性增加，形成椭圆形细胞而主要在脾脏内破坏，少部分在肝脏和骨髓中破坏。

二、诊断要点

1．临床表现　　HE 最主要的特点是外周血中椭圆形红细胞超过25%，其临床表现差异很大。目前，国内主要根据溶血的程度分为3种类型：

（1）无溶血（隐匿型）：椭圆形红细胞虽增多，但无溶血表现。

（2）轻度溶血（溶血代偿型）：绝大多数病人属于这一类型。红细胞寿命比正常稍短，网织红细胞轻度增高，结合珠蛋白低于正常，由于造血功能的代偿，多不出现贫血。

（3）溶血明显加速型：有12%左右的病例表现为慢性溶血性贫血，伴黄疸，脾肿大，红细胞寿命缩短，网织红细胞明显增多，可发生溶血危象。严重者可在新生儿期出现高胆红素血症，甚至需要换血治疗。合并感染时可出现再障危象，亦有合并胆石症的报道。

目前国际上又根据临床表现结合实验室检查特点将本病分为5型，即普通型（轻型）HE、重型 HE、遗传性热变性异形红细胞增多症（hereditary pyropoikilocytosis，HPP）、球形细胞性 HE 和口形细胞性 HE。

2．实验室检查

（1）外周血涂片：外周血中椭圆形、卵圆形、雪茄形或腊肠形成熟红细胞增多大于25%。多于生后4～6个月开始出现。MCHC正常。溶血严重时周围血象中可出现球形细胞或红细胞碎片。网织红细胞和有核红细胞形态正常。

（2）红细胞脆性试验：普通型 HE 大多正常，在球形细胞性 HE 和重型 HE 患儿则增高。孵育后的脆性试验轻度增高，加葡萄糖或 ATP 后可被纠正。

（3）红细胞自溶试验：在球形细胞性 HE 增高，加入葡萄糖或 ATP 仅部分纠正。各类型 HE 的红细胞变形性均减低。

（4）红细胞膜蛋白及其基因的分子生物学分析：采用 SDS-PAGE 分析可发现 HE 红细胞膜蛋白异常。SDS-PAGE 结合其他方法可对膜蛋白成分作定量分析。采用分子遗传学方法可检测膜蛋白基因突变。

3．诊断和鉴别诊断　　根据临床表现、实验室检查和阳性家族史，绝大多数 HE 可得到明确诊断。HE 的主要诊断依据是红细胞形态、椭圆形红细胞需大于25%。有阳性家族史对诊断极有帮助。若无阳性家族史，而外周血中椭圆形红细胞大于 50%，一般也可诊断。尚需排除获得性椭圆形细胞增多症如铁缺乏、骨髓增生异常综合征、巨幼细胞性贫血、丙酮酸激酶缺乏症等，但上述疾病除椭圆形红细胞外，常有其他特殊的异形细胞和临床征象。

三、治疗要点

（1）没有贫血或仅有轻度贫血者不必治疗，但应避免疲劳或感染。

（2）溶血严重的，做脾切除术或大部分脾栓塞。由于婴幼儿HE 中一部分可自行减轻或缓解，需切脾者最好在 5 岁以后进行。

遗传性口形红细胞增多症

一、概述

遗传性口形红细胞增多症（hereditary stomatocytosis，HST）是一种罕见的遗传性溶血病。临床上常有中度到重度溶血性贫血。主要特征是外周血涂片口形红细胞增多。

本病由 Lock 于 1961 年首次报道。呈常染色体显性遗传，极少数呈常染色体隐性遗传。其基本缺陷是红细胞膜蛋白质异常，但其分子病变尚不清楚。最近发现，部分病人存在 7.2b 蛋白的减少或缺乏，而许多病人的带 7 蛋白和 7.2b 蛋白 cDNA 却正常。7.2b 蛋白的部分或完全缺乏是原发性或继发性改变尚不清楚。本病的主要病理生理是红细胞膜通透性改变，使红细胞在脾脏中大量破坏。

二、诊断要点

1. 临床表现

（1）不同程度的慢性溶血性贫血，杂合子状态仅有口形红细胞增多而无溶血。

（2）一般患儿生后即出现轻度黄疸，6 个月后出现脾脏增大，约 3~4 岁以后脾脏可明显增大，病人于感染后可使贫血和黄疸加重，少数可发生溶血危象。

2. 实验室检查　外周血象见口形红细胞增多，超过 10% 即有诊断意义（正常人一般不超过 4%）。多数患者网织红细胞中度增高（10%～20%），MCV 增高，MCHC 减少。红细胞渗透脆性明显增加（孵育后增加更明显）、自溶试验阳性、葡萄糖和 ATP 可部分纠正。

3. 诊断和鉴别诊断　　根据临床表现、外周血口形红细胞大于 10%和阳性家族史，红细胞内钠、钾离子含量测定异常者，多数可明确诊断。但需与继发性口形红细胞增多症鉴别：HS，β珠蛋白生成障碍性贫血，肝病、肿瘤、急性酒精中毒和长春新碱、氯丙嗪等药物治疗后，除口形红细胞外，具有原发疾病特点。

三、治疗

目前尚无特效治疗。新生儿期预防胆红素脑病，轻者不需要或只需要对症治疗，贫血重者需要输红细胞。脾切除的疗效不一。

棘状红细胞增多症

一、概述

棘状红细胞增多症（acanthocytosis）主要见于先天性β脂蛋白缺乏症，偶见于 McLeod 表型和其他情况（如部分 In 表型、神经性厌食等）。本文仅介绍前者。

先天性β脂蛋白缺乏症（abetalipoproteinemia，ABL），极少见，为常染色体隐性遗传，多有父母近亲婚配史。国内尚无报道。本病的主要特征是血中大量棘状红细胞和血浆β载脂蛋白减少或缺如。杂合子无临床表现。发病机制尚不明，可能与脂肪代谢异常，肠吸收不良有关。

二、诊断要点

1. 临床表现

（1）血液系统：轻度溶血性贫血，呈间歇性。脂肪吸收不良伴铁和叶酸缺乏时可出现严重贫血。也有不伴贫血只有载脂蛋白 B100 缺乏的病例报道。

（2）消化系统：生后即可出现脂肪泻、呕吐、腹胀、消瘦、粪脂肪含量增加。

（3）神经系统：生长发育迟缓，并逐渐于 5～10 岁出现进行性共济失调伴意向性震颤和色素性视网膜炎。

（4）循环系统：某些患者可出现心率失常和心力衰竭。

2．实验室检查

（1）血象：外周血中可见大量棘状红细胞（50%～90%），网织红细胞正常或轻度增高。

（2）红细胞渗透脆性：大多在正常范围或轻度降低，但自身溶血试验阳性。

（3）血浆 β 脂蛋白和甘油三酯明显减少甚至缺如，胆固醇常低于 500mg/L，磷脂低于 1 000mg/L，三酸甘油酯低于 300mg/L，神经鞘磷脂在血浆磷脂中的比例增高，卵磷脂比例降低。凝血酶原时间延长。

（4）小肠黏膜活检：肠黏膜细胞中充满脂肪滴，而细胞间质和乳糜管中见不到脂肪滴。

（5）双氧水溶血试验：显著增加，可达 90%，加维生素 E 或血浆可纠正。

3．诊断　　当临床上出现严重营养不良、脂肪吸收不良、色素性视网膜炎、进行性共济失调和棘状红细胞增多症时，应怀疑本症。血浆中缺乏 β 脂蛋白时可确诊。

三、治疗

目前无有效治疗方法。婴儿期应限制长链脂肪酸摄入，以减轻吸收不良。定期补充脂溶性维生素 A、维生素 K、维生素 D 和维生素 E。维生素 A 和维生素 K 补充可预防夜盲症与凝血酶原减低。长期服用维生素 E100mg/（kg·d）可改善视网膜和神经肌肉病变。

遗传性干瘪红细胞增多症

遗传性干瘪红细胞增多症（hereditaryxerocytosis，HX）很罕见，呈常染色体显性遗传。特点是红细胞脱水、渗透脆性降低和 MCHC

增高。其机制尚不清楚。主要病理生理改变是细胞内钾离子的净丧失而不伴钠离子成比例增加。一些病人兼有遗传性口形红细胞增多症和遗传性干瘪红细胞增多症的双重特征。还有些病人外周血涂片可见约 30% 的口形红细胞，偶尔见到靶形红细胞和球形红细胞，红细胞渗透脆性降低，红细胞膜卵磷脂增加约 50% 而磷脂酰乙醇胺相应减少。

脾切除术的疗效不一。多数病人血红蛋白可维持在足够水平而不需行脾切除术，部分病人脾切除后可发生高凝状态，因此脾切除术要谨慎。

（孟　哲　李文益）

第二节　遗传性红细胞酶异常

红细胞葡萄糖-6-磷酸脱氢酶缺乏症

一、概述

葡萄糖-6-磷酸脱氢酶（Glucose-6-phosphate dehydrogenase, G-6-PD）缺乏症是指红细胞 G-6-PD 活性降低和（或）酶性质改变导致以溶血为主要表现的疾病，是遗传性红细胞酶缺陷所致溶血性贫血中最常见的一种类型。其分布是世界性的，但有相对集中的地区性。发生率最高的是土耳其南部犹太人（58.2%），美国黑人次之（16%），地中海国家 13% 左右。国内以长江以南各省较多。

1. 病因　　为 X 性联不完全显性遗传。男性半合子和女性纯合子均发病，G-6-PD 呈显著缺乏；女性半合子有不同表现度，可发病亦可不发病。G-6-PD 基因位于 X 染色体长臂 2 区 8 带（Xq28）。红细胞 G-6-PD 缺乏症是由于 G-6-PD 基因突变所致，迄今其突变已达 122 种以上，中国人（含海外华裔）的突变型已达 17 种，其中最常见的是 nt1376G→T，nt1388G→A，nt95A→G，此 3 种突变占 75% 以上。基因突变导致以下改变：①G-6-PD 合成量降低。②G-6-PD 合成量不减少，但酶的稳定性降低。③G-6-PD 对底物 G-6-PD 或 NADP 的亲和性显著降低，因此酶功能不足。④G-6-PD 对 NADP 的抑制作用非常敏感。

2. 发病机制　　尚未完全明了，目前认为是：由于 G-6-PD 缺乏，辅酶Ⅱ（NADP）不能还原成还原型辅酶Ⅱ（NADPH），这是 G-6-PD 缺乏引起溶血的关键因素。NADPH 不足，则体内的两个主要抗氧化损伤物质还原型谷胱甘肽（GSH）及过氧化氢酶（Cat）不足，因此血红蛋白和红细胞膜均易于发生氧化性损伤。血红蛋白氧化损伤的结果，导致 Heinz 小体及高铁血红素生成，红细胞膜的过氧化损伤可表现为膜脂质和膜蛋白巯基的氧化。上述改变均可通过红细胞膜的损伤导致溶血。

二、诊断要点

（一）临床特点

可分为以下 5 种类型。

1. 药物性溶血性贫血　　G-6-PD 缺乏者接触某些氧化剂药物或化学物质可引起溶血反应，一般在服药后 12~48h 发生急性溶血，出现头晕、头痛、食欲不振、恶心、呕吐、倦怠，继而出现发热、黄疸、腰背疼痛、血红蛋白尿，尿色从茶色至酱油色不等。与此同时，出现进行性贫血，贫血程度不等，网织红细胞正常或轻度增加，还可出现肝脾肿大。部分严重者可出现心、脑、肾功能衰竭。大多数溶血呈自限性。与 G-6-PD 缺乏者引起溶血有关的药物分为 3 类（见表 7-1）：①肯定引起 G-6-PD 缺乏者溶血的药物，应禁忌使用。②在常规剂量下不引起引起溶血的药物，只有在下列情况下才引起溶血：先天性非球形红细胞性溶血性贫血（CNSHA）患者；超过治疗用量；患者合并感染或同时使用其他氧化性药物。③国内有个别报道可引起 G-6-PD 患者溶血的药物。

2. 蚕豆病　　儿童多发，进食新鲜蚕豆或吸入蚕豆花粉均可诱发急性血管内溶血，母亲吃蚕豆可通过哺乳使婴儿发病。发病急剧，多于食用蚕豆后数小时至数天发生。

表 7-1 诱发 G-6-PD 缺乏者溶血的药物

抗疟药	解热镇痛药	磺胺类	其他
第一类 肯定引起溶血的药物			
伯氨喹	乙酰苯胺	磺胺甲恶唑	噻唑砜、呋喃妥因、奈啶酸
扑疟喹啉		磺胺吡啶	呋喃唑酮、三硝基甲苯、川连
		对氨苯磺酰胺	呋喃西林、硝酸异山梨酯、苯乙肼
		酞磺醋胺	甲苯胺蓝、萘（樟脑）、亚甲蓝、珍珠粉
第二类 可能会引起溶血，但非 CNSHA 患者用正常治疗剂量时不会溶血			
氯喹	对乙酰氨基酚	磺胺甲嘧啶	氯霉素、链霉素、异烟肼、氯己定
奎宁	阿司匹林	磺酰乙胞嘧啶	秋水仙碱、对氨基苯甲酸、苯磺舒
乙胺嘧啶	非那西丁	磺胺咪	维生素 C、亚硫酸氰钠甲萘醌
	氨基比林	磺胺嘧啶	苯海拉明、三氧甲苄氨嘧啶
	安替比林	长效磺胺	氯苯那敏、苯妥英钠、苯海索
	保泰松	磺胺二甲异嘧啶	奎尼丁、左旋多巴、普鲁卡因胺
	安他唑啉		维生素 K

抗疟药	解热镇痛药	磺胺类	其他
第三类 文献个别病例报道可引起溶血的药物			
米帕林	甲芬那酸	磺胺乙酰	亚硝酸盐、赛庚啶、四环素
	吲哚美辛	磺胺异恶唑 柳氮磺胺吡啶	熊胆等

3. 新生儿黄疸 多发生于出生后 24～72h 内，重者有核黄疸。新生儿有感染、药物（维生素 K）或乳母用药可引起生后第 1～2 周的晚期溶血性黄疸。

4. 感染诱发的溶血性贫血 细菌或病毒感染后数日出现血管内溶血，已有报道病毒性肝炎、流感、肺炎、伤寒等可在 G-6-PD 缺乏者中诱发急性溶血。多见于婴儿及儿童，贫血一般较轻。

5. 先天性非球形红细胞性溶血性贫血 可在无诱因情况下出现慢性溶血，常于婴幼儿期即发病，约半数病例在新生儿期以高胆红素血症起病。重型者呈慢性溶血过程，具有黄疸、贫血、脾肿大 3 大特征。轻型者平时贫血较轻，无明显贫血、脾肿大，每于感染或药物诱发溶血时出现溶血危象。

（二）实验室检查

1. G-6-PD 缺乏筛选试验

（1）高铁血红蛋白还原试验：G-6-PD 活性正常者还原率在 0.75 以上（脐血在 0.78 以上），中间缺乏值为 0.74～0.31（脐血为 0.77～0.41），严重缺乏值为 0.30 以下（脐血为 0.40 以下）。

（2）荧光斑点试验：G-6-PD 活性正常者 10min 内出现荧光，中间缺乏者 10～30min 之间出现荧光，严重缺乏者 30min 不出现荧光。

（3）硝基四氮唑蓝纸片法：G-6-PD 活性正常者滤纸片呈紫蓝色，中间缺乏者滤纸片呈淡紫蓝色，严重缺乏者滤纸片仍为红色。

2. G-6-PD 活性定量测定

（1）WHO 推荐的 Zinkham 法，其正常值为 12.1±2.09IU/gHb（37℃）。

（2）ICSH 推荐的 Glock 与 Mclean 法，其正常值为 8.34±1.59IU/gHb（37℃）。

（3）Chapman 和 Dern 法，其正常值为 2.8~7.3IU/gHb。

（4）NBT 定量法，其正常值为 13.1~30.0NBT 单位。

（5）G-6-PD/6-P-GD 比值法：此法较上述各种方法能更好地检出 G-6-PD 活性的轻度减低。其正常值为 WHO 推荐方法：G-6-PD/6-P-GD≥0.95，NBT 法：G-6-PD/6-P-GD≥0.98（新生儿≥1.09）。

3. 变性珠蛋白小体（Heinz）生成试验　红细胞膜 Heinz 小体 >25% 为阳性，本病阳性率可达 80% 以上，但非特异性，在地中海贫血、不稳定血红蛋白病、脾切除后及早产儿均可阳性。

4. 诊断标准　红细胞 G-6-PD 缺乏症的诊断是在有 G-6-PD 缺乏所致的临床类型任何一项的基础上，符合以下 G-6-PD 活性实验室检查中任何一条即可。

（1）一项筛选试验 G-6-PD 活性属严重缺乏值。

（2）一项筛选试验活性属中间缺乏值，加上 Heinz 小体试验阳性，但要有 40% 的红细胞有 Heinz 小体，每个红细胞有 5 个或 5 个以上的 Heinz 小体，并排除其他溶血的原因。

（3）一项筛选试验活性属中间缺乏值，并有明确的家族史。

（4）两项筛选试验活性均为中间缺乏值。

（5）一项 G-6-PD 活性定量测定其活性较正常平均值降低 40% 以上。

红细胞 G-6-PD 活性正常而高度怀疑为红细胞 G-6-PD 缺陷者，有条件时可进行变异型鉴定，确定有无红细胞 G-6-PD 性质异常。

5. 鉴别诊断　G-6-PD 缺乏症所致溶血性贫血需与遗传性

球形红细胞增多症、阵发性睡眠性血红蛋白尿、地中海贫血相鉴别。

三、治疗要点

红细胞 G-6-PD 缺乏症无特殊治疗，如无溶血不需治疗，平时应避免使用明确引起溶血的药物，避免食用蚕豆，有下列情况应积极治疗。

1. 急性溶血发作

（1）去除或避免诱因。

（2）输血：对严重贫血，Hb≤60g/L 或有心脑功能症状者应及时输注浓缩红细胞。在 G-6-PD 缺乏高发区要注意选择无 G-6-PD 缺乏的供者。

（3）纠正水电解质酸碱平衡：溶血期常有酸中毒和高钾血症，应及时纠正。同时需输注足够液体，适当碱化尿液，防止肾功能衰竭。

（4）可试用维生素 E、还原型谷胱苷肽等抗氧化、延长红细胞寿命。

2. G-6-PD 缺乏伴先天性非球形细胞溶血

（1）轻度贫血时避免感染、药物、蚕豆等诱发急性溶血。

（2）有严重贫血或溶血危象时应输注 G-6-PD 正常的红细胞。

（3）有粒细胞缺乏时，积极防治感染，必要时可注射重组人粒细胞刺激因子。

（4）脾切除：常无效，仅用于巨脾致压迫症状或有脾功能亢进者。

（5）维生素 E 是体内强抗氧化剂，有人报道用大剂量治疗本病有效。

（6）有条件者可作造血干细胞移植。

红细胞丙酮酸激酶缺乏症

一、概述

红细胞丙酮酸激酶（pyruvate kinase，PK）缺乏症是红细胞糖无氧酵解通路中最常见的红细胞酶病，它是 PK 基因缺陷导致 PK 活性降低或性质改变所致的溶血性贫血。病例分布遍及世界各地，以日本和北欧为多见，我国也有 PK 缺乏症的报道。PK 缺乏症是仅次于 G-6-PD 缺乏症的常见红细胞酶病。

病因及发病机制：本病为常染色体隐性遗传，纯合子和双重杂合子发病，杂合子无症状。丙酮酸激酶是糖酵解途径中催化磷酸烯醇丙酮酸转化为丙酮酸的必需酶，在这一反应中使二磷酸腺苷（ADP）磷酸化而转变为 ATP。由于基因点突变引起氨基酸置换而致 PK 酶活性低下，导致红细胞 ATP 生成明显减少，细胞能量代谢障碍，红细胞膜两侧离子浓度不能维持，使细胞膜僵化、细胞皱缩，造成不可逆的细胞损伤，选择性地被脾或肝的巨噬细胞破坏，发生溶血。此外由于 PK 缺陷使红细胞内糖酵解途径发生障碍，导致红细胞内糖酵解反应的中间产物如 2,3-二磷酸甘油酸（2,3-DPG）和磷酸烯醇丙酮酸的堆积，同时 ATP 及乳酸含量减少使红细胞功能和形态发生障碍而导致破坏。

二、诊断要点

（一）临床特点

丙酮酸激酶缺乏症在临床上多表现为慢性溶血性贫血，以贫血、黄疸和脾肿大为特征。严重者可在婴儿早期出现中度以上的贫血、黄疸，需反复多次输血才能存活；但也有贫血表现很轻微，一直到青少年或成人才出现；极个别由于溶血被完全代偿而不出现贫血，只有黄疸为唯一的临床表现。贫血终生存在，而且其严重程度变化不大。贫血急剧加重极少见，少数可在感染后溶血加重，且有短暂的骨髓抑制。

PK 缺乏的新生儿常发生高胆红素血症，多为中度黄疸（约 37%需换血）。约 10%的 PK 缺乏症的病人会发生胆石症。

（二）实验室检查

（1）血象多为轻度至中度正色素正细胞性贫血，外周血涂片镜检可见大红细胞增多、皱缩红细胞或偶然有棘状红细胞；网织红细胞升高；白细胞和血小板多正常。

（2）自身溶血试验多为不正常，现多不主张采用其作为红细胞酶病的实验诊断依据。

（三）特殊检查与辅助检查

1. 荧光斑点法 PK 活性筛选试验　　PK 活性正常，25min 荧光消失；PK 活性缺乏，25min 荧光不消失。

2. PK 活性定量测定 ICSH 推荐的 Blume 法　　①正常值为 $15.0 \pm 1.99IU/gHb$（37℃）。②低 PEP 浓度的正常红细胞 PK 活性为正常值的 $14.9 \pm 3.71\%$（37℃）。③低 PEP 浓度加 FDP 刺激后正常红细胞 PK 活性为正常值的 $43.5 \pm 2.46\%$（37℃）。纯合子 PK 缺乏症的值为正常值 25%以下，杂合子 PK 缺乏症的值常为正常值的 25%～35%。

3. 中间代谢产物测定（37℃）　　①ATP：正常值为 $4.23 \pm 0.29umol/gHb$，PK 缺乏时较正常降低 2 个标准差以上。②2,3 －二磷酸甘油酸（2,3 － DPG）：正常值为 $12.27 \pm 1.87umol/gHb$，PK 缺乏时常较正常增加 2 倍以上。③磷酸烯醇式丙酮酸（PEP）：正常值为 $12.2 \pm 2.2umol/LRBC$，PK 缺乏时较正常增加 2 个标准差以上。④2-磷酸甘油酸（2 - PG）：正常值为 $7.3 \pm 2.5umol/LRBC$，PK 缺乏时较正常增加 2 个标准差。

（四）诊断标准

遗传性红细胞 PK 缺乏症的诊断主要依赖红细胞 PK 的活性测定。

1. 红细胞 PK 缺乏的实验诊断标准　　①PK 荧光斑点试验为 PK 活性缺乏。②PK 活性定量测定属纯合子范围。③PK 活性定量测定属杂合子范围，伴有明显的家族史和（或）2,3 - DPG 2 倍以上增高或其他中间代谢产物的改变。符合以上 3 项中任 1 项，均可建立 PK 缺乏的实验诊断。

如临床高度怀疑 PK 缺乏，而 PK 活性测定正常时，应进行低底物系统的 PK 活性定量测定，以确定有无 PK 活性降低。

2. PK 缺乏所致溶血性贫血的诊断标准

（1）红细胞 PK 缺乏所致新生儿高胆红素血症：①生后早期（多为 1 周内）出现黄疸，其血清总胆红素超过 $205.2\mu mol/L$（$12mg\%$），未成熟儿超过 $256.5\mu mol/L$（$15mg\%$），主要为非结合胆红素增高。②溶血的其他证据（贫血、网织红细胞增多、尿胆红素阳性等）。③符合 PK 缺乏的实验诊断标准。

具备①、②、③项，又排除了其他原因所致的黄疸者可确诊；不具备②项或有其他原因并存者，应疑诊为红细胞 PK 缺乏所致。

（2）红细胞 PK 缺乏所致 CNHSA：①呈慢性溶血经过，有脾大、黄疸、贫血。②符合 PK 缺乏的实验室诊断依据。③排除其他红细胞酶病和血红蛋白病。④排除继发性 PK 缺乏症。符合以上 4 项方可诊断为遗传性 PK 缺乏所致的 CNHSA。

三、治疗要点

1. 药物治疗及输血　　无特异药物治疗。对无症状的轻症患儿应注意防治感染，每日口服叶酸 5mg。发生再障危象、贫血严重者可输红细胞并补充叶酸。新生儿溶血性黄疸多需换血及反复输红细胞。可试用静脉输注肌苷和腺嘌呤。有研究提示，大剂量水杨酸制剂在严重 PK 缺乏症病人有诱发溶血的潜在危险性，故应尽量避免应用水杨酸制剂。

2. 脾切除　　适于贫血严重者。

3. 造血干细胞移植　　对因 PK 缺乏引起的严重溶血性贫血患者，如需反复输血才能维持生命，造血干细胞移植是唯一的治疗手段。

其他红细胞酶缺乏症

嘧啶 5′核苷酸酶（P5′N）缺乏症

P5′N 缺乏症是一种常染色体隐性遗传，与 RNA 分解代谢有关的酶缺乏症，导致慢性溶血性贫血。红细胞 P5′N 缺乏时，网织红细胞内的嘧啶核苷酸不能降解、不能弥散通过细胞膜而在细胞内堆积，致使红细胞膜通透性和细胞变形性出现异常。另外，嘧啶核苷酸竞争结合腺苷酸使能量代谢发生障碍，从而导致溶血发生。若脑组织内的 P5′N 缺乏，可伴有智能发育障碍和惊厥。

自幼发生（多自新生儿开始）慢性溶血性贫血，呈轻度至中度，溶血频频发作，感染及妊娠可加重。可有智力低下。

外周血涂片嗜碱性点彩红细胞达 0.04 ~ 0.5（正常 0.03），可提示本病。红细胞 P5′N 缺乏症筛选试验是根据测定的光密度吸收比率（R）来判断结果，如 R < 2.29 则提示 P5′N 缺乏。P5′N 活性定量测定 Torrance 法的正常值为 $138.3 \pm 18.2 mU/gHb$。

诊断依据：①自幼发生的中度以上的慢性溶血性贫血。②外周血涂片见嗜碱性点彩细胞增多（0.04 ~ 0.5），除外红细胞膜、血红蛋白异常及慢性铅中毒等，应疑 P5′N 缺乏。若同时伴智能障碍，则可能性更大，可进行 P5′N 筛查试验及活性测定以确诊。尚需除外继发性 P5′N 活性低下（见于阵发性睡眠性血红蛋白尿症、骨髓增生异常综合征等）。

尚无特殊治疗。脾切除有一定疗效。应避免接触铅、汞等微量元素，以避免红细胞内残存的 P5′N 受到抑制而加重病情。适当补充锌、镁可有助于激活红细胞内残存的少量 P5′N。有条件者作异基因造血干细胞移植可根治溶血性贫血。

葡萄糖磷酸异构酶（GPI）缺乏症

GPI 缺乏症为常染色体隐性遗传，其基因在第 19 号染色体上。本病是第 4 种较常见的引起溶血性贫血的红细胞酶病。

溶血性贫血常常是本病的唯一临床表现，红细胞 GPI 活性降低至正常 40% 以下即可出现溶血。30% 表现为新生儿高胆红素血症，严重者需作换血治疗；曾有胎儿水肿和死产的报道。患者在感染或服用某些药物后出现溶血或再障危象，可有肝脾肿大。个别病例可出现神经肌肉症状如肌张力改变等，同时伴有智力发育迟缓。

GPI 荧光斑点试验及 GPI 定量测定可确诊。红细胞 GPI 缺乏筛选试验（荧光斑点试验）的正常值：1:20 压缩红细胞 15min 出现荧光；中间缺乏值：1:20 压缩红细胞在 15～30min 内出现荧光；严重缺乏值：1:20 压缩红细胞在 30min 以上不出现荧光。GPI 活性定量测定（Beutler 氏法）的正常值：60.8±11.0IU/gHb（37℃）；低底物正常值：正常活性的 46.2±2.41%（37℃）。

本病无特殊治疗，严重贫血时可输血，脾切除可改善症状。有条件者作异基因造血干细胞移植。

其他少见的红细胞酶缺乏（见表 7-2）

表 7-2　少见的红细胞酶缺乏症

酶缺陷	遗传方式	临床表现	自身溶血试验
糖酵解途径			
己糖激酶（HK）缺陷	AR	大多出生后出现黄疸、贫血和肝脾肿大，智力低下，肾脏症状，骨、皮肤异常，脾切除后溶血减轻	Ⅰ型
磷酸果糖激酶（PFK）缺陷	AR	Ⅰ型属Ⅶ型糖原累积病，轻度溶血伴有骨骼肌运动时疼痛及明显疲劳；Ⅱ型仅有慢性溶血，无肌肉症状、代谢障碍、关节炎	
磷酸丙糖异构酶（TPI）缺陷	AR	慢性溶血性伴有进行性肌肉病变，开始为强直性，进而迟缓性瘫痪肌萎缩等，易因反复细菌感染或心脏病变而致死亡。纯合子出生后不久有不同程度贫血，遇氧化剂作用后溶血加重，白细胞 TPI 活性减低	与遗传性球形细胞增多症似

酶缺陷	遗传方式	临床表现	自身溶血试验
2,3-二磷酸甘油酸变位酶（2,3-DPGM）缺陷	AR	同上	Ⅰ型
磷酸甘油激酶（PGK）缺陷	性联遗传	慢性溶血伴有神经精神症状如行为异常、情绪不稳、言语障碍、智力减退等，白细胞的 PGK 活性减低	Ⅰ型
磷酸戊糖途径			
6-磷酸葡萄糖脱氢酶(6PGD)	AR	是否引起溶血未定论	
谷胱甘肽还原酶（GSHp）缺陷	AD	平常无症状，在氧化剂药物作用后可发生急性溶血，偶伴有痉挛性神经症状或全血细胞减少。核黄素治疗有部分疗效	Ⅱ型
谷胱甘肽过氧化酶（GSHPx）缺陷	AR	轻度贫血，药物可诱发溶血，新生儿可有暂时性 GSHOz 缺陷，血清胆红素增加，变性珠蛋白小体阳性	
谷胱甘肽合成酶缺陷	AR	纯合子表现为 CNSHA，药物性溶血性贫血，其他表现有氨基酸尿，进行性小脑共济失调	

酶缺陷	遗传方式	临床表现	自身溶血试验
其他酶缺陷			
腺苷酸激酶（AK）缺陷	AR	可有轻度到中度贫血	
磷酸核糖焦磷酸激酶（PFK）缺陷	AR	慢性溶血（中度），成熟红细胞嗜碱性点彩增加	Ⅱ型

（郭海霞）

第三节　遗传性血红蛋白异常

遗传性血红蛋白异常是一组由于血红蛋白（Hb）遗传缺陷引起的疾病，分为两类：一类导致珠蛋白肽链合成障碍，称珠蛋白生成障碍性贫血（地中海贫血）；另一类导致珠蛋白肽链结构异常，称异常血红蛋白病。

珠蛋白生成障碍性贫血

一、概述

珠蛋白生成障碍性贫血，又称地中海贫血（简称地贫）或海洋性贫血，是由于常染色体遗传性缺陷，引起珠蛋白肽链合成障碍，使一种或几种珠蛋白肽链数量不足或完全缺乏，导致血红蛋白组成成分异常，引起慢性溶血性贫血。根据珠蛋白基因缺失或功能缺陷的不同类型、所引起相应的珠蛋白链合成受抑制情况不同，可将地贫分为 α、β、δ、γ-地贫及少见的 δβ 地贫；以前 2 种类型常见。由于遗传缺陷不同，本病表现轻重程度差异非常大，有在胎儿及婴幼儿即因极重的溶血性贫血致死的，也有虽有血红蛋白异常而一生无任何临床症状的。本病遍布世界各地，以地中海地区、中非洲、亚洲、南太平洋地区发病较多。在我国以广东、广西、贵州、四川、重庆、海南为多。

病因及病理生理：人类 α 珠蛋白基因决定簇位于 16pter - p13.3，每条 16 号染色体有 2 个 α 基因，1 个 α 基因缺失或缺陷称为 $α^+$ 地贫，2 个 α 基因缺失或缺陷称为 $α^0$ 地贫。α 地贫的基因缺陷主要为缺失型，占 α 地贫的 50% ~ 65%。缺失一个 α 基因为静止型；缺失 2 个为标准型；缺失 3 个为 HbH（$β_4$）病，HbH 氧亲和力高，并且不稳定，容易在红细胞内沉淀形成包涵体，造成红细胞膜僵硬易于破坏；缺失 4 个为 HbBarts（$γ_4$），$γ_4$ 对氧的亲和力极高，造成组织缺氧，胎儿水肿（死胎）。迄今，全世界已报道 31 种缺失型突变。

人类 β 珠蛋白基因决定簇位于 11 p15.5，每条 11 号染色体有 1 个 β 基因。β 地贫基因异常绝大多数属于点突变，少数为缺失。导致 β 肽链合成减少者称之为 $β^+$ 地贫，若导致 β 肽链完全不能合成者称之为 $β^0$ 地贫。β 基因突变已发现 170 种，中国人已发现 28 种，其中常见的突变有 6 种：①β41 - 42（- TCTT），约占 45%。②IVS - II654（C→T），约占 24%。③β17（A→T），约占 14%。④TATA 盒-28（A→T），约占 9%。⑤β71 - 72（ + A），约占 2%。⑥β26（G→A），即 HbE26，约占 2%。重型 β 地贫是 $β^0$ 或 $β^+$ 的纯合子或 $β^0$ 与 $β^+$ 的双重杂合子，因 β 链生成完全或几乎完全受到抑制，以致含有 β 链的 HbA 合成减少或消失，而多余的 α 链则与 γ 链结合而成为 HbF（$α_2γ_2$），造成 HbF 明显增加。HbF 的氧亲和力高，导致患者组织缺氧；过剩的 α 链沉积于幼红细胞和红细胞中，形成 α 链包涵体附着于红细胞膜上而使其变僵硬，在骨髓内大多被破坏而导致"无效造血"；部分含有包涵体的红细胞成熟并被释放至外周血，但当它们通过微循环时容易被破坏；包涵体还影响红细胞膜的通透性，从而导致红细胞的寿命缩短。贫血和缺氧刺激红细胞生成素的分泌量增加，促使骨髓增加造血，因而引起骨骼的改变。贫血使肠道对铁的吸收增加，加上反复输血，使铁在组织中大量贮存，导致含铁血黄素沉着症；中间型 β 地贫是某些 $β^+$ 的纯合子或双重杂合子，其病理生理改变介于重型和轻型之间。轻型 β 地贫是 $β^0$ 或 $β^+$ 的杂合子状态，病理生理改变极轻微。

二、诊断要点

地贫基因型和表现型均多样化，差异很大。临床上常根据症状及体征的轻重分为轻型、中间型和重型；而基因型又可分为纯合子型和杂合子型。

（一）临床特点

1. β珠蛋白生成障碍性贫血

（1）重型（Cooley 贫血）：婴儿期发病，进行性贫血，面色苍白，黄疸，消瘦，腹部逐渐隆起，肝、脾进行性肿大。以上症状随年龄增长而逐渐明显。因为骨髓代偿性增生可形成特殊外观：头大，额、顶、枕骨隆起，两颊突出，鼻梁低平，两眼距离增宽。骨骼改变遍及全身，骨髓腔变宽，骨皮质变薄。未经治疗患者于幼年即死亡，死亡原因多为贫血、感染、晚期血色病所致脏器损害。如能存活至性发育期，常因发育障碍而无第二性征，其他内分泌功能障碍亦较常见。

（2）中间型：多数在幼年出现症状，贫血程度不一，脾轻度至中度肿大，骨髓可有轻度改变。这种病人常需长期输血来维持生命。性发育较迟但仍能成熟，多数患者可存活至成年。

（3）轻型：多数患者无症状，少数可有轻度贫血，脾不大或轻度肿大。生长发育正常，无骨骼改变，一般在家族调查或普查时发现。

2. α珠蛋白生成障碍性贫血

（1）重型（HbBart's 胎儿水肿综合征）：妊娠 30～40 周时，胎儿死亡流产或早产后死亡。胎儿全身水肿、苍白，轻度黄疸，肝脾肿大，腹水，胸腔及心包亦常有积液，心脏扩大，胎盘大而易碎。

（2）中间型（HbH 病）：起病年龄差异较大，多数患者在 1 岁左右开始出现症状，主要表现为轻度、中度慢性贫血，可间歇发作黄疸，约 2/3 患者有肝脾肿大。因感染或其他原因可加重贫血，甚至发生"溶血危象"。一般无发育障碍，骨骼改变极轻，常并发胆石症。出生时 HbBart's 占 25%。

（3）轻型：轻度贫血。出生时脐血 HbBart's 占 3.4% ~ 14.0%，出生后 6 个月内消失。

（4）静止型：患者无任何临床症状，但有轻微血细胞形态等改变。出生时脐血 HbBart's 约占 1% ~ 2%，出生后 3 个月消失。

（二）实验室检查

1. β珠蛋白生成障碍性贫血

（1）重型

1）血象呈小细胞低色素性贫血。红细胞形态大小不等、异形，其中以泪滴样红细胞为多见。大多有靶形红细胞、点彩红细胞、多嗜性红细胞，外周血可见有核红细胞。网织红细胞增高。感染时白细胞增高，有脾功能亢进时，血小板、白细胞可降低。

2）骨髓象呈红系细胞高度增生，以中、晚幼红细胞为主，铁粒幼红细胞增多。

3）红细胞渗透脆性降低。

4）血红蛋白分析：主要血红蛋白为 HbF，大多数病例占 60% 以上，有的甚至高达 100%，血红蛋白 A_2 可增高、正常或减少，一般为 1.4% ~ 4.1%，其余的为血红蛋白 A。

（2）中间型：血象和骨髓象如重型。红细胞渗透脆性降低。HbF 增高（3% ~ 8%），HbA_2 可正常或轻度增高，一般不超过 5%，其余为血红蛋白 A。

（3）轻型：红细胞轻度形态改变。红细胞渗透脆性正常或降低。HbA_2 增高（3.5% ~ 6%）是本型特点，HbF 正常。

2. α珠蛋白生成障碍性贫血

（1）重型：小细胞低色素性贫血；血红蛋白几乎全部是 Hb-Bart's（γ_4），可有微量 HbH，无 HbA 及 F。

（2）中间型：血象及骨髓象改变似 Cooley 贫血；HbH 约占 5%～40%，HbA$_2$ 减少，HbF 大多在正常范围，其余为 HbA；红细胞渗透脆性降低；变性珠蛋白小体阳性；包涵体生成试验阳性。

（3）轻型：红细胞形态有轻度改变；红细胞渗透脆性降低；变性珠蛋白小体阳性；包涵体生成试验阳性；HbA$_2$ 和 HbF 正常或轻微减少。

（4）静止型：红细胞形态正常；血红蛋白分析无异常。

（三）特殊检查与辅助检查

1．α 与 β 链合成速度测定　　正常时，α 与 β 链合成速度大致相等（α/β = 1.0）。重型地贫，β 链完全不能合成或 α 链的合成速度超过 β 链的数倍，甚至高达 15 倍；杂合子 β 地贫 α/β 合成速率比约为 2.0～2.5。HbH 病 α/β 合成速率比减少到 0.3～0.6；HbBart's 综合征完全无 α 链合成；静止型 α 地贫 α/β 合成速率比接近正常。

2．DNA 分析　　用于地中海贫血基因诊断的 DNA 分析方法主要有限制性内切酶酶谱、限制性片断长度多态性连锁分析、寡核苷酸探针杂交、聚合酶链反应、反向点杂交等。

（1）限制性内切酶酶谱：主要用于各种缺失型海洋性贫血基因诊断。

（2）限制性片断长度多态性连锁分析：利用限制性长度多态性，用几种限制酶切割可将 β 珠蛋白基因切断，并与相应珠蛋白基因探针杂交后，可进行限制酶酶谱分析。个体间不同的限制性片断长度组合，称为单体型。地贫不同的分子缺陷部有相对应的单体型。国内已鉴定出中国地中海贫血的 8 种 β 单体型，其中 3 种与国外文献报道的中国人 β 地中海贫血单体型相同。

（3）寡核苷酸探针杂交：人工合成与已知点突变 DNA 序列互补的寡核苷酸探针及相应片断正常 β 基因探针，利用此一对探针与患者 DNA 片断杂交，由于只有核苷酸顺序完全相同者才能杂交，故可查出患者是否具有已知的 β 地贫点突变。

（4）聚合酶链反应：利用聚合酶链反应，在体外可把欲测

DNA 扩增数十万倍。用扩增的 DNA 进行上述各种 NDA 分析，可大大提高基因诊断的敏感性。

（5）反向点杂交：用固化了多种特异 ASO 探针的膜条与扩增靶序列杂交，使一次杂交可同时查出被检 DNA 中多种突变，可大大提高基因诊断的效率。

3．Southern 印记杂交诊断　用于缺失型 α 地贫的诊断。准确性高，但过程烦琐。

4．X 线检查　掌骨、指骨骨髓腔增宽，长骨皮质变薄，以后可见颅骨骨板变薄、颅板间有放射状骨刺。

（四）鉴别诊断

1．缺铁性贫血　常有缺铁诱因，血清铁蛋白含量降低，红细胞游离原卟啉增高，骨髓外铁粒幼红细胞减少，铁剂治疗有效，血红蛋白电泳可资鉴别。

2．慢性感染性贫血　有感染、炎症史及相应临床表现；贫血有时仅为小细胞性；无溶血、网织红细胞正常或减少、血清铁（SI）、总铁结合力（TIBC）、运铁蛋白饱和度（TS）均下降，血清铁蛋白（SF）、红细胞游离原卟啉（FEP）增高；铁粒幼红细胞减少，细胞外铁增高。

3．铁粒幼红细胞性贫血　顽固贫血，铁剂治疗无效，个别病例维生素 B_6 治疗有效；无溶血，网织红细胞正常或下降；骨髓细胞外铁增加，铁粒幼红细胞增加，可见环状铁粒幼红细胞；SI、SF、FEP 升高、TIBC 正常或下降。

4．肝炎、肝硬化　肝炎病毒检查，红细胞形态及血红蛋白电泳可资鉴别。

三、治疗要点

（一）输注浓缩红细胞

先反复输浓缩红细胞，使患儿 Hb 含量达 120～140g/L，然后每隔 2～4 周输注浓缩红细胞 10～15mL/kg，使 Hb 含量维持在 100g/L 以上，以维持患儿正常生长发育。对无机会进行造血干细胞移植的患者不失为有效的治疗方法。其缺点是：需终身治疗，费用昂贵；易出现输血副反应，尤其是输血传染病和铁超负荷等。

（二）铁螯合剂

高量输血易导致含铁血黄素沉着症，应同时使用铁螯合剂治疗。常用去铁胺（Deferoxamine，DFO）：1 岁内使用可致骨骼畸形、生长抑制的发生率明显提高，一般主张 2～3 岁后或患儿接受 10～20 次输血后并有铁负荷过重的证据（SF > 1 000μg/L）才开始除铁治疗。剂量每日 20～50mg/kg，加注射用水或生理盐水稀释，用便携式输液泵每日（或每晚）腹壁皮下注射 8～12h，或用等渗葡萄糖液稀释后静脉点滴 8～12h，每周连用 5～6 天。用药前后应作血清铁蛋白（SF）、尿铁的监测。若 SF > 3 000μg/L 或者有铁负荷继发心脏病时，可予 DFO50～70mg/（kg·d）持续 24h 静脉滴注。长期应用以控制铁蛋白在 1 000～2 000μg/L 之间为理想。使用铁螯合剂时加用 VitC 口服可增加尿中铁的排泄量 1 倍，一般每日口服 100～200mg。DFO 的毒副作用有注射局部反应、皮疹、疼痛等，长期应用可致白内障、长骨发育障碍。

口服铁螯合剂是近 10 多年研究热点之一，deferiprone（L1）是第一个口服铁螯合剂，已在多个国家试用并于 1995 年在印度批准上市，但对其去铁疗效仍有争议，普遍认为疗效不及 DFO，且有粒细胞减少、关节病、胃肠道反应和锌缺乏等副作用，因而影响其广泛应用。

其他口服铁螯合剂，如多价阴离子胺（HBED）、2,3 - dihydroxybenzoic acid（2,3 - DHB），疗效也不够理想；多价氮替代物（IR coll）正在开发中；新口服铁螯合剂 ICL670A 正在临床实验阶段。新近提出联合用药可增加病人的依从性和疗效，如口服 L1 4 天后在周末加 2 天 DFO，L1 加 HBED 等。

（三）造血干细胞移植（HSCT）

是当前临床上根治本病的唯一方法，包括骨髓移植、脐带血移植、外周血造血干细胞移植和宫内 HSCT 造血干细胞移植。

（四）脾切除、大部分脾栓塞术和脾动脉结扎术

适应证：①输血量日渐增多，每年的输血量 > 220mL/kg。②脾功能亢进。③巨脾引起压迫症状。④年龄应在 5 岁以上。对重型 β 地贫伴脾功能亢进者能减少输血的需要量并减少体内铁负荷。对 HbH 病，中度或重度贫血（Hb < 80g/L）无黄疸的患者，行脾切除术疗效较佳，可使 Hb 上升至 90 ~ 110g/L。

为避免脾切除后继发免疫功能低下和凶险的感染，可行大部分脾栓塞术和脾动脉结扎术。

（五）活化基因疗法

是广义的基因治疗。

1. 药物基因调控治疗

（1）α 肽链合成抑制剂：异烟肼对轻型和中间型患者的疗效较好，但停药后疗效即自然消失；对重型疗效差或无效。剂量为每日 25 ~ 50mg/kg，7 ~ 14 天为 1 疗程。

（2）γ 基因活化治疗：5-氮胞核苷、羟基脲、丁酸盐、阿糖胞苷、马利兰等都有治疗 β 地贫的研究报告。其中以羟基脲（HU）的研究报告最多，效果也较好。羟基脲是一种低毒和可有效增加 γ 珠蛋白链和 β 珠蛋白链合成，从而导致血液学和临床症状明显改善，初步研究显示主要对某些 β 地贫基因缺陷类型有效：①-28/654-2 或 -28/41-42 双重杂合子，β-28 纯合子；②IVS-654（C→T）突变中间型 β-地贫；③HbE/β-28 双重杂合子。5 ~ 7 天显效，Hb 上升水平约 20 ~ 45g/L。中间型效果明显，重症者一般初期效果明显，随治疗时间延长，效果渐差，故有待进一步研究。

2. 反义核酸或多肽核酸治疗　　最新研究发现有可能成为治疗的新途径。

3. 造血生长因子治疗　　Epo 对重新激活 HbF 的作用仍有争议。

（六）基因替代治疗

目前困难在于本病的异质性较高，很难有针对性的基因替代；

用作靶细胞的造血干细胞在体外难以长期培养保持增殖活性；造血干细胞的基因转导率低；目的基因难以适当有效的表达等。近年研究发现：脐血造血干细胞具有外源基因转导率高，表达稳定的特点，有可能成为新的基因治疗靶细胞。

（七）中药治疗

国内 303 医院、中国中医研究院广安门医院及中国医学科学院血液研究所等单位采用中药"益髓生血灵"治疗 β 地贫，使患儿的 Hb、HbF、网织红细胞升高，减少输血。进一步实验研究证明，该方能促进红细胞生成素和造血生长因子的释放，提高珠蛋白链 $\gamma/\beta + \gamma$ 比值，从而改善 β 地贫患者临床症状。

异常血红蛋白病

异常血红蛋白病是由于遗传缺陷致珠蛋白肽链一级结构一种或一种以上结构异常，部分或完全替代了正常的血红蛋白的一组疾病。至今发现了有近 600 种不同的血红蛋白结构变化，其中约有 25％致病。异常 Hb 引起的临床表现可分 4 类：①多聚性血红蛋白病（如镰状细胞病）。②不稳定血红蛋白病。③高铁血红蛋白血症（HbM 病）。④Hb 氧亲和力增高（伴有红细胞增多症）或减低（家族性紫绀）。

镰状细胞病

一、概述

镰状细胞病又称血红蛋白 S 病（HbS 病），多见于非洲和美洲黑人的慢性溶血性贫血，为常染色体显性遗传。

病因：HbS 病是由于 β 珠蛋白基因点突变所致，β 链第 6 个氨基酸上的谷氨酸被缬氨酸所取代，在脱氧状态下血红蛋白 β6 缬氨酸和其相近分子的 β 链上的互补区之间相互作用可导致形成一高度有条理的分子聚合体，进而形成杆状类晶团聚体的一种半固体凝胶，因而使红细胞在低氧分压部位形成镰刀状，即红细胞镰变，扭转变形而又不能屈曲的红细胞，粘附于血管内皮，并堵塞小动脉与毛细血管形成阻塞与梗死。红细胞镰变呈可逆性，当氧合正常时，红细胞可复原；但如镰变时间延长，最终可导致血红蛋白破坏，形成包涵体沉积于红细胞内，造成红细胞膜僵硬、变形性极差，不能耐受循环中的机械损伤，当其进入循环后发生溶血现象。

二、诊断要点

（一）临床特征

纯合子状态（即镰状细胞贫血，HbSS）的临床症状是由于贫血和血管阻塞所致组织缺血和梗死而引起的。生后 2~4 个月可逐步出现严重的溶血性贫血，轻度黄疸，常合并胆石病；生长和发育受损，躯干短、四肢较长，而且有塔形颅；肝、脾肿大；可发生骨痛危象；急性胸部综合征是 5 岁以上患者主要的死亡原因。对感染的易感性增高，急性感染（特别是病毒感染）期间，可发生"再障危象"。

杂合子（镰状细胞特征，HbAS）患者一般无症状，但在持续剧烈运动时，可能使横纹肌溶解症发生率增高并可突然死亡。常有低渗尿、单侧血尿，常来自左肾，自限性。

（二）实验室检查

1. 镰变试验　　在经防干燥或经还原剂（例如焦亚硫酸钠）处理过的未染色血滴中找到镰状红细胞（新月状红细胞，常有拖长或锐角状的尾巴）为特征性诊断。

2. 骨髓增生活跃，以幼红细胞为主，严重感染时可出现再生障碍。

3. 血红蛋白电泳　　纯合子状态表现为 HbS 伴数量不等的 HbF；杂合子表现为 HbA 与 HbS（HbA 较 HbS 多）同时存在。

4. X 线检查　　颅骨的板障增宽，板障小梁呈"太阳射线"状的放射线纹。长骨的皮质层常增厚，致密度不均匀，髓腔内有新骨形成。

（三）鉴别诊断

镰状细胞贫血的许多症状如下肢疼痛、心脏杂音、肝脾肿大和贫血等，在临床上要与风湿热或类风湿性关节炎、骨髓炎和白血病相鉴别。

三、治疗要点

治疗主要是对症地预防镰状细胞贫血的严重并发症。

1. 输红细胞　　适用于存在心肺症状或体征，特别是在血红蛋白 < 50g/L 时。

2. 防治感染　　注射多价疫苗、预防性地使用抗生素。

3. 治疗疼痛危象　　可给予包括麻醉剂在内的镇痛剂。

4. 骨髓移植疗法　　少数病例取得成效，然而神经系统后遗症似有增加。

5. γ 基因活化治疗　　已在一些病儿实验应用中，获得较好的结果（参阅地中海贫血）。

6. 基因疗法　　是最有希望治愈本病的措施，目前仍在实验阶段。

不稳定血红蛋白病

一、概述

不稳定血红蛋白病（UHb）又称先天性亨氏小体性贫血，为常染色体显性遗传，至少已发现有 80 余种。Hb 的珠蛋白 α 链或 β 链发生某个氨基酸被置换或缺失，使 Hb 分子变得不稳定，容易自发（或在氧化剂作用下）变性形成变性珠蛋白小体（Heinz 小体），Heinz 小体粘附在红细胞膜上，导致了膜通透性增加；另外，由于变形性降低，当红细胞通过微循环时，红细胞被阻留破坏，导致血管内、外溶血。

二、诊断要点

1. 临床特点　　临床表现与 Hb 不稳定程度、产生高铁血红蛋白的多少以及 UHb 氧亲和力大小有关。轻者可无症状，或因服用某些药物、氧化剂、感染而诱发急性溶血，甚至发生"溶血危象"；重者最早在生后 3～6 个月发生溶血性贫血、黄疸、肝脾肿大，尤其脾肿大明显；排黑褐色尿；部分类型可伴有紫绀。

2. 实验室检查

（1）血象：红细胞大小不均，有异形及靶形红细胞；网织红细胞增多。

（2）部分病例血红蛋白电泳可发现异常区带。

（3）热变性试验及异丙醇试验阳性；异丙醇试验沉淀 UHb，取沉淀物作肽链分析以确定变异型。

（4）红细胞变性珠蛋白小体及煌焦油蓝包涵体试验阳性。

（5）尿双吡咯试验阳性。

三、治疗要点

无根治疗法。反复溶血者，可给予口服叶酸；及时控制感染；急性溶血发作时输血治疗；避免服用氧化性药物；脾切除对部分病人，特别是对有重度脾肿大的患儿有效。

伴氧亲和力异常的血红蛋白病

此类血红蛋白病是由于肽链上氨基酸替代而使血红蛋白分子与氧的亲和力增高或降低，导致运输氧功能改变。

1. 高亲和力血红蛋白病　　Hb 与氧亲和力增高，氧离曲线左移，输送给组织的氧量减少，可促进促红细胞生成素的产生，导致红细胞增多症，患者血红蛋白水平一般在 160～190g/L。该类疾病有近 100 种异常血红蛋白。多数高亲和力血红蛋白病患者仅有轻度红细胞增多，无需治疗；血液粘滞度显著增高者可静脉放血治疗。

2. 低亲和力血红蛋白病　　Hb 与氧亲和力降低，氧离曲线右移，使动脉血的氧饱和度下降，严重者可引起紫绀症状。一般无需治疗；紫绀严重可输血纠正。

遗传性高铁血红蛋白病（HbM）

HbM 是因肽链中与血红素铁原子连接的组氨酸或邻近的氨基酸发生了替代，导致部分铁原子呈稳定的高铁状态，从而影响了正常的带氧功能，使组织供氧不足，导致临床上出现紫绀和继发性红细胞增多，患者的血液呈棕色，无溶血症状。本病呈常染色体显性

210

遗传，我国已发现有 M 上海$_1$、上海$_2$。

Hb 电泳：β 链异常：HbM 30%～40%，HbA50%，MHb－M15%～20%。

α 链异常：HbM15%～20%，HbM－M7%～10%。

本病应与先天性 MHb、获得性 MHb、GSH 生成障碍症鉴别。

每天口服维生素 C 200～500mg，可以逐步减少高血红蛋白并减轻紫绀的程度。

（薛红漫）

第四节　遗传性粒细胞疾病

粒细胞减少症

中性粒细胞减少症（neutropenia），简称粒细胞减少症，是由于外周血中中性粒细胞绝对值减少而出现的一组综合征。中性粒细胞绝对计数在成人及儿童低于 $1.5 \times 10^9/L$，生后 2 周至 1 岁婴儿的中性粒细胞绝对计数低于 $1 \times 10^9/L$，即可诊断为中性粒细胞减少症。本病可同时伴有或不伴有白细胞减少。当中性粒细胞明显减少甚至缺如，并伴有白细胞数减少时，称为粒细胞缺乏症（agranulocytosis）。粒细胞减少症的主要合并症为感染，尤其是细菌感染。

婴儿遗传性粒细胞缺乏症

一、概述

婴儿遗传性粒细胞缺乏症（infantile genetic agranulocytosis，IGA），亦称致死性婴儿粒细胞缺乏症。1956 年由 Kostmann 首先描述，故又称为 Kostmann 综合征。婴儿遗传性粒细胞缺乏症是一种常染色体隐性遗传病，临床表现为粒细胞严重缺乏，发病机制不明。

二、诊断要点

1. 临床特点　新生儿期即可发病，病情严重。反复发生细菌感染，以皮肤疖、痈最常见，但不出"脓头"。常并发中耳炎、乳突炎、牙龈炎、肠炎、肺炎、腹膜炎及败血症等。虽然用强有力的抗生素治疗可暂时控制感染，但很快又复发。患儿一般不到1岁就死亡。另外，家族中可能有类似患者。

2．实验室检查

（1）血象：外周血中中性粒细胞完全消失或减少，其绝对计数常低于 $0.2 \times 10^9/L$，但白细胞总数可以正常或增加，单核细胞和嗜酸性粒细胞代偿性增加，可达白细胞总数的50%以上，血小板正常，中度贫血较常见。

（2）骨髓象：骨髓增生活跃、明显活跃或减低；中性粒细胞成熟障碍，停滞在中幼粒细胞以前阶段，很少见到成熟的中性粒细胞，但可找到成熟的嗜酸性或嗜碱性粒细胞；早幼及中幼粒细胞胞质有空泡变性，并出现核异常；淋巴细胞及浆细胞增多，红系与巨核系正常。

3．特殊检查与辅助检查

（1）骨髓体外培养：患儿的骨髓进行体外培养，显示 CFU-GM 集落数正常，粒细胞系成熟障碍，但有些病例则成熟正常。

（2）肾上腺素试验：氢化可的松刺激试验无反应。

三、治疗要点

本病的治疗主要是防止继发感染，一旦感染发生即应选用强有力的抗生素控制感染。近年证实粒细胞集落刺激因子有效，异基因骨髓移植治疗正在探索中。

1．防止继发感染　在患儿无发热、无明显感染征象时，不需住院治疗，以减少交叉感染发生率。尽量减少损伤性医疗操作，采取预防感染措施如不测肛温，以免刺激直肠黏膜而导致肠道细菌由局部进入血循环。当粒细胞计数低于 $0.5 \times 10^9/L$ 时，患儿应严格隔离，可予层流床，定期紫外线照射病室，注意患儿口腔清洁。当粒细胞计数低于 $0.2 \times 10^9/L$ 时，要防止肠道感染，一切食物及用具均应消毒。

2. 抗生素的应用　　一旦感染发生即应选用强有力的抗生素治疗，抗生素的剂量宜大，使其血药浓度达到杀菌水平。在病原菌未找出之前，应选用能覆盖革兰氏阳性菌及革兰氏阴性菌的抗生素；如病原菌已明确，可根据药敏试验选用抗生素。

3. 粒细胞集落刺激因子（rhG-CSF）　　它具有促进骨髓粒细胞系造血干细胞向中性粒细胞增殖分化与成熟，动员成熟中性粒细胞向外周血释放等作用。剂量为 $5\mu g/kg$ 或 $200\mu g/m^2$，加 5% GS 静脉滴注，每日 1 次；或 $2\mu g/kg$ 皮下注射，每日 1 次；直至中性粒细胞计数上升至 $0.5 \times 10^9/L$ 后可停药。rhG-CSF 应用后，一般均能使外周血中性粒细胞增加，快则 3~5 天，慢则 1~2 周，从而大大降低感染的发生率及减轻感染的严重程度。在剂量 $< 5\mu g/(kg \cdot d)$ 时副作用很小，偶有转化为白血病的报告。

4. 峰龄胶囊　　峰龄是峰龄孢子经深层发酵后提取而成，有诱导造血干细胞产生、刺激骨髓造血和增加骨髓中的中性粒细胞向外周释放的作用。剂量：2 岁以上，不论年龄，第 1 周每日 3 次，每次 1g；第 2~4 周，每日 2 次，每次 1g，疗程一般 30 天左右。本药无明显毒副作用，对各种中性粒细胞减少症均可试用。

5. 输注粒细胞　　由于粒细胞输注副作用多，且输入的粒细胞寿命短，因此只限于抢救时应用。患儿合并严重感染，用抗生素不能控制，以及用 rhG-CSF 未能提升粒细胞至 $0.5 \times 10^9/L$ 时，可考虑粒细胞输注。每次输入粒细胞数至少要达到 1.0×10^{10} 个，由于粒细胞在外周血中半衰期仅为 6~7h，故需每天输注 1 次，连续输注 3~4 天。

6. 异基因骨髓移植　　曾有骨髓移植治愈的报道，其广泛应用尚在探索中。

家族性慢性良性粒细胞减少症

一、概述

家族性慢性良性粒细胞减少症（familial chronic benign neutropenia）亦称自身免疫性中性粒细胞减少症，既往亦称之为懒惰白细胞综合征。为常染色体显性遗传性疾病,偶有隐性遗传的报告。经过良好,是4岁以内最常见的中性粒细胞减少类型。

二、诊断要点

1. 临床特点

(1)本病中位发病年龄为生后8个月到11个月,发病年龄范围从生后2个月到54个月,无性别差异。

(2)临床表现差异大,一些患儿可无临床症状,部分患儿可表现为严重感染。通常表现为并不严重的皮肤感染、上呼吸道感染、蜂窝织炎等,抗生素治疗效果良好。

2. 实验室检查

(1)血象:白细胞数正常或轻度降低,中性粒细胞数减少,可低至 $0.15 \times 10^9/L \sim 0.25 \times 10^9/L$,常伴单核细胞及淋巴细胞相对增加,偶尔嗜酸性粒细胞增多,红细胞及血小板正常。

(2)骨髓象:骨髓增生正常,但粒系细胞成熟障碍,停滞在中幼粒细胞阶段。

3. 特殊检查与辅助检查

(1)骨髓细胞体外培养:CFU-GM减少。

(2)应用联合免疫荧光和凝集试验技术,几乎所有患儿可检测到抗中性粒细胞抗体。

4. 鉴别诊断　　根据中性粒细胞数持续减少、骨髓象增生正常、肾上腺素刺激几乎不引起外周血中性粒细胞计数增加、抗中性粒细胞抗体阳性等特点诊断并不困难。但如果存在细胞介导免疫缺陷病的临床征象时,应进行T淋巴细胞检查;另外也应进行免疫球蛋白检测以排除低丙种球蛋白血症。

三、治疗要点

(1)对无症状或症状轻微患儿,一般不需要预防性应用抗生素,也不必限制活动。但对部分反复化脓性中耳炎患儿,可预防性使用百炎净。

(2)有明显感染征象时,可使用广谱抗生素抗感染,但应高度警惕金黄色葡萄球菌感染的可能。

（3）如果患儿中性粒细胞计数很低，并发严重感染，在应用抗生素的同时，合理使用 rhG-CSF 对控制感染有帮助。

（4）感染严重的患儿可予静脉输注丙种球蛋白。

（5）激素治疗：强的松 $1\sim2mg/(kg\cdot d)$，有一定效果。

中性粒细胞减少伴免疫球蛋白异常血症

一、概述

中性粒细胞减少伴免疫球蛋白异常血症（granulocytopenia associated immunoglobulin abnormality）系一种性联隐性遗传性疾病，约半数患者有家族史。

二、诊断要点

1．临床特点　　生后即可发病，临床表现轻重不一。一般皆有反复发生细菌感染的病史，部分病例可表现为湿疹、多发性关节痛，部分患者可有轻度脾肿大。

2．实验室检查

（1）血象：持续性或周期性中性粒细胞减少，约半数有代偿性单核细胞增多。

（2）骨髓象：粒系成熟障碍，停滞于中幼粒细胞阶段，偶见晚幼粒细胞。

（3）血浆免疫球蛋白检查示 IgA 和 IgG 缺如，但 IgM 正常或增高。

（4）可合并 Combs 试验阳性的溶血性贫血和血小板减少。

三、治疗要点

本病预后不良，大多在早年死于感染。治疗原则主要为预防感染，一旦感染发生应予积极抗感染治疗，也可予 rhG-CSF 和丙种球蛋白支持治疗，另外可试行造血干细胞移植。

周期性中性粒细胞减少症

一、概述

周期性中性粒细胞减少症（cyclic neutropenia）是一种周期性发

作中性粒细胞减少伴各种感染的先天性疾病。其遗传方式为常染色体显性遗传，可散发或家族性发病。多数于婴儿时期开始发病，男女发病率无明显差别。有研究表明本病可能是多能造血干细胞的调节缺陷所致。

二、诊断要点

1. 临床特点

（1）周期性发作中性粒细胞减少，严重时中性粒细胞计数可降至零，每次发作 3~10 天，间歇期约 21 天，反复发作。

（2）发作期表现为全身不适、发热、口腔咽部溃疡、肺炎、疖肿等，部分病例可伴有脾肿大、颈淋巴结肿大。发作间歇期正常。

2. 实验室检查

（1）血象：发作时中性粒细胞减少，严重者其绝对值小于 $0.2 \times 10^9 /L$，甚至完全消失，多伴有单核细胞及嗜酸性粒细胞计数增加。少数病例红细胞及血小板可有相似的周期性改变。

（2）骨髓象：骨髓检查发现在中性粒细胞减少前，粒系前身细胞先消失；在中性粒细胞开始恢复时，粒系前身细胞也提前出现。即骨髓粒细胞系呈周期性的成熟停滞，缺少晚期粒系祖细胞。

三、治疗要点

（1）注意口腔及皮肤清洁卫生，预防感染。

（2）感染时适当选用抗生素治疗。

（3）粒细胞严重减少合并感染时，可应用 rhG-CSF 或 rhGM-CSF 治疗。

（4）肾上腺皮质激素对部分病例有效。

（5）约 35%~50% 的患者做脾切除后症状有所改善。

（6）骨髓移植治疗在动物试验中获得成功，但对人类需慎重权衡利弊。

胰功能不全伴中性粒细胞减少症

一、概述

胰功能不全伴中性粒细胞减少症（neutropenia with exocrine pancreatic insufficiency）又称 Schwachman-Diamond 综合征，系常染色体隐性遗传性疾病。

二、诊断要点

1. 临床特点

（1）从新生儿期就开始出现症状，至儿童期因胰腺外分泌缺陷呈典型吸收不良综合征。临床表现为身材矮小、营养不良、不同程度的脂肪泻，常因干骺软骨发育不良，导致步态异常。

（2）由于中性粒细胞减少，患儿容易发生反复细菌感染，如中耳炎、肺炎等。

2. 实验室检查

（1）血象：外周血中性粒细胞计数常小于 $0.2 \times 10^9/L$，血小板减少罕见，偶见贫血。

（2）X 线检查：骨骺端发育不全。

三、治疗要点

（1）支持治疗及胰腺外分泌的补充治疗。

（2）预防感染，一旦感染发生应积极抗感染治疗。

（3）中性粒细胞严重减少合并感染时，可短期应用 rhG - CSF 治疗。

（4）异基因造血干细胞移植治疗可望治愈。

粒细胞功能缺陷

慢性肉芽肿病

一、概述

慢性肉芽肿病（chronic granulomatous disease，CGD）是由于吞噬细胞功能障碍而引起的一种遗传性免疫缺陷病。大多数患者为性联隐性遗传，少数为常染色体隐性遗传。本病比较罕见，发病率约为 1/500 000。

病因及发病机制：本病的发病机制尚不完全清楚。患儿的中性粒细胞、单核细胞、巨噬细胞和嗜酸性粒细胞吞噬功能正常，但由于这些细胞内呼吸爆发氧化酶缺陷，使所产生的具有杀菌作用的过氧化氢生成减少，对吞噬进来的细菌碘化作用减弱，故杀灭细菌的能力减弱。当过氧化氢酶阳性的微生物如金黄色葡萄球菌、大多数革兰氏阴性肠道杆菌以及白色念珠菌侵入粒细胞后，由于体液免疫抗体及多种抗生素均不能穿透细胞膜，细菌则在粒细胞内繁殖，且随血循环播散到全身单核巨噬细胞系统内，从而形成慢性肉芽肿病。对于过氧化氢酶阴性的细菌如链球菌、肺炎球菌，由于它们本身能产生过氧化氢，从而可以被粒细胞杀灭。

二、诊断要点

1. 临床特点

(1) 发病年龄多在 2 岁以内，轻者亦可延至成年才发病。

(2) 患者常发生反复、严重的化脓性细菌感染和真菌感染，这些感染可由正常情况下非致病的微生物引起。本病的另一特征是患者易发生慢性炎症性肉芽肿，这些肉芽肿可广泛分布于全身各组织。主要的感染部位是与外界相通的组织器官，如肺、皮肤、胃肠道及与引流这些器官的淋巴结。最常见的病原体包括金黄色葡萄球菌、曲霉菌属和各种革兰氏阴性菌。

(3) 约 1/3 病例有肛周脓肿、肛瘘。可有肉芽肿性结肠炎，胃窦部肉芽肿性梗阻及梗阻性尿路病。

(4) 常伴有发热、食欲减退、乏力、贫血以及肝、脾、淋巴结肿大等全身症状。

(5) 少数患者可伴自身免疫性疾病，如幼年性类风湿性关节炎、系统性红斑狼疮等。

2. 实验室检查

(1) 血象：白细胞总数及分类无异常，常有轻度贫血。

(2) 体液及细胞免疫功能正常，由于慢性感染，免疫功能代偿性升高，血清 IgA、IgG、IgM 皆高于正常。

(3) 中性粒细胞功能试验

1) 氮蓝四唑试验：正常人的中性粒细胞在吞噬此染料后，能使之还原成紫色的结晶，而在本病的中性粒细胞则不能，在变异型的患者中性粒细胞中，仅含少量的紫色结晶。本病阳性细胞常少于10%（正常为70%~90%）。

2）在专门的实验室，可在正常人中性粒细胞中定量测出呼吸爆发所产生过氧化物的正常值。但在大部分本病患者不能测出，变异型患者，仅能测出正常值的0.5%~10%。

（4）病变部位病理学检查：病变呈肉芽肿与含脂色素颗粒的组织细胞浸润。

（5）其他基本检查：如胸部与骨骼的X线检查，肝脏与脾脏的扫描等，以明确感染部位。

三、治疗要点

1. 积极预防感染　　接受所有常规免疫接种，及时处理伤口及皮肤损伤，口腔清洁及专业口腔护理，回顾性研究显示长期预防性服用百炎净 [5mg/(kg·d)，分1~2次口服] 能减少CGD患者细菌感染的次数。预防性口服伊曲康唑也可以减少肺曲霉菌病的发生率。

2. 积极控制感染　　根据细菌培养及药敏试验结果选用具杀菌作用的敏感抗生素，应大剂量静脉用药，病情控制后应继续给药2~3周以防复发，必要时配合外科手术或引流以清除感染灶。

3. 对于顽固或危及生命的感染，可予正常人粒细胞悬液输注治疗。

4. 重组人γ-干扰素（rIFNγ）对正常吞噬细胞包括微生物杀灭及过氧化氢产生速率在内的许多功能都有增强作用。剂量50μg/m²，皮下注射，每周3次。

5. 异基因造血干细胞移植已有成功治疗CGD的报道，对于经常发生严重感染并经积极治疗效果不佳的患者可考虑行移植治疗。

髓过氧化物酶缺乏症

一、概述

髓过氧化物酶缺乏症（myeloperoxidase deficiency，MPOD）是一种遗传性吞噬细胞内髓过氧化物酶缺陷的免疫性疾病，为常染色体隐性遗传。髓过氧化物酶是吞噬细胞杀菌系统中另一酶系统，本病该酶活性甚低，使中性粒细胞完全缺乏 $MPO-H_2O_2$-卤化物系统的杀菌能力，从而对化脓性细菌及霉菌易感性增加。

二、诊断要点

1．临床特点　　自幼反复发生细菌及真菌感染，但不像儿童慢性肉芽肿那么严重。因为在本病中，中性粒细胞会代偿性积累较正常中性粒细胞更多的过氧化氢，从而加强了其杀菌活性，故患者并不特别易于发生化脓性感染。

2．实验室检查

（1）中性粒细胞过氧化酶染色显示 MPO 活性降低或缺乏。

（2）氮蓝四唑还原试验正常。

三、治疗要点

因本病临床经过并不严重，故治疗主要为预防感染，如有感染发生，应予敏感抗生素积极抗感染治疗。

Chediak-Higashi 综合征

一、概述

Chediak-Higashi 综合征（Chediak-Higashi syndrome）是一种多器官受累的常染色体隐性遗传性疾病。临床以眼与皮肤局部白化症、反复细菌感染、粒细胞出现粗大的溶酶体、与视交叉缺损相关的外周或颅内神经病变为特征，相当多的患者可有血性腹泻。

二、诊断要点

1．临床特点

（1）多数在婴儿期发病，但也可以在较大儿童，病变处于加速期时发病。

（2）局部白化症：头发、眼睛、皮肤色素减退，畏光，容易发生严重的晒伤，眼球震颤，多汗。

（3）反复发作的皮肤、呼吸道、黏膜感染，多为过氧化氢酶阴性细菌（链球菌、肺炎球菌、流感嗜血杆菌）的化脓性感染，亦有革兰氏阳性菌、病毒及真菌的感染。

（4）多有轻度出血倾向，临床表现为紫癜、肠道出血、鼻衄。

（5）中枢神经系统症状：轻瘫、感觉丧失、小脑性手足不灵、发作性行为异常及智力迟钝。

（6）患者在病程晚期可出现一个加速期，以肝、脾、骨髓中淋巴细胞的增生为特征。此期可出现于任何年龄，表现为肝、脾肿大，高热而无脓毒血症。

2．实验室检查

（1）血象：贫血，中性粒细胞减少，中性粒细胞、单核细胞及淋巴细胞胞浆中易见巨大的过氧化酶阳性的嗜苯胺蓝颗粒，这样的颗粒即是诊断本综合征的重要依据；病程早期无血小板减少，病程进入加速期后，血红蛋白及中性粒细胞进一步减少，血小板亦减少并含粗颗粒。

（2）骨髓象：骨髓细胞内亦可见到巨大的溶酶体颗粒，有些患者可能由于髓系前体细胞在骨髓内的过度破坏，外周血中异常的中性粒细胞较少，这时必须进行骨髓穿刺检查以确诊。

3．特殊检查

（1）中性粒细胞环核苷酸测定：cAMP 含量显著升高，cGMP 含量降低。

（2）血清溶菌酶含量升高。

三、治疗要点

（1）稳定期的治疗主要为控制感染并发症，可预防性服用百炎净。发生感染时应静脉应用抗生素积极治疗。必要时输中性粒细胞或鲜血。

（2）有报道大剂量维生素 C，20mg/（kg·d），可以增加细胞内 cGMP 含量，从而改善中性粒细胞功能。

（3）加速期治疗相当困难，一般采用长春新碱、强的松、环磷酰胺可诱导暂时缓解。

（4）造血干细胞移植是唯一可治愈本病的方法，且最好在疾病的加速期前进行。

（陈　环　李文益）

第五节 遗传性血小板疾病

遗传性血小板疾病包括血小板数量减少及血小板功能缺陷的一组疾病，发病率极低，且绝大部分均伴有血小板功能缺陷，其功能包括粘附功能，聚集功能及释放功能，遗传方式为 X 性连遗传或常染色体遗传，是一类遗传性出血性疾病。

遗传性血小板减少

一、概述
遗传性血小板减少（hereditary thrombocytopenia）可以是单纯血小板减少或合并血小板功能缺陷。包括单纯血小板减少、巨大血小板病、贮存池病，后两者多合并血小板功能异常，故在"遗传性血小板功能缺陷"中详述。

二、诊断要点
此类疾病诊断的关键是有皮肤黏膜出血的表现加上有血小板方面的实验室检查异常，部分可有家族史。

1. 临床特点

（1）出血：以皮肤黏膜为主，如皮肤瘀点、瘀斑、鼻衄等，大多数婴儿早期无出血表现。

（2）可伴湿疹及免疫缺陷（Wiskott-Aldrich Syndrome）。

（3）X 性连遗传。

2. 实验室检查

（1）血常规中血小板计数降低，其余无异常。

（2）血小板功能检查无异常。

（3）凝血功能无异常。

（4）骨髓巨核细胞数可正常或轻度增加。

三、治疗要点
（1）无特效根治方法，出血时可局部压迫止血，严重时可输血小板浓缩剂或含血小板丰富的血浆。

（2）可用肾上腺皮质激素，有学者提出切脾可使部分患者出血症状减轻。

（3）避免近亲婚配及外伤。

（4）尽量避免使用影响血小板功能的药物，如阿司匹林、非类固醇类消炎药、巴比妥类、潘生丁、右旋糖酐、抗组胺药、阿托品、局麻药及 β-内酰胺抗菌素等。

遗传性血小板功能缺陷

巨大血小板病

一、概述

巨大血小板病（Bernard-Soulier Syndrome）为常染色体隐性遗传。血小板膜上缺乏 GPI_b，此物是 VWF 的受体，缺乏后 VWF 不能结合于血小板表面，致使其粘附功能降低。

二、诊断要点

诊断关键是根据临床出血特点，血小板方面的检查及家族出血史。

1. 临床特点

（1）纯合子有明显出血症状，自幼出血，新生儿期即可发病。一般出血部位在皮肤、黏膜，关节出血少见，重者可有颅内出血。病情可随年龄增长而有减轻趋势。

（2）杂合子无症状。

（3）有家族出血史及近亲婚配。

2. 实验室检查

（1）血小板数正常或轻度至中度减少，形态巨大，直径在 $4\mu m$ 以上，颗粒致密，血小板寿命正常或缩短。

（2）出血时间延长，血块收缩正常。

（3）血小板玻璃珠粘附试验正常或降低。

（4）血小板对 ADP、胶原、肾上腺素的聚集反应正常，而对瑞司托霉素反应缺如。

（5）血小板第3因子有效性常减低。

3．鉴别诊断　　需与血管性假血友病鉴别。

三、治疗要点

参考"单纯血小板减少"的治疗。

血小板无力症

一、概述

血小板无力症（Thrombasthenia，Glanzmann's disease）为常染色体隐性遗传。主要是血小板膜上缺乏两种糖蛋白，GPⅡ$_b$和GPⅢ$_a$，使血小板上纤维蛋白原受体减少，使其聚集功能缺陷。并缺乏血栓收缩蛋白，使血块不能收缩。

二、诊断要点

1．临床特点

（1）杂合子可能无症状。

（2）纯合子常有明显出血表现，可于新生儿期发病。多为中度皮肤黏膜出血，重者可出现颅内出血；女性可有月经过多；外伤、手术后出血不止。出血可随年龄增长而改善。

（3）多见近亲婚配，常有家族出血史。

2．实验室检查

（1）血小板数正常，形态偏大，血涂片上血小板散在分布，不聚集成堆。

（2）出血时间延长。

（3）大多数病人血块收缩不良或不收缩，少数病人可正常。

（4）血小板对 ADP、胶原、肾上腺素及凝血酶聚集明显降低，在瑞司托霉素及 VWF 作用下，起始血小板聚集正常。

（5）血小板玻璃珠粘附率减低。

（6）血小板因子3活性减低。

3．分型　　血小板无力症可分为3型：

Ⅰ型：GPⅡ$_b$/Ⅲ$_a$少于正常5%，血块不收缩。

Ⅱ型：GPⅡ$_b$/Ⅲ$_a$于正常 5%～25%，血块收缩减弱。

Ⅲ型（变异型）：GPⅡ$_b$/Ⅲ$_a$达正常的 40%～100%，但结构异常。

4．鉴别诊断　要注意与获得性血小板无力症及巨大血小板病鉴别。

三、治疗要点

参考"单纯血小板减少"治疗的第 1、3、4 点。

血小板分泌功能缺陷性疾病

此组疾病有贮存池病及"阿司匹林样"缺陷病，均为常染色体显性遗传。

一、诊断要点

诊断关键是根据出血特点，结合血小板方面的检查及家族史。

1．临床特点

（1）轻度至中度出血症状，常表现为鼻出血、月经过多，拔牙及手术后过度出血，无关节出血。

（2）少数出血严重，有时可致死。

（3）一般于儿童和青年期发病。

2．实验室检查

（1）血小板计数正常或轻度减少。在光学显微镜下大部分形态正常。

（2）出血时间延长，有时可正常，血块收缩正常。

（3）血小板玻璃珠粘附率减低。

（4）血小板因子 3 活性减低。

（5）血小板对胶原聚集反应不佳，对 ADP、肾上腺素有 I 相聚集波反应，但第二相聚集波减弱或缺乏。

（6）"阿司匹林样"缺陷的血小板释放物质如 ADP 或血栓素水平降低。

（7）贮存池病的血小板形态在电镜下可见明显空泡，小颗粒减少及致密颗粒缺陷。

以上（1）～（5）为两病共同。

3．鉴别诊断　　要与获得性血小板功能缺陷鉴别。原发疾病因素有：尿毒症、MDS、肝脏疾病、白血病等。药物诱发因素包括引起血小板功能降低的药物，详见"治疗要点"。

二、治疗要点

（1）无特效根治方法。出血严重时可输血小板浓缩剂或含血小板丰富的血浆。

（2）避免近亲婚配及外伤、手术。

（3）尽量避免使用影响血小板功能的药物，如阿司匹林、非类固醇类消炎药、巴比妥类、潘生丁、右旋糖酐、抗组胺药、阿托品、局麻药及 β-内酰胺抗菌素等。

第六节　遗传性毛细血管扩张症

一、概述

遗传性毛细血管扩张症是先天性血管缺陷性疾病之一种，十分少见。此病为常染色体显性遗传。发病年龄从数月至80多岁。

二、诊断要点

诊断关键是以临床表现为主，结合病变部位的辅助检查。

1．临床特点

（1）多发性皮肤、黏膜毛细血管扩张。皮肤黏膜多处暗红或鲜红毛细血管扩张灶，为扁平成簇的细点状、结节状或血管瘤状，边界清楚，重压可退色。扩张灶呈离心性分布，多见于脸、唇、舌、耳、鼻黏膜，手脚掌等。

（2）反复出血病史：多以鼻衄为主要表现，内脏出血以胃肠道出血为主，并可出现多发肺动静脉漏、肝脾动静脉漏、视网膜动静脉漏、脑动静脉漏等。出血情况因人而异，同一患者不同年龄阶段出血表现也不同。

（3）有遗传史。

2．实验室检查

（1）毛细血管镜或裂隙镜：可见表皮及黏膜下有扭曲扩张的小血管团或小血管瘤。

（2）X线摄片、断层摄影、血管造影、B超等，可发现内脏如肝、脾、脑、肾及视网膜等处成簇毛细血管扩张或多处微小血管瘤病变。

（3）血液学检查：一般无特殊改变，如长期反复出血，可出现RBC及Hb轻度降低，出凝血试验无异常。

3．鉴别诊断　　要注意与能引起毛细血管扩张的其他疾病鉴别，如CREST综合征、共济失调性毛细血管扩张症、肝病合并蜘蛛痣、血管扩张性疣等。

三、治疗要点

（1）无特效治疗。

（2）反复鼻衄，可用棉花或纱布蘸血管收缩剂敷表面并加压。消化道出血可口服鞣酸蛋白或果胶。当反复出血致缺铁者，则用铁剂治疗。一般不需输血。

（3）平时避免外伤，注意保持鼻腔清洁。

第七节　遗传性凝血因子异常

血　友　病

一、概述

血友病是一组遗传性凝血活酶生成障碍所致的出血性疾病，为遗传性凝血因子缺乏中最常见。包括血友病甲（Ⅷ因子缺乏）、血友病乙（Ⅸ因子缺乏）及血友病丙（Ⅺ因子缺乏）等3种。发病率以欧美高于亚洲地区，美国为10/10万，我国约3～4/10万，在先天性出血性疾病中占12%（上海）。三种血友病的发病比例是138：20：3（Biggs1968年报告）。血友病甲、乙为隐性伴性遗传性疾病，致病基因在X染色体上，常为隔代遗传，血友病丙为常染色体显性遗传，常为连代遗传，也有人认为是常染色体不完全隐性遗传。

由于血友病甲占绝大多数，故以下以血友病甲为主作阐述。Ⅷ因子是由2个亚单位成分组成，分子量大的亚单位为因子Ⅷ相关蛋白（Ⅷ∶R），或血管性假血友病因子（VWF），由常染色体基因控制。分子量小的部分有因子Ⅷ促凝活性成分（Ⅷ∶C）。血友病甲是由于Ⅷ∶C不足所致。

二、诊断要点

诊断关键是依据临床出血特点、相关因子检查及家族遗传史而确诊。

（一）临床特点

（1）多数病例可发现阳性家族史。

（2）出血：出血多数在婴幼儿期发生，极少数在新生儿期。发病越早病情越严重，出血程度与Ⅷ∶C活性水平有关，＞5%少有自发性出血。出血程度多为皮肤黏膜瘀斑及皮下血肿，且多发生于肌肉、关节腔等深部软组织，其次可出现内脏出血，如消化道、泌尿道、中枢神经系统。出血多为持续性、反复性，严重时一般压迫止血等方法无效。

（3）临床分型：以Ⅷ∶C活性水平分为4型。

1）重型：Ⅷ∶C活性＜2%，自幼出现多部位严重自发性出血，深部出血、关节畸形。

2）中型：Ⅷ∶C活性2%～5%，常在2岁以上发病，表现为创伤后出血严重，偶自发性出血。

3）轻型：Ⅷ∶C活性5%～25%，无自发性出血，于手术后出血不止，无关节畸形。

4）亚临床型：Ⅷ∶C活性25%～40%，无症状，仅在大手术、重伤时才发生中度出血。

（二）实验室检查

3 种血友病的共同特点是凝血检查异常。

1．过筛试验

（1）凝血时间（CT）：不敏感，仅在Ⅷ：C≤1％时才延长。

（2）白陶土部分凝血活酶时间（KPTT）：较敏感，正常值 31～43s，（一般要做正常对照），较正常对照延长＞10s 为异常。

2．确诊试验

（1）简易凝血活酶生成纠正试验（STGT）：正常值为 12±2s，延长＞15s 为异常（见表 7-3）。

表 7-3　STGT 鉴别

纠正物	因子Ⅷ缺乏	因子Ⅸ缺乏	因子Ⅺ缺乏
正常血浆	纠正	纠正	纠正
正常血清	不纠正	纠正	纠正
硫酸钡吸附血浆	纠正	不纠正	纠正

（2）因子活性测定：即Ⅷ因子、Ⅸ因子、Ⅺ因子活性测定，可依此做临床分型。血友病甲的Ⅷ：C/VWF：Ag 比例明显降低。

3．血象　　一般无异常，严重出血时可出现 Hb 降低及 RBC 计数降低。

4．血小板计数、血小板功能、出血时间、血块收缩均正常。

（三）鉴别诊断

（1）关节腔急性出血，出现局部肿、热、痛，要与关节炎鉴别；关节反复出血导致软骨及骨质破坏，关节强直变形，要注意与骨关节结核、关节肿瘤鉴别。

（2）婴儿颅内出血要与脑膜炎、脑炎鉴别。

（3）要与血管性假性血友病（VWD）鉴别（后述）。

（4）排除因子Ⅷ抗体所引起的获得性因子Ⅷ缺乏症。

三、治疗要点

1. 凝血因子补充疗法

（1）鲜血、新鲜或鲜冻血浆：内含全部凝血因子。

（2）冷冻沉淀物：内含因子Ⅷ及因子Ⅰ，可用于血友病甲。

（3）各类因子的浓缩剂：如因子Ⅷ浓缩剂，或因子Ⅸ浓缩剂。

以上各制剂类型每次用量按以下公式计算：

$$\text{所需因子的单位总量} = \frac{\text{病儿体重（kg）} \times \text{欲提高因子水平\%}}{K}$$

K 为常数，用血浆时为 2；冷沉淀物为 1.5；动物因子Ⅷ制品为 1；Ⅸ因子浓缩物为 0.7；PPSB 为 1.2。式中单位是指 1mL 血浆中含 1U AHG，输 1U/kg，可升高血中因子Ⅷ水平 2%（见表 7-4）。

表 7-4　补充血浆Ⅷ：C 水平的标准

出血程度	要求血浆Ⅷ：C 水平
轻度出血（单纯关节、皮下或肌肉出血）	10% ~ 20%
中度出血（尿血、便血、大血肿）	25% ~ 50%
重度出血、大手术	60% ~ 100%

因子Ⅷ的生物半衰期为 8~12h，因子Ⅸ为 30h，因子Ⅺ为 40~48h，为维持相应因子有效止血水平，血友病甲常需每 12h 输 1 次，血友病乙可每天输 1 次，血友病丙可隔天输 1 次。

2. 药物治疗

（1）肾上腺皮质激素：此类药可减少毛细血管通透性，有减轻出血及加速血肿吸收作用。强的松每日 1~2mg/kg，口服，也可地塞米松静脉给药。

（2）抗纤溶药物：此类药可防止已形成的血凝块溶解，常用的有止血环酸、对羟基苄胺等。血尿者忌用，以防泌尿道血块堵塞。

（3）1-脱氨基-8-D 精氨酸加压素（DDAVP）：DDAVP 可使附

着于血管壁上的Ⅷ因子进入血循环，对轻、中度出血有一定疗效，对重型血友病无效。用量为 0.3～0.5μg/kg，加 10～20mL 生理盐水静脉慢推注，间隔 12h 重复注射，每疗程可连续 2～5 次，也可从鼻腔滴入，剂量为上述 10 倍。

四、预防

（1）避免外伤，避免肌肉注射，静脉穿刺抽血后必须压迫 5 分钟以上。

（2）雌激素类，可使Ⅷ因子活性增强，缩短凝血时间，改善出血倾向，也可用雷尼替丁代替雌激素。

（3）忌用有损血小板功能、扩张血管及损伤胃黏膜的药物，如阿司匹林、保泰松等。

（4）预防性治疗：重型患儿间歇期用小剂量 AHG 浓缩剂，每次 5～10U/kg，每月 1～2 次。

（5）遗传咨询

1）携带者检测：Ⅷ：C/Ⅷ：R 比值测定，其正常值为 0.75～1.63，基因携带者为 0.25～0.69。因一部分携带者的Ⅷ：C 水平与正常范围重叠，但Ⅷ：R 水平升高，故用Ⅷ：C/Ⅷ：R 比值，携带者检出率可 >90%。

2）产前诊断：对"高危"孕妇在妊娠中期，用胎儿镜直接采血测Ⅷ：C 及Ⅷ：R，也有用胎儿绒毛组织，经多链酶反应法（PCR）检测胎儿有否Ⅷ、Ⅸ因子缺乏，产前诊断是减少血友病患儿的一种很有价值的方法。

血管性血友病

一、概述

血管性血友病（Vom Willebrand's Disease，VWD）发病率与血友病相近，占先天性出血性疾病的 13.6%（上海），是一种以常染色体显性或隐性遗传的出血性疾病。本病Ⅷ R：Ag 及Ⅷ R：WF 可能有多基因位点控制，导致Ⅷ R：Ag 及Ⅷ R：WF 的量及质发生异常。从而影响了血小板功能，本病也可伴Ⅷ：C 异常。近年来发现本病有许多变异型，故可统称为血管性血友病综合征。

二、诊断要点

根据临床出血特点，结合实验室检查及遗传病史而确诊。

1. 临床特点

（1）出血情况一般较轻，以皮肤、黏膜出血为主，如皮肤瘀斑、反复鼻衄、牙龈出血、妇女月经过多。随年龄增长出血倾向可减轻，一般无关节出血。

（2）外伤、手术后出血不止。

（3）服用阿司匹林、潘生丁等药物可使出血加重。

2. 实验室检查

（1）血小板计数和形态正常。

（2）出血时间（Ivy 法）延长或阿司匹林耐量试验阳性。

（3）凝血时间正常或延长，KPTT 延长。

（4）血小板粘附率降低或正常。

（5）血小板聚集试验中加瑞司托霉素不聚集，但可被正常人血浆（含 VWF）纠正。

（6）因子Ⅷ凝血活性（Ⅷ：C）降低或正常，但Ⅷ：C/Ⅷ R：Ag > 1。

（7）VW 因子抗原（VWF：Ag）减低或正常（如正常，需进一步检查是否为变异型）。

VWD 是一组异源性综合征，其 VWF 的质和量的改变不同，可产生多种变异型。近年来国际上由 Sadler 等提出新的分型诊断方法，将 VWD 分为 6 型：1 型、2A 型、2B 型、2M 型、2N 型、3 型（见表 7 - 5）。

1 型为 VWF 部分减少；3 型为重型，VWF 极度减少或缺如；2型为 VWF 质的异常；另外，血小板型 VWD 是由于血小板膜 GPIb 结构异常所致。

表 7-5　血管性血友病的分型

	1	2A	2B	2M	2N	3	血小板型
遗传方式	AD	AD	AD	AD	多为 AR	AR	AD
出血时间	延长	延长	延长	延长	正常	延长	延长
交叉免疫电泳	正常	异常	异常	异常	正常	常异常	异常
VWF：Ag	↓	↓/正常	↓/正常	↓/正常	多正常	缺如	低/正常
FVM：C	↓	↓/正常	↓/正常	↓/正常	↓↓	↓↓	低/正常
VWF：R$_{CO}$	↓	↓	↓	↓	多正常	↓	↓
RIPA	↓	↓	↑	↓	多正常	无	↑
血浆 VWF 多聚体结构	正常	异常	异常	正常	正常	无	正常
血小板 VWF 多聚体结构	正常	异常	正常	正常	正常	缺如	正常
DDAVP 治疗	多聚体↑	中多聚体↑	血小板↓	多聚体↑	多聚体↑	无反应	血小板↓

AD：常染色体显性；AR：常染色体隐性；

VWF：R$_{CO}$，VWF 的 Ristocetin 辅因子；RIPA：Ristocetin 的诱导的血小板聚集反应

3．鉴别诊断

（1）必须排除血小板功能缺陷性疾病。

（2）需与获得性 VWD 鉴别。获得性 VWD 大部分为免疫病，并发于 SLE、淋巴瘤、单克隆球蛋白血症等。其特点为：无出血家族史，无既往出血史，Ⅷ：C、VWF：Ag 或 VWF：Rco 活性下降，血浆 VWF 多聚体可有异常。出血时间延长，血小板计数正常，γ-球蛋白增多，用肾上腺皮质激素治疗及原发病治疗可好转。

三、治疗要点

1．治疗

（1）体表局部出血可用压迫止血，鼻出血者可用 1∶1 000 肾上腺素滴局部及一般压迫或填塞止血。

（2）月经过多可口服避孕药或加用环己酸、EACA 等。

（3）出血严重者可输新鲜全血、血浆或冷沉淀物。全血、血浆首次 10mL/kg，以后每 1～2 天再输 1 次（因 VWF 半衰期为 36h）。

（4）DDAVP 可动员体内因子Ⅷ向血循环释放，使血中Ⅷ：C、Ⅷ：R 及纤溶酶原激活因子增加（用法详见"血友病"）。

（5）慢性失血引起缺铁性贫血者加铁剂治疗。

2．预防

（1）避免外伤，加强护理。

（2）忌服用阿司匹林类药物，如阿司匹林、潘生丁、保泰松、消炎痛、右旋糖酐、前列腺素 E 及中药活血化瘀药物等。

（3）适当运动，可使Ⅷ：C 活性增加，使出血次数及量减少。

（4）重型者需每月 1～2 次预防性治疗。

凝血酶原、因子Ⅴ、因子Ⅶ及因子Ⅹ缺乏症

一、概述

这些凝血因子先天性缺乏的共同特点是常染色体不完全隐性遗传，是发病率极低的一组遗传性出血性疾病。

二、诊断要点

根据临床出血特点，结合实验室检查及遗传病史而确诊。

1．临床特点

（1）出血：多为轻度到中度，皮肤、黏膜及内脏出血，可有关节出血，出血可自新生儿开始。

（2）轻微外伤后出血不止或皮肤血肿。

2．实验室检查

（1）血小板计数及出血时间正常。

（2）凝血时间延长。

（3）凝血酶原时间（PT）延长，纯合子明显延长，杂合子可正

常。

(4) 凝血酶原纠正试验：此试验可鉴别具体哪一种因子缺乏（表7-6）。

表7-6 先天性因子Ⅱ、Ⅴ、Ⅶ、Ⅹ缺乏的鉴别

病名	凝血酶原纠正试验		
	病儿血浆加正常血浆	病儿血浆加正常血清	病儿血浆加正常吸附血浆
凝血酶原缺乏症	纠正	不纠正	不纠正
因子Ⅴ缺乏症	纠正	不纠正	纠正
因子Ⅶ、Ⅹ缺乏症	纠正	不纠正	不纠正

(5) 蛇毒时间测定：以区别因子Ⅶ、Ⅹ缺乏。因子Ⅶ缺乏时蛇毒时间正常，而因子Ⅹ缺乏时蛇毒时间延长。

(6) 因子活性直接测定：做因子Ⅱ、Ⅴ、Ⅶ、Ⅹ等因子的活性测定。

3. 鉴别诊断　要与获得性凝血因子缺乏鉴别，PT延长包括因子Ⅱ、Ⅴ、Ⅶ、Ⅹ的单一缺乏或联合缺乏，获得性者多为合并多因子缺乏，而单一因子缺乏者多为先天性。获得者的原因可有维生素K缺乏及严重肝脏疾病，前者对VitK治疗有效，先天缺乏者对VitK治疗无效。

三、治疗要点

替代疗法，补充相应缺乏的因子成分。

1. 凝血酶原缺乏症的治疗　血中凝血酶原达到30%以上即可止血，其注入体内的弥散半衰期为9h，生物半衰期为48～120h，新鲜血浆20mL/kg约能提高血中凝血酶原30%。故每2～3天输1次，自第2次后量减半。如果是胃肠道出血，为避免血浆输入过多，可输浓缩凝血酶原复合物。

2．因子Ⅴ缺乏的治疗　　血中因子Ⅴ提高到25％左右足以止血，因子Ⅴ在4℃条件下极不稳定，新鲜血浆15～25mL/kg可使因子Ⅴ提高15％～30％，一般较轻微出血，输1次即可，手术时需每日输1次，连续7～10天。

3．因子Ⅶ缺乏的治疗　　血浆中因子Ⅶ达15％以上可起到止血效果，出血轻者一般可不作特殊治疗。严重出血及手术时需输血浆或浓缩血酶原复合物，每kg体重输入因子Ⅶ 1U可提高血浆中因子Ⅶ 1％。因子Ⅶ半衰期只有5h，故每日需输注因子Ⅶ 4次，5～10U/kg 1次。

4．因子Ⅹ缺乏的治疗　　血浆中因子Ⅹ的活性在10％以上，可起止血效果，因子Ⅹ的半衰期为24～60h，故输注血浆、凝血酶原复合物等每日只需输1次即可。

先天性纤维蛋白原缺乏症

一、概述

先天性纤维蛋白原缺乏症是一种遗传性凝血因子缺陷的疾病，属常染色体隐性或不完全隐性遗传。病儿血中的纤维蛋白原缺乏，而血小板和巨核细胞中可含纤维蛋白原。纯合子发病。

二、诊断要点

根据临床出血特点、实验室检查特点及遗传病史而确诊。

1．临床特点

（1）有中度自发性出血，出生后即可见皮肤黏膜出血，脐部出血。一般可见鼻衄、瘀斑、血肿，甚至可见颅内出血。罕见关节腔出血。

（2）外伤、手术时出血不止。

（3）其父母多为近亲婚配，约占50％，可有家族史。

2．实验室检查

（1）凝血时间（CT）显著延长，血液常呈液态状，加入凝血酶后也不凝。

（2）PT、KPTT 等无限延长。

（3）纤维蛋白原明显减少，用敏感的免疫技术定量测定为 < 50mg/L（正常为 2~4g/L）

（4）有些病例合并血小板减少。

3. 鉴别诊断

（1）血友病：此病凝血时间、KPTT 也延长，但血液最终可凝固，加凝血酶后可迅速凝固。

（2）DIC：此病血中纤维蛋白原可减少，属继发性。DIC 者有原发病，常伴血小板及因子Ⅶ、Ⅷ减少。无家族史及以往类似发病史。

三、治疗要点

（1）输注新鲜冰冻血浆（FFP）或全血，使患儿血浆中纤维蛋白原水平提高到 60~800mg/dL 即可止血，一般 200mL 全血或 100mL 血浆中含纤维蛋白原 0.2~0.3g。

（2）输注浓缩纤维蛋白原，每次 100mg/kg，此因子输入体内后半衰期为 4~6 天。反复输注可产生抗纤维蛋白原抗体。

因子Ⅻ缺乏症

一、概述

先天性因子Ⅻ缺乏症又称为 Hagaman 因子缺乏症，是因遗传性凝血因子缺乏所致的出血性疾病之一，属常染色体隐性遗传，本病极少见。

二、诊断要点

1. 临床特点　一般可见鼻衄或皮肤瘀斑。偶见于手术后大出血。

2. 实验室检查

（1）束臂试验偶为阳性。

（2）凝血时间（CT）显著延长。

（3）血清凝血酶原消耗不良。

（4）KPTT 及 TGT 异常。

（5）因子Ⅷ、Ⅸ、Ⅺ缺乏的血浆可纠正以上试验的异常。

三、治疗要点

输注库血或血浆 50～100mL 可纠正出血，可维持 24h 以上。

因子ⅩⅢ缺乏症

一、概述

先天性因子ⅩⅢ缺乏症是遗传性出血性疾病之一，属常染色体不完全性隐性遗传。较罕见。因子ⅩⅢa 能使可溶性纤维蛋白单体转化为稳定的不溶性的纤维蛋白多聚体，故也将ⅩⅢa 因子称为纤维蛋白稳定因子。当缺乏ⅩⅢ因子，不能形成有效止血的稳固的纤维蛋白凝块，使创口出现迟发性出血。纯合子（因子ⅩⅢ含量＜1%）出血明显，杂合子可无临床出血症状。

二、诊断要点

1. 临床特点

（1）新生儿期可见较严重的迁延性脐部出血，头皮血肿或颅内出血。

（2）创伤后早期可止血，但于 12h 后再发出血，瘀斑、血肿吸收慢。

（3）伤口愈合迟缓，疤痕收缩。

2. 实验室检查

（1）一般凝血象（CT、PT、KPTT）可正常。

（2）虽然凝血时间正常，但血凝块脆弱，可迅速溶于 5M 的尿素溶液或 1%的单氯醋酸溶液及 2%的醋酸溶液。

（3）ⅩⅢ因子活性定量测定示其明显降低，根据此项检查可确诊。

3. 鉴别诊断　　主要与继发性因子ⅩⅢ缺乏鉴别，此症常在有原发病的基础上出现，原发病有肝硬化、急性肝炎、尿毒症、自身免疫性溶血、SLE、白血病、淋巴瘤等，去除原发病后ⅩⅢ因子可恢复正常，无家族史。

三、治疗要点

（1）有出血时，可输注血浆、PPSB，冷沉淀物即可迅速控制出血。

（2）手术后为防止迟发性出血，可每隔 6 天输上述制品 1 次。

（3）若有中度或中度以上贫血，可加输适量红细胞。

第八节　遗传性抗凝血因子异常

遗传性抗凝血因子异常是由于体内抗凝血因子的先天性缺乏，使体内正常的凝血-抗凝血系统的动态平衡被破坏，致使凝血过程过强。此类疾病极罕见，发病率极低，是属一组先天性的血栓性疾病。本节主要讲述遗传性抗凝血酶Ⅲ缺乏症及遗传性蛋白 C 缺乏症。

遗传性抗凝血酶Ⅲ（AT-Ⅲ）缺乏症

此病为常染色体显性遗传，分纯合子型和杂合子型。

一、诊断要点

1. 临床特点　　血栓形成或无症状，临床表现多样化，在同一家庭中有些缺乏症者可能无症状，静脉血栓形成较多于动脉血栓。

2. 实验室检查

（1）血浆 AT-Ⅲ含量降低或轻度降低，正常参考值为 96.3% ±9.3%（70% ~ 120%）。

（2）血浆 AT-Ⅲ活性降低，正常参考值：凝固法 0.98 ~ 0.38U/mL；空斑法 90.3% ± 13.2%；发色底物法 95.2% ± 10.6%；肝素辅因子性 99.6% ± 10.3%。

（3）血液呈高凝状态。

3. 分型　　遗传性 AT-Ⅲ缺乏症按 AT-Ⅲ的含量与活性下降

的不同可分为数个类型：

Ⅰ型：血浆 AT-Ⅲ 含量与活性平衡下降，一般达正常值的 50%，此型常有血栓栓塞。

Ⅱ型：血浆 AT-Ⅲ 含量正常，活性下降，根据其基因缺陷所致的功能异常再分为 3 个亚型

Ⅱ$_{RS}$型：为反应位点功能障碍，显示 AT-Ⅲ 活性降低。

Ⅱ$_{HBS}$型：为肝素结合点功能障碍，显示肝素辅助因子活性降低，在此型纯合子中，可发生严重的静脉血栓形成。

Ⅱ$_{PE}$型：为多效性缺陷，在免疫电泳中示与肝素结合的亲和性降低，此型者较少发生血栓形成。

4. 鉴别诊断

(1) 与继发因素影响 AT-Ⅲ 含量与活性降低的疾病鉴别，如肝脏疾病引起合成减少，消化道疾病引起的丢失过多，DIC 及血栓性疾病中引起的消耗过多。其他还有肾病综合征、糖尿病等。

(2) 某些药物引起 AT-Ⅲ 活性与含量降低，如肝素、口服避孕药、天冬酰胺酶等。

二、治疗要点

主要是应用溶血栓药物治疗。

1. 链激酶　　成人首次用 50 万 U，溶于 100mL 溶液中静脉滴注，以后每小时 10 万 U 静脉滴注，儿童 2 000U/kg，用此药前半小时先用非那根或地塞米松以防过敏，也可将地塞米松加入静脉滴注液中。

2. 尿激酶　　成人首次剂量 15 万 U，以后每 12 小时 40 万 ~ 50 万 U，连用 2 ~ 3 天，用药过程中根据凝血时间（使延长 1 倍）及优球蛋白溶解时间（使缩短 10 ~ 20min）调整用量。

在使用溶栓剂时若发生严重出血，应即停药，改用纤溶抑制药如 6-氨基己酸、止血环酸及抗亲纤溶芳酸等药对抗。

遗传性蛋白 C 缺乏症

此病为常染色体显性或隐性遗传，分纯合子型、杂合子型或双重杂合子型。

一、诊断要点

1. 临床特点

（1）临床表现差别较大，半数人可始终无症状，其血栓形成以静脉血栓形成为主，20% 可发生动脉血栓。

（2）其血栓形成可自发，也可由于创伤、妊娠及口服避孕药等诱发。

在年轻人中蛋白 C 缺乏程度与血栓形成之间无明显相关性，故实验室检查很重要。

2. 实验室检查

（1）血浆中蛋白 C 含量下降或正常，正常参考值：放免酶标法 3.24 ± 0.4 mg/L；火箭电泳法 72% ～ 139%。

（2）血浆蛋白 C 活性降低，正常参考值：抗凝活性 77% ～ 149%；蛋白酶活性 80% ～ 154%。

（3）分型（见表 7-7）。

表 7-7　遗传性蛋白 C 缺乏症分型

型别	含量	活　　性	
		抗凝活性	蛋白酶活性
Ⅰ 型	↓	↓	↓
Ⅱa 型	正常	↓	↓
ⅡB 型	正常	↓	正常

3. 鉴别诊断　　注意与继发蛋白 C 降低鉴别，引起蛋白 C 降低的疾病有肝病或呼吸窘迫症等，引起蛋白 C 降低的药物有华法

林、天冬酰胺酶等。

二、治疗要点

参考先天性 AT-Ⅲ缺乏症。

（屠立明）

第八章　神经系统遗传性疾病

第一节　溶 酶 体 病

溶酶体病是一种遗传性疾病，为常染色体隐性遗传（除粘多糖病Ⅱ型 Fabbry 病为伴性连锁隐性遗传外）。是由于溶酶体内某种酶的先天缺陷，使特定基质不能水解而蓄积于细胞内损害细胞功能。溶酶体病发病率很低，根据细胞内所蓄积基质不同可分类为：神经鞘脂病、粘脂病、粘多糖病、糖原累积病和糖蛋白病等。

GM₁ 神经节苷脂沉积病

一、概述

GM₁ 神经节苷脂沉积病（GM₁ gangliosidoses）是常染色体隐性遗传病，本病可分为 3 型：婴儿型（Ⅰ型）、幼年型（Ⅱ型）、晚发型（Ⅲ型）。

病因：GM₁ 神经节苷脂沉积病是由于酸性 β-半乳糖苷脂分子（β-galactosidase）缺乏，使 GM₁ 神经节苷脂分子末端位置上的半乳糖不能水解脱落，而导致单涎脑酰胺四己糖在神经元中沉积，产生 GM₁ 沉积病。该酶的基因位于染色体 $3P^{21.33}$，并有多种变异性。

二、诊断要点

本病诊断关键是根据各型的临床表现：精神发育迟缓、特殊面容、惊厥、痉挛发作、肌张力改变等。患儿尿中可见硫酸角质素排出，外周血白细胞或培养成纤维细胞 β-半乳糖苷酶活性缺陷是确诊依据。肝脏活检及骨髓涂片发现有泡沫细胞，骨骼 X 线片有各型的特征性改变均有助于诊断。

（一）临床特点

根据起病过程临床分有 3 型，各型均有其特点。

1．Ⅰ型（婴儿型）

（1）出生后不久发病，对外界反应差，喂养困难，对光、声刺激敏感。

（2）面容丑陋，如额部凸出、鼻梁凹陷、低位耳、巨舌、上唇肥大。眼睑及四肢浮肿，肌张力低下，可有斜疝、脐疝、肝脾肿大。

（3）惊恐反应、眼震、阵发性痉挛、惊厥、精神运动发育迟缓。

（4）多数患儿有心脏扩大及心肌肥厚。

（5）晚期去大脑强直状态，智力低下进行性加重，听觉及语言能力完全丧失，多于 3～4 岁前死亡。

2．Ⅱ型（晚发婴儿型或称幼年型）

（1）12～18 个月发病，表现共济失调、语言障碍、癫痫发作。继而发展为痉挛性瘫痪。

（2）面容正常，视力无障碍，无外周神经受累及肝脾肿大。

（3）常因反复肺部感染于 3～10 岁间死亡。

3．Ⅲ型（慢性晚发型）

（1）发病于 4 岁以后，可迟至成人。

（2）初时为肌张力改变及构音困难，病情进展较慢，智力轻度受损。

（3）无面容异常，无癫痫发作，亦无共济失调及肝脾肿大。

（二）实验室检查

1．Ⅰ型（婴儿型）实验室改变

（1）X 线检查：骨骼 X 线片显示骨质疏松、多发性骨发育不良及骨骼畸形等。

（2）病理检查：骨髓、肝脾淋巴结病理活检可找到泡沫细胞。

（3）眼底检查：50% 病人可发现樱桃红斑。

（4）头颅 CT 或磁共振成像检查：发现脑室扩大及脑萎缩。

2．Ⅱ型（晚发婴儿型或称幼年型）实验室改变

（1）X 线检查：骨骼 X 线片常显示胸腰椎椎体发育不良、轻度髋臼、近端掌骨畸形。

（2）眼科检查：视力正常，视网膜和角膜无发现病变。

3．Ⅲ型（慢性晚发型）实验室改变

（1）骨骼 X 线片：可显示脊椎椎体轻度扁平。

（2）眼科检查：角膜及视网膜无病变。

三、治疗要点

本病无特殊治疗，主要对症处理。

GM$_2$ 神经节苷脂沉积病

本病是常染色体隐性遗传病，是因氨基己糖苷酶（hexosaminidase）缺乏所致，该酶含有两种主要同功酶，A 和 B，有两条多肽链组成，A 酶由一条 α 链和一条 β 肽链组成（α·β），B 酶由两条 β 链组成（β·β）。α 和 β 肽链的基因分别位于染色体 15q^{23}- q^{24} 和 5q^{13}。α 肽链基因突变导致 A 酶活性缺乏，即引起 Tay-sachs 病，发病率约 1/11.2 万。β 肽链基因突变时，引起 A 和 B 酶均缺乏导致 Sandhoff 病。临床上表现为进行性智力和运动功能衰退，由于基因突变种类较多，临床表现差异较大。

本病诊断根据以下各型临床表现：婴儿期发病，精神运动发育落后，惊厥发作，肌张力及腱反射异常。确诊有赖于外周血白细胞及成纤维细胞 β-氨基己糖苷酶活性测定。发现 β-氨基己糖苷酶 A 和 B 均有缺陷。

Ⅰ型 GM$_2$ 神经节苷脂沉积病

一、诊断要点

（一）临床特点

本病根据临床特点进一步分有 2 型：

1．Tay-sachs 病

（1）生后 4 个月左右起病，初期声音刺激有强烈惊跳反应，听觉过敏，运动发育落后，运动不协调，肌张力减低，膝反射低下。

（2）可有失明，眼球震颤及眼球运动不协调。

（3）晚期出现头颅增大，但无脑积水，全身痉挛，腱反射亢进，角弓反张，惊厥发作，一般在 3~5 岁内死亡。

2．晚发婴儿型

（1）通常于生后第 2 年或儿童、青春期，也可于成年期发病，起病初期以构音困难、失语、运动障碍、共济失调为特点。

（2）晚期智力衰退、癫痫发作、失明，但无肝脾肿大。

（3）有些患者病情进展缓慢，病程可达数十年。

（二）实验室检查

（1）外周血白细胞及成纤维细胞中的氨基己糖苷酶活性测定：患者氨基己糖苷酶 A 活性降低，氨基己糖苷酶 B 活性正常或增高。

（2）眼底检查：无樱桃红点。

二、治疗要点

本病无特殊治疗，主要是对症治疗。

Ⅱ 型 GM_2 神经节苷脂病

又称 Sandhoff 病，是 GM_2 神经节苷脂病中临床表现最重的一型。

一、诊断要点

1．临床特点

（1）6 个月左右出现惊厥，听觉过敏，视力减退，严重者失明。

（2）不能站立，肝脾肿大，去大脑强直及巨脑，病情与 Tay-sachs 相似，病情发展迅速，在 2 岁内死亡。

2．实验室检查　　白细胞或培养皮肤成纤维细胞中的氨基己糖苷酶 A 和 B 的活性均降低。

二、治疗要点

本病无特殊治疗，主要是对症治疗。

异染性脑白质营养不良

一、概述

异染性脑白质营养不良（metachromatic leukodystrophy，MLD），亦称脑硫脂沉积病（sulfatidosis），为常染色体隐性遗传，本病主要累及白质，以多种弥散性的脑损害症状为主。

1．病因　由于芳基硫酸脂酶 A（arylsulfatase A，ASA）的缺乏，使溶酶体内脑硫脂水解受阻，而沉积于中枢神经系统的白质、周围神经及其他组织，引起脑白质、周围神经脱髓鞘等病变。目前该致病基因定位于染色体 $22q^{13.31}$。其突变种类较多，大致可分 2 组，Ⅰ型患者不能产生有活性的 ASA，A 型患者则可合成少量有活性的 ASA，患者类型取决于基因突变的种类。Ⅰ型突变的纯合子或有 2 个不同Ⅰ型突变的为晚发婴儿型。有Ⅰ型突变及 A 型突变各一为青少年型。当 2 个突变都是 A 型时，为成年型。

2．病理　病理改变主要为中枢神经系统广泛脱髓鞘。以白质最重，病变组织切片用甲酚紫或甲苯胺蓝染色时，沉积物呈微红或微棕色（对照具有蓝色的细胞核即为异染性），肝、肾组织也可受累。电镜检查：在溶酶体中可见脑硫脂层状沉积。

二、诊断要点

根据尿液中测到大量脑硫脂排出，脑脊液蛋白增高，神经传导速度减慢，腓肠肌活检可见髓鞘细胞异染颗粒。确诊有赖于外周血白细胞或培养成纤维细胞芳基硫酸脂酶 A（ASA）活力缺陷。

（一）临床特点

1．晚发婴儿型

（1）于 1～2 岁之间起病，发病率约为 1/4 万。

（2）运动减少，步态异常，共济失调，经常摔跤，腱反射减弱或消失。

（3）智力和视力均减退，言语障碍，可有视神经萎缩，病理征阳性。

（4）晚期出现去大脑强直及抽搐，通常于 4～8 岁间死亡。

2．晚发型（青少年型和成人型）

（1）发病年龄于 3～10 岁、青春期或成人期不等。

（2）以进行性走路困难为主，腱反射减弱。

（3）发病年龄较晚的青少年或成年人，先表现行为异常、认知功能下降，继而出现共济失调及锥体束征阳性。病情可持续 5～10 年。

（二）实验室检查

1．尿液脑硫脂测定　　患者尿中有大量脑硫脂排出，尿沉渣发现大量异染颗粒。

2．外周血白细胞及皮肤成纤维组织中芳基硫酸脂酶 A（ASA）活性测定　　MLD 患者无酶活性测得。

3．SAP_1 测定　　对 ASA 活性正常而有典型临床症状患者，可用特殊抗体测定 SAP_1 含量。

4．脑脊液　　蛋白含量增高。

5．周围神经（腓神经）活检　　可发现髓鞘细胞异染性颗粒。

6．影像学检查　　磁共振成像表现脑室周围广泛的对称脱髓鞘改变，呈长 T1 与长 T2 信号，在 T1 加权像上呈低信号，在 T2 加权像上为高信号，并可有脑室扩大及小脑萎缩。

三、治疗要点

目前无特殊疗法，对晚发婴儿型及青少年型，症状出现前用骨髓移植，可减轻症状。基因治疗可使本病得到根本治疗，但有待于进一步探索研究。

球形细胞脑白质营养不良

一、概述

球形细胞脑白质营养不良（globoid cell leukodystrophy），又名 krabbe 氏病，为常染色体隐性遗传病，临床分为婴儿型和晚发型。

1．病因　　因 β－半乳糖脑苷脂酶（galactocerebroside β－galac-

248

tosidase）缺乏，引起半乳糖神经酰胺沉积在溶酶体内，致病基因位于染色体 $14q^{21}$- q^{31}，目前已发现多种不同突变基因。

2．病理　　半乳糖脑苷脂- β 半乳糖苷酶缺乏，使半乳糖脑苷脂蓄积在脑内，而半乳糖脑苷脂是组成髓鞘的重要成分，因而神经系统广泛脱髓鞘。病变主要累及白质、基底神经节、脑桥和小脑。脑白质可见许多含有沉积物的球形细胞。

二、诊断要点

根据临床特点，以及脑脊液中蛋白含量异常增高，神经传导速度明显减慢，MRI 见脑室周围和顶枕叶白质脱髓鞘。确诊有赖于白细胞或成纤维细胞的 β- 半乳糖脑苷脂酶的活性缺陷。

（一）临床特点

1．婴儿型

（1）此型较多见，于 3~6 个月起病。

（2）起初为对声、光、触刺激敏感，易激惹及肌张力低下。

（3）继而病情进行性发展为肌张力增高、腱反射亢进、病理征阳性，常伴癫痫发作，智力减退。

（4）眼球震颤，视神经萎缩。

（5）不规则发热。

（6）肝脾不大，有脑积水，如末梢神经受累时，腱反射减低或消失。

（7）晚期呈去大脑强直状态，多在 3 岁内死亡。

2．晚发型

（1）在 2~5 岁起病。

（2）共济失调及一侧肢体活动障碍。

（3）视神经萎缩。

（4）智力低下发展迅速，癫痫发作，多于 3~8 岁内死亡。

（二）实验室检查

（1）脑脊液：蛋白增高，电泳见白蛋白和 α_2 -球蛋白增高，β_1 -球蛋白和 γ -球蛋白减低，晚发型者，脑脊液多为正常或只有轻度蛋白增多。

（2）磁共振成像检查：可见脑的对称性白质病变，晚期见脑萎缩，脑室扩大。

（3）白细胞或皮肤成纤维细胞的 β-半乳糖脑苷脂酶活性检测：此病患者该酶缺乏（是确诊的条件）。

三、治疗要点

无特殊治疗方法，主要是支持疗法和对症治疗。溶酶体酶代替疗法和骨髓移植有待进一步探讨。

Batten 病

一、概述

本病为常染色体隐性遗传，是最常见的一种神经元蜡样质脂褐质病，包括了多种临床综合征，临床上分为婴儿型、少年型、晚期婴儿型和成人型等。

1. 病因　　本病确切的生化机制还未明确，Batten 病家系分析提示致病基因位于染色体 16p12.1，但基因仍未被克隆。许多患者尿中可发现一种重复连接而成的五碳单位长链脂类分子。

2. 病理　　脑萎缩、神经元肿胀、广泛海绵样变性，胞浆溶酶体内有自发荧光的脂色素蓄积，称为脂褐质。

二、诊断要点

1. 临床特点

（1）晚期婴儿型 2~5 岁起病，视力障碍，多种类型癫痫发作、智力低下、共济失调，眼底改变为点状黄斑变性和视网膜炎，多在 1~2 年内死亡。

（2）少年型 10 岁前后起病，起初症状为视觉障碍，继而学习退步，癫痫发作，晚期可出现痴呆和肢体强直，数年后死亡。

（3）成人型于青春期后起病，可有共济失调及手足徐动症，但视网膜无病变，病情进展慢，痴呆较轻。

2. 实验室检查

（1）尿脂类检测：尿中发现长链脂类。

（2）周围血淋巴细胞内发现曲线小体。

（3）MRI 或 CT：证实有脑萎缩。

（4）脑电图：为异常脑电图，表现为快速进行性低平。

（5）病理活检：在皮肤、眼结膜或直肠证实有脂褐质沉积。

根据临床特点和尿中发现长链脂类，或在周围淋巴细胞内发现曲线小体，直肠或皮肤、眼结膜活检见有脂褐质沉积可以确诊。

三、治疗要点

本病无特殊治疗，只能对症处理。

Farber 病

一、概述

本病亦称脂肪肉芽肿病（lipogranulomatosis），为一种罕见的常染色体隐性遗传病，临床上为多系统受累，以关节病变最为突出。

1. 病因　　神经酰胺酶缺乏，引起神经酰胺在溶酶体内蓄积，其致病基因位于染色体 $8P^{22}- P^{21.3}$。

2. 病理　　中枢神经元及胶质细胞内出现广泛脂质累积。基底节、小脑、脑干、脊髓和自主神经元等。大脑皮质侵犯较轻，电镜下可见 Farber 小体或香蕉型小体，是本病的特异性改变。

二、诊断要点

根据脑脊液中蛋白含量增多，X 线片显示近端关节处骨质破坏，皮下结节活检可见用 PAS 染色阳性泡沫吞噬细胞。确诊依据是外周白细胞或成纤维细胞中神经酰胺酶活性缺乏。

1. 临床特点

（1）1 岁内起病，以关节病变为突出，表现为关节肿胀、疼痛，周围可出现大小不等结节，逐渐关节僵硬，手指、腕、肘等关节伸侧见皮下结节。

（2）眼部体征表现为视力障碍，晶状体及角膜混浊。

（3）声嘶、肌萎缩、厌食、呕吐等。

(4) 肝大，淋巴结可肿大，但脾不大。

(5) 智力低下，癫痫发作及锥体束受累。

(6) 本病常在 2 岁内死亡，少数病人可在 5~18 岁间死亡。

2．实验室检查

(1) 脑脊液检查：蛋白含量增高。

(2) 关节 X 线片：见关节处骨质破坏。

(3) 外周白细胞或成纤维细胞中神经酰胺酶活性检测：该病患者该酶活性低下（是确诊依据）。

(4) 皮下结节活检：见用 PAS 染色阳性的泡沫吞噬细胞。

三、治疗要点

无特殊治疗，糖皮质激素可减轻症状及对症处理。骨髓移植可以试用。

Wolman 病

一、概述

本病为常染色体隐性遗传病。

1．病因　由于酸性脂酶的缺乏，引起胆固醇及胆固醇酯在溶酶体内蓄积及累及多种组织。酸性脂酶的基因位于染色体 $6q^{22-24}$。

2．病理　软脑膜、视网膜、肠系膜神经节细胞嗜苏丹物质沉积及脱髓鞘改变。

二、诊断要点

根据周围血红细胞有形态异常，X 线片发现肾上腺钙化，骨髓及周围淋巴细胞中可见到泡沫细胞。确诊有赖于白细胞或成纤维细胞的酸性脂酶活性缺乏。

1．临床特点

(1) 出生后数周出现症状，腹胀、顽固性呕吐、生长迟缓。

(2) 进行性精神运动发育落后。

(3) 晚期出现恶病质和全身水肿。多数在 6 个月内死亡。个别轻型者，可存活数十年。

2．实验室检查

（1）细胞形态检查：周围血红细胞形态异常，骨髓及周围淋巴细胞中可见到泡沫细胞。

（2）X 线检查：发现肾上腺钙化（是特征性改变）。

（3）白细胞或成纤维细胞的酸性脂酶活性检测：此病患者该酶缺乏。

三、治疗要点

本病目前无特殊治疗，只能给予对症处理。

粘 脂 病

一、概述

粘脂病（mucolipidosis，ML）是一种常染色体隐性遗传病，大多有严重的神经系统症状。临床分为粘脂病Ⅰ型、Ⅱ型、Ⅲ型、Ⅳ型。

病因及病理：主要是鞘脂类、糖脂类和粘多糖类的代谢障碍而蓄积在溶酶体内，特别是鞘脂类和糖脂类大量蓄积在神经元内引发。

粘脂病Ⅰ型，又称脂粘多糖病（lipomucopolysaccharidosis），是 α-神经氨酸酶（neuraminidase）缺陷。该酶具有糖蛋白特异性，基因定位于第 20 号染色体上。粘脂病Ⅱ型，是由于特异的磷酸转移酶缺陷。粘脂病Ⅲ型，仅有特异性磷酸转移酶活性轻度减低。粘脂病Ⅳ型，生化缺陷不明确。

二、诊断要点

粘脂病Ⅰ型的确诊依据为白细胞和成纤维细胞的 α-神经氨酸酶活性明显减低；Ⅱ型确诊依据为成纤维细胞特异性磷酸转移酶的活性减低；Ⅲ型确诊依据为皮肤成纤维细胞内有特殊包涵体，但特异性磷酸转移酶的活性仅轻度减低；Ⅳ型确诊依据为培养成纤维细胞发现片层状多泡形膜围绕的小体和包涵物。

（一）粘脂病Ⅰ型

1．临床特点

（1）生后一年内起病，智力落后和运动减退、进行性共济失调、惊厥发作等。

（2）眼角膜混浊，黄斑区樱桃红点。

2．实验室检查

（1）细胞形态学：淋巴细胞内有空泡，成纤维细胞中有粗大的包涵体。

（2）尿粘多糖筛查：阴性，但存在大量寡糖。

（3）白细胞和成纤维细胞的神经氨酸酶活性检测：活性明显减低（是确诊条件）。

（4）病理活检：腓肠神经活检可发现异染色性髓鞘退行变性。

（二）粘脂病Ⅱ型

又称Ⅰ-细胞病，由于特异的磷酸转移酶缺陷而致病。

1．临床特点

（1）患儿生后数日起病，临床特征与 GM_1 神经节苷脂沉积病相似，新生儿可有粗陋的面容，精神运动发育落后逐渐加重。

（2）先天性髋脱位，斜疝，牙龈增生，肩关节活动受限，肌张力低，多发性成骨不全及肝大等表现，一般 2~8 岁死亡。

2．实验室检查

（1）尿粘多糖筛查：阴性，但寡糖测定阳性。

（2）镜检：成纤维细胞内可有特殊包涵体。

（3）皮肤成纤维细胞培养溶酶体酶活性检测：该病患者酶活性缺如，而在培养基中酶活性却显著增高。

（4）成纤维细胞特异性磷酸转移酶的活性检测：该病患者酶活性减低（是确诊依据）。

（三）粘脂病Ⅲ型

1．临床特点

（1）3~4 岁前表现为精神运动发育迟缓。

（2）3~4岁后进行性关节强直，身高不增加。

（3）轻度至中度智力低下。

（4）多发性成骨不全。

2．实验室检查

（1）血清溶酶体酶活性增高。

（2）培养皮肤成纤维细胞内有特殊包涵体。

（3）特异性磷酸转移酶活性可轻度减低。

（四）粘脂病Ⅳ型

1．临床特点

（1）均为犹太人。

（2）生后不久即出现斜视及角膜混浊。

（3）6个月出现肌张力减低，进行性智力低下，运动发育落后，但无成骨不全表现。

2．实验室检查

（1）尿粘多糖筛查：阴性。

（2）镜检：培养成纤维细胞发现片层状多泡形膜围绕的小体和包涵物。

（3）病理活检：肝、脑及眼结膜活检标本发现显著包涵体。

三、治疗要点

主要为对症治疗及骨科手术，亦可使用骨髓移植。

第二节　线粒体病

线粒体病是一组由线粒体结构和功能异常所造成的疾病。导致本病的原因是线粒体 DNA 基因缺陷，但机制不明，目前认为本病既有先天遗传性，又有后天获得性。即遗传和非遗传性。遗传性的线粒体 DNA 突变遗传方式为母系遗传，这是因为受精卵的全部线粒体 DNA 来自卵细胞。而精子不提供任何线粒体。非遗传性线粒体突变是自体的特异性组织各种紊乱不断增加，超过了一定的阈值，导致线粒体 DNA 突变，使糖原和脂肪酸等不能进入线粒体，或不能被充分利用，最终不能产生足够 ATP 而致细胞功能减退甚至坏死，临床上侵犯骨骼肌为主，则为线粒体肌病。如果累及中枢神经系统，则为线粒体脑肌病。本节介绍几种在临床上常见的具有代表性的线粒体病。

线粒体脑病-乳酸酸血症-卒中样发作综合征

一、概述

本病（mitochondrial encephalopathy lactic acidosis stroke-like episode，MEIAS）是一种反复卒中发作伴线粒体脑肌病的进行性神经退行性疾病，是由于线粒体 DNA 上亮氨酸 tRNA 上 3243 点突变所致。最近已发现 4 点突变与本病有关：第 3243、3250 和 3271 位核苷酸，及一种涉及呼吸链复合体 I 第 4 亚单位的编码区域。

二、诊断要点

根据血清乳酸增高，肌肉活检可见破碎红色肌纤维，肌肉生化可发现 I 型呼吸链复合物缺乏，确诊根据证实线粒体 DNA 上亮氨酸 tRNA 基因 nt3243 处的点突变。

1. 临床特点

（1）10 岁左右发病。

（2）反复卒中样发作。

（3）进行性智力低下。

（4）偏瘫、偏盲、皮质盲，偏身感觉障碍，失语，精神错乱，幻觉及身材矮小。

（5）局限性或全身性癫痫发作。

2. 实验室检查

（1）血清乳酸及丙酮酸浓度检测：浓度均升高。

（2）脑脊液检查：脑脊液乳酸增高。

（3）肌肉活检：可见破碎样红色肌纤维，肌肉生化可发现 I 型呼吸链复合物缺乏。

（4）MRI 或 CT 检查：可发现基底节钙化。大脑半球有低密度区，尤其是皮质和脑白质区。

（5）分子生物学检查：在线粒体 DNA 上亮氨酸 tRNA 基因部位 nt3243 基因突变。是确诊本病依据。

三、治疗要点

无特殊治疗，可试用皮质激素及辅酶 Q_{10}。

肌阵挛癫痫-破碎红色肌纤维综合征

一、概述

本病（myoclonic epilepsy ragged red fibers，MERRF）是一种母系遗传病，于 1980 年由 Fukuhara 首次报道，是一种罕见的中枢神经系统及骨骼肌疾病，患病率约为 1/100 万。

1．病因　　是由于线粒体赖氨酸 tRNA 基因突变所致。

2．病理　　此病病理改变限于齿状核、下橄榄核的神经元消失及变性，红核蒲肯野细胞及神经元减少，白质及大脑皮质多不受累。

二、诊断要点

根据血清乳酸增高，肌肉活检发现破碎红色肌纤维，肌肉生化检查见多种不同的呼吸链复合物缺失。线粒体 DNA 的赖氨酸 tRNA 基因部位证实 nt8344 处突变是确诊的依据。

1．临床特点

（1）出生后数年出现肌阵挛性癫痫发作及共济失调。

（2）身材矮小、痴呆及进行性构音障碍、眼球震颤及视神经萎缩。

（3）少数患者可出现痉挛强直，双下肢深感觉障碍。

2．实验室检查

（1）血清学检查：乳酸增高。

（2）肌活检：破碎样红色肌纤维，肌肉生化检查有复合物Ⅰ、Ⅳ同时缺失或 3 种复合物（Ⅰ、Ⅲ、Ⅳ）同时缺失。

（3）分子生物学检查：线粒体 DNA 赖氨酸 tRNA 基因 nt8344 点突变（确诊本病的依据）。

（4）MRI 或 CT：发现广泛脑沟及脑室扩大、苍白球钙化、小脑萎缩。

（5）脑电图：异常脑电图；为广泛异常放电和波形紊乱。

3．鉴别诊断

（1）弗里德里希共济失调（Friedreich ataxia，FRDA）：为常染色体隐性遗传，基因定于染色体 $9q^{13-21.1}$。一般 10 岁左右起病，但有些病例可早在婴儿期，晚至 20 岁以上。共济失调为首发，进行性言语障碍。腱反射消失，少数病人有眼球活动障碍、耳聋、脊髓后柱损伤体征和力弱等。CT 或 MRI 提示脊髓小脑萎缩。

（2）Joseph 病：是常染色体显性遗传疾病，临床特点是眼球上视困难、垂直性眼球震颤、肌强直、步态不稳，有锥体外系及锥体系受损症状。

三、治疗要点

目前只能对症治疗。

Rearns-Sayre 综合征

一、概述

本病又称 RSS，是线粒体 DNA 上特定部位突变而引起。

二、诊断要点

诊断根据临床三联症状：20 岁前起病、眼外肌瘫痪、色素性视网膜炎等。肌肉活检可见破碎红色肌纤维，以及分子生物学检查发现线粒体 DNA 有缺失。

1．临床特点

（1）三联症状：20 岁前起病、眼外肌瘫痪、色素性视网膜炎及以下症状中的 1 种以上：心脏传导阻滞、小脑症状、脑脊液蛋白含量超过 1g/L。

（2）可伴有智力低下、身材矮小、神经性耳聋、小脑症状，一些病人可伴有内分泌异常（如糖尿病或甲状旁腺功能低下）。

2．实验室检查

（1）血清乳酸及丙酮酸浓度测定：升高。

（2）脑脊液检查：脑脊液中乳酸及丙酮酸浓度升高，蛋白含量增高，通常超过 1g/L。

（3）心电图：示传导阻滞。

（4）肌肉活检：可见破碎红色肌纤维。

（5）分子生物学检查：线粒体 DNA 有缺失。

三、治疗要点

目前只作对症治疗。

亚急性坏死性脑脊髓病

一、概述

亚急性坏死性脑脊髓病（subacute necrotizing encephalomyelopathy, SNE），又称 leigh 病。由 Leigh 于 1951 年首次报道，是一种与线粒体酶系统的代谢异常有关的、侵犯中枢神经系统为主的遗传代谢性疾病。

1．病因　　除常染色体隐性遗传或母系遗传，生化缺陷亦可表现性连锁遗传或散发病例。多种遗传性生化缺陷引起，即丙酮酸脱氢酶复合物及细胞呼吸链复合物Ⅰ和Ⅳ缺乏。

2．病理　　脑室周围及基底节等大脑多处及脊髓后柱对称性局灶性坏死。脱髓鞘改变及海绵状束样空腔。

二、诊断要点

根据家族史、婴幼儿发病，以中枢神经系统为主的多系统损害，特别是脑干被盖部受损症状。伴有乳酸、丙酮酸血症，肌肉及腓肠神经活检等可给予诊断。

1．临床特点

（1）婴儿期起病，男性多于女性，精神运动发育迟滞，呕吐，喂养困难。

（2）有严重的神经系统症状，如癫痫发作、共济失调、眼球震颤、肌张力低下、腱反射减弱或消失。

（3）亦有个别出现腱反射亢进，锥体束征阳性。

（4）视神经受累可有眼外肌麻痹、面神经麻痹，视力障碍。

（5）晚期出现呼吸急促、呼吸暂停、呼吸功能失调。

2．实验室检查

（1）血清乳酸测定：增高。

（2）脑脊液检查：蛋白含量可增高。

（3）MRI 或 CT：双侧基底节对称性低密度病灶。

（4）病理活检：腓肠神经活检可见脱髓鞘改变。

三、治疗要点

目前无特殊治疗，主要靠对症治疗。有报道口服乙酰唑胺可使症状缓解。

肉碱缺乏综合征

一、概述

肉碱缺乏综合征（carnitine deficiency syndrome）是常染色体隐性遗传病。

病因：线粒体基质转运功能缺陷引起。

二、诊断要点

根据新生儿期或婴儿期起病，出现进行性肌无力、心肌受累、反复发生低酮性低血糖、呕吐、意识障碍，常染色体隐性遗传以及长链脂肪酸缺陷予以诊断。

1．临床特点

（1）出生后不久逐渐出现四肢无力，心肌受累，反复出现低酮性低血糖。

（2）颅内高压症，呕吐、意识障碍、昏迷、呼吸不整，类似Reye 综合征。亦可因呼吸节律异常及心脏停搏等猝死。

2．实验室检查　　线粒体呼吸链酶复合体测定：能确定线粒体缺陷所在。

三、治疗要点

无特殊治疗。

（翟琼香）

第三节　过氧化酶体病

过氧化酶体（peroxisome）是一种重要的功能复杂的细胞器。人体内除成熟红细胞外，所有细胞均有过氧化酶体。过氧化酶体内含有 40 种以上氧化酶和过氧化酶，对超长链脂肪酸、植烷酸和六氢吡啶羟酸的氧化，缩醛磷脂、胆汁酸、胆固醇的合成，以及前列腺素、乙醇的降解等均起着重要的作用。过氧化酶体病（peroxisomal disorders）是一组遗传代谢性疾病，遗传方式多为常染色体隐性遗传。其根本原因是由于基因缺陷导致过氧化酶体数量、结构或功能的异常，从而引发多种表型的疾病。各类过氧化酶体病的总计发病率约为 1/25 000 活产儿。

一、概述

1．病因　　由于过氧化酶体发育形成过程障碍，导致细胞中过氧化酶体数量减少甚至完全缺如，或明显结构异常，造成多种酶的缺陷。

2．分型　　根据过氧化酶体结构受影响程度及过氧化酶缺如情况，目前将过氧化酶体病分为 3 大类：

（1）一类过氧化酶体病：由于过氧化酶体不能正常形成，在细胞中完全缺如，或数量减少或结构异常，导致多种酶缺陷。包括有泽尔韦格（Zellweger）综合征、新生儿型肾上腺脑白质营养不良、婴儿型植烷酸病等。新近研究显示，定位于染色体 12 的 PXR1 基因发生突变可能是 Zellweger 综合征的真正病因，PXR1 基因突变，从而影响 PXR1 受体将酶转存入过氧化酶体的功能，造成过氧化酶体多种酶的缺陷。

（2）二类过氧化酶体病：其过氧化酶体结构完整，而存在个别酶的缺陷，包括有 X－连锁肾上腺白质萎缩症、成人型植烷酸病等。

（3）三类过氧化酶体病：其过氧化酶体数目正常，但组织结构异常，导致多种酶的缺陷，包括肢带型点状软骨发育不良和 Zellweger 样综合征。

二、诊断要点

（一）临床特点

1. 第一类过氧化酶体病　　在一类过氧化酶体病中，临床表现以 Zellweger 综合征最重，婴儿型植烷酸病最轻，新生儿型肾上腺脑白质营养不良介于两者之间。

（1）Zellweger 综合征：具有明显的面部特征，表现为前额高突、眶上嵴发育不良、内眦赘皮、眼裂增宽，有似先天性愚型样面容，大前囟宽颅缝，枕骨扁平。伴有肌肉松软、肌张力低下。常在新生儿期出现抽搐发作，90％患儿在新生儿期夭折，少数可存活数月以上。

（2）新生儿型肾上腺脑白质营养不良：面部特征不明显。主要表现为新生儿抽搐，继之表现为精神运动发育迟缓，在 3～5 岁后由于脑白质进行性萎缩，精神运动发育迟缓更为突出，并出现智力倒退。常伴有肝大和肝功能损害、严重听力损害、色素性视网膜变性等；肾上腺功能常受损，但极少见典型的 Addison 病。部分病人可存活致成年。

（3）婴儿型植烷酸病：又称为婴儿型 Refsum 病。部分患儿可呈现外形特征：内眦赘皮、鼻梁低平、耳位低。早期可表现为运动发育迟缓，肌张力低下。所有病例均有神经性耳聋和色素性视网膜炎。可有肝肿大、肝功能损害、肾上腺发育不良以及血浆胆固醇减低、高密度脂蛋白和低密度脂蛋白呈中度减低。

2. 第二类过氧化酶体病　　主要有 X－连锁肾上腺脑白质营养不良、成人型 Refsum 病、无过氧化氢酶血症，以前者最为常见。

X-连锁肾上腺脑白质营养不良：临床患病者只见于男性。病初表现为注意力不集中、多动、学习成绩下降，检查可发现听力障碍、语言功能障碍，进而发展出现视力障碍、运动障碍。病程进展较迅速，约2年后发展成完全强直或瘫痪、吞咽困难、失明等。病程中几乎所有患儿均可发生癫痫，个别患儿可有颅内压增高表现，肾上腺皮质功能障碍不明显。

3. 第三类过氧化酶体病　包括肢带型点状软骨发育不良和 Zellweger 样综合征。肢带型点状软骨发育不良以在透明软骨上有点彩状钙化为其特征，临床表现为侏儒、白内障、多发性挛缩畸形、神经精神发育迟缓。约25%患儿有鳞癣样红斑。

（二）实验室检查

1. 生化检查

（1）第一类过氧化酶体病：用成纤维细胞检查可发现过氧化氢酶异常分布于细胞胞浆中；红细胞中缩醛磷脂含量减少；血浆中超长链脂肪酸含量增高，植烷酸含量增高，胆汁酸及其中间代谢产物增多，六氢吡啶羧酸增多。以上实验室检查可用于产前诊断。

（2）第二类过氧化酶体病：X-连锁肾上腺脑白质营养不良患儿血浆中超长链脂肪酸含量增高；血浆 ACTH 水平增高，但在静脉注射 ACTH250μg（ACTH 刺激试验）后，血浆皮质醇的升高程度明显低于正常。

（3）第三类过氧化酶体病：患儿红细胞中缩醛磷脂含量减少；血浆植烷酸含量增高。其与 Zellweger 综合征的区别在于血浆中超长链脂肪酸和六氢吡啶羧酸含量正常。

2. 影像学检查

（1）B超检查：可发现肾皮质囊肿、肾上腺发育不良、肝脏纤维化、肝胆管发育不良。

（2）X线检查：胸片可发现胸腺发育不良。骨骼 X 线检查：点状、无规律髌骨及股骨大转子钙化是 Zellweger 综合征的特征改变；

透明软骨上呈点彩状钙化为肢带型点状软骨发育不良的特征改变，还可见近端肢骨缩短、骨化障碍，干骺端呈杯口状。

(3) 头颅 CT、MRI 检查：X-连锁肾上腺脑白质营养不良患儿可显示枕叶及后顶叶脑室周围白质发育不良，CT 呈低密度病灶，对称性；MRI 在 Flare 序列病灶呈高信号。

三、治疗要点

1. 对症治疗　　对该症多数病例是主要的治疗措施。包括对癫痫发作的控制和神经康复，如理疗、体疗、运动功能训练及语言训练等。肌强直患儿可用妙纳等肌松剂治疗。对于轻症患儿早期实施各种康复治疗，及时控制癫痫发作可以在一定程度上减轻残疾、改善患儿的预后。

2. 饮食治疗　　给予富含单不饱和脂肪酸的食品包括豆类、玉米，橄榄油、花生油，其中以橄榄油含单不饱和脂肪酸的含量最高，达 72%～80%。严格控制饱和脂肪酸和植烷酸的摄入，有利于延缓病程的进展。

3. 药物治疗　　①胆酸：每日 100～250mg/kg，口服，以减低一些有毒性的胆汁酸的水平。②补充人体所需的特殊不饱和脂肪酸，如廿二碳六烯酸乙脂（ethyl ester of docosahexaenoic acid），每日 200～250mg/kg，口服，该脂肪酸在患儿体内，尤其脑内的含量不足。③缩醛磷脂：每日 5～10mg/kg，分 3～5 次口服，以补充体内合成不足。

4. 骨髓移植　　对部分轻症病例可能取得良好的效果。在出现脑损害之前实施骨髓移植可改善预后，在移植前给予饮食治疗可提高骨髓移植的疗效。

（罗向阳）

第四节　主要影响脑白质的其他遗传病

影响脑白质的疾病种类很多，已确定为遗传性的疾病也已有数十种，其中许多疾病的发病机制比较明确。该类疾病是由于基因突变导致各种酶缺陷，继而造成髓鞘产生与发育受累，统称为脑白质营养不良（lenkodystrophy）。除前几节讨论过的一些疾病外，本节讨论几种在近年有一定进展的脑白质营养不良病。另有一类白质病，其主要脑病理改变是由各种后天（或遗传与后天因素）因素导致的脱髓鞘病变。

Pelizaeus-Merzbacher 病

一、概述

Pelizaeus-Merzbacher（P-M）病又名皮质外型中轴发育不良（aplasis axialis extracorticalis），先后由 Pelizaeus（1885 年）和 Merzbacher（1910 年）报告，是罕见遗传病，遗传方式主要是 X-性连锁隐性遗传。本病实际上包括了一组不同的疾病，但都表现为髓鞘的病变和眼球震颤。

1. 病因　　已知病因为蛋白脂蛋白（PLP）基因突变，导致脑皮质下白质广泛的脱髓鞘和后期的胶质增生，对病变脑组织的生化分析，证明髓鞘结构的主要蛋白髓鞘碱性蛋白（MBP）和蛋白脂蛋白（PLP）都有显著减少，尤其是后者。经过几十年的艰苦探讨，并且结合动物模型 jimpy 型小鼠的启示，近年才阐明本病的分子缺陷起因于 PLP 的基因突变。现已阐明致病基因位于 X 染色体（Xq22），其跨度约为 17kb，含有 7 个外显子，PLP 的基因经转录和 RNA 剪接后不仅可生成 PLP（30kD，276 个氨基酸残基），并可翻译为另一种髓鞘蛋白 D。至今已通过分子遗传学在 P-M 病人的研究中发现 PLP/DM-20 基因突变的类型有 10 多种，主要有点突变、无义突变、剪接部位突变、重复和缺失等。

与本病极为相似的动物模型 jimpy 小鼠，是一种自然突变的品系，其中枢神经中几乎有 98% 的髓鞘发育不良，而外周神经则完全发育正常。jimpy 小鼠也表现为共济失调，全身颤抖和抽搐等，多在 1 个月内死亡。在小鼠的 PLP 的基因上也发现有单个碱基点突变。除小鼠外，髓鞘缺失型大鼠、震颤型小狗等动物也都和人类的P-M病有许多相似之处。

2．病理　　病理学检查发现皮质下白质广泛的脱髓鞘，后期可出现星形胶质增生。在脱髓鞘区的轴索表面常被一层脂质覆盖，而无结构完整的髓鞘，因而提示本病的病因可能在于髓鞘本身的代谢缺陷。

二、诊断要点

1．临床特点　　按发病的年龄和症状可分为 3 种类型：

（1）经典型（Ⅰ型）：多在 5 岁以前起病，首先见有眼球的不自主运动，表现为快速、无规律的眼球摆动，也可合并头部间歇性摇动，和婴儿期的点头痉挛相似。以后可逐渐出现共济失调、意向性震颤、上肢舞动-手足徐动症，逐渐导致精神和运动功能退化，不能行走、站立和端坐。抽搐较常见，还可表现为视神经萎缩、肢体瘫和锥体束征，进展缓慢，可存活到 30～40 岁。

（2）新生儿型（Ⅱ型）：发病于出生后不久，症状与经典型相似，但发展极为迅速，多在儿童期死亡于并发症。

（3）移行型（Ⅲ型）：起病于 5 岁以前，临床症状不如Ⅰ、Ⅱ型多，仅表现部分中枢神经损害，进展也较缓慢，可存活到少年期。有些病例表现为进行性下肢痉挛性截瘫和一侧上肢肌萎缩等变异型式，需用分子生物学手段方可诊断。

2．特殊检查与辅助检查　　以往本病在生前仅能依靠脑活检或组织病理学检查。近年来可应用影像学检查作早期诊断或分子遗传学技术鉴定基因突变的类型。

（1）影像学检查：近年来应用磁共振检查头部，可早期发现大脑白质髓鞘完全缺失，在加权影像上白质信号反而比灰质高。有时在小脑、脑干中也有类似的发现。CT 检查的意义较小。

（2）分子生物学检查：目前已有分子生物学方法可检出突变的DNA，但是方法非常复杂，因为几乎每一个患儿的突变都不同。

（3）电生理检查：眼电图检查示中枢性异常，常发现在睁眼活动时慢相过度延长。脑干听觉诱发电位检查发现有患儿显示Ⅲ—Ⅴ波消失。

三、治疗要点

目前主要为支持疗法，尚无特异治疗。国内已有报道。

Leber 综合征

包括一组以视觉障碍为主要症状的脑白质遗传病，大致可归为两大类：Leber 遗传性视神经病和 Leber 先天性黑矇（amaurosis）。

一、概述

Leber 遗传性视神经病（Leber's hereditary Optic neuoretinopathy, LHON）是一种累及黄斑乳头束纤维，导致视神经退行性变的遗传性疾病。本病由 von Graefe 等于 1958 年首先报告。Leber 于 1971 年收集了 16 个家庭中 55 例，并明显为一独立的遗传性疾病。本病为青少年期急起的双眼视神经炎，造成视神经萎缩，视力明显减退。男性发病率高于女性，男女比例黄种人与白种人有明显差异。

Leber 遗传性视神经病的遗传方式非常特殊，本病有连续传代，也可能相隔一代或数代后发病。患者男性多于女性，但男性患者的后代从不发病，亦不会成为携带者，只有女性患者或携带者的后代发病。Leber 是由母亲遗传给子女，提示可能为线粒体 DNA 遗传病，现已证实约 50% 的患者有线粒体 DNA 点突变，位于线粒体 DNA 的烟酰胺-腺嘌呤二核苷酸脱氢酶亚单位 4 的基因上。还有些患者被认为是线粒体 DNA 上电子转移链复合物 I 的基因发生突变。最近更发现"两点突变"（two-locus），即在线粒体 DNA 和 X 染色体上同时有突变，能更合理地解释临床的遗传特点。

Leber 先天性黑矇为常染色体隐性遗传。临床表现为视敏度降低，眼球震颤，可能出生后就存在，视觉障碍的个体差异很大，从 20% 到完全失明不等，但一般保持稳定，唯视网膜色素变性却随年龄增大而可能进展。其他神经系统表现有肌张力减低，智力低下，癫痫，耳聋等，还有多囊肾及肝增大也可能见到。

二、诊断要点

典型临床特征加上家族中至少 2 人以上发病是确诊的可靠依据。先证者，尤其是病情已进展到视神经萎缩期时，应详细询问病史并随访家族中其他成员，有家族史者可诊断，无家族史者若发现患者母系亲属有特征性眼底和（或）FFA 的改变，应高度怀疑本病并密切随访。应强调的是，若能对可疑病例或家系成员及时做分子遗传学检查，确认被检查者白细胞和毛囊细胞有无 mtDNA 的编码基因异常，既有助于尽早确诊，避免滥用多种检查及治疗，又可估计预后。

1. 临床特点

（1）多在青春期（10~20 岁）或 15~35 岁间发病，有报道 63 岁和 70 岁发病的，但罕见。

（2）男性患者为主，欧美国家男女之比为 9:1，中国和日本约为 6:4。

（3）双眼中心视力大多先后急性或亚急性下降，间隔时间为数日至数月。双眼视力同时下降者较少见。

（4）视力下降时一般不伴有眼球疼痛或压痛，但也有报道发病时伴眼痛，可发生在视力下降前。

（5）视力可降至数指，通常 <0.1，罕见全盲者。

（6）红绿色觉障碍为主。

（7）视野以中心绝对暗点居多，暗点巨大时可向周边扩展，更易向上方延伸或连接包绕生理盲点。

（8）先发病眼或双眼发病者中视力损害严重的眼有相对性传入瞳孔缺损（RAPD）。

此外在儿童期即出现症状，先有共济失调、步态异常，还可有震颤、痉挛、腱反射增强、巴氏征阳性，并有脊髓后柱受损症状及心脏传导障碍等。

2. 眼底检查　　眼底检查急性期或早期表现眼底以球内视神

经病变为主，可有以视盘为中心的微血管异常，即特征性三联征：环绕视盘的微血管扩张弯曲；视盘充血或（和）水肿，可有周围神经纤维层水肿混浊；眼底荧光血管造影无荧光素渗漏。晚期眼底症状较单纯，主要为视盘颞侧或全视盘色泽变白，荧光素眼底血管造影（FFA）无血管荧光素渗漏。

3．实验室检查

（1）电生理检查：视觉诱发电位（VEP）异常在疾病早期就可发现，表现为波幅降低，时程加宽或双峰波形及潜伏期延长。

（2）影像学检查：MRI 显示豆状壳部有信号减弱区。

（3）分子生物学方法：分子生物学方法能用于 Leber 遗传性视神经病诊断，但非常复杂，而且也只能用于部分病例。目前主要以分子遗传学手段来检查。最初检测 mtDNA 11778 位点应用 PCR 和 SfaNI 酶切法，但 SfaNI 昂贵难买，mtDNA 11778 处突变（正常多态）也使酶切点消失，故常得假阳性。后来使用另一内切酶 MaeⅢ因正常人 11778 附近不存在 MaeⅢ酶切位点，但 11778 突变者产生此酶切位点。另使用 PCR 和 BasaHI 酶检测，还可用直接测序法、PELP、PCR-SSCP、DGGE 和 MSP PCR 等诊断方法。

4．鉴别诊断　　Leber 遗传性视神经病在缺乏家族史和无条件做分子遗传学诊断试验时容易误诊。

（1）临床前期或急性期：表现为视盘炎的应和前部缺血性视神经病变、视盘血管炎、视神经乳头炎等鉴别，眼底无明显改变时应和轴性球后视神经炎、烟或酒中毒性弱视及压迫性视神经病变仔细鉴别。Heher 等指出，具有 15257 点突变的少数 LH ON 患者眼底可见类似 Stargardt 病的黄斑变性，应注意避免误诊。

（2）萎缩期：首先应除外颅内压迫性病灶，并和其他遗传类型的视神经萎缩如先天性隐性或显性视神经萎缩、青少年型显性视神经萎缩等鉴别。

（3）极少数患者可伴有全身神经系统疾病，但通常症状轻微，若有截瘫、肌张力障碍等严重神经系疾病时，应谨慎排除多发性硬化及视神经脊髓炎等脱髓鞘疾病。

5. 临床分期　　概括 Leber 遗传性视神经病的眼底变化全过程及 FFA 所见，临床上大致可分 3 期：

（1）临床前期：视盘充血水肿，视盘上及邻近区微血管扩张弯曲明显，绕盘周神经纤维层水肿混浊。FFA 见静脉充盈迅速，动静脉分流，但无渗漏。

（2）急性期：上述体征更明显，有时可见盘周出血。FFA 显示充盈时间更快，视盘颞上下方为主有丰富的动静脉分流枝，颞侧部分血管壁可出现荧光滞留现象，而盘斑束的血管床减少，充盈迟缓。

（3）萎缩期：视盘颞侧小动脉变细，毛细血管减少，神经纤维的带状或楔形缺失区逐渐加宽，视盘颞侧变淡白。随病程进展上述改变范围更大并累及全视盘及周围神经纤维层。FFA 可见动静脉分流明显减少并逐渐消失，动静脉相循环时间明显延长。

文献中也有在急性期后增加进展期，按 4 期分述的，但基本病理过程无明显差异。

三、治疗要点

本病尚无有效治疗，以对症处理为主。有各种关于此病疗效的报道，因 LHON 患者视力有自行恢复的特点其疗法尚未全面证实。

Canavan 病

一、概述

自 1949 年 Van Bogaert 和 Bertrand 首先报道以来，随着生化技术及核磁共振技术的发展，国外陆续有报道，但国内报道甚少。Canavan 氏病是一种严重的、进行性的脑白质营养不良，在东欧犹太人发病较多。本病属于嗜苏丹脑白质营养不良（Sudanophilic leukodystrophy），多在婴儿 3~6 个月时起病，病程 1~3 年。主要特征为严重的精神发育迟缓，头大畸形，脑白质发育不良和大脑的海绵样变性。

1．病因　　Canavan 病为常染色体隐性遗传性疾病，基因定位于染色体 17P13-Pter，该基因长 29kb，包括 6 个外显子。分子水平的研究表明，犹太人群有两种突变型比较多见：一种是 285 位上的谷氨酸变成了丙氨酸，占 83.6%；另一种是 231 位突变为无效密码使谷氨酸消失，占 13.4%。非犹太病人基因突变是不一样的，大部分是 305 位的丙氨酸转变为谷氨酸，占 35.7%，在非犹太人群中证实发现另外 15 种突变型。对于高危人群基因频率的了解非常重要，一份 879 名犹太人群基因突变携带率的报告：285 位上的突变基因携带率为 1∶59。231 位上突变基因携带率为 1∶307。两种突变总的携带率为是 1∶37.7，这两种突变占病人的 97%。

2．病理　　病理特点为中枢神经海绵样变性，病变特征是严重的慢性脑水肿，超微结构特点是白质髓板层撕裂成大片状空泡，部分髓鞘过度增厚，脑组织的细胞间隙增宽，可见肿胀的星形胶质细胞内含肿胀的异常线粒体，线粒体基质内可见丝状核心。生化特点为天冬氨酸酰基转移酶缺陷导致脑和尿中 N-乙酰天冬氨酸（NAA）增多，可达正常人 200 倍。

二、诊断要点

1．临床特点

（1）进行性运动智力发育落后，肌张力显著低下，但逐渐出现肢体受触碰后的伸性强直痉挛。

（2）巨颅征。

（3）视神经萎缩，失明。

（4）癫痫发作。

（5）随着病情发展胃食管返流现象明显，导致喂养困难和体重下降。

2．特殊检查与辅助检查

（1）CT 和 MRI：头颅 CT 和 MRI 可见广泛脑白质脱髓鞘改变，中央区白质及皮质下白质均受累，MRS 示 NAA 波峰增高；电镜下显示星形胶质细胞肿胀及其线粒体扭曲和伸长。

（2）血、尿生化检查示 NAA 增高。

（3）皮肤成纤维细胞培养检测天冬氨酸酰基转移酶活性明显降低。

（4）产前诊断：用羊膜细胞和绒毛细胞培养进行酶学分析来诊断 Canavan 氏病，已被证明是行不通的，现在能通过分析羊水中的 NAA 而完成产前诊断。

3．临床分型　　一般本病分为 3 型：先天型、婴儿型和幼儿型。这种分类法是在发现该病因为酶缺陷之前，所以不清楚全部类型的生化改变是否一样。先天型的症状很严重，在生后几周就能识别；大部分病人是婴儿型，症状出现在 6 个月左右；幼儿型在早期无症状，要到 5 岁时才出现神经退行性改变。

4．鉴别诊断　　Canavan 病特征表现较少，主要的表现为进行性运动智力发育落后，而此表现在很多疾病都有，故应与以下疾病鉴别：

（1）亚历山大病（Alexander 病）：该病亦为婴儿起病，表现为巨头、智力倒退、痉挛性瘫痪、癫痫发作，头颅 MRI 显示广泛大脑白质受累，表现为白质 T_1W 低信号，T_2W 高信号，但白质病变为典型的双侧额部首先起病，到病变后期才向顶、枕叶发展。MRS 表现为乳酸波峰明显增高。

（2）Tay-Sache 病：即 GM_2 神经节苷脂病 I 型，为常染色体隐性遗传病，生化缺陷是氨基己糖苷酶缺乏。3~6 个月起病，突出特点是对声音有过度的惊跳反应、不注视、癫痫发作。6 个月以后出现肌张力低、视觉减退，有眼震，眼底黄斑部有樱桃红斑。约 1 岁时全盲，樱桃红斑可能消失，出现视神经萎缩。1 岁以后出现痉挛性瘫痪，头围增大。白细胞氨基己糖苷酶活性下降是确诊的依据。

（3）异染色体脑白质营养不良：为常染色体隐性遗传病，生化缺陷是芳基硫酸酯酶 A 缺乏。该病晚婴型生后 1~1.5 岁起病，亦可表现为运动、智力倒退，癫痫及视神经萎缩，但本病无头围增大，MRI 表现为侧脑室周围白质受累，以中央区白质受累为主，早期不累及皮质下白质，MRS 表现为 NAA 波峰降低，外周血白细胞芳基硫酸酯酶 A 活性降低是确诊的依据。

三、治疗要点

Canavan 病目前尚无有效的治疗方法，预后与酶缺陷程度有关，多数 5 岁内死亡，极少数存活至少年或成人。

Alexander 病

一、概述

Alexander 病属于嗜苏丹脑白质营养不良。1949 年 Alexander 最先描述一种以智能发育迟缓和巨颅为特征的中枢神经系统的变性性疾病，后命名为"Alexander 病"。

1. 病因　　Alexander 病多自 3~6 个月起病，目前尚未明确疾病基因。目前认为可能与脑内线粒体功能改变有关，最初 Alexander 根据沉积物定位在星形细胞纤维蛋白样变性，因而提出胶质细胞的关键作用的理论。Friede 用 Holzer 和 Hortega 染色进一步证明 RFs 是一种 22kd 的蛋白-α-B-晶体状蛋白，这种蛋白在星形细胞内的大量聚集是 Alexander 病形成的主要原因，同时有胶质纤维酸性蛋白和热休克蛋白的参与。国外确诊靠组织活体检查，可见星形细胞特异细胞特异蛋白 GFAP 过度表达。

2. 病理　　大体病理改变主要见于婴儿型，表现为颅脑体积增加、脑硬化，均匀白色，皮质呈带状结构，质地松软，似胶冻状，后期大脑明显萎缩或结构破坏。组织学检查显示弥散的脱髓鞘改变和白质稀疏，少量弓形纤维，不同数量的 Rosenthal 纤维（RFs）密布在血管周围，RFs 用髓鞘染色呈现不规则长形或圆形的透明的嗜酸性小体，它可能是一些包括胶质纤维酸性蛋白在内的蛋白质，部分皮质显示胶质细胞增生。超微结构病理显示大量 RFs 和一些不规则颗粒状沉积物，伴有髓鞘变性病变。无论起病如何，RFs 在整个中枢神经系统都可出现，主要分布在室管膜下，软脑膜下和血管周围。成人型病例表现出与"多发性硬化"相似的病理特征。

二、诊断要点

1. 临床特点　　根据发病年龄，本病分型为婴儿型、少年型及成年型。

(1) 婴儿型：Russo 等综合了自 1949 年以来所报道的 23 例病例，其中婴儿型 11 例，起病年龄从出生后至 2 岁，起病从 2 个月到 7 岁半不等，发病以男性为多（男：女 = 10∶1），临床主要表现为智能发育迟缓、脑体积增加和惊厥。

(2) 少年型：少年型起病于 7 ~ 14 岁，病程 15 个月至 12 年，男：女 = 1∶1，临床表现主要表现为瘫痪、延髓麻痹，智能状态相对完整。

(3) 成年型：成人型再分为没有神经系统功能障碍和出现一些间隙性神经系统功能障碍。前者起病从 19 ~ 34 岁，病程 1 年，男：女 = 1∶2。后者起病从 32 ~ 44 岁，病程 6 ~ 17 年，没有性别差别，临床表现为共济失调、眼震、痉挛性四肢瘫或截瘫。

2. 特殊检查与辅助检查

(1) 影像学检查：影像学检查改变近 10 余年以来有不少报道。CT 示大脑白质弥漫性低密度，MRI 表现为 T2 高信号，具有前额部明显的特点，此特征的出现提示该病的诊断。上述影像学改变主要见于婴儿型。此外，影像学改变还有导水管阻塞及第四脑室扩大，近来有桥脑、延髓、小脑萎缩的报道。

(2) 病理检查：除典型病例外，还要注意非典型病例的存在。对诊断不明确病例的脑活检和尸检可帮助发现更多证据，提高诊断水平。

三、治疗要点

本病尚无有效治疗，以对证处理为主。

其他脑白质营养不良

除了以上几种脑白质营养不良外，还有许多种类型。如异染性脑白质营养不良（metachromatic leukodystrophy，MLD）是一种常染色体隐性遗传性疾病，是最常见的溶酶体病。由于芳基硫酸酯酶 A（arylsulfatase A ARSA）或神经鞘脂激活蛋白 B（sphillgolipid activator protein B SAP-B saposin B）即脑硫脂激活蛋白的缺陷，使溶酶体内脑硫脂水解受阻，而沉积在中枢神经系统的白质、周围神经及其他内脏组织，引起脑白质、周围神经脱髓鞘等病变。临床主要表现为共济失调、智能下降、四肢瘫痪、癫痫及精神症状等。国外报道本病发病率约在 1/4 万 ~ 0.6/10 万之间，无种族特异，但有报道以色列两个地区的阿拉伯人更常见。其致病基因已定位克隆，表达产物的性质也已明确。

此外有文献报道，随访 300 余例脑白质营养不良病儿，其中 11 例伴巨颅，随访 3 ~ 8 年，6 例智力运动发育均正常。提示具有严重 MRI 脑白质异常者部分也可有良好预后，所谓"良性脑白质营养不良"。1995 年，又有学者报告一组婴儿起病、巨颅、MRI 显示不严重白质营养不良的病儿，发病后没有和仅有轻微神经系统异常。可有缓慢进展的共济失调或肢体痉挛，发病后数年内智力可以正常。各种酶学及电生理检查均为正常。MRI 表现两半球白质弥漫性信号强度异常及肿胀，有时在额顶及前颞皮下区可有囊样改变区。目前对本病病因不明，但已证实为常染色体隐性遗传。

1997 年，已有学者报道几组未能分类的未知脑白质营养不良病儿（包括同胞儿患病），多于幼儿期起病，呈慢性进行性运动障碍，可有共济失调、惊厥等，可因感染或轻度头部外伤而短暂阵发性加重，智力多正常。MRI 显示弥漫性两半球白质病变，信号强度近似脑脊液。目前认为本病是常染色体隐性遗传，病因不明，命名为"消散性（vanishing）脑白质营养不良"。

肾上腺脑白质营养不良（adrenleukodystrophy ALD）为性连锁隐性遗传病，以脑白质进行性脱髓鞘和肾上腺功能不全为临床特征。近几年，随着分子生物学的进展，将 ALD 基因定位于 Xq28，由 10 个外显子构成，已发现多种突变形式，包括缺失突变、移码突变等。有 6 种表型，其表现型与基因型无关。

（何展文　罗向阳）

第五节　主要影响灰质的遗传病

Menkes 病

一、概述

Menkes 病是少见的 X 连锁隐性遗传病，由女性传递，男性发病，是由于体内铜缺乏导致的神经系统退行性变并伴有特殊的外貌及头发改变的一组综合征群。

Menkes 病在全球范围内统计的发病率约 1/5 万 ~ 1/25 万，其中 1/3 病例是由于新的基因突变所致起病。多在生后 2 ~ 3 个月起病，若未予治疗，可于数月至 3 年内死亡，也有个别基因变异轻微的病例，可延至幼儿期甚至青少年期才起病。

病因及病理：细胞中铜转运至细胞间液或入血这一过程是转运阳离子的磷酸化 ATP 酶家族的铜转运体介导完成的，称为 MNK 蛋白，为一个包括 1 500 个氨基酸的 178kD 单链多肽。编码 MNK 蛋白的基因是 ATP7A，包括 23 个外显子约 140kb，定位于 X 染色体 q13.3。Menkes 病正是由于编码 MNK 蛋白的基因缺陷，导致机体铜缺乏。铜是维持人体正常功能的一种必需微量元素，参与多种酶与蛋白的构成，包括细胞色素 C 氧化酶、超氧化歧化酶、赖氨酸氧化酶、酪氨酸酶、抗坏血酸氧化酶、单胺氧化酶、多巴胺 β 羟化酶、血浆铜蓝蛋白等。铜缺乏致相关酶缺乏或活性降低，细胞色素 C 氧化酶缺陷与神经系统损害及低体温有关；赖氨酸氧化酶缺陷导致弹性蛋白及胶原蛋白缺损，引发动脉破裂及血栓形成；单胺氧化酶及多巴胺 β 羟化酶的缺陷与毛发卷曲、易断有关；酪氨酸酶缺损导致毛发、皮肤色素减少。

二、诊断要点

该病的临床诊断主要根据特异性的临床表现及体征，并伴有血清铜及铜蓝蛋白水平降低，结合相关的影像学检查，必要时基因检查以确诊。

1．临床特点　　多在出生后 2~3 个月起病，主要表现为生长发育迟缓、智力低下、惊厥发作，毛发卷曲、稀疏、颜色变淡。基因变异轻微者可以只有轻度的神经症状，智力正常或只有轻度智力发育迟缓和机体自主功能障碍。

（1）毛发异常：异常卷曲的头发、眉毛、睫毛，粗短、稀疏、卷曲，短而稀的头发分布在头的两侧和后侧，常伴有色素合成不足，毛发呈白色、银色或灰色。

（2）面容异常：下颚宽厚，呈双下巴，双颊膨胀下垂，又称"天使脸"，鼻梁扁平，高腭弓，出牙延迟。

（3）神经系统异常：脑皮质进行性退行性变导致生长发育迟缓、智力低下、惊厥发作，表现为强直-痉挛发作，躯干肌张力降低而四肢肌张力增高，体温不稳定，常表现为低体温。

（4）眼睛异常：上睑下垂，斜视，视神经盘萎缩伴瞳孔对光反射减弱。

（5）结缔组织异常　　有脐疝或腹股沟疝、膀胱憩室炎，颈项及躯干皮肤松弛，关节松弛，活动度过大。

（6）其他　　硬膜下血肿和（或）脑动脉血栓形成，骨质疏松，先天性骨折或畸形，漏斗胸，喂养困难等。

2．实验室检查

（1）血清铜含量低于 70mg/dL（正常值：80~160mg/dL）

（2）血浆铜蓝蛋白含量低于 20mg/dL（正常值：20~60mg/dL）

（3）血清二羟苯丙氨酸（DOPA）：与二羟苯烯糖（DHPG）的比值增高，血清 DOPA/DHPG 大于 5（正常值：1.7~3.3），脑脊液 DOPA/DHPG 大于 1（正常值：0.3~0.7）有诊断意义，这是由于多巴胺 β羟化酶活性降低所致，该比值明显升高表明病情加重。

3．特殊检查与辅助检查

（1）影像学检查：头颅 MRI 及 CT 检查，可见脑萎缩、脑血管弯曲畸形、硬膜下血肿和渗出、脑血管意外等表现。血管造影术和磁共振血管摄影术有利于发现血管畸形（包括颅内的和颅外的）。

（2）脑电图检查：可见弥漫性多发性棘慢波。

（3）视网膜电流图：波幅减低，暗视反应比光视反应更明显。

4. 鉴别诊断

（1）苯丙酮尿症（PKU）：常在生后 3～6 个月时起病，智能发育落后，肌张力减低或增高，有肌痉挛及癫痫发作，也有黑色素合成不足，表现为毛发、皮肤、虹膜色泽变浅。但尿和汗液有特殊的鼠臭味，测血苯丙氨酸的含量增高则可鉴别。

（2）先天性甲状腺功能低下：生长落后，发育迟缓，智能低下，毛发枯黄，眼距宽，鼻梁宽平，体温低而怕冷。测定血清 T_3、T_4 和 TSH 可鉴别。

（3）粘多糖代谢障碍：也在婴幼儿时期起病，生长发育落后，头大，面容丑陋，鼻梁低平，眼距宽，部分伴有智能障碍，有多发性进行性的骨、关节畸形。作尿液粘多糖检测及有关酶学分析可鉴别，必要时作 DNA 分析可进一步确诊。

三、治疗

早期静脉注射或口服铜盐制剂可在一定程度上减轻神经系统损害，但并不能阻止病情进展。常用铜盐制剂有氯化铜和组氨酸铜，剂量约 200～1 000μg/d，用药期间必须严密监控血铜水平并随时调整剂量。另外加强支持及对症治疗。本病预后很差，多在生后 10 年内死亡，未经治疗者极少能存活超过 3 岁。

Alpers 综合征

一、概述

阿尔珀斯综合征（Alpers syndrome）又称阿尔珀斯病（Alpers disease），是一种十分罕见的脑灰质神经进行性变性疾病，发病于婴幼儿时期，主要表现为顽固性的婴儿惊厥发作和生长发育迟缓，是一种常染色体隐性遗传病。

Alpers 综合征是一种十分少见的遗传性疾病，其发病率大约低于 1/20 万。

1．病因　　发病机制尚未明确，目前认为可能与编码线粒体 DNA（mtDNA）的某些基因缺陷有关，有研究发现该病患者骨骼肌中 mtDNA 水平只有正常的 30%，而肝细胞的 mtDNA 水平只有正常的 25%。细胞的线粒体畸变或缺如致使氧化磷酸化过程受阻，新陈代谢紊乱，最终导致脑、肝、骨骼肌等多个器官组织细胞萎缩、变性。

2．病理改变　　脑皮质神经细胞广泛退行性变，顶叶皮质及小脑皮质尤为严重。

二、诊断要点

1．临床特点

（1）神经系统症状：主要表现为反复的难治性的癫痫发作和生长发育迟缓，多在婴儿期发病。该病的初发症状是发育迟缓，智力低下，肌张力减退或四肢强直。癫痫发作类型是部分性癫痫连续状态（epilepsia partialis continua），表现为反复发作的肌阵挛。可伴有视神经萎缩，常导致失明。部分病人伴有神经性耳聋。小脑受损表现为共济失调。

（2）可伴多发性先天性畸形：多数患儿在出生前就有胎儿宫内发育迟缓，出生后可见小头畸形、前额倾斜样畸形、鸟嘴状凸鼻、指（趾）屈曲畸形、髋膝关节屈曲畸形、活动受限，尿道下裂等。

（3）肝脏病变：疾病后期出现进行性肝萎缩，肝功能障碍，最终发展为肝功能衰竭。

（4）其他改变：全身皮肤变薄、萎缩，颅骨变薄，前囟闭合延迟，黄疸。

2．辅助检查

（1）脑电图检查：可见异常波形，呈特异性的癫痫波形改变。

（2）头颅 MRI：脑灰质萎缩或脱髓鞘改变。

（3）肝穿刺活检：疾病后期可见肝细胞广泛萎缩变性。

（4）尸体解剖或脑组织活检：该病确诊必须依靠死后尸体解剖行脑组织活检，可见脑灰质细胞广泛退行性变性。

3. 鉴别诊断　由于本病必须依靠死后脑组织活检才能确诊，而此前许多病征在很多其他疾病也可见到，故易造成误诊，应注意与下列疾病鉴别：

（1）先天性甲状腺功能低下：出生后 3 个月呈现生长发育迟缓，前囟迟闭，智能低下，但不伴有惊厥，血清 TSH、T_3、T_4 测定可资鉴别。

（2）婴儿肝炎综合征：生后不久出现病理性黄疸，肝功能损害，严重的也可导致肝功能衰竭而死亡。没有反复的难治性的婴儿惊厥，可做 CMV、EB 病毒及一系列相关的肝炎病毒的病原学检查。

（3）原发性癫痫：表现为反复惊厥发作，脑电图异常，一般不影响智力，对于抗癫痫药物的反应较好，不伴有进行性加重的肝功能损害。

三、治疗

目前仍未发现 Alpers 病的有效根治方法，也没有任何医疗手段可以延缓该病的进展。临床上多用些对症、支持疗法。癫痫发作时可用抗惊厥药物治疗，但是在选用丙戊酸盐治疗惊厥时应慎重，因为该药可加重患者的肝功能损害。理疗也许能减轻肌肉痉挛和改善肌张力。

Alpers 综合征的预后很差，目前仍无有效的治疗方法，多在生后 10 年内死亡。

（岑丹阳　罗向阳）

第六节　遗传性共济失调综合征

遗传性共济失调是由遗传性病因所致的以共济失调为主要表现的中枢神经系统疾患，多合并有其他异常。是常染色体显性或隐性遗传，一般有家族史。病变部位主要在脊髓、小脑和脑干，合称为脊髓小脑共济失调，病种较多，主要有常染色体显性遗传和常染色体隐性遗传两类。

常染色体隐性遗传性共济失调

弗里德里希共济失调

一、概述

弗里德里希共济失调（Friedreich ataxia，FRDA），又称少年型共济失调，为常染色体隐性遗传病，由 Friedreich 于 1963 年首先报道，发病率约为 12/10 万。儿童时起病，为脊髓型共济失调，其致病基因定位于 $9q^{13}$。

病理：脊髓后索、脊髓小脑束，侧索中皮质脊髓束，锥体束等见髓鞘脱失，轴突变性，胶质细胞增生，小脑皮质有变性。本病特征之一是心肌病，心肌呈弥漫性肥厚，心肌间质纤维变性和胶质细胞增生。

二、诊断要点

根据大多数青少年起病，进行性加重的共济失调，以下肢明显，下肢腱反射消失，Babinski 征阳性，弓形足，脊椎侧弯，常伴心脏损害、耳聋等。为常染色体隐性遗传。但本病临床表现差别较大，确诊需靠 DNA 检测。

1. 临床特点

（1）2~6 岁起病，约 50% 病人在 10 岁以前起病。

（2）进行性双下肢共济失调，行走不稳，跑步困难，易于跌倒，继而出现双上肢共济失调，表现为意向震颤、动作笨拙，少数病人有眼球活动障碍、视力障碍及耳聋。

（3）双下肢腱反射消失。这是本病诊断的基本特征之一。

（4）逐渐出现构音困难、深感觉障碍、肢体无力、病理反射阳性。

（5）40%～70%的患者发生心肌病，表现心脏扩大、心脏杂音及心电图异常。

（6）2/3病人出现脊柱侧弯，50%以上病人出现关节畸形、弓形足。

（7）少数病人出现视神经萎缩、白内障、眼震、远端肌萎缩。

（8）少数病人出现糖尿病，糖耐量试验异常。

2．实验室检查

（1）丙酮酸脱氢酶活性测定：血清及血白细胞或皮肤成纤维细胞培养见丙酮酸脱氢酶活性降低，甚至低于正常人的50%。

（2）心电图：ST-T倒置，T波低平或倒置，QRS波波幅低或心律紊乱，左、右心室肥厚。

（3）肌电图：感觉神经动作电位波幅明显降低，传导速度减慢。

（4）CT或MRI：脊髓变细萎缩，小脑和脑干不同程度萎缩。

3．鉴别诊断

（1）共济失调毛细血管扩张症，其临床特点：①多于生后12～14个月间发病。②进行性小脑性共济失调伴有眼球皮肤毛细血管扩张。③有免疫缺陷，血清IgE降低，IgA（分泌型）缺乏，IgM代偿增高。④病变基因位于 $11q^{22-23}$。⑤无骨畸形，无感觉障碍。

（2）无β-脂蛋白血症，临床特点可有共济失调，深感觉障碍，腱反射消失及Babinski征阳性。有脂肪泻、呕吐、体重低，有血脂低，有棘红细胞增多。

（3）Refsum 病：临床特点为在 4～7 岁间发病，小脑性共济失调，色素性视网膜变性，夜盲，心肌病，鱼鳞癣，血中植烷酸增高。

三、治疗要点

本病无特殊治疗，可对症治疗及理疗。脊柱侧弯可考虑手术治疗。有心肌病者，心脏对症治疗及按心力衰竭治疗。糖尿病患者可试用胰岛素治疗。

共济失调毛细血管扩张症

一、概述

共济失调毛细血管扩张症，是常染色体隐性遗传，由 Syllaba 和 Henner（1926 年）首先报道。为慢性进行性共济失调，手足徐动，眼结膜及皮肤毛细血管扩张、免疫缺陷等。病变基因位于染色体 11q22－23，发病率为 1/4 万～1/10 万。

病理：主要表现小脑皮质萎缩，细胞减小，脊髓后柱及脊髓小脑束脱髓鞘。胸腺明显缩小或缺如。

二、诊断要点

根据 10 岁内发病，进行性小脑共济失调；IgA 和 IgE 缺乏，反复感染；眼部及面部皮肤毛细血管扩张；甲胎蛋白明显增高；发育迟缓；眼震、眼球运动性失用症；多种染色体异常可作出初步诊断。确诊需靠 DNA 检测。

1．临床特点

（1）常染色体隐性遗传病，发病多于生后 12～14 个月间。

（2）进行性小脑性共济失调，初时学走路步态不稳，两侧摇晃，继而上肢动作笨拙、共济失调、眼震。

（3）构音困难，腱反射减弱或消失，眼球运动异常，10～20 岁左右出现锥体外系或脊髓损害症，深感觉缺失，病理征阳性。

（4）毛细血管扩张症开始于 2～3 岁，球结膜首先受累，逐渐波及眼睑、面颊、鼻梁、颈部、锁骨上部、腋窝等。日光照射及摩擦后加重，皮肤变薄、干燥，皮下脂肪少，并有不规则色素沉着。

（5）免疫功能低下，易发生呼吸道感染，恶性肿瘤的发生率明显高于正常人群，如淋巴瘤、淋巴肉瘤、白血病、霍奇金氏病等。

（6）发病初时智力正常，以后逐渐出现精神运动发育迟滞。

2. 实验室检查

（1）体液免疫检查：体液免疫缺陷最明显，70%～80%的病人血清及唾液 IgA 消失，80%～90%的病人 IgE 消失或减少。

（2）血清学检查：甲胎球蛋白增高。

（3）染色体检查：多个染色体易位断裂。目前多集中于染色体 14q11、7p13–15 和 7q32–35。

（4）头颅 CT 或 MRI 检查：小脑萎缩。

3. 鉴别诊断　　本病以运动障碍为主要表现，因此临床上须与脑性瘫痪相鉴别，后者是由出生前至出生后 1 个月以内各种原因所致非进行性脑损伤，其表现为中枢神经运动障碍及姿势异常。可伴有智低、癫痫发作。临床表现可有共济失调、手足徐动症、肌张力增高、腱反射亢进，但无进行性加重。这些可加以鉴别。

三、治疗要点

预防感染可用丙种球蛋白及肌肉注射治疗，神经系统变性无特殊治疗。

共济失调伴维生素 E 缺乏

一、概述

共济失调伴维生素 E 缺乏（ataxia with vitamin E deficiency，AVED）是一种常染色体隐性遗传病，主要病变是脊髓变性及轴突营养不良。

病因：主要是 α-生育酚转移蛋白基因变异，维生素 E 缺乏而引起过氧化物蓄积所致细胞受损，特别是神经组织受损。其突变位于染色体 8q13。

二、诊断要点

根据共济失调、血清维生素 E 的浓度减低以及 DNA 分析确定基因突变类型可以诊断。

1．临床特点

（1）常染色体隐性遗传。

（2）共济失调，构音障碍，本体感觉消失，腱反射减弱或消失。

（3）弓形足，脊柱侧弯。

（4）可伴有心肌病。

（5）血清维生素 E 缺乏，而维生素 E 吸收试验正常。

2．实验室检查

（1）血清维生素 E 测定：浓度减低。

（2）DNA 分析：染色体 8q13。

3．鉴别诊断

（1）β-脂蛋白缺乏症，有共济失调和维生素 E 缺乏及神经系统变性临床表现，与本病相似。

（2）棘红细胞增多及脂肪吸收不良症状，这些可以区别。

三、治疗要点

VitE 治疗，口服大剂量的维生素 E 可减轻或停止病程发展，用量为每天 200～300mg，可减轻症状或停止病程发展。

Cockayne 综合征

一、概述

本病是常染色体隐性遗传病，以共济失调、舞蹈样不自主运动为主要临床表现。

1．病因　　常染色体隐性遗传，致病基因位于染色体 10q21.1。

2．病理　　大脑白质片状脱髓鞘，基底节及血管周围钙化，小脑萎缩。

二、诊断要点

根据婴儿期起病、进行性智力减退、共济失调、舞蹈样不自主运动、眼球运动性失用、光敏感性皮炎、皮肤成纤维细胞对紫外线敏感、常染色体隐性遗传等可作出诊断。

1. 临床特点

（1）婴儿期起病，特殊面容，眼球凹陷，钩状鼻，大耳，面骨突出。

（2）身材矮小，皮下脂肪减少。

（3）神经系统表现进行性智力减退、共济失调、头小、不自主运动、耳聋、周围神经病、眼球运动障碍、光敏性皮炎等。

2. 实验室检查

（1）光敏试验：皮肤成纤维细胞对紫外线敏感。

（2）DNA 分析：染色体 10q21.1 突变基因。

3. 鉴别诊断　　主要与共济失调毛细血管扩张症鉴别，两者均为隐性遗传病，有共济失调及皮肤光过敏、智力低下、耳聋等，但 Cockayne 综合征除有上述症状外，还有特殊面容及身材矮小。

三、治疗要点

本病无特殊治疗。

其他常染色体隐性遗传性共济失调

还有许多类型隐性遗传性共济失调综合征，致病基因未明，如：①前角细胞病和橄榄核桥脑小脑发育不良，为常染色体隐性遗传。临床特点：出生时有呼吸微弱，吸吮无力，常有喉鸣及呼吸暂停、眼震、斜视、面容异常、眼球运动异常、肌张力低下、腱反射消失。肌电图为神经源性肌萎缩，多数病人有肾脏损害。预后不良，多于 1 岁内死亡。②Ramsay hunt 综合征，是常染色体隐性遗传病，临床特点为小脑性共济失调，伴有肌阵挛、癫痫发作，有震颤和构音障碍。脑电图示慢波或尖-尖慢波。脑 MRI 示桥脑、小脑萎缩。③Marinesco-sjogren 综合征，其临床特点为婴儿期起病、小脑性共济失调、先天性白内障、智力低下，为本病三联症，同时伴有构音困难、眼震、矮小、肌萎缩、弓形足、脊柱侧弯，儿童期出现斜视及肌张力不全。运动可诱发高乳酸血症，肌肉活检可见破碎红纤维。本病无特殊治疗。

常染色体显性遗传性共济失调
脊髓小脑性共济失调

一、概述

脊髓小脑性共济失调（Spinocerebellar ataxias，SCA），称脊髓小脑萎缩症，主要由脑干、基底节、小脑、脊髓变性而引起。临床表现为共济失调，眼肌麻痹，锥体外系症状及运动障碍等。临床可分为 7 型。

二、诊断要点

根据进行性小脑共济失调、周围神经病、锥体外系症状、眼肌麻痹和阳性家族史，影像学检查及诱发电位异常予以诊断，确诊有赖于 DNA 分析确定突变基因。

（一）脊髓小脑性共济失调Ⅰ型（SCA1）

1. 临床特点

（1）起病年龄相差较大，6～60 岁。

（2）共济失调、语言障碍、眼球震颤、腱反射亢进，并进行性加重。

（3）部分病人可有本体感觉消失或轻度肌张力低下、上睑下垂、视神经萎缩、智低、癫痫发作，晚期出现吞咽困难、腱反射消失。

2. 实验室检查

（1）MRI：桥脑、小脑萎缩。

（2）DNA 分析相关基因位于染色体 6P22－23。

（二）脊髓小脑性共济失调Ⅱ型（SCA2）

1. 临床特点

（1）发病年龄早于 2 岁大至 65 岁。

（2）有共济失调、眼球震颤、构音困难。

（3）无眼部病变，如无视网膜病及视神经萎缩。

2．实验室检查

（1）病理活检：见桥脑小脑纤维变性，小脑蒲肯野细胞、橄榄神经元、黑质等细胞丢失。

（2）DNA 分析：病变基因位于染色体 12q23 - 24。

（三）脊髓小脑性共济失调Ⅲ型（SCA3）

1．临床特点

（1）起病多在青春期，亦有 5 岁起病者。

（2）进行性发展的小脑、锥体外系症状，如共济失调、眼震、手足徐动、肌张力及腱反射减弱或活跃。

（3）少数在儿童患病者，起初症状为肌张力低下，亦有一些以突眼为早期特征。

2．实验室检查

（1）病理检查：黑质和纹状体神经元严重丢失。

（2）DNA 分析：致病基因位于染色体 14q32.1。

（四）脊髓小脑性共济失调Ⅳ～Ⅶ型（SCA4 - SCA7）

临床特点：SCA4 主要表现为共济失调及感觉性轴索神经症状，病变基因位于 16 号染色体长臂。SCA5 临床表现较单一，主要表现为构音障碍及小脑性共济失调。致病基因位于 11 号染色体着丝点区域。SCA6 致病基因位于染色体 19p13，临床主要表现为痴呆及小脑性共济失调。SCA7 致病基因位于染色体 3p14 - 21.1。临床表现：视网膜变性及共济失调。

（五）齿状核红核-苍白球路易斯核萎缩

齿状核红核-苍白球路易斯核萎缩（dentatorubro-pallidoluysian atrophy，DRPLA）是一种少见的常染色体显性遗传病，致病基因位于染色体 12p23 - 24.1。

1．临床特点

（1）儿童起病者常伴有进行性肌阵挛癫痫，逐渐发展为震颤、肌张力不全及腱反射亢进和病理征阳性。

（2）小脑性共济失调。

（3）舞蹈样手足徐动、痴呆、言语障碍。

2．实验室检查

（1）脑电图：示有频发的棘慢复合波。

（2）CT 或 MRI：示大脑、小脑、中脑有广泛脑萎缩。

三、治疗要点

主要是抗癫痫治疗，用丙戊酸钠等治疗。

遗传性阵发性共济失调

一、概述

遗传性阵发性共济失调（episodic ataxia，EA），或称间歇性共济失调，是一组常染色体显性遗传病。既有明显的遗传异质性又有表型异质性，近年的研究发现其与离子通道有关。阵发性共济失调Ⅰ型的基因突变位于 12p13，为钾通道基因突变；Ⅱ型的基因突变位于 19p13，为钙通道基因突变。家族性偏瘫性偏头痛的基因突变位于 19p，为钙通道基因突变。

二、诊断要点

根据临床表现，如阵发性共济失调、偏头痛或癫痫发作及阳性家族史可作出初步诊断，确诊有赖于 DNA 分析确定致病基因。

（一）阵发性共济失调Ⅰ型

1．临床特点

（1）常染色体显性遗传。

（2）阵发性共济失调，呈反复发作性。持续数秒至数分钟，每天可发作数次。

（3）合并有构音障碍、震颤，每日可发作数次。

（4）发作间期可见眼周或手部小肌肉抽动。

2．实验室检查

（1）肌电图：可见自发性肌纤维颤搐性放电。

（2）DNA 分析：致病基因位于染色体 12p13，编码钾离子通道。

3．鉴别诊断　需与多发性硬化及家族性小脑性共济失调鉴别。

4．治疗要点　用乙酰唑胺可减少发作。

（二）阵发性共济失调Ⅱ型

1．临床特点

（1）常染色体显性遗传病，发病年龄多为儿童。

（2）共济失调发作诱因是疲劳、情绪激动、体力活动、应激反应。并常伴有眩晕、复视、头痛、恶心等，也可出现构音障碍。

（3）可合并有偏瘫或癫痫发作。

2．实验室检查

（1）MRI：小脑蚓部萎缩。

（2）PET：发作间期，小脑、大脑颞中下部，丘脑葡萄糖代谢减低。

（3）DNA分析：致病基因位于染色体19p13，钙通道基因突变。

3．鉴别诊断　应与脊髓小脑性共济失调鉴别。

4．治疗要点　用乙酰唑胺治疗。

（三）家族性偏瘫性偏头痛

1．临床特点

（1）常染色体显性遗传。

（2）在头痛发作先兆期出现一过性偏瘫，同时出现躯干共济失调、眼震、眼球异常运动，可伴有前庭小脑功能紊乱。

2．实验室检查

（1）MRI：小脑蚓部萎缩。

（2）DNA分析：突变基因位于染色体19p。与EA2是等位基因钙离子通道病。

3．治疗要点　用乙酰唑胺治疗可减轻症状。

（四）阵发性舞蹈、手足徐动伴阵发性共济失调（paroxysmal

choreothetosis with episodic ataxia)

1. 临床特点

（1）常染色体显性遗传病，发病年龄 2～15 岁。

（2）阵发性不自主运动、肌张力不全、共济失调、构音障碍、口周及下肢感觉异常。

（3）情绪激动、睡眠不足、体力活动、酒精常为发作诱发因素。发作频率多至每天 2 次，少至每年 2 次。持续时间约为 20min 左右。

（4）发作间期正常，但极少数病人出现痉挛性截瘫。

2. 实验室检查　　DNA 分析：致病基因于染色体 1p，于钾通道的基因内。

3. 治疗要点　　用乙酰唑胺治疗可减少发作。

诊断本组病时应与下列疾病鉴别：中毒、某些 Leigh 综合征、糖尿病、Refsum 病、尿素循环障碍、癫痫等。

（翟琼香）

第七节　帕金森病综合征

特发性少年帕金森病

一、概述

特发性少年帕金森病是指在 20 岁以前起病的帕金森病，为一组遗传性疾病，其分类尚不完善。本病与多巴反应性肌张力不全及快发病肌张力不全-帕金森综合征等有相似之处，有学者认为同属一组疾病。

1. 病因　　本病遗传方式多样，可以为常染色体显性遗传伴不完全性外显，或为常染色体隐性遗传，以后者多见。部分病例可能由于基因突变所致，其突变基因位于染色体 6q25.2－27。

2. 病理　　病理改变可见黑质多巴胺能神经元萎缩和脱失，还可有苍白球、尾状核、壳核受累发生变性。免疫组化检查可见黑质、苍白球、尾状核、丘脑等脑区的多巴胺及其代谢产物高香草酸的含量减少。

二、诊断要点

1．临床特点　　起病多在 4～8 岁。首发症状常为肌张力不全，下肢较上肢多见，表现为步态异常；日后逐渐出现帕金森症状：运动不能、僵直及静止性震颤，还有语言减少、构音不清、面无表情、四肢肌张力呈齿轮样增高。以上症状在睡眠休息后可减轻，在活动后加重。运动不能表现可随病程延长而进行性加重。

2．实验室检查　　PET 检查可见纹状体的 6－氟多巴摄取障碍。脑脊液生化检查可发现多巴胺代谢产物高香草酸减少。

三、治疗要点

1．左旋多巴　　有肌张力不全者可用左旋多巴治疗，开始剂量为每日 25～50mg，3～4 天增加 1 次剂量至显效。剂量应个体化。部分患儿可能出现焦虑、抑郁、妄想、狂躁等精神症状，减少剂量或加用氟哌啶醇可缓解症状。值得注意的是 Vitamin B_6 可增加左旋多巴的不良反应，降低疗效。

2．安坦　　震颤麻痹者应用。安坦的剂量范围较大，开始剂量为每日 1～2mg，3～4 天增加 1 次剂量至显效。最大剂量不超过每日 10mg。

多巴-反应性肌张力不全

一、概述

多巴-反应性肌张力不全（Dopa-responsive dystonia，DRD）又称遗传性进行性肌张力不全伴昼夜变异或 Segawa 病。

病因：本病为常染色体显性遗传伴不全外显率或常染色体隐性遗传。病理检查证实黑质有黑色素减少，但细胞形态、数量正常。纹状体多巴胺及酪氨酸羟化酶活性减少，已经 PET 证实，本病是由于突触前多巴胺代谢失调所致。

二、临床特点

多在 5 岁左右起病。先有步态异常呈马蹄内翻足姿势等。起病较迟者多伴有僵直、动作徐缓、震颤。成年起病可呈帕金森病表型。有时可有踝阵挛及大趾伸展姿势，往往易被误诊为脑瘫。75%患儿病情有昼夜变化，清晨及休息后好转而晚间重。

三、治疗要点

小剂量左旋多巴即有反应，并持续有效，是该病特点之一。无论治疗早或迟，一旦开始治疗即有效。本病预后良好，不会进展为显著性运动障碍。

Huntington 舞蹈病

一、概述

慢性进行性舞蹈病，又称 Huntington 舞蹈病，系 1982 年由 Huntington 首先报道，是一种常染色体显性遗传性疾病，故又称为遗传性进行性舞蹈病。

1. 病因　　分子遗传学的研究表明，本病决定性基因位于第 4 号染色体短臂的末端。儿童时期起病的患儿 90% 由父亲遗传，年长患者由母亲遗传。每一代平均罹患率为 50%，男女同样受累。

2. 病理　　病变主要累及基底节与大脑皮质，尾核及大脑皮质广泛萎缩，脑室普遍扩大。

二、诊断要点

诊断主要依据：①遗传史。②进行性加重的舞蹈症状。③进行性痴呆。头颅影像学的改变可协助诊断。

1. 临床特点　　本病少年型多在 4 ~ 10 岁起病，多以运动障碍为首发症状。早期主要表现为动作笨拙，持物易跌及轻度不自主动作，如耸肩、手指跳跃样动作等。舞蹈样动作日益加重。舞蹈样不自主动作可重复出现，但绝不是刻板不变的。面肌受累时可出现各种鬼脸样动作；舌肌及咽喉肌受累时则发生构语困难、甚至吞咽障碍；上肢则出现不规则的屈曲和伸展，以致上肢随意运动障碍；由于下肢的不自主屈伸以及躯干和头部的不自主扭转，病人失去平衡，以致不能起坐或行走，且常常跌倒。舞蹈样动作不能自行克制，可因情绪紧张而加重，静坐或静卧时减轻，睡眠时完全消失。同时伴性格改变、智能进行性衰退，最后可成痴呆。

2．实验室检查

（1）脑电图：呈弥漫性异常，表现为慢波或高幅慢波。

（2）头颅 CT 及 MRI 检查：可见尾状核头部萎缩而致侧脑室呈蝴蝶形扩大。

（3）脑 PET 检查：发现尾状核与壳核的葡萄糖代谢降低。

（4）基因检查：可发现 4 号染色体短臂上的特殊标记。

3．鉴别诊断　　应与以下疾病相鉴别：

（1）风湿性舞蹈病：多有风湿热病史及其他风湿病表现，无家族史、病程短、不伴智能减退，治疗效果良好。

（2）肝豆状核变性：可有舞蹈样动作，但有角膜 K-F 环，肝大、肝功能损害，血铜蓝蛋白降低可资鉴别。

（3）脑炎、脑血管疾病、缺氧、系统性红斑狼疮等也可致症状性舞蹈病，可根据原发基础病的临床表现予以鉴别。

三、治疗要点

本病为显性遗传性疾病，病情呈进行性加重，迄今无特殊治疗可阻止病情进展。治疗主要为减轻不自主运动及精神障碍的对症治疗。

1．不自主运动的治疗　　由于舞蹈运动与纹状体内 DA 能神经元占优势及黑质内 GABA 的减低有关。因此，对症治疗主要应用阻止 DA 受体或增强 GABA 的药物以减轻舞蹈症。

（1）阻滞 DA 受体：常用氟哌啶醇、泰必利、氯丙嗪等。氟哌啶醇每次 0.5mg，每日 2 次，可逐渐增加剂量，最大剂量不超过每日 4mg。泰必利 50～100mg/d，分次口服。

（2）减少中枢 DA 储存：利血平、丁苯喹嗪即属这类药物。

（3）增加中枢 GABA：①异烟肼可抑制 GABA 降解过程中的γ-

294

氨基丁酸转氨酶的活性而阻止 GABA 降解，使脑内 GABA 含量增高。剂量为 12～20mg/（kg·d），加 Vit B$_6$ 100mg/d 口服。②丙戊酸钠可抑制 GABA-T 酶与琥珀酸半醛脱氢酶而阻止 GABA 降解。

（4）增加中枢乙酰胆碱（Ach）：①水杨酸毒扁豆碱，可抑制胆碱酶活性，阻止 Ach 降解。②Deanol 是 Ach 的前体，进入脑内可转变成 Ach。

2. 精神障碍的治疗　　严重抑郁者可用阿米替林或丙米嗪等治疗。躁狂兴奋者可用氯丙嗪等治疗。

（罗向阳）

第八节　原发性肌张力不全

一、概述

原发性肌张力不全是一组由于拮抗肌群（伸肌群和其相对应的屈肌群）不协调的运动，即伸肌群和其相对应的屈肌群同时出现持续的收缩运动，使之相对应的肢体发生肌张力的改变、躯体发生变形以及身体姿态发生变形的一系列临床综合征。

本综合征的患儿无明显的其他神经系统的阳性体征；无抽搐和行为异常；无颅脑损伤病史（包括中毒、缺血缺氧性脑损害以及颅脑外伤等病史）；无代谢性疾病病史；无围产期异常病史。

原发性肌张力不全被认为与遗传有关，不同类型表现出不同的遗传方式，然而，原发性肌张力不全多数以常染色体显性遗传为表现方式。本综合征包括：部分性肌张力不全；全身性肌张力不全；良性婴儿肌张力不全；阵发性肌张力不全；以及其他比较少见的原发性肌张力不全（如多巴反应性肌张力不全等）。

二、诊断要点

本病可以从临床特点和辅助检查加以诊断。

1. 临床特点

（1）具有本综合征典型的临床表现，即肢体发生肌张力的改变以及导致躯体和体态发生变形，全身肌肉均可累及；开始时，下肢（可以是单侧或双侧）出现肌张力的改变，表现足内翻屈曲，行路时足跟离地；躯体亦扭转发生变形；累及颈部肌肉则发生斜颈。

（2）具有阳性的家族遗传现象。

（3）无明显的其他神经系统的阳性体征；无抽搐和行为异常；无颅脑损伤病史（包括中毒、缺血缺氧性脑损害以及颅脑外伤等病史）；无代谢性疾病病史；无围产期异常病史。

（4）儿童期起病。

2．辅助检查　　颅脑 MRI、CT 等检查时，并没有发现颅脑的阳性征象。

三、治疗要点

目前尚未有确切的治疗方法。可考虑应用如下几种治疗方法对症治疗：

1．药物治疗　　对全身性扭转性肌张力不全者，可考虑应用左旋多巴、安坦等药物治疗。但药物治疗只是部分起效。

2．A 型肉毒毒素病变部位局部注射治疗法：A 型肉毒毒素病变部位局部注射的治疗方法可能更适用于部分性肌张力不全。

3．外科治疗法：通过切断病变部位的肌腱和（或）相对应的支配神经等手术治疗，也可起到一定的疗效。

第九节　先天性肌肉病

一、概述

先天性肌肉病是在新生儿期至儿童期起病（个别可以在成人期起病），表现为肌肉无力、肌张力低下、肌腱反射减弱甚至消失。肌肉活检见肌纤维变细，表现为肌肉容积缩小而萎缩。一般地说，此病病情发展缓慢，甚至没有进展。

1．病因　　本病具有家族遗传特性，部分是由染色体基因突变所致，其遗传特点表现为常染色体遗传，包括具有隐性或显性遗传特点（不同类型的先天性肌肉病有不同的遗传特点）。

2. 病理　　先天性肌肉病是由一大类具有相似临床表现，同为肌纤维（骨骼肌纤维）病变的遗传性疾病。先天性肌肉病肌肉活检可见：肌纤维发育不良，但没有显示出明显的萎缩，亦没有出现变性、坏死、炎症细胞浸润等情况；通过对超微结构的观察，可发现各不同类型的肌纤维内部结构（如肌节、Z-盘、肌核、包涵体及细胞器等）改变，且这些病理变化在病人的多个肌肉病理切片中大量出现。根据其病理所见可作如下分类：①肌纤维结构无变化。②肌节改变。③Z-盘改变。④肌核改变。⑤包涵体改变。⑥混合性改变。⑦肌纤维细胞器改变。⑧某些结构的轻微改变。

二、诊断要点

主要从病人的临床症状和体征、发病年龄特征、阳性家族史、血清学检查特点、肌电图检查特点和肌肉病理活检进行诊断。

1. 临床特点

（1）起病年龄：以婴幼儿期发病为多，特别是新生儿期发病。

（2）病程发展缓慢或呈非进展性。

（3）肌无力：以四肢近端肌无力为明显，也可累及全身肌肉。

（4）肌肉容积：因肌纤维发育不良而致肌肉容积的改变；因肌无力而出现骨、关节的变形。

（5）肌张力低下，肌腱反射减弱甚至消失。

（6）可有明显的阳性家族史。

2. 实验室检查

（1）血清学检查：肌酸激酶不升高或轻度增高。

（2）肌电图检查：多为肌肉源性损害的肌电图改变，也有个别病例表现为正常肌电图改变。

（3）肌肉病理活检：依不同类型而表现为肌纤维结构的改变，或肌纤维数目及肌纤维体积的改变。

3. 鉴别诊断　　先天性肌肉病应与其他肌肉性疾病鉴别。

（1）内分泌性肌肉性疾病：可以表现为近端肌群慢性进行性肌无力，且肌电图检查表现为肌肉源性损害的肌电图改变；血清学检查肌酸激酶不升高或轻度增高。但内分泌性肌肉性疾病起病年龄较迟，甚至可以在青少年时期或以后起病；可有其他内分泌性疾病存在（甲状腺功能异常等），或应用某些引致内分泌功能异常的药物（如皮质类固醇激素等）而发病；可以有某些诱发因素，即在某些诱发因素的刺激下可以导致症状的加重或减轻。肌肉病理活检有不同的改变。

（2）进行性脊肌萎缩症：进行性脊肌萎缩症是由脊髓前角运动神经元病变所致，病变原因不明，也可表现为以近端肌群慢性进行性肌无力，早期可有肌束颤动；病变累及部位深、浅反射消失；肌电图检查表现为神经源性损害的肌电图改变；肌肉病理活检显示为神经源性肌肉萎缩的病理表现可资鉴别。

（3）进行性肌营养不良：表现为进行性肌肉萎缩和肌肉无力，以近端肌群慢性进行性肌无力为主，同样具有家族遗传性；但血清学检查早期可有肌酸激酶明显升高，结合肌肉病理活检结果可以鉴别。

三、治疗要点

对先天性肌肉病，目前仍未有确切有效的治疗方法。

第十节 线粒体肌病

一、概念

线粒体肌病是指原发于肌纤维中，由于肌纤维中的线粒体 DNA 的突变（可以是由母亲遗传而来），使线粒体所产生的各种代谢酶（细胞代谢过程中所需的各种酶）缺乏，导致细胞代谢功能障碍而引起的一系列临床症状。

其遗传方式是由母体的卵细胞遗传给下一代，并且只有女性一方作为遗传载体将这一疾病向下遗传。

二、诊断要点

线粒体肌病可结合临床表现（包括临床症状、体征）、血清学检查、肌电图检查，特别是肌肉病理活检的结果进行诊断。

1. 临床特点

（1）肌无力：特别是在略为运动后，肌无力症状加剧，往往通过休息后可恢复正常；这一点与重症肌无力的晨轻暮重现象不同，同时，新斯的明试验呈阴性。

（2）个别可出现肌肉容积减少（即肌肉萎缩）。

2. 实验室检查

（1）血清学检查：血清中乳酸浓度、丙酮酸浓度在轻微运动后可升高，休息 10min 后再测定乳酸和丙酮酸的血清浓度，其测定值仍未恢复正常；部分病例血清中肌酸激酶的测定值可升高。

（2）神经电生理检查：有的同时伴有周围神经损害的表现，故肌电图检查也可出现神经传导障碍（大部分表现为肌肉源性损害肌电图）。

（3）肌肉病理活检：发现线粒体在肌纤维细胞内的异常积聚，而线粒体中可发现异常 DNA。

3. 鉴别诊断　　线粒体肌病需与以下疾病鉴别：

（1）多发性肌炎：可出现肌肉疼痛、触痛及压痛，血清酶活性（包括肌酸激酶、乳酸脱氢酶）明显增高；但多发性肌炎不具有线粒体肌病的遗传特征，肌肉病理活检表现为炎症细胞浸润等炎症性改变；而线粒体肌病则表现为线粒体在细胞内的积聚，线粒体中 DNA 检查可见异常可资鉴别。

（2）重症肌无力：可表现为肌无力，但有明显的晨轻暮重特点；新斯的明试验阳性，血清学检查可发现血清抗胆碱脂酶受体抗体阳性，再结合肌肉病理活检结果不难鉴别。

（3）进行性肌营养不良：以肌无力为表现，但不出现在略为运动后，肌无力症状加剧，休息后可恢复正常这一现象，可见假性肌肥大。典型血清学改变具有鉴别意义：进行性肌营养不良早期可见肌酸激酶升高，尿酸升高；而线粒体肌病则表现为血清中乳酸浓度、丙酮酸浓度在轻微运动后可升高，休息 10min 后再测定乳酸和丙酮酸的血清浓度，其测定值仍未恢复正常。肌肉病理活检可帮助确诊。

此外，尚需与继发于其他疾病（如肝、肾疾病），或缺血缺氧、中毒以及其他代谢异常所造成的线粒体代谢功能障碍所致的肌无力症状鉴别，病史和家族史是重要线索，明确鉴别诊断需作肌肉病理活检。

三、治疗要点

目前尚未有确切有效的治疗手段，可给以 ATP、Co-A、Co-Q 以及大剂量的维生素 B 等。根据本病是由线粒体遗传物质（DNA）的突变，导致通过线粒体遗传物质（DNA）复制而产生的细胞代谢酶的缺乏，理论上，最基本有效的治疗方法应该是线粒体遗传物质（DNA）的改造，即基因疗法；也可应用所缺乏的细胞代谢酶的所谓替代疗法。但目前仍未付之实施。

第十一节　先天性肌无力综合征

一、概述

先天性肌无力综合征是由于神经-肌肉接头中神经冲动（信息）的传导障碍所致的一组肌肉性疾病。本病的临床表现主要为肌无力，持续运动时可致临床症状及体征加重。

本病的遗传方式为常染色体隐性遗传。由于位于常染色体的基因异常，而导致神经-肌肉接头（突触）的缺陷，包括突触前乙酰胆碱（Ach）合成及转载的异常、突触乙酰胆碱（Ach）降解的缺陷（即乙酰胆碱酯酶的缺乏）以及突触乙酰胆碱（Ach）受体的缺乏。

由于以上诸多因素，导致正常的神经冲动（信息）经过神经-肌肉接头（突触）出现传导障碍，神经冲动（信息）不能正常传递到感应器（即肌肉），最终产生肌无力的一系列临床症状及体征。

本病在神经-肌肉接头（突触）处没有发现免疫复合物存在的证据。

二、诊断要点

本病可以从临床特点、血清乙酰胆碱（Ach）受体抗体试验呈阴性反应、神经电生理改变以及肌肉病理活检进行诊断。

1. 临床表现

（1）起病年龄：新生儿期起病，症状可持续存在，其母亲正常。

（2）一般表现为眼睑下垂、吞咽功能差或略差、轻度呼吸困难。这些症状在持续哭闹时可加重。

（3）开始走路时间比正常小儿延迟。

（4）持续运动时肌无力症状可以加重；休息后肌无力症状可以缓解或消失。

（5）新斯的明试验可以呈阴性反应，也有部分呈阳性反应；在这部分呈阳性反应的病人中，应与重症肌无力（由自身免疫因素所引起）区别。

2. 实验室检查

（1）神经电生理（肌电图）检查：肌电图呈典型的衰减型肌电图改变。

（2）血清学检查：血清乙酰胆碱（Ach）受体抗体试验呈阴性反应。

（3）肌肉病理活检：在神经-肌肉接头（突触）处无免疫复合物存在的证据。

三、治疗要点

因先天性肌无力综合征为常染色体隐性遗传性疾病，尚未有根本的治疗方法。部分病例试用对抗乙酰胆碱酯酶的药物（如新斯的明类药物）有效。个别先天性肌无力综合征病例对重症肌无力常用的治疗方法产生效果。

第十二节 非营养不良性肌强直

一、概述

非营养不良性肌强直包括先天性肌强直和先天性副肌强直。非营养不良性肌强直与肌强直性营养不良不同之处在于：非营养不良性肌强直的病变主要是在肌细胞膜系统上的离子通道发生改变，导致肌细胞膜电位异常，从而出现肌肉持续性的收缩。

本节主要述及先天性肌强直。

先天性肌强直是由遗传性物质（遗传因素）的改变而导致肌肉组织（骨骼肌）细胞膜系统氯离子通道发生改变，导致肌细胞膜电位异常，从而引起肌肉组织持续性的收缩。病变早期肌肉病理活检未见异常。

二、诊断要点

本病可以从起病年龄早、具阳性家族遗传病史、特征性的临床症状和体征以及神经电生理检查（肌电图）的典型改变加以诊断。

1. 临床表现

（1）起病年龄特征：起病早，往往在婴幼儿时期就发病。

（2）具家族遗传性，呈常染色体显性或隐性遗传特征。

（3）起病症状往往是自下而上，即从双下肢开始，然后向躯干、双上肢和颜面部蔓延。

（4）病变部位的肌肉容积在早期往往是增大而不是缩小，而在晚期却可出现肌肉轻度萎缩。

（5）病变部位的肌肉呈持续性收缩（强直痉挛），体现在用力活动的起始阶段，多次运动后其症状可以缓解。

（6）局部肌肉受叩击后出现局部持续性收缩（"肌球"现象）。

（7）本病除累及骨骼肌外，其余肌肉组织（包括心肌纤维和平滑肌纤维）不受累。

2. 实验室检查

（1）神经电生理检查：神经电生理检查（肌电图检查）可见典型的持续性肌强直电位改变（在用力活动时）。

（2）肌肉组织病理活检正常。

3．鉴别诊断　先天性肌强直需与下列疾病进行鉴别：

（1）肌强直性营养不良：肌肉组织病理活检可见肌纤维萎缩或肥大，而先天性肌强直早期不出现肌肉容积的改变，即使后期出现轻度萎缩也不累及除骨骼肌外的其余肌肉组织可资鉴别。

（2）甲状腺功能低下所致的肌肉性疾病：有甲状腺功能低下的临床表现及实验室检查改变，肌电图可出现肌强直电位改变，但无病变部位的肌肉呈持续性收缩（强直痉挛）。

三、治疗要点

先天性肌强直无确切有效的治疗方法。

先天性副肌强直

一、临床特点

（1）肌强直发作同时出现肌无力；任何部位的肌肉均可发生。

（2）多数因寒冷的天气或暴露于寒冷气候的局部肌肉发生肌强直。

（3）发生肌强直时血清钙离子浓度下降，而血清钾离子浓度则高于正常水平。

（4）肌电图特点：给以一定的寒冷刺激，其局部肌肉的动作电位消失；应与周期性瘫痪（高血钾型）相区别。

二、治疗要点

治疗方面则以对症治疗为主。

1．疾病发作或严重时　可以给予降低血清钾离子浓度的治疗方法。如给予10%葡萄糖酸钙静脉注射，每次用量10～20mL。也可用10%葡萄糖液加胰岛素静脉滴注。

（二）预防发作：平素可以口服降低血清钾离子浓度的药物（如排钾利尿剂等），以维持血清钾离子浓度在5mmol/L以下的水平。

第十三节　进行性肌营养不良

一、概述

进行性肌营养不良是一组原发于肌肉组织的家族性遗传性变性疾病。本病主要表现为骨骼肌慢性进行性肌无力和肌肉萎缩，有的可出现假性肌肥大，最后完全丧失运动功能。

根据遗传方式、不同临床经过和临床表现，进行性肌营养不良可分为下列类型：

（1）假性肥大型肌营养不良：Duchenne 型肌营养不良和 Becker 型肌营养不良。

（2）Emery-Dreifuss 肌营养不良。

（3）面-肩-肱型肌营养不良。

（4）肢带型肌营养不良。

（5）眼咽型肌营养不良。

（6）晚发型远端型肌营养不良。

（7）强直型肌营养不良。

儿童期起病的主要类型为假性肥大型肌营养不良、面-肩-肱型肌营养不良和肢带型肌营养不良，而假性肥大型肌营养不良最为常见，患病率为活产男婴的 28/10 万。本节主要介绍假性肥大型肌营养不良。

病因及病理：假性肥大型肌营养不良的基因定位在 X 染色体的 Xp21.1～Xp21.3 上，由于此基因的改变，导致抗肌萎缩蛋白（Dystrophin）合成减少，由于抗肌萎缩蛋白位于肌细胞膜的内层，为细胞骨架蛋白，抗肌萎缩蛋白与肌动蛋白结合。而抗肌萎缩蛋白的严重缺乏，导致细胞膜功能的障碍，而致使大量的 Ca^{++} 等进入肌纤维内，从而引起肌纤维坏死，坏死的肌纤维由结缔组织和脂肪组织等间质组织所代替。

二、诊断要点

进行性肌营养不良可以从病人的家族史、典型的临床表现、血清学改变、神经电生理（肌电图）检查结果和肌肉病理活检结果加以诊断。

（一）临床表现

进行性肌营养不良的不同分型有其不同的临床表现，现就儿童期起病的主要类型的肌营养不良列表如下（见表8-1）。

表8-1 常见进行性肌营养不良的类型及表现

类型	假性肥大型肌营养不良 Duchenne 型肌营养不良 Becker 型肌营养不良	面-肩-肱型肌营养不良	肢带型肌营养不良
发病年龄	早，婴幼儿期及青少年期发病	青春期发病	10～30 岁发病
主要症状	平地走路时易摔跤，不能奔跑、跳跃、以及顺利上楼；后期则起立困难。Gowers 征阳性▲	面部肌肉受累；上臂上举无力	上楼困难；举臂不能过肩
家族史	呈伴性隐性遗传	呈常染色体显性遗传	呈常染色体隐性遗传
步态	典型鸭步	肌病面容	鸭步
肌力	双侧对称性近端肌群的肌无力		
肌张力	早期肌张力无改变，后期肌张力减弱		
感觉	无感觉障碍		
肌腱反射	早期膝反射减弱，跟腱反射正常；晚期则腱反射消失		

肌酸激酶	升高	正常或轻度升高	明显增加
假性肌肥大	常有，可达90%以上	极少	极少

▲Gowers 征——特殊攀登起立姿势：由于腹肌和髂腰肌无力，病人自仰卧至起立的一串动作。首先从仰卧位→翻身为俯卧位→双手支撑点从地面或床面→双足背双侧膝部→一侧肢体及躯干先直立→全身站立→直立位

（二）实验室检查

1．血清学检查

（1）血清肌酸激酶（CK）检查：疾病早期，由于肌肉再生明显，导致血清肌酸激酶（CK）明显增加；晚期则下降至正常。

（2）24h 尿酸排泄量增多。

2．神经电生理检查　肌电图检查呈肌肉源性损害。

3．肌肉病理活检　可作为确诊手段。肌肉活检所见，肌纤维坏死萎缩，部分肌纤维代偿性肥大，结缔组织和脂肪组织等间质组织细胞增生；假性肥大型肌营养不良者，免疫组化可见抗肌萎缩蛋白（Dystrophin）明显减少。

（三）鉴别诊断

1．下运动神经元瘫痪性疾病　可表现为弛缓性肌力减弱或瘫痪，但血清肌酸激酶（CK）正常，肌电图检查呈神经原性损害，肌肉活检正常可资鉴别。

2．多发性肌炎　表现为肌肉无力，但常伴肌肉疼痛。实验室检查除血清肌酸激酶（CK）明显增加外，红细胞沉降率（ESR）升高，其他免疫指标阳性。肌肉病理活检见炎性细胞浸润。

3．先天性肌病　与进行性肌营养不良类似，其肌无力呈进

行性，但一般无假性肌肥大，且血清肌酸激酶（CK）正常。肌肉病理活检：先天性肌病依不同类型而表现为肌纤维结构的改变，或肌纤维数目及肌纤维体积的改变；进行性肌营养不良肌肉活检所见，肌纤维坏死萎缩，部分肌纤维代偿性肥大，结缔组织和脂肪组织等间质组织细胞增生；假性肥大型肌营养不良者，免疫组化可见抗肌萎缩蛋白（Dystrophin）明显减少，是为确诊依据。

三、治疗要点

对进行性肌营养不良，目前缺乏确切有效的治疗方法。

1．一般治疗

（1）适当的肌肉功能锻炼。

（2）预防和及时处理呼吸道的感染。

2．药物治疗

（1）非特殊性营养药物：如 ATP、Co-A、VitE 等。

（2）口服别嘌呤醇。

（3）口服糖皮质激素，或葡萄糖加胰岛素联合应用。

3．其他治疗　　成肌细胞移植术：应用从近亲亲属正常的肌肉中提取的成肌细胞进行培养，后注入病儿体内，采用多点注射。适用于病程的早期。本方法尚处于研究试用阶段，需注意排异反应和并发感染等问题，其费用也相当昂贵。

（林晓源）

第九章 内分泌系统遗传性疾病

第一节 遗传性垂体病

遗传性生长激素缺乏

一、概述

遗传性生长激素缺乏（hereditary growth hormone deficiency，HGHD）是由于 GH_1 基因缺陷或 Pit_1 转录因子缺陷造成生长激素分泌不足，导致患儿生长缓慢，身高处于同年龄、同性别健康儿童生长曲线第 3 百分位数以下或低于 2 个标准差者。前者称为单纯性生长激素缺乏症（isolated growth hormone deficiency，IGHD）；占原发性 GHD 的 5%~10%。后者在临床上表现为多种垂体激素缺乏，被称作联合垂体激素缺乏症（combined pituitary hormone deficiency，CPHD）。前者有 3 型，即 IGHD-IA 和 IB 型-常染色体隐性遗传，IGHID-Ⅱ型-常染色体显性遗传，IGHD-Ⅲ型-X 连锁。后者有 2 型，Ⅰ型-常染色体隐性遗传，Ⅱ型-X 连锁。

病因：遗传性生长激素缺乏是由于生长激素基因的缺陷。其中 IGHD-IA 型大多为 GHI 基因大片段缺失的杂合子。IGHD-IB 型基因突变主要是由于位于 GH 基因第 4 内含子剪接位上的碱基颠换，亦曾发现 GHI 两条等位基因上各有一个 6.7kb 或第 3 外显子处有 2bp 的丢失，IGHD-Ⅱ型为常染色体显性遗传，部分病例在 GH 基因的第 3 内含子剪接位有突变，突变的 GH 等位基因可形成 GH 二聚体或破坏正常细胞内 GH 蛋白的转运，IGHD-Ⅲ型为 X 连锁隐性遗传，相关基因连续性缺失（Xq21.3-q22），且还发现部分病人伴 Xp22.3

中间丢失或 Xql3.3-q1.2 的复制，故本症可能与多位点缺陷有关。而 Pit₁ 基因缺陷与家族性联合垂体激素缺乏症密切相关。因 Pit-I 基因为垂体特异转录因子，可结合并激活 GH，PRL 及 TSH-β 基因的启动子。

二、诊断要点

1. 临床特点　　单纯临床与常见的原发性 GHD 难以鉴别，IGHD-IA 型出生后即表现为严重的生长落后，呈典型的垂体侏儒体态。生长速度低于同龄人。骨骺闭合延迟，生长时间比正常人长。任何原因引起的 GHD，大多有身材矮小，身长落后比体重低更为严重。头颅圆形、面部呈"娃娃脸"，下颌和颏部发育不良，牙齿萌出迟并且挤在一起，经常重叠。颈短、喉小、声音高调，甚至在青春期后仍保持高音调。四肢和上下身比例均匀，手足较小。胸腹部脂肪相对较多。第二性征和生殖器发育延迟。10%～15%病儿有空腹症状性低血糖症。智力一般属正常，无其他垂体功能缺陷。文献报道不足百例，在国内仅发现 2 例同胞姐妹。IGHD-IB 型临床症状与 IA 型相似，IGHID-Ⅱ型临床症状轻重不一，IGHD-Ⅲ型患者多为男性，不同家系中症状可不同，有的病例可伴无丙种球蛋白血症。家族性联合垂体激素缺乏症患儿除生长迟缓外，还同时伴有TSH 缺乏性甲状腺功能减低，如倦怠、动作少而慢、厌食等轻度甲状腺功能不足症状。此外，如伴有 ACTH 缺乏者易出现低血糖；若ACTH 和 TSH 两者同时缺乏时，则有严重低血糖的临床表现；伴有促性腺激素缺乏者，有性腺发育不全，如小阴茎、隐睾、阴囊发育不良等，至青春期仍无性器官发育和第二性征出现。

2. 实验室检查

（1）GH 刺激试验：生长激素缺乏症的诊断依靠 hGH 测定，证明垂体 hGH 储备缺乏或低于正常。良性和生理性的试验有运动和睡眠试验。药物刺激试验有以下几种：左旋多巴、胰岛素、可乐宁、精氨酸等。如两种药物刺激试验血 hGH 峰值＜5ng/mL 即可确诊为 GHD；5～10ng/mL 为可疑诊断。

（2）血胰岛素样生长因子（IGF－1）和胰岛素样生长因子结合蛋白（IGFBP3）降低。

（3）垂体-下丘脑轴的其他功能：若怀疑为联合垂体激素缺乏症，应根据需要检测血清 T_3、T_4 及 TSH 浓度，血浆皮质醇和 ACTH，血清 FSH 和 LH 等。

（4）X 线检查：长骨骨管较细并钙化不良，骨化中心出现晚，骨龄落后，颅骨前囟关闭可延迟到 2 岁以后，可出现颅骨缝间骨。颅骨 X 线片及 CT 和（或）MRI 检查可见蝶鞍正常或较小。

3. 鉴别诊断　　生长障碍的原因很多，仅就最类似垂体功能低下者鉴别如下：

（1）生长激素神经分泌功能障碍（growth hormone neurosecretion dysfunction，GHND）：临床表现与垂体性侏儒相似，用传统的 GH 刺激试验，GH 反应正常，但 24h 内每 20min 测定血 GH 水平，显示 GH 脉冲性分泌和 24h GH 总浓度明显不足，夜间睡眠测得的 GH 峰值亦低，血浆 IGF－1 含量下降。这种情况称为 GHND。此类病人用 hGH 治疗后生长速度加快。

（2）体质性生长发育延迟：这类儿童出生时身长和体重正常，3~6 个月后生长速度减慢，身高和体重接近或低于第 3 百分位，到 3 岁后生长速度又恢复至 ≥4cm/年。GH 正常，骨龄落后，骨龄和身高年龄一致。家庭成员中〔经常是父或（和）母〕在儿童时期有矮小史。青春发育延迟 3~5 年，但最终身高正常。

（3）原发性卵巢发育不全（Turner 综合征）：女孩身材矮时应考虑此病，核型为 45XO 或嵌合型等多种。临床特点为颈蹼、肘外翻、发际低等。第二性征不发育和原发无月经。有些病人临床特点不明显。应查细胞染色质和染色体以确诊。

（4）原发甲状腺功能低下：是由于甲状腺素分泌不足，患儿肢体上或下半身比例增大。表现畏寒倦怠、便秘、智力低下、特殊面容等。典型病例诊断不难，有些晚发（儿童期发病）病例，甲状腺功能低下症状不明显。GH 刺激试验反应可低于正常。血 T_4 降低、

TSH 升高即可确诊。

(5) 精神心理障碍性矮小：有家庭关系不正常，患儿精神上受痛苦或不愉快的历史。患儿情绪长期处于低落状态，影响 GH－IGF－1轴功能，是造成生长落后的原因。GH 对刺激试验反应低，但为可逆性。血中 IGF－1 浓度亦低。情绪剥夺引起生长障碍的机制不明。患儿表现食欲贪婪、遗尿、失眠、有痉挛性啼哭、易发脾气等。智力在正常低水平。改变环境后可明显好转和迅速生长，GH 水平恢复正常。

三、治疗要点

1. 基本药物治疗　　即生长激素替代疗法，重组 GH（rhGH）每天每 kg 0.11U，每晚皮下注射 1 次。对于遗传性生长激素缺乏中各型使用 rhGH 疗效不尽相同。IGHD－IA 型患儿无内源 GH 合成，用外源 GH 治疗初期可有良效，但数月后因产生 GH 抗体，治疗终告失败，亦有报道经过长期治疗，亦无明显抗体产生，或虽有抗体产生，但并不抑制生长的病例。GH 治疗在无抗体产生的病例中疗效最好，有抗体者疗效则不定。IGHD-IB 型、IGHD－Ⅱ型、IGHD－Ⅲ型及 CPHD 与 IA 型不同的是用外源 GH 治疗不产生抗体，治疗有良效。

2. 其他治疗　　家族性联合垂体激素缺乏症患儿伴有其他垂体激素缺乏，需要补充相应的激素。但选用制剂和剂量方面要谨慎。因为糖皮质激素过多可减弱 GH 的效果，氢化考的松剂量不大于 $10 \sim 15 \text{mg}/(\text{m}^2 \cdot \text{d})$，分 2 ~ 3 次。伴有 TSH 缺乏者应在 GH 治疗前，先行甲状腺素治疗，在 GH 治疗头 3 个月进行甲状腺功能检测。甲状腺素过量可加速骨龄增长。促性腺激素缺乏的病人，当骨龄达青春期开始的年龄（女童骨龄 10 ~ 12 岁，男童骨龄 12 ~ 14 岁）给予性腺激素治疗。有小阴茎的婴儿，可用 Testosterone Enanthate 25 ~ 50mg，每月肌肉注射 1 次，3 个月为 1 疗程，用 1 个或 2 个疗程，可使阴茎达正常大小而不过分影响骨成熟。

3. 精神干预　　患儿智力正常，但社交能力和精神状态成熟延迟。主要因为和病儿交往的是身高相似的儿童而不是同龄儿童。主动给予精神支持和干预，可促进他们精神上成熟的过程。

遗传性尿崩症

一、概述

遗传性尿崩症（hereditary or familial diabetes insidus）为常染色体隐性或性连锁遗传，是引起中枢性尿崩症的原因之一，较少见，约占 1%。

病因：有人认为是产生 ADH 的细胞数减少或缺如所致，最新研究认为其病因是由于精氨酸加压素的神经垂体素 Ⅱ 基因的突变引起。也有认为是渗透压感受器缺陷所引起。

二、诊断要点

多数自幼起病，也有起病较晚，青春期后症状减轻，一般不影响健康，预后较好。

1. 临床表现

（1）多尿、烦渴、多饮，常有夜尿增多或遗尿，每日饮水量可达 300~400mL/kg，尿量与此相近。

（2）常有轻度脱水，皮肤干燥。

（3）精神萎靡、食欲减退、消瘦、生长发育缓慢。

2. 实验室检查

（1）尿液：尿清亮如水，尿量大于每天 3 000mL/m^2。尿比重常 ≤1.005，尿渗透压常 ≤200mmol/L。

（2）肾功能检查：尿常规正常，尿糖阴性，肾功能多正常。

（3）血浆 AVP 测定：血浆 AVP 浓度降低。

3. 特殊检查和辅助检查

（1）尿崩症特殊实验室检查：禁水加压素试验——禁水试验中如患者持续排出低比重尿，血钠增高 >145mmol/L，血浆渗透压增高 >295mmol/L，尿渗透压不增（在 50~200mmol/L 之间），尿渗透压与血浆渗透压之比值 <1，可诊断为中枢性尿崩症或肾性尿崩症；

若尿渗透压 > 850mmol/L，则可排除中枢性尿崩症，为精神性多饮。注射加压素后，尿渗透压较注射前增高 < 5% 者为正常或精神性多饮；尿渗透压较注射前增高 > 50% 为完全性中枢性尿崩症；在 9% ~ 50% 之间为部分性中枢性尿崩症；尿渗透压无变化或较注射前增高 < 9% 为肾性尿崩症。

（2）其他检查：头颅 X 线、CT 或 MRI 检查可精确探测并排除颅内肿瘤及其他下丘脑、垂体病变。

4．鉴别诊断

（1）肾性尿崩症：根据禁水加压素试验可做鉴别。血浆 AVP 升高。

（2）精神性烦渴综合征：尿比重可达 1.020 以上，血清钠、血浆渗透压及禁水加压素试验均正常。

（3）肾脏疾病引起的多尿：一般夜尿多，尿常规及肾功能可有改变。

（4）电解质异常：高血钙、低血钾、血糖升高均可引起多尿。

（5）糖尿病：除多饮多尿外，还有多食，尿糖阳性，血糖升高。

三、治疗要点

1．一般治疗　　充分供给水量以防止因脱水引起的严重并发症，并及早治疗原发病。

2．药物替代疗法　　给予加压素制剂替代 ADH 的生理功能。

（1）鞣酸加压素（长效尿崩停）：每次 0.1 ~ 0.3mL，深部肌肉注射作用可维持 36 ~ 72h，待再出现多尿后再注射第 2 次。

（2）脱氧精氨酸加压素（DDAVP）：滴鼻，每次 5 ~ 10μg，每日 2 ~ 4 次。

（3）弥凝：含纯抗利尿激素，为目前治疗中枢性尿崩症最为理想的药物，每片 0.1mg，每日 2 次，口服。按病情及小儿年龄每次给予 1/2 ~ 1 片。

3．非激素药物疗法

（1）氯贝丁酯（安妥明）：可增加体内剩余的抗利尿激素的作用，每日 50～100mg/kg，分 2～3 次口服。

（2）氢氯噻嗪：每日 2～3mg/kg，分 2～3 次口服，加服氯化钾每日 1～3g，并应限制钠盐。适用于轻症或部分性尿崩症。

（3）氯磺丙脲：每日 150mg/m^2，每日 1 次，早晨顿服。

（4）卡马西平：每日 10～15mg/kg，分 2～3 次口服。

早 老 症

一、概述

早老症（progeria）又名 Huchinson-Gilford 早老综合征，是一种少见的代谢异常、发育障碍和侏儒状态。以童年表现老年面貌和动脉硬化为其特征。

1. 病因　　病因未明，可能由于某些因素使病儿胶原合成减慢、透明纤维增加、脂肪组织发育障碍。其血管结缔组织发生变化，终致动脉粥样硬化。多为散发病例。其家族遗传方式尚未完全了解，可能为常染色体隐性遗传。男女皆可发病。

2. 病理　　主要病理变化为全身性动脉粥样变、皮下组织缺乏脂肪及皮脂腺，而血脂呈现升高。

二、诊断要点

1. 临床特点

（1）初生儿多有硬肿、轻度面部紫绀、鼻较尖等现象。生后数月内一般表现大致正常

（2）生长发育在第 1 年内稍差，从第 2 年起明显缓慢，并逐渐出现典型的面容，脱发、皮下脂肪消失、异常的姿势、关节僵直、皮肤和骨骼的变化等，但智力及运动功能发育正常。

（3）特征性变化：身长体重明显低于正常，相对地体重比身长减少更明显；皮下脂肪逐渐变薄，全身瘦削，面颊的脂层也消失，只剩耻骨上部的皮下脂肪；由于颜面骨及下颌骨特别小，头颅与前额相对地较大；眼眶较小故两眼突出，鼻突出且尖；耳廓常有畸

形，两耳向前竖起，缺乏耳垂；嘴唇较薄，近似鸟脸；脱发由枕部开始，至 3～5 岁时几乎全部脱光，眉毛与睫毛也可脱落；头皮静脉怒张，乳齿和恒齿均发育延迟，并很早脱落，牙齿畸形；四肢与躯干比例正常，锁骨发育不全，特别短小，关节相对粗大并僵直，手指屈曲，指、趾甲常萎缩，末节指骨很短；皮肤薄，有皱纹，并出现棕色老人斑；下腹部、大腿近端和臀部硬肿；四肢浅表血管粗厚而显露，尤以桡动脉和手背静脉最为明显；语音尖而细。血压于 5 岁以后明显上升，心脏逐渐扩大，有时出现心绞痛、心肌梗死或脑血管意外，也可发生肾结石而致急腹痛。步态如老人，走路时脚拖在地上，不能抬高。骨骼 X 线检查可见轻度脱钙，骺端肥大及干骺愈合较早，前囟持久开放，锁骨小或者由于骨分解而消失，指（趾）节末端有时不显影，在 2～3 岁时往往可见髋外翻。

2．实验室检查

（1）血清蛋白结合碘、胆固醇、甘油三酯及 β 脂蛋白皆升高，基础代谢率偏高。

（2）特殊检查与辅助检查：晚期心电图显示冠状动脉供血不足。对胰岛素有拮抗现象。性腺不发育或性发育明显迟缓。

3．鉴别诊断　　本病需要与某些遗传性综合征鉴别：

（1）外胚叶发育不全：一种遗传性疾病，缺乏毛发与指（趾）甲异常，因缺少汗腺而于夏季发生高热，但无高血压、消瘦及老人面貌。

（2）先天性全身性脂肪营养障碍：是一种原因未明的少见病，常染色隐性遗传。在婴儿早期即见皮下脂肪消失而肌肉、骨骼的生长较快，其面部消瘦，胸、臂亦细小，但下肢正常。往往伴有糖尿病、垂体功能异常等内分泌疾病。

（3）Cockayne 综合征：常染色体隐性遗传病，可有家族史，其皮下脂肪消失、尖鼻、耳朵畸形、体格矮小等症状很像早老症，但这些表现常在 4 岁左右出现，皮肤对日光敏感，且常见小瞳孔、远视、白内障、视网膜色素沉着、视神经萎缩、神经性耳聋、智力低下，甚至发生粗大震颤和步态蹒跚等，可与早老症区别。

（4）Werner 综合征：有老人面貌，在青春发育期出现矮小体型，但其发病年龄较晚，常在 20 岁左右，完全脱发不常见，且伴有白内障与视网膜变性，与早老症不同。

（5）Hallermann-Streiff 综合征：亦有牙齿缺陷、脱发、头发少及下颌小等畸形，但智力落后，有白内障和小眼畸形，可资鉴别。

三、治疗要点

尚无特殊疗法。限制多脂多盐饮食，以减轻动脉硬化和高血压。可作理疗、按摩和坚持体力活动，以减轻运动障碍。已有心血管并存症者选用降血脂药物。应用小剂量乙酰水杨酸，是否可延缓心肌梗死，尚需进一步观察。

嗅觉生殖系统发育不全综合征
（Kallmann syndrome）

一、概述

本征为下丘脑及嗅觉中枢的发育障碍而导致 GnRH 缺乏伴嗅觉障碍，患者除性腺发育不良外常伴嗅觉障碍。发病率约为 1/1 万～1/6 万，多限于男性，约为女性的 6 倍。有家族遗传性，呈 X 连锁或常染色体显性或隐性遗传。病理学检查下丘脑-垂体无形态学异常。

病因：胚胎早期 GnRH 神经元起源于嗅板，随胚胎发育，原居脑外与嗅神经基板间的 GnRH 神经元在随嗅神经球向大脑迁移中未能定向到位，导致嗅觉障碍和性腺发育不良。分子生物学研究揭示 KALIG－1 基因的缺陷是其性腺功能低下和嗅觉丧失的分子基础，已发现 KALIG－1 基因为其候补基因，定位于染色体 Xp22.3 区，且认为与早先提出的粘附分子样 X 基因 ADMLX 相当，其编码蛋白与神经细胞粘附分子同源，属新型的神经元移动因子，在调节神经系统的发育及胚胎形态学发生方面有重要作用。临床也发现嗅觉障碍与性腺发育密切相关，嗅觉障碍明显者性腺功能减退往往较重。

二、诊断要点

1．临床表现

（1）性腺（睾丸或卵巢）发育不全，男性小阴茎、小睾丸或隐睾；女性子宫发育不良，青春期与性发育缺乏。少数不完全型者虽青春期发动但性征不全。

（2）自幼嗅觉完全丧失或明显减弱或仅选择性对某些挥发性油质分辨失灵，部分病人可见大脑嗅叶缺损或发育不全。

（3）可伴其他神经和身体部分发育缺陷，如小脑功能不全、色盲、唇裂、腭裂、神经性耳聋、肾畸形、鱼鳞癣、先天性耳聋等。患儿青春发育期前身高正常，可与生长激素缺乏伴性腺发育不良及体质性性发育延迟相鉴别。

2．实验室检查

（1）促性腺激素和性激素降低：血睾酮，血及尿 FSH、LH 降低。

（2）GnRH 兴奋试验 FSH、LH 反应低下或无反应。

3．鉴别诊断　　主要应除外席汉氏综合征，鉴别点为后者伴随其他垂体激素缺乏的表现和证据。

三、治疗

无根治措施。可用 GnRH 或 HCG、HMG、睾酮等替代治疗。

1．GnRH 治疗　　有推荐用 LHRH 皮下脉冲式给药 25～600ng/kg，脉冲 2h 1 次，长期应用可取得满意疗效，部分病人可出现第二性征并产生精子。

2．HCG 治疗　　常用剂量每次 500～1 500U，每周 3 次，6 个月为 1 疗程。疗效存在个体差异，常与治疗前睾丸大小有关，长期治疗可使患者血清睾酮恢复，并使睾丸容积增大，但不能达到正常。

3．性激素治疗　　可采用睾酮 100mg 肌肉注射，每周 1 次，或庚酸睾酮 200mg 肌肉注射，每 2～3 周 1 次，可促使阴茎增大。

青春期年龄可较长期应用睾酮替代治疗，治疗开始时间越接近青春期发动年龄其促使性征发育的作用越明显。

第二节　原发性甲状旁腺功能亢进

一、概述

原发性甲状旁腺功能亢进（primaryhy perparathyroidism PHPT；简称原发性甲旁亢）是由于一个或几个甲状旁腺腺体本身病变，引起分泌甲状旁腺素过多并调节机制不全，导致钙、磷和骨代谢紊乱的一种全身性疾病。特点为骨吸收增加的骨骼病变、肾结石、高血钙及低血磷。原发性甲旁亢儿童少见，以散发性为主。当新生儿发生甲旁亢时常是甲状旁腺普遍增生，儿童期甲旁亢发生于10岁以上时多为腺瘤，其次为甲状旁腺增生，极少为甲状旁腺癌肿。家族性原发性甲旁亢为常染色体显性遗传，也有常染色体隐性遗传的报道。部分原发性甲旁亢为多发性内分泌肿瘤的症状之一。

病因：新生儿甲旁亢：新生儿多为甲状旁腺弥漫性增生。有的父母为近亲婚配。多数患儿为家族性低尿钙性高钙血症。病因为C^{2+}-敏感受体基因突变的同合子，为常染色体显性遗传。

儿童甲旁亢：多在10岁以后发生单个甲状旁腺腺瘤。为常染色体显性遗传。多数家庭患者为成年人。有的儿童甲旁亢是多发内分泌腺肿瘤（multipleendocnneneoplasia，MEN）综合征。

MEN I 型：为常染色体显性遗传。特点为胰腺胰岛细胞分泌胃泌素、胰岛素、胰腺多肽的肿瘤，或胰升糖素瘤以及垂体和甲状旁腺腺瘤。MEN I 型的基因位于11q13，基因含有肿瘤抑制因子，曾发现有2个基因突变。第一个基因突变在生殖细胞内由隐性转变为显性等位基因，不引起肿瘤。第二个突变基因为体细胞内基因突变，正常的等位基因减少。MEN II 型为嗜铬细胞瘤伴有甲旁亢。

二、诊断要点

1. 临床表现　典型的甲旁亢的临床症状和体征都与高血钙

318

有直接或间接的联系。主要有高血钙、骨骼改变和泌尿系症状等3组，可单独出现或合并存在。其他还有消化性溃疡和精神神经症状。

（1）高钙血症：血钙增高引起的症状可影响多系统。

1）一般症状：肌肉无力、疲劳、虚弱、体重减轻。

2）神经系统：头痛、记忆力和注意力减退、抑郁、意识障碍。

3）消化系统：不明原因的烦渴、厌食、恶心呕吐及顽固性便秘、久治不愈的消化性溃疡、复发性胰腺炎。

4）循环系统：心悸、气短、心率失常和心力衰竭。还可有高血压。

5）精神症状：高血钙可能和一些精神症状有关，如人际关系紧张、焦虑、敌意、偏执、强迫观念、抑郁及明显精神病等。

婴儿和儿童患者可能会影响生长与发育，可能因厌食、烦渴等致使营养不良。

角膜缘磷酸钙沉着（带状角膜病）较少见，而且必须在裂隙灯下检查才能发现。

（2）骨骼改变：不明原因的骨质疏松，典型的原发性甲旁亢骨病是囊性纤维性骨炎。青少年患者可引起骨骼变形、脱位或碎裂。患者有广泛性骨关节疼痛，伴明显压痛。可能发生多发性病理性骨折，牙齿松动脱落。

（3）泌尿系表现：常表现为屡发性、活动性泌尿系结石或肾钙盐沉积。在小儿和青少年患者中，肾结石或肾钙质沉着的发生率也很高。结石形成可造成肉眼或镜下血尿。并可产生尿路梗阻而引起严重肾绞痛。肾钙质沉着可导致肾功能损伤或衰竭。长期高血钙可影响肾小管的浓缩功能，病人可有烦渴、多饮和多尿等表现。

（4）其他：可有软组织钙化、软骨钙质沉着症和假痛风等。

2．实验室检查

（1）生化改变：血钙增高是原发甲旁亢的最主要的生化改变。儿童甲状旁腺腺瘤血钙可高达3mmol/L，离子钙亦高。血磷通常在正常的低水平，25%患者血磷低， < 0.80mmol/L（< 2.5mg/dL）。血镁亦减低。血 BUN 和尿酸升高。血碱性磷酸酶在腺瘤升高，增生时正常。而小儿血碱性磷酸酶正常范围较大，影响了它的实用价值。

（2）PTH：增高是原发甲旁亢的又一重要指标，降钙素正常。

（3）尿液检查：常有24h尿钙升高，但不如血钙明显。

（4）X线骨片：由高 PTH 导致的骨吸收有明显的 X 线表现。如末端指（趾）骨的骨膜下骨吸收，颅骨的虫蛀样改变，锁骨远端1/3处可能变细，局部破坏性病灶骨囊肿。还可能为全身广泛性脱钙。儿童可见有活动性佝偻病的 X 线骨片的表现。以上 X 线特征性改变和非特异性变化均反应 PTH 对骨骼的分解代谢作用。

（5）用 CT 和颈部超声波检查及放射性核素扫描等方法检查甲状旁腺可协助定位诊断。

3．鉴别诊断　　甲旁亢高钙血症需要与其他原因引起的高血钙、低血磷相鉴别。

（1）维生素 D 中毒：有明确的维生素 D 过量的病史，口服糖皮质激素可使血钙降至正常。

（2）家族性低磷血症：该症血磷很低，常 < 1mmol/L，并有明显的骨骼变形和严重的活动性佝偻病的体征。血钙正常。遗传方式为性联显性遗传。

（3）家族性低尿钙性高血钙：是钙离子敏感受体基因失活突变，基因位于 3q2 区，为常染色体显性遗传，外显率为100%。此受体在甲状旁腺和肾脏调节钙的稳定，受体失活使对钙离子产生抵抗，引起高血钙。杂合子仅为轻度或中度高血钙。低血磷还应与家族性低磷血症相鉴别。

三、治疗

1．手术治疗　　外科手术是原发性甲旁亢唯一有效的治疗。对于无症状甲旁亢适宜内科长期随访，认真监测甲旁亢的进展。一旦出现高血钙、PTH 明显增高和症状加重，则必须手术，不仅可减轻症状且能改善预后。

颈部探查适用于所有甲旁亢患者（包括有症状和/或有生化改变）。特别对于年幼患者推荐手术，因为儿科病例一般不是良性，长年处于高钙、高 PTH 中，出现重要症状的可能性大，而手术的风险较小。

颈部探查有两方面作用：一是确定甲旁亢的病因；二是根据病因执行最合适的手术。如为腺瘤则全部切除；如为增生则选择部分切除（1/3 ~ 1/2 腺体）。而多发性内分泌肿瘤中的甲旁亢采取甲状旁腺全切除，然后自身移植小片甲状旁腺组织于前臂，高血钙再发时易于取出。

术中作好高血钙危象的抢救准备工作。包括降血钙药物，血钙、磷和心电图检测。手术后需密切观察，病人可能发生低血钙及手足搐搦。血钙最低值出现在术后 2 ~ 3 天，轻症经钙盐补充和维生素 D 治疗可纠正。较重者需静脉补钙数日，同时补充活性维生素 D 制剂，以后逐渐正常，维持高钙和磷饮食数月。一般持续补充钙剂及适量维生素 D 直至 X 线摄片骨密度正常后，才可停药。如发生永久性甲旁减，需用 1, 25- $(OH)_2D_3$ 和钙剂长期替代治疗。

2. 高血钙危象的治疗　　血钙 > 3.75mmol/L 时，可发生高血钙危象，即使无症状或症状不明显，亦应按高血钙危象处理。治疗包括：

（1）输液、利尿和补充电解质：输入生理盐水 10 ~ 20mL/kg 同时用速尿每次 1 ~ 2mg/kg，促进尿中排出钙，利尿的同时应维持电解质的平衡，并适当补充镁和磷酸盐。

（2）降钙素：4 ~ 8IU/kg 皮下注射或肌肉注射，每周 1 次，10 次为 1 疗程，可用于短期治疗高钙血症。

3. 一般治疗　　包括：多饮水、限制食物中钙的摄入量，补充钠、钾和镁盐。肌肉注射降钙素和口服磷酸盐制剂。忌用噻嗪类利尿药、碱性药物和抗惊厥药物。

第三节 先天性肾上腺皮质增生症

一、概述

先天性肾上腺皮质增生症（Congenital adrenal hyperplasia，CAH）是一组常染色体隐性遗传病。由于类固醇合成过程中某种酶的先天缺陷造成盐皮质激素、糖皮质激素或性激素等失调，而出现临床异常表现。女孩发病率高于男孩，发病常有家族性，在同一家族中常表现为同一类型的缺陷，发病率约为 1/15 000 活产新生儿。CAH 患者是纯合子，父母为杂合子，每生育一胎，CAH 纯合子患儿的可能性为 1/4。典型（严重型）的 CAH 发病率约为 1/10 000，而非典型（轻型）的发病率约为典型的 10 倍。

1. 病因 由于类固醇合成过程中某种酶的先天缺陷导致肾上腺皮质束状带合成的皮质醇完全或部分缺乏，造成 CAH 的酶缺陷是由于控制这些酶合成的基因有突变。有人证实经典型 21 - 羟化酶缺陷基因与 HLA-A、B 位点紧密连锁，B 基因突变是 CAH 的主要类型，以后又发现隐匿型及迟发型 21 - 羟化酶缺乏的基因亦与 HLA-B 位点紧密连锁。遗传学研究表明，本病系通过常染色体的隐性基因传递。一个家庭成员中一般只出现同一类型的酶缺陷。酶缺陷的结果一方面导致盐皮质激素终末产物醛固酮、糖皮质激素终末产物皮质醇不足，前者不足可引起一系列失盐的表现，而皮质醇不足可反馈地引起垂体分泌促肾上腺皮质激素（ACTH）增多，刺激肾上腺皮质增生，ACTH 有弱的促黑色素（MSH）作用，导致色素沉着；另一方面，酶缺陷又导致盐皮质激素、糖皮质激素、性激素合成途径的中间产物堆积，引起女性男性化或性幼稚、男性假性性早熟或女性化或伴有高血压等表现。

2. 分型 常见有 6 种酶缺陷：①21 羟化酶缺陷。②11β 羟化酶缺陷。③3β 羟类固醇脱氢酶缺陷。④17α - 羟化酶缺陷。⑤20、22 碳链裂解酶（裂链酶）缺陷。⑥18 - 羟化酶缺陷。其中 21-

羟化酶缺陷是 CAH 中最常见的类型，约占 90%～95%。

二、诊断要点

从临床表现、实验室检查和基因分析 3 个方面进行综合评价。

(一) 临床表现

1. 21 -羟化酶缺乏症　　因 21 -羟化酶缺乏程度不同，可分为典型的失盐型和单纯男性化型及非典型（迟发型或轻型）型。

(1) 单纯男性化型：主要的临床表现为雄激素增高的症状和体征。女孩出生时有阴蒂肥大，大阴唇不同程度融合，阴道尿道共同开口等假两性畸形改变；男孩出生时无明显症状；出生 6 个月后体格发育快，4～5 岁时阴茎增大、勃起，阴囊增大但睾丸不大，声音低沉、痤疮、肌肉发达，身高超过同龄儿，骨龄提前，智力正常。可有不同程度的色素沉着，以皮肤皱褶处明显。

(2) 失盐伴男性化型：出生后第 1～4 周可表现有拒乳、呕吐、腹泻、脱水和酸中毒，低血钠、高血钾。急性危象时表现循环衰竭、苍白紫绀，有时可有抽搐。该型多有色素沉着，尤以阴囊、大阴唇和乳晕为甚。在 4 岁后，机体对失盐的耐受性增加，失盐现象逐渐改善。

(3) 非典型（迟发型或轻型）型：多在儿童期或成年期逐渐出现雄激素过多的症状和体征。如儿童期多毛、阴毛早现、痤疮、线性生长加快、轻度阴蒂肥大；青春期或成年期多毛、月经紊乱或不育。

2. 11β -羟化酶缺陷　　此病发病率低，约占本病的 5% 左右。其临床表现与 21 -羟化酶缺陷的单纯男性化型相同，唯其程度较轻，有些女性病例仅有阴蒂肥大。当该酶缺陷严重时，由于去氧皮质酮产生过多而出现高血钠、低血钾、碱中毒和高血容量，2/3 患者伴有持续性高血压。此种高血压的特点是应用糖皮质激素后血压下降，停用后又可复升。尿中除 17 -酮类固醇增加外，去氧皮质酮也增多，糖皮质激素治疗后随着血压的下降，上述类固醇产物亦随之明显减少。

3. 17-羟化酶缺陷　　此型多见于女性。该酶缺乏时，患者性激素减少，因而女性有原发性闭经，第二性征不发育。男性患者出生时外生殖器可为女性型，但内生殖器仍为男性。因性腺分泌不足，故患者骨龄停顿于 12～13 岁。患者皮质酮及去氧皮质酮分泌均增多，促进潴钠、排钾，因而可引起明显的高血压、低血钾和碱中毒。

4. 18-羟化酶缺陷　　少见。主要缺陷是由于不能合成醛固酮，故而引起失盐、脱水、呕吐等症状。其临床表现类似 21-羟化酶缺陷的失盐型，但外生殖器正常。

5. 3β-羟类固醇脱氢酶缺陷　　极少见。由于血中孕烯醇酮增加，致尿内 17-酮类固醇等增多。胚胎期即有睾酮合成障碍，影响男性性器官的分化，致男性尿道下裂或合并隐睾。女孩可显示轻度男性化，如阴蒂肥大、大阴唇融合等。患者有糖皮质激素及盐皮质激素缺乏症状，往往因严重失钠、循环衰竭而死亡。

6. 类脂性肾上腺增生症　　22β-羟化酶、20、22-碳链酶、20α-羟化酶等任何一种酶缺陷均可导致胆固醇不能转化为孕烯醇酮，以致胆固醇累积于肾上腺皮质而发生本症。患儿 3 种皮质激素及睾丸激素均缺乏，故临床上虽也有失盐症状，但男婴表现为女性型，而女婴外生殖器无异常。尿 17-酮类固醇不增高。

(二) 实验室检查

1. 血液生化　　失盐型常有：高血钾、低血钠、低血氯、低血糖、高尿钠和代谢性酸中毒。

2. 肾上腺皮质功能检查

(1) 血 ACTH 水平：不同程度的升高。

(2) 血皮质醇测定：典型失盐型降低，单纯男性化型可正常或稍低。

(3) 血浆肾素-血管紧张素活性（PRA）：失盐型升高。醛固酮：失盐型低下，单纯男性化型正常或升高。

(4) 血 17-羟孕酮（17-OHP）测定：21-羟化酶缺乏时，17-

羟孕酮升高。

(5) 尿 17-酮类固醇（17-KS）测定：21-羟化酶和 11β-羟化酶缺乏时，尿 17-酮类固醇升高。

(6) 睾酮（T）测定：21-羟化酶缺乏时升高。

(7) 血浆去氧皮质酮测定：21-羟化酶缺乏的失盐型明显降低。11β 羟化酶缺陷者升高。

(8) 尿孕三醇测定：21-羟化酶缺乏时，尿孕三醇升高。

(9) 地塞米松抑制试验：用小剂量地塞米松后观察尿中 17-酮类固醇排出情况。如抑制后尿 17-酮类固醇为对照组的 50% 以下，提示为先天性肾上腺增生，如 17-酮类固醇不下降或下降甚微提示肾上腺肿瘤。

（三）特殊检查与辅助检查

1. X 线检查　可示骨骺融合过早，骨龄提前。

2. 染色体检查　外生殖器畸形严重不能分辨性别者，可做染色体检查。

3. 产前诊断　对高危家庭可进行产前诊断，可采用以下方法：①羊水 17-羟孕酮测定，阳性胎儿其值明显升高，但对单纯男性化型其价值有限。②羊水细胞或胎盘绒毛 DNA 分析。

（四）鉴别诊断

1. 单纯男性化型须与下列疾病鉴别

(1) 男性患儿应与真性性早熟鉴别，两者外生殖器形态类似，但真性性早熟者睾丸和阴茎同时增大，血 17-羟孕酮正常，FSH、LH 增高，可与 CAH 区别。

(2) 女性患儿应与真两性畸形鉴别，虽外生殖器均可男性化，但真两性畸形者尿 17-KS 与血 T 正常。

(3) 与肾上腺肿瘤鉴别，该病在出生后雄性化症状可逐渐发展，女孩阴蒂肥大，但无阴唇融合，血雄激素水平增高，尿 17-KS 增高，它们不能被地塞米松抑制，血 17-羟孕酮不增高。B 超或 CT 发现一侧肾上腺肿块。

2．失盐型与下列疾病鉴别

（1）与先天性肥厚性幽门狭窄鉴别，两者均有呕吐、脱水，但先天性肥厚性幽门狭窄者为喷射性呕吐，无皮肤色素沉着、外生殖器异常、糖皮质激素或盐皮质激素异常，X线钡剂造影可发现幽门狭窄。

（2）与Addison病鉴别，两者均有肾上腺皮质功能不全的症状及皮肤色素沉着，但Addison病无男性假两性畸形或女性男性化，血17-羟孕酮正常。

三、治疗方案

1．肾上腺皮质激素的替代治疗

（1）糖皮质激素：首选氢化可的松，每日 $10 \sim 20mg/m^2$，每日总量分3次口服，2/3量晚间服，1/3量分次白天服。年长儿可改用泼尼松每日5mg，青春期每日 $7.5 \sim 10mg$，分2次口服，或地塞米松每日 $0.5 \sim 0.75mg$。糖皮质激素需终生服用，并定期监测血-17羟孕酮及尿17-KS，开始治疗时每月测定1次，病情稳定后可3个月至1年测定1次。

（2）盐皮质激素：采用 9α 氟皮质醇每日 $0.05 \sim 0.15mg$，也可用醋酸去氧皮质酮，每日 $1 \sim 2mg$ 肌肉注射，此外应给予氯化钠口服，每日 $2 \sim 4g$。

2．失盐型的急性肾上腺危象的治疗

（1）5%葡萄糖盐水 $10mL/kg$ 于1h内静脉滴注扩容，根据病情24h内继续输入液体 $50 \sim 100mL/kg$。

（2）快速大剂量氢化可的松 $10mg/kg$ 加入生理盐水静脉滴注。去氧皮质酮1mg，每日1次肌肉注射。

（3）伴休克时可输血浆 $5mL/kg$ 和5%葡萄糖糖盐水；应用升压药如间羟胺20mg，加入5%葡萄糖盐水250mL静脉滴注，根据血压调节滴速。

（4）防治感染：病情严重时可应用抗生素，如头孢菌素类药物。

3．外科矫形手术　　应尽早手术，处理假两性畸形，一般在出生 6～12 个月内进行。女孩阴蒂增大、激素治疗不能减退者，须手术治疗（多在 2 岁内做）。

4．产前治疗　　有人主张对产前诊断的 CAH 女孩试用地塞米松进行宫内治疗，每日 $20\mu g/kg$，约每日 1～1.5mg，治疗时间应在妊娠第 4～5 周时。

5．疗效评估　　替代治疗的用药量既要抑制雄激素的产生，又要不影响生长高度。开始 1～2 周随访 1 次，待尿 17-KS、血 17-羟孕酮正常后须 3～12 月复查 1 次，观察项目如下。

（1）生长速度，生长过快说明药量小，反之药量大，目标应使生长发育趋向正常。

（2）骨龄的增长和年龄的增长一致，合适的药量下骨成熟速度正常。

（3）血 17-羟孕酮 < 2.4mmol/L 为治疗过量，> 3.0mmol/L 为药量不足。治疗药量应使青春期前患儿每日尿 17-KS < 4mg，青春期逐渐达正常成人值。

（梁立阳）

第十章　其他遗传性疾病

第一节　软骨发育不全

一、概述

软骨发育不全（Achondroplasia）是人类最常见的遗传性骨骼发育异常性疾病，约占活产新生儿的 1/15 000，呈常染色体显性遗传。由于软骨化骨缺陷而膜性化骨正常，表现为严重的短肢畸形和侏儒。1994 年发现成纤维细胞生长因子受体 3（FGFR3）基因，认为该病与 FGFR3 基因突变有关。约 90% 的患者存在 FGFR3 基因 1138 位的 G→A 或 G→C 转换，导致 FGFR3 蛋白跨膜区第 380 位的甘氨酸被精氨酸替代，FGFR 活性增强。软骨细胞 FGFR 表达酪氨酸激酶活性对调节长骨生长具有重要作用。FGFR3 基因定位于染色体 4p16.3。

二、诊断要点

1. 临床表现

（1）有家族史：呈常染色体显性遗传，出生时即有短肢畸形。

（2）身材矮小：呈不匀称性矮小，四肢短小，以上臂和股部最明显，躯干正常。成年男性平均身高为 118～145cm，女性为 112～136cm。智力正常。

（3）特殊面容和体态：头大，面部宽，前额突出，鼻梁低平，上齿槽和下颌骨突出，出牙正常。行走后见腹部前突，臀部后突，"O"形腿。

2. X 线表现　　颅骨顶部增大，而颅底和枕骨大孔较窄，管状骨变短，直径相对增大，密度增高，肌肉附着处的骨皮质增厚，干骺端明显增粗。

3.特殊检查 基因分析：FGFR3 基因分析可发现 FGFR3 蛋白第 380 位的甘氨酸被精氨酸替代，可用于疾病的诊断和产前诊断。产前超声检查：于妊娠中期即可发现胎儿长骨明显变短。

4.鉴别诊断

（1）先天性甲状腺功能低下：出生时基本正常，未经治疗者有不对称性矮小，鼻梁低平的表现，常伴有智力低下，皮肤粗糙、骨龄延迟，血清 T_4 降低、TSH 增高。

（2）粘多糖病 I 型：常于 1 岁后起病，身材较矮、面容丑陋，智力差、皮肤粗糙、肝脾肿大，听力异常，全身骨骼多种畸形，X 线检查有助诊断。尿液粘多糖增高可明确诊断。

三、治疗关键

无特殊治疗。短期生长激素治疗可改善身高。

第二节 成 骨 不 全

一、概述

成骨不全（Osteogenesis imperfecta）又称脆骨病，过去分为先天性和迟发性两类，1978 年根据 Sillence 分类法分为 I ～ IV 型，目前至少有 7 种类型。其中 I ～ IV 型最常见，是 I 型胶原 COL1A 或 COL1A2 基因突变导致 I 型胶原合成异常所致。II 型又称致死型，III 型病情严重，IV 型症状较轻，I 型最轻。其临床特点为多发性骨折、蓝巩膜、进行性耳聋、牙齿改变、关节松弛和皮肤异常。其发病率很低，约占活产婴儿的 1/40 000，多数为常染色体显性遗传，少数呈常染色体隐性遗传。COL1A1 或 COL1A2 基因分别定位于染色体 17q21 和 7q22.1。

二、诊断要点

1.临床表现

（1）成骨障碍：骨膜下成骨和软骨内成骨均异常，骨质脆弱或骨化不全。病情严重者（Ⅱ、Ⅲ型），出生时有多发性骨折，肢体短，有畸形或骨摩擦感，颅骨如膜状，常因颅内出血致死。轻者出生时表现正常，可在婴儿期发生骨折，最轻者只有蓝巩膜而无骨折。

（2）运动发育落后：独坐和走路晚，易跌跤，肢体弯曲变形，严重者不能行走。生后10个月时如果仍不能独坐，常预示以后不能行走。

（3）眼部症状：蓝巩膜，与角膜薄有关，可有远视，角膜浑浊。

（4）听力损害：占多数，以青春期多见，呈进行性耳聋，常伴有渗出性鼓膜炎、眩晕。

（5）成牙不全，龋齿，牙发育不良，咬合不佳。

（6）肌张力低下，关节松弛，皮肤菲薄，皮下易出血等。

2．辅助检查

（1）X线表现：四肢长骨可见多发性骨折，大量骨痂形成及骨折后畸形愈合，骨皮质变薄，松质骨密度减低，骨小梁稀疏或消失。先天性成骨不全者长骨多粗短，迟发性者骨干多细长，干骺端增宽。头颅增大，颅骨骨板变薄或骨化不全，囟门闭合延迟。脊柱侧弯，锥体压缩变薄或呈双凹状。

（2）听力筛查：多数为传导性耳聋，应每年检测听力1次，早期发现听力异常。

（3）骨密度测定：降低。

3．特殊检查

（1）骨活检：光学和电子显微镜下的组织结构异常程度与Sillence临床分类一致。Ⅰ型者仅有轻微骨超微组织结构异常；Ⅳ型表现为骨细胞和骨样组织轻度异常；Ⅲ型伴有骨样胶原纤维的结构和分布异常；Ⅱ型最严重，存在各种各样的异常，如骨皮质变薄、骨小梁稀疏、破骨细胞和成骨细胞数量增多，骨样组织和胶原纤维减少，骨化不良。

（2）基因诊断：对Ⅰ~Ⅳ型者进行 COL1A 或 COL1A2 基因突变分析，有诊断意义。

（3）产前诊断：孕早、中期超声检查发现胎儿颈部透明带增宽、长骨短、骨折变形，股骨长度/腹围比值 < 0.16，颅骨薄、胸廓变形，常提示为致死型成骨不全。

4．鉴别诊断

（1）软骨发育不良：头大肢体短与成骨不全相似，但无多发性骨折，X 线检查有助鉴别。

（2）磷酸酶过少症：成骨不全，但血 ALP 降低，血钙增高，血、尿磷酰胺乙醇增高可资鉴别。

（3）骨质疏松症：易骨折，但无蓝巩膜。

三、治疗关键

1．一般治疗　　保证充足的营养，小心护理，防止骨折。不宜过早坐，以免增加脊柱侧弯的危险。

2．口服双磷酸盐和 1，25 -（OH)$_2$ 维生素 D$_3$ 可减少骨折次数、增加骨密度。对中度至重度成骨不全可给予周期性静脉注射双磷酸盐（pamidronate），1mg/（kg·d)，连续 3 天，间隔 3~4 个月 1 次，持续 2 年以上，双磷酸盐可抑制破骨细胞介导的骨吸收，改善症状和骨密度。

3．骨髓移植和耳蜗移植　　对Ⅱ型患者已有骨髓移植成功的报道，对听力严重损害者可行耳蜗移植改善听力。

第三节　Ehler-Danlos 综合征

一、概述

Ehler-Danlos 综合征（Ehler-Danlos Syndrome，EDS）是一组罕见的遗传性结缔组织异常性疾病，为胶原合成缺陷所致，以皮肤过度伸展、脆性增加、关节活动过度和关节慢性疼痛为特征。目前 EDS 至少分为 10 种类型，Ⅰ~Ⅴ型以临床表现为分类基础，另 4 型以生物化学或分子遗传学为基础进行分型。EDS 的临床、遗传、分子生物学分型如下：

1. 经典型（又称 EDS Ⅰ 型和 Ⅱ 型）　最多见，是 COL5A1、COL5A2，tenascin-X，COL1A1 基因突变所致，约 50% 是 Ⅴ 型胶原基因突变。除 tenascin-X 缺陷为常染色体隐性遗传外，均为常染色体显性遗传。

2. 活动过度型（EDS Ⅲ 型）　占 9% ~ 16%，其分子缺陷尚不清楚。特点是关节活动过度、脱臼和轻度萎缩性疤痕，指（趾）关节的超声检查有助于诊断，表现为关节间隙增大，肌腱、皮肤和皮下组织厚度降低。

3. 血管型（EDS Ⅳ 型）　较罕见，是编码 Ⅲ 型胶原 COL3A1 基因突变，可引起严重的血管、肠道和产科并发症而危及生命。

4. 关节松弛型和皮肤型。

5. 脊柱侧凸型（EDS Ⅵ 型）：是编码赖氨酸羟化酶（lysyl hydroxylase 1，LH1；also PLOD）的基因突变，导致 LH1 活性降低 25%，临床表现为脊柱后侧凸、皮肤和关节过度伸展。呈常染色体隐性遗传。

6. Ⅶ 型为前胶原 Ⅴ 蛋白酶缺乏所致。

7. Ⅸ 型为赖氨酸氧化酶活性降低所致，该酶基因定位于 5 号染色体，是一种铜依赖性酶。

8. Ⅹ 型为纤连蛋白缺陷所致。

二、诊断要点

1. 临床特点

（1）皮肤和关节异常：皮肤弹性过度、组织易损、难于愈合，疤痕萎缩，关节活动过度、脱臼、早发性骨关节炎、慢性骨痛、脊柱后侧凸。

（2）血管病变：多见于 EDS Ⅳ 型，见单个或多发性动脉瘤，可致内脏或血管出血，25% 于 20 岁以前、80% 于 40 岁以前发病，常因动脉瘤破裂致死，平均寿命约 48 岁。

（3）肠穿孔：多见于结肠部位。

（4）女性患者妊娠常有骨盆疼痛、子宫破裂、产后出血和会阴损伤等并发症，延误诊断可致孕产妇死亡。

（5）其他：生长发育迟缓、牙周炎、睡眠障碍（如睡眠时呼吸困难、背痛）等。

2．实验室检查

（1）皮肤成纤维细胞培养：细胞外基质胶原的分泌和合成异常。

（2）免疫组化：经典型患者，网状真皮几乎缺乏因子Ⅷa阳性树状细胞，而该细胞在外膜真皮的数量和大小显著减少。

（3）酶活性测定：通过皮肤活检及皮肤成纤维细胞培养进行相应的酶活性测定，有诊断意义。

（4）基因分析：有助于诊断和分型。

3．鉴别诊断　　根据特殊面容、皮肤、关节表现和不明原因的动脉或内脏出血、结肠穿孔等应高度怀疑 EDS，皮肤成纤维细胞的生化检测和基因分析可以确诊。有血管并发症者应与 Marfan 综合征、动脉粥样硬化等鉴别。

三、治疗要点

目前无特殊治疗方法。有动脉瘤和出血者，以结扎为主，避免介入治疗或动脉切开。合并妊娠时多学科联合管理手段可改善预后。对外科手术的耐受力差，伤口难于愈合，易裂开。

第四节　皮肤松垂症

一、概述

皮肤松垂症（Cutis Laxa）是一组罕见的遗传性结缔组织异常性疾病，多种原因导致弹性蛋白代谢异常所致。以皮肤松弛起皱、无弹性、钩状鼻、鼻孔外翻、人中长，颜面皮肤松垂，声音嘶哑为临床特点，可呈常染色体显性、常染色体隐性和 X-连锁遗传。

二、诊断要点

1. 临床表现

（1）特殊外貌：出生时即表现为皮肤松弛起皱，无弹性，钩状鼻、鼻孔外翻、长人中，颜面皮肤松弛，因声带松弛而声音嘶哑，似早老貌。

（2）常染色体显性遗传型：仅有外观的改变，常无或仅轻微的肺、心血管系统表现，预后良好。可能与弹性蛋白基因突变有关。

（3）常染色体隐性遗传型：常有严重并发症，重者在儿童期死于肺、心血管并发症。其表现为胃肠道、泌尿生殖道憩室、直肠脱垂、疝、肺气肿、肺心病、大动脉瘤等。少数婴儿表现为骨骼异常、髋关节脱位、宫内生长迟缓。该型可能与 fibulin‐5 基因突变或赖氨酸氧化酶缺乏有关。

（4）X‐连锁遗传型：与细胞内铜代谢异常有关，伴有赖氨酸氧化酶活性降低，该型已经归 Ehler-Danlos 综合征Ⅸ型。

2. 特殊检查

（1）皮肤活检：细胞外基质弹性蛋白异常，乳头状和上皮弹性纤维减少，深层皮肤的弹性纤维断裂和降解。

（2）酶活性测定：隐性遗传者成纤维细胞赖氨酸氧化酶活性缺乏。

3. 鉴别诊断　　皮肤松垂样改变亦可见于联合免疫缺陷病、Menkes 综合征、Prader-Willi 综合征和 Langer-Giedion 综合征，应注意鉴别。

三、治疗关键

无特殊治疗。可通过外科整形手术改善外观。

（黄永兰）